Dagmar Trodler

# Der letzte lange Sommer

Island-Roman



blanvalet

*Umwelthinweis:*
Alle bedruckten Materialien dieses Taschenbuches
sind chlorfrei und umweltschonend.

1. Auflage
Originalausgabe Mai 2007 bei Blanvalet,
einem Unternehmen der Verlagsgruppe
Random House GmbH, München.

Umschlaggestaltung: HildenDesign, München
Umschlagfoto: Frans Lemmens/ Getty Images
Lektorat: Eva Schmeling
Herstellung: Heidrun Nawrot
Satz: Uhl + Massopust, Aalen
Druck und Einband: GGP Media GmbH, Pößneck
Printed in Germany
ISBN 978-3-442-36692-7

www.blanvalet-verlag.de

*Wen kein Bangen mehr beschwert,*
*frei von hinnen reitet.*
*Heil führt ihn auf seinem Pferd,*
*Glück die Zügel leitet.*

(Bischof Jón Arason, 1550)

# 1. Kapitel

Der alte Mann kam erst aus dem Haus geschlurft, als der Hund sich schon heiser gekläfft hatte. Doch Lies hatte weder den Mut gehabt, an ihm vorbei zur Haustür zu gehen, noch laut zu rufen. Dabei war es nur einer dieser behaarten Spitze, die hier in Island jeder zu halten schien – klein, rund, unglaublich schnell und alles ankläffend, was sich bewegte.

Lies seufzte. Also doch jemand da. Der Typ, der sie von Egilstaðir aus freundlicherweise in diese grässliche, ostisländische Einöde gefahren hatte, hatte nicht mehr als drei Worte verloren, als sie ausgestiegen war, sie hatten Ähnlichkeit mit »Nice stay« gehabt. Koffer raus, Tür zu, Abfahrt. Selbst die Staubwolke, die sein Pick-up hinterließ, hatte sich hastig aufgelöst. Merkwürdig. Aber nun war der Hausherr ja da. Mutig nahm sie ihren Koffer und ging auf ihn zu.

Der Spitz sprang kläffend an ihr hoch – ein energisches Brummen des Besitzers, und der Hund ließ ab von ihr und kroch geduckt auf einen alten Teppich neben der Tür.

»Hallo – *hæ. Goðan daginn*«, versuchte Lies ihr Glück mit den wenigen isländischen Wörtern, die sie aus dem Reiseführer behalten hatte. ›Den Rest lernst du schon von selber‹, hatte ihre Freundin gesagt.

Ha. Guter Witz.

Denn das, was aus dem Munde des Alten kam, klang

eher wie ein unappetitliches Schmatzgeräusch denn wie Worte einer europäischen Sprache, zudem alles andere als willkommen heißend. Vielleicht war der doch nicht der Hofbesitzer? Oder sie war am falschen Hof abgesetzt worden? Fast wünschte sie sich das, wenn sie sich heimlich umschaute ... Dann sagte ihr ein Gefühl, dass sie hier richtig war und dass es dem Schicksal wohl gefiel, ihr diese Prüfung abzuverlangen. Die Gegend sah nämlich nicht so aus, als gäbe es hier noch mehr Höfe.

Und so blieben sie voreinander stehen, ohne zu verstehen, was einer dem anderen sagen wollte. Der Alte musterte sie finster. Buschige graue Brauen wucherten über seinen wassergrauen Augen, die sie flink musterten und zwischen hunderten von Falten und Krähenfüßen zu verschwinden schienen. Ab und zu leckte er sich die Lippen, dann bemerkte sie seine furchtbar aussehenden Zähne. Die knollige Nase dominierte das Gesicht und erzählte von vergangenem Alkoholgenuss. So, wie er jetzt da stand, roch sie nichts. Dafür eine Mixtur aus Dutzenden anderer Gerüche, die verrieten, dass auf dem Hof Gunnarsstaðir nicht allzu viel Zeit auf Kleiderwaschen verschwendet wurde.

Das also war ihr Arbeitgeber für die nächsten Monate. Herzlichen Glückwunsch.

Was für eine Schwachsinnsidee.

Als hätte er ihre Gedanken gehört, drehte er sich ruckartig um, schwankte erst, dann fing er sich und humpelte zum Haus. Ein Bein war länger als das andere, die Hüfte verwachsen. Die schlabbrige Hose wurde von einem Hosenträger gehalten, und der Wind spielte an dem zu weiten Hemd, das rechts über den Hosenbund heraushing. Sicher war er früher mal ein stattlicher Kerl gewesen, breite

Schultern und kräftige Arme hatte er immer noch. An der Haustür, die sich leise quietschend in den Angeln wiegte, drehte er kurz den Kopf und machte eine Bewegung – komm mit. Der Spitz blieb liegen, wo er hinbefohlen worden war, doch schwarze Äuglein überwachten jeden einzelnen von Lies' Schritten, den sie aufs Haus zuging. An der Haustür drehte sie sich noch einmal um.

Braun und gleichgültig, mit langen weißen Schneetränen erhoben sich die faltigen Berge des Tales über ihr, und gleichgültig gurgelte der Gletscherfluss, den sie vom Auto aus gesehen hatte, weiter hinten vor sich hin. Gleichgültig wehte der ewige Wind – *wer bist du, was willst du, was geht's dich an* –, blies ihre Haare stur in eine Richtung. Eine Schwalbe zerschnitt den Luftraum, schwang sich mit kühnem Bogen vor ihr in die Luft – *hier bist du nun, hier bleibst du auch. Hier bleibst du, wirst schon sehen.*

Was für eine Schwachsinnsidee.

Lies schluckte. Sie nahm allen Mut zusammen und machte den letzten Schritt auf das Dunkel des Hauseinganges von Gunnarsstaðir zu.

»Mach doch mal was ganz anderes«, hatte ihre Freundin Silke gesagt. »Nimm unbezahlten Urlaub und mach mal was ganz anderes.« Diese Idee an sich war ja nicht schlecht gewesen. Was sie jedoch dazu gebracht hatte, ausgerechnet Silkes Vorschlag in die Tat umzusetzen und für ein paar Monate auf einem Bauernhof in Island zu arbeiten, das wusste Lies nicht mehr. Was in aller Welt macht man Anfang April in Island?

Naja, irgendwie war in letzter Zeit alles so unerfreulich gewesen, vom ersten Tag des neuen Jahres an. Blöder Ärger mit den Eltern – weswegen eigentlich? Dann die Mieterhöhung. Kurz darauf ein Wasserrohrbruch, tagelang Gestank in der Bude, der neue Teppichboden fraß die Ersparnisse auf, die Versicherung stellte sich taub. Dann musste die Katze eingeschläfert werden. Und Thomas verkündete, dass er sich anderweitig verliebt hatte und packte seine Sachen. ›Anderweitig‹ war ausgerechnet ihre Freundin Sandra gewesen, und bei ihr war er dann auch gleich eingezogen. Leider sah man sich allwöchentlich beim Judotraining, weswegen Lies schon bald keine Lust mehr auf ihren geliebten Sport hatte und lieber zu Hause vor dem Fernsehen dahindämmerte. Und schließlich der ganze verdammte Ärger im Job. Der Job. Ja, das war vielleicht das Schlimmste von allem.

Sie wusste nur noch, dass sie dringend weggewollt hatte und dass ihr da alles recht gewesen war. Weg von allem, insbesondere aber weg von diesem staubigen, schmierigen Sechziger-Jahre-Schreibtisch im Finanzamt, weg vom allmorgendlichen Magendrücken, wenn sie die schwere Tür des Betonklotzhauses in der Seitenstraße aufstieß und sich sofort wie in einem Tresorraum eingesperrt gefühlt hatte. Weg von den staubigen Akten voller Schicksale, die zu lenken ihr Job war und die sie nach Auffassung ihres Abteilungsleiters viel zu großzügig und unökonomisch behandelte. Weg vom schalen Bürokaffee und altem Zigarettenqualm im überheizten Klo, in dem ganzjährig das Fenster aufstand, Heizöl auf Steuerzahlerkosten vergeudet wurde, weil die Thermostate kaputt waren, und wo man sich im Winter trotzdem den Hintern abfror. Weg von den Strickmusterdiskussionen der Kolleginnen, von billigen Pralinen, die Sodbrennen verursachten, und von irgendwelchen Frauenzeitschriften in Schreibtischschubladen, wenn man Klebeband suchte.

Weg von dieser Stimme, die sie im Schlaf verfolgte, näselnd, penetrant und mit ewig zu trockenem Mund. »So geht es nicht, Frau Odenthal, so läuft das nicht. Ich werde Ihre gesamten Akten prüfen lassen, und dann können Sie sich auf was gefasst machen.«

Arnold Packbiers Augen hatten unternehmungslustig geglitzert, während er die zuletzt geprüfte Stichprobe mit Verve auf ihren Schreibtisch pfefferte. Der Abteilungsleiter war bekannt dafür, dass er wie ein einmal geweckter Terrier keine Ruhe mehr gab. Und ihr Büro lag nur zwei Zimmer weiter, da war die Chance groß, ungewollt seine Aufmerksamkeit zu erregen.

»Wir sind hier nicht die Wohlfahrt, wir sind Steuereintreiber, Frau Odenthal. Wir treiben Steuern ein, bei Leuten, die ordentlich Steuern zahlen sollen und das aber nicht wollen. Wir sind dazu da, dem Betrug des Bürgers auf die Spur zu kommen, und nicht, Wohltaten zu verteilen. Wenn Sie wohltätig sein wollen, Frau Odenthal, dann gehen Sie zur Caritas.« Dann hatte er auf ihrem Schreibtisch nach weiteren Akten gewühlt und sich drei aus dem Haufen in der Ablage genommen. »Ich werde jetzt mal weiterschauen, was Sie hier eigentlich so produzieren.« Damit war er aufrecht und triumphierend wie ein General abgezogen.

Und Lies hatte sich kurzentschlossen krankgemeldet.

»Island. Was soll ich bitte in Island?«, hatte sie Tage später gefragt, als Silke ihr das Jobangebot auf den Küchentisch gelegt hatte.

»Naaa –«, und Silkes Blick war geheimnisvoll geworden. »Fahr hin und schau's dir an. Island ist anders. Wer einmal dort war, will immer wieder hin.« Und sie hatte ihr ein Foto dagelassen. Dieses Foto hatte Lies unzählige Abende vor dem Lichtausknipsen betrachtet, bis Fettflecken den Glanz des Fotopapiers zerstörten und die Ecken Eselsohren bekamen, und sie war mit dem Bild vor Augen eingeschlafen. Ein kleines rotes Haus auf einer Klippe, inmitten einer Wiese voller weißer Wollblumen. Wollblumen gab es hier nicht, sie hatte noch nie welche gesehen. Das blaue Blechdach passte zum sanften Blau des Himmels und erwiderte die Farbe des Meeres unterhalb der Klippe. Eine karge Felseninsel rundete das Ganze im Hintergrund ab.

Das Bild hatte sie die nächsten Tage verfolgt. Rotes Haus, blaues Dach. Klippe. Rotes Haus.

»Sag ich doch«, hatte Silke beim nächsten Treffen gesagt. »Alle paar Kilometer steht so ein putziges Haus.« Hatte grinsend ihre Reithose zusammengerollt und sie in den Beutel gesteckt. Lies mochte nämlich den Pferdegeruch nicht in ihrer Wohnung haben.

»Fahr hin und komm auf andere Gedanken.«

Andere Gedanken.

Weg aus der staubigen Wohnung an der Hauptverkehrsstraße und vom nebelig kalten Deutschlandwetter, weg von Axels nervenden Anrufen, von seiner aufdringlichen Verehrerschaft. Dabei war klar, was er wollte, und seine Höflichkeit ging ihr auf den Geist – sie hatte noch an Thomas' Untreue zu knabbern und erst mal keinen Bock auf eine neue Beziehung. Weg von Packbier. Von den Akten, mit denen sie nicht weiterkam, wo sie Anträge nicht verstand und nicht zu fragen wagte, und von dem Riesenstapel, bei dem es ihr so leid tat, die errechneten Forderungen auszudrucken, weil sie wusste, was Briefe vom Finanzamt für so manche Familien bedeuteten, und den sie daher Tag für Tag von rechts nach links schob und ihn vor Packbier versteckte.

Und immer wieder Packbier, dessen Aktenprüfung wie ein Mühlstein auf ihrem Herzen lastete und zunehmend Düsternis verbreitete ...

War weglaufen eine Lösung dringlicher Probleme?

Es war durchaus eine Lösung, hatte sie eines Abends entschieden.

Keine elegante, aber eine Lösung, mit der sich erst mal wieder schlafen ließ, ohne schweißgebadet wachzuwerden, mit Herzrasen und Angstattacken und Appetitlosigkeit, selbst wenn Silke Lammfilets mit Rosmarin für sie beide gebraten hatte.

Und so hatte sie eine Woche später unbezahlten Urlaub eingereicht, Arbeitsbefreiung für 12 Monate beantragt und spät in der Nacht geradezu beschwingt auf die Return-Taste ihres PCs gedrückt und die Online-Buchung für einen Hinflug am fünften April nach Island bestätigt. Jemand aus Silkes weitläufigem isländischen Bekanntenkreis hatte ihr dort eine Arbeitsstelle beschafft und würde ihr langweiliges, überschaubares Leben damit für eine Zeit unterbrechen.

Nach dem Tastendruck saß sie noch eine Weile still auf dem Kissen.

Nun hatte sie den Sprung gewagt. Los. Obwohl sie noch nie in Island gewesen war, keinen Isländer kannte, die

Sprache noch viel weniger, und auch über das Land nicht viel mehr wusste, als dass es dort große Kälte und gefährliche Vulkane gab, und Schafe und diese merkwürdigen Ponys, von denen Silke gleich drei besaß, weil sich eins allein ja langweilte. Alkohol war teuer, Gemüse wuchs dort nicht, und die Einwohner waren schweigsam. Nun, Letzteres musste nichts Schlechtes bedeuten.

Vielleicht waren es die Vulkane, die ihre Entscheidung beeinflussten. Was war ein Vulkan gegen einen mit Akten bewaffneten Packbier? Beide machten Lärm und Ärger, beide störten den Alltag, beide hatten Einfluss auf ihr Wohlbefinden. Der Vulkan brach nur alle Jubeljahre mal aus, Packbier hingegen beinahe täglich. Ziemlich schräger Vergleich …

Die kleine Wohnung war schnell vermietet, Möbel und Krempel besaß sie eh nicht viel, Silke half ihr, die Sachen auf dem Hof ihrer Eltern unterzubringen. Die letzte Woche wohnte sie bei Silke, und so langsam, ganz langsam, stellte sich so was wie Nervosität ein. All die Wochen war es nichts als ein Plan gewesen. Jetzt gab es nur noch ihre Koffer, das Flugticket und Silke, die ihr so viel wie möglich über die kalte Insel zu erzählen versuchte. Manchmal hörte Lies hin, meistens jedoch hing sie ihren Gedanken nach …

Zwei Tage vor dem Abflug war dann der Anruf gekommen, die Familie in Island habe die bestellte Haushaltshilfe leider abgesagt, sie müsse sich aber keine Sorgen machen und könne ruhig den Flieger besteigen, man habe bereits einen anderen Arbeitgeber für sie gefunden. Lies hatte kurz vorm Durchdrehen gestanden – so kurz vor dem Ziel sollte alles über den Haufen geworfen werden?!

»Mach dich nicht verrückt«, hatte Silke versucht, sie zu trösten, während sie am Flughafen einen Parkplatz suchte. »Wird bestimmt lustig. Wer weiß, wen du kennenlernst.« Schwungvoll hatte sie ihr Auto an der Parkbucht zum Stehen gebracht. »Guck mal – das hier stand heute Morgen in der Zeitung. Ich hab's dir ausgeschnitten.« Und sie hatte ihr lächelnd einen kleinen Zeitungsausschnitt gereicht.

Im Flugzeug hatte Lies ihn ausgepackt.

*»Es ist drei Uhr in der Frühe. Ein letztes Mal steigen wir, die Arme voll duftendem Heu, über den Mittelgang, wo sich die Schafe nach dem Futter recken. Die Stimmen der Mutterschafe mischen sich mit dem Quäken der Lämmer – Hunger, schneller! Kurz darauf wohliges Schmausen, hier und da ein leises ›Bäh‹, Ruhe im Stall. Ich nehme eins der Wollknäuel auf den Arm. Es riecht wie ein Baby, süßlich nach Milch, und die feine Flaumwolle streichelt sanft meine Wange. Durch die offene Tür zieht kühle Luft in den Schafstall. Aufmerksam sitzt der Bordercollie neben der Isländerin. Auf ein Wort hin läuft er los, lautlos und blitzschnell auf die trächtigen Schafe zu, um sie in den Stall zu treiben. Wie ein schwarzer Schatten kreist er um die Herde; kurz darauf drängeln sie im Futtergang aufgeregt um das Heu herum. Derweil schwankt vorne in der Box das neugeborene Lämmchen auf seinen staksigen Beinen. Emsig leckt die Mutter sein lockiges Fell, sein erstes Bähen verzaubert mein Herz. Die Isländerin strahlt mich an. ›Ich liebe das‹, sagt sie leise. ›Verstehst du jetzt?‹*

*Wir löschen das Licht und verriegeln den Stall. Die Sonne ist nicht untergegangen, das tut sie im Mai hier in Ostisland nicht mehr. Sie ruht gegen Mitternacht nur kurz aus, dann strahlt sie gleich wieder vom Himmel, und meine Müdigkeit verfliegt, als die frische Morgenluft mein Haar verwirbelt. Langsam gehe ich auf mein Ferienhaus zu. Die kahlen Berge beiderseits der Jökulsá á Brú nicken majestätisch ›Guten Morgen‹, Schwalben flitzen lautlos vor mir her, es duftet nach neuem Gras – dieser Ort ist zu magisch, um ins Bett zu gehen.«*

Verzaubert hatte Lies den Papierfetzen sinken lassen und aus dem Fenster geschaut, wo die Wolken wie ein dickes Flaumkissen lagen und sie im Notfall auffangen würden. Nett klang das.

Was sie allerdings seither erlebt hatte, war nicht nett gewesen, und ihr Arbeitgeber war keine freundliche, strahlende Isländerin, sondern ein bärtiger, alter Sack.

Elías Böðvarsson auf Gunnarsstaðir.

Elías war nicht mehr zu sehen, verschluckt vom Dunkel der muffigen Diele. Es roch nach Stall, Essen von gestern und nach altem Mann. Mutig wagte sie sich weiter vor und wäre fast über Fetzen des zerlöcherten Linoleumbodens gestolpert, sie fing sich gerade noch, um gleich darauf in ein Meer von Schuhen zu fallen. Die ganze Diele stand voller breiter Treter, Stiefel, Generationen von Schlappen unbekannten Alters. Speckiges Leder und poröses Gummi hinterließen einen ekligen Film an ihren Händen. Gehörten die etwa alle diesem alten Mann?? Heftig schluckend rappelte sie sich aus dem Haufen auf, schob den Schuhberg zur Seite und tastete sich weiter vor, auf einen Lichtschein zu, zu dem Elías vielleicht verschwunden war.

Irgendwo knackte es, Papier knisterte. Ein Löffel fiel

zu Boden. Im ganzen Haus roch es durchdringend nach Heizöl.

Es war die Küche, aus der das Licht kam, und jemand hatte Kaffee frisch aufgebrüht. Kaffee. Stark und schwarz und aromatisch. Lies schloss die Augen und sog den Duft ein – ein Kaffee würde sie retten nach der anstrengenden Fahrt über die Buckelpisten des isländischen Ödlands…

Das Linoleum flüsterte, dass jemand mit Socken darüberlief. Elías erschien in der Küchentür, die Kaffeetasse in der Hand, und wirkte nicht besonders einladend.

Lies schluckte. Was für ein unhöflicher Klotz. Der sah ja aus wie ein Troll. Sein Blick glitt an ihr herab, blieb an den Wanderschuhen hängen. Der struppige Bart bewegte sich, Worte rannen zwischen den Barthaaren heraus, sie verstand irgendwas von ›ausziehen‹ und ›sofort!‹. Siedendheiß fiel ihr ein, was Silke ihr eingeschärft hatte: immer die Schuhe ausziehen. Hastig nestelte sie an den Schnürsenkeln, tappte die paar Schritte zurück in die Dunkelheit und zog die Schuhe dort aus, wo es nach Schuhen, Fußschweiß und Schlimmerem roch und wo sie eben auf der Nase gelegen hatte. Als sie zurückkam, stand Elías immer noch in der Tür.

Und er reichte ihr den Kaffeebecher mit beinahe großmütiger Geste.

Das blieb dann aber auch die einzige freundliche Geste an diesem Tag.

So jedenfalls kam es ihr vor, als sie spätabends in ihrem Zimmer auf dem Bett lag und die Decke anstarrte. Durchgelegenes Bett, muffige Wäsche. Das Abendessen – Eintopf mit undefinierbarem, fettigem Inhalt – lag ihr zentnerschwer im Magen, sie hatte zu hastig gegessen, und das Wasser aus dem Hahn war so kalt wie drei Gletscher gewesen, noch nachträglich schüttelte es sie. Einen zweiten Teller Eintopf hatte sie dankend abgelehnt, worauf der Topf sofort in einer Kammer neben der Küche verschwunden war – bei Elías Böðvarsson schien zumindest rund um den Herd militärische Ordnung zu herrschen. In der Spüle jedoch türmte sich der Abwasch, ansonsten war die Küche leer, keine Regale, keine Ablagen oder Bilder, nur ein einziger kahler Hängeschrank. Die Wand hatte vom jahrelangen Kochdunst eine gräuliche Farbe angenommen. Neben dem wilden Eingangsbereich sah dieser Raum so unbewohnt aus wie eine Jugendherberge. Doch Lies war zu müde, um darüber nachzudenken, und hatte sich gleich nach dem Essen zum Schlafen verabschiedet.

In ihrem Zimmer jedoch wurde sie wieder munter, denn es war fürchterlich kalt – es gab nämlich keine Heizung. Die einzige Heizung im ganzen Haus war offenbar dieser bullernde Ölofen in der Küche. »Pfffff…« Vergiss die Küche. Ihr Gaumen lechzte nach einem Stück Schokolade. Andächtig wickelte sie einen Riegel aus dem Silberpapier – einer von vieren, die noch da waren. Deswegen biss sie auch nur ein Stück ab und packte den Rest wieder in die Nachttischschublade. Dieser Ort machte nicht den Eindruck, als ob man problemlos an Schokolade herankommen würde…

Nachdenklich sah sie sich um. Schrank, Stuhl. Eine nackte Glühbirne. Die Gardinen vor dem Dachfenster schienen hundert Jahre alt zu sein und schafften es, dünnfaserig wie sie waren, nicht mehr, den Raum zu verdunkeln. Und draußen wollte es irgendwie nicht so recht dunkel werden. Zum wiederholten Mal stand sie auf und sah aus dem Fenster. Stets dasselbe Bild: ein schrottreifer Traktor, eine verrostete Egge, eine Reifensammlung, ein blaulackierter Öltank. Dazwischen drei herumstreunende Schafe, die im harschen Schnee scharrten. Eins sah immer wieder in ihre Richtung. Ein Grauschwarzes mit weißer Blesse und endlos langen Rastahaaren. Seine Kiefer bewegten sich emsig kauend, unverwandt starrte es sie aus wässrig kalten Augen an. *Was willst du hier? Wer bist du?* Es sah nicht sehr freundlich aus. Schneeflocken tanzten durch die Luft und bedeckten die gelblich grauen Grasreste, die die Tiere sich freigescharrt hatten. Der Himmel wurde grauer. Hoffnung glomm in Lies auf, dass es vielleicht doch richtig dunkel werden würde – aber nein. Weit nach Mitternacht, und nichts als staubig finstere Dämmerung, die mit langen Fingern an den Gerätschaften fummelte, doch nichts vollständig zu bedecken vermochte. Sie drang durch das Fenster und stieg an Lies' Beinen hoch. Zudem zog es durch die Fensterritzen. Sie würde sie ausstopfen müssen, bevor sie im Schlaf erfror, doch womit nur … Schafwolle vielleicht, davon gab es hier sicher genug.

Die Schokolade schmolz langsam an ihrem Gaumen. Süß und dickflüssig floss der Saft die Kehle herab – wunderbar. Ein kleines Stück Schokolade rettete den beschissenen Abend. Wer hätte das gedacht.

Auf dem Nachttisch stand eine alte Petroleumlampe. Lies suchte nach einem Feuerzeug im Rucksack und brachte sie zum Brennen. Die Petroleumlampe war zwar gnadenlos altmodisch, doch durch das Licht draußen wirkte es gleich erlösend dunkler. Mit dem sanften Öllicht gewann das Mobiliar an Freundlichkeit, und sie machte sich auf Entdeckungsreise. Vielleicht sollte sie doch mal den Koffer auspacken? Sie könnte auch die Jacke ausziehen, die sie immer noch trug. Sie war wie ein Panzer gegen Kälte und Unfreundlichkeit. Aber nun gab es ja Licht und vielleicht auch ein bisschen Wärme. Mit dem Pulloverstapel in der Hand öffnete sie die Schranktür, zählte die Regalbretter. Eins für Pullis, eins für Unterwäsche, eins für die Hosen. Eins für alles andere. Die Bretter waren mit altem Zeitungspapier ausgelegt, und eine uralte Flasche Parfüm stand einsam, schlank und unnahbar wie eine Madonna auf dem obersten Brett. *Tosca*. Mit dem Zeigefinger schob sie sie zur Seite, um die Pullis abzulegen. Das Zeitungspapier war mit den Jahren so dünn geworden, dass es riss, und darunter kam ein weiteres Stück Papier zum Vorschein. Ein altes Schwarzweißfoto. Ein Foto von einem jungen Mann in Uniform, die Fliegermütze keck auf dem Blondschopf sitzend, mit dem Rücken lässig gegen einen Flugzeugpropeller gelehnt. Ein irgendwie unheimlicher Gruß aus der Vergangenheit.

War das Elías selbst? Sein Sohn? Bruder? Ob es noch Familie gab?

An der Schrankinnenseite hingen weitere Fotos. Bilder von Island aus längst vergangenen Zeiten, Höfe, Berge, ein Fischkutter. Vermummte Menschen am Gletscher, struppige, kleine Pferde mit hohen Rückenlasten und gesenktem Kopf.

Gedankenvoll schraubte sie den Parfümflaschenverschluss auf und roch an der Flasche. Erinnerungen an die Oma stiegen in ihr hoch. An ein düsteres Schlafzimmer, wo es stets nach Fußcreme roch und nach Weihwasser, weil sie täglich darauf wartete, vom Herrgott abberufen zu werden. Der jedoch hatte anderes zu tun und ließ sie am Leben. Omas Toscafläschchen war sicher zwanzig Jahre alt, wenn sie überhaupt jemals Parfüm benutzt hatte. Dieses Fläschchen war noch älter und roch sehr intensiv. Tosca passte so gar nicht in diese wilde Einsamkeit. Sie fragte sich, wie dieses Parfum wohl hierhergekommen sein mochte …

Mit den eingeräumten Kleidern im Schrank und ein paar Büchern auf dem leeren Regal wirkte das Zimmer gleich freundlicher. Lies beschloss, sich nicht weiter zu beklagen. Die Klospülung funktionierte einigermaßen, Wasser gab es zwar nur kalt aus der Leitung, dafür reichlich, im Gegensatz zu manchem griechischen Landhotel, und gegen Kälte hatte sie noch zwei filzige Wolldecken im Schrank gefunden. Die muffige Bettwäsche würde man sicher waschen können. Sooo schlimm hatte sie es hier auf Gunnarsstaðir also nicht getroffen, und mit dem knurrigen Alten würde sie schon fertig werden.

Müde von dem anstrengenden Tag schlief sie ein.

Am anderen Morgen saß Elías mit der Kaffeetasse am Tisch, genau so, wie sie ihn gestern Abend verlassen hatte. War er überhaupt im Bett gewesen? Er aß ein mit Marmelade bestrichenes Brot und griff zwischendurch in eine Schale, in der sich auseinandergerissene kalte Kochfleischstücke türmten. Das Fleisch aß er mit den Fingern. Vor ihm aufgeschlagen lag eine Tageszeitung, die er grimmig studierte.

Lies war froh, dass er ihr einen Kaffeebecher herüberschob und mit dem Kinn auf das Essen deutete. ›Gastfreundlich sind sie wirklich alle‹, hatte Silke erzählt. Naja, vielleicht war die Gastfreundschaft dieses Mannes hier ein bisschen eingerostet. Lies beschloss, erst mal nichts krummzunehmen und abzuwarten. Sie nahm von dem Brot und schmierte dick Marmelade darauf, weil es sich hart anfühlte und sie großen Hunger hatte. Der permanente Heizölgestank schlug ihr auf den Magen. War dieser Ofen undicht? Man bekam ja eine Vergiftung, wenn das immer so war… Schweigend aßen sie, ohne einander anzuschauen, genauso wie gestern Abend. Elías zog die Zuckerdose herüber und schaufelte Zucker in seine Tasse. Dem fünften folgte ein sechster Löffel, dann goss er Kaffee aus der Thermoskanne über den Zucker, und Lies wurde schlecht vom Zugucken. Lange hörte man nichts anderes als das Klirren des Löffels am Tassenrand.

Der Essensgeruch mischte sich mit dem Heizöl in der Luft. Da kein Fenster offen war, konnte die Mischung auch nicht abziehen. Ob hier überhaupt je ein Fenster geöffnet wurde? Zweifelnd sah sie den altertümlichen Fenstergriff an, der vielleicht bei dem Versuch zerfallen würde. Draußen tanzten wieder einzelne Schneeflocken an der Scheibe vorbei. Ein Schaf blökte eintönig. Elías zog fröstelnd die Schultern zusammen und rieb sich den Arm. Die Hand auf dem verfilzten Strickpullover war groß und kräftig, dicke Adern hoben sich über der erstaunlich glatten Haut ab, als wollten sie demonstrieren, dass diese Hand schon viel im Leben angepackt hatte. Jetzt hing sie nur müde über dem Ärmel.

Lies fühlte sich genauso unbehaglich wie gestern Abend, aller Mut war verschwunden. Der schwarze Kaffee brannte auf der Zunge. Er war widerlich stark. Milch gab es keine. Sie schob sich einen letzten Brotkrümel in den

Mund – welcher Teufel hatte sie geritten, hierherzuwollen, war das wirklich besser als Packbiers tägliches Genörgel, Aktenasthma und Spätabendfrust mit Dornfelder, Schokoriegeln und Schnulzenfernsehen? Aktenasthma.

Ihr fiel etwas ein. Seit sie auf dieser kalten Insel war, hatte sie keinmal husten müssen.

Elías faltete seine Zeitung sehr sorgfältig zusammen, strich die Kanten glatt und legte sie auf die Bank neben sich. Dann stand er auf. Mit einer Hand deutete er auf die Spüle, wo sich fein säuberlich gestapelt der Abwasch von Wochen türmte, wie sie bereits gestern Abend festgestellt hatte. Sie erinnerte sich, dass sie für Haus und Hof angestellt worden war – was immer das hieß. Niemand hatte ihr erklärt, was das genau bedeutete. Aber das hier war der Anfang – also spülen. Spülen war einfach, überschaubar, und es gab wenig Fehlerquellen – es gab nur schmutzig und sauber. Erholsam eindimensional. Lies krempelte sich die Ärmel hoch. Was war ein Spülberg gegen einen Aktenberg voller nicht zu klärender Fragen? Schmutz konnte man wegwischen – auf Fragen gab es selten zufriedenstellende Antworten und meist noch mehr Fragen und am Ende Ärger. Nee – das hier sah aus, als würde es nach ihrem Geschmack werden.

Die Haustür klapperte, und der Hausherr verschwand.

Spülen ist zwar einfach – auf Gunnarsstaðir jedoch ein ungleicher Kampf. Der Durchlauferhitzer verweigerte stoisch seinen Dienst, soviel sie auch an den Knöpfen drehte, und sie musste Wasser auf dem Herd erwärmen. Vielleicht hing das Gerät auch nur zur Zierde da. Ärgerlich sah sie den Wasserbehälter an. »Das ist echt wie im Mittelalter hier«, murrte sie vor sich hin, während sie Küchenschränke auf und zu klappte auf der Suche nach Spülmittel und einer Bürste. Irgendwo kläffte der Hund. Sie sah aus dem Fenster. Die Sonne strahlte vom Himmel, wie um sich Mühe zu geben, den Neuankömmling zu überzeugen, dass es hier nicht gar so übel war.

»Pah!«, machte Lies und runzelte die Stirn. Das, was sie draußen sah, wirkte wie aus Stein. Steinerne Berge mit Falten aus weißem Eis. Steinerner Boden, Grashalme, die zu Stein gefroren waren und sich auch Windstößen nicht mehr beugen konnten. Lies legte die Hand auf die Fensterscheibe. Die Kälte drang bis in ihre Knochen. Thermopane war hier ein Fremdwort, dafür gab es wenigstens eine zweite Scheibe vor der Scheibe. Trotzdem fühlte sie, wie eisig es draußen war. Rasch steckte sie ihre Hand unter die Achsel. Das Schaf mit den Rastalocken hoppelte über die Straße und weg vom Haus. Wo es wohl hinlief? Ob es noch mehr von ihnen gab? Sie seufzte. Mehr Menschen jedenfalls schien es nicht zu geben auf Gunnarsstaðir. Über die Anzahl an Mitbewohnern hatte man in der Arbeitsagentur nicht gesprochen. Leider.

Elías blieb verschwunden, den ganzen Vormittag lang, während Lies sich durch verkrustete Töpfe und schimmelnde Speisereste schrubbte, dicke, stinkende Beläge von Fettgebackenem vom Porzellan schabte, vergammelte Breiüberreste in einem Topf sammelte und hart gewordene Kartoffel von Gabeln kratzte. Dabei knurrte ihr Magen, denn die Scheibe Brot war ja für den hohlen Zahn gewesen. Aber sie fand auch nichts in der Küche, was sie zum Essen reizte. Lebte Elías tatsächlich nur von Brot und diesem kalten Fleisch?? Der Schrank war gähnend leer, nicht mal eine Salzstange oder Knäckebrot befand sich da drin – nur eine Packung Brühwürfel unbekannten Alters. Höhnisch tickte die alte Uhr über ihr an der Wand – *siehste – siehste – siehste*.

Im Kühlschrank fand sie allerhand Dinge: ein altes Portemonnaie, Handwaschpaste. Einen angeschnittenen Käse mit grünlichem Pelz. Ein Stück Salzfisch. Einen auftauenden Fleischberg. Ein Schälchen mit Schrauben und einen Seitenschneider. Der Kühlschrank auf Gunnarsstaðir schien ein seltsamer Ort zu sein, schnell warf sie die Tür wieder zu.

Aus lauter Verzweiflung nahm sie dann doch ein Stück Fleisch aus der Schale, mit spitzen Fingern, man wusste ja nicht mal, wie alt das Zeug war... und hätte fast auch »siehste« gesagt, weil es einfach entsetzlich schmeckte. Elías Böðvarsson hatte offenbar eine Vorliebe für Salz.

Entnervt schluckte sie diesen und auch den nächsten fiesen Fleischbrocken hinunter, spülte mit Kaffee nach und goss, vorerst gesättigt, einen weiteren Kessel heißes Wasser in die Spüle. Immer noch Töpfe und Teller. Zu essen gab es nichts, aber Geschirr besaß Elías für eine ganze Armee. Sie tauchte die Arme in die allmählich immer fettiger werdende Brühe, denn aus der Spülmittelflasche waren nur noch wenige Tropfen gekommen, und man durfte sich allen Ernstes fragen, wie eigentlich Nachschub diesen Hof erreichte. Wo sie schon mal dabei war, kratzte sie auch gleich den fettigen Belag von den Kacheln und wunderte sich, dass rote Farbe zum Vorschein kam. Kein rotes Haus, aber rote Küchenkacheln – immerhin. Vielleicht fanden sich ja noch mehr heimliche Schönheiten in dieser Einsamkeit...

# 2. Kapitel

»Na, da hat Elías dir ja gleich den richtigen Job gegeben«, brummte jemand hinter ihr. Sie fuhr ob der deutschen Worte herum. »*Hæ.*«

Ein Mann war unbemerkt in den Türrahmen getreten. Groß und breitschultrig, nachtschwarzes, vom Wind verwirbeltes Haar und unergründlich dunkelblaue Augen. Eine Sonnenbrille klebte kess auf seiner Stirn, obwohl es hier doch gar keine Sonne gab. Er streifte seine Schuhe vor dem Kücheneingang ab und schob sie mit dem Fuß beiseite, ohne den Blick von ihr zu lassen.

»Du kommst aus Deutschland, hab ich gehört«, sprach er gleich weiter. »Ich hab in Deutschland studiert, weißt du. In Heidelberg.« Jetzt schaute er fast stolz drein. Sein isländischer Akzent war dezent, die Stimme tief und angenehm. Interessiert sah er sie an. Lies machte das zwar verlegen, sie fühlte sich jedoch gleichzeitig besser, einfach, weil jemand zu ihr sprach. Und dieser Jemand war nett und jung und sah gut aus. Stumm nickte sie und zog die Hände aus dem Spülwasser. Er sah sogar unverschämt gut aus, und sie war die Putzfrau. Super. Klar muss mir so was passieren, dachte sie noch, da trat er einen Schritt näher, mit schräg gelegtem Kopf, um nicht am Türsturz anzustoßen, denn der war für kleinere Menschen als ihn gebaut.

»Und wo ist er, der Alte?«

Lies zuckte mit den Schultern. »Ich habe ihn seit heute

Morgen nicht mehr gesehen.« Auch als die Hände schon trocken waren, trocknete sie sie weiter ab, und das Handtuch litt.

Der Mann nickte nachdenklich. Dann klappte er seine langen Beine zusammen und schob sich hinter den wackeligen Esstisch. »Ich nehm mir 'nen Kaffee. Willst du auch?«

Lies blinzelte. Der schien sich hier ja wie zu Hause zu fühlen… oder war das vielleicht so in Island? Stolperte man einfach in ein Haus und machte es sich bequem? Ohne abzuwarten, goss er auch ihren Becher voll, und sie bekam Gelegenheit, das malträtierte Küchenhandtuch beiseitezulegen. Der Stuhl, auf den sie sich setzte, knarzte. Schweigend tranken sie und hörten der tickenden Wanduhr zu. Dann hielt er ihr eine große, aber erstaunlich feingliedrige Hand hin.

»Jóhann Magnússon. Nenn mich Jói, wenn du magst.«

Sie stutzte, dann gab sie ihm ihre vom Spülen verschrumpelte Hand. »Lies heiß ich. Lies Odenthal.«

»Lies«, wiederholte er.

»Lies«, bestätigte sie.

»Lies Odenthal. Hast du einen Gott in deinem Namen versteckt?«

»Was? Was meinst du?«

»Odenthal. ›Oden‹ ist Odin, ein alter Wikingergott. Hat er dich nach Island gebracht?« Er lächelte sie offen an. Lies verstand überhaupt nicht, wovon er sprach, und nickte nur hilflos. Jói rührte drei Löffel Zucker in den Kaffee und trank.

Das Gespräch versickerte.

Als hätte er sich an den dort gelagerten Schrauben verschluckt, gurgelte der Kühlschrank laut auf, bevor er begann, wieder zu lärmen. Lies erinnerte sich, dass das Kühlfach voller Eis hing und man das Gerät sicher wöchentlich abtauen musste. Sie hasste es, Kühlschränke abzutauen. Sie hasste Speisereste. Sie hasste spülen, wenn kein Ende abzusehen war. Dennoch – ihr Besuch schwieg, und der Abwasch tat sich nicht von allein, weswegen sie aufstand und ihre Hände wieder ins heiße Wasser eintauchte, um mit Abscheu die letzten fettigen Töpfe zu schrubben. Jói schlürfte schweigend seinen Kaffee. Sie spürte, dass er sie beobachtete und seine Blicke über ihre Figur wanderten. Im Geiste verdrehte sie die Augen. Konnte man als Frau nicht mal in Ruhe gelassen werden? Sie hasste glotzende Kerle, und an ihr gab es auch nichts zu glotzen. Keine Figur, kein Busen, kein Hintern. Aschbraune, schulterlange Egalhaare, in die sich erste Silberfäden mischten. Mit 30 graue Haare – toll. Lies wischte sich eine Strähne aus dem Gesicht. Sie kamen alle von Packbier, jede einzelne Strähne. Vielleicht noch von Thomas, aber auf den meisten Strähnen stand breit und dick ›Finanzamt‹. Trotzdem klopfte ihr Herz wegen der Blicke hinter ihr.

Der letzte Topf thronte zum Abtropfen auf dem Abwasch, und während sie die Hände wieder abtrocknete, drehte sie sich zu dem glotzenden Kerl um. Der saß jetzt rittlings auf einem der klapprigen Küchenstühle und sah aus dem Fenster, wahrscheinlich schon die ganze Zeit, weil es an ihr wirklich nichts zu glotzen gab. Lies wusste nicht recht, wie sie das finden sollte. Ihr Herz hörte deswegen jedoch nicht auf zu klopfen, und sie war heilfroh, als er den Mund aufmachte, um etwas zu sagen.

»Soll ich dir den Hof zeigen?«, fragte er und stand auf.

»Wir finden Elías sicher im Stall. Da kann er dir gleich deine Arbeit zeigen.«

»Hm«, machte Lies.

Jói sah sie prüfend an. »Elías redet nicht viel.«

Stumm schüttelte sie den Kopf. Nicht viel? An genau zwei Worte konnte sie sich erinnern seit gestern Abend. Im Übrigen war ›nicht viel‹ relativ, dieser Jói taugte ja auch nicht gerade zum Alleinunterhalter.

»Weißt du was? Ich bring ihn für dich zum Reden.« Grinsend zog er ein Döschen aus der Westentasche. »Hiermit schaffen wir das. Komm.«

»Hat Elías keine Familie?«, fragte Lies vorsichtig, als sie über die graue Wiese zum Stall herüberwanderten.

Jói schüttelte den Kopf. »Nicht seit ich ihn kenne. Und das tue ich schon seit ein paar Jahren.« Er kratzte sich am Ohr und stapfte mit großen Schritten vorwärts. Erst am Schafgatter sprach er weiter – offenbar war das wohl in Island so. Nur nicht zu viel von allem. Nicht zu viel Sonne, nicht zu viel Grün, nicht zu viel Essen. Bloß nicht zu viele Worte. Sie schluckte. Von anderem hingegen gab es viel. Kaffee. Steine. Wind. Schweigen.

»Die Leute sagen …«, Jói hielt das Gatter für sie offen, »die Leute sagen, es hätte da einen Vetter gegeben, oben in den Westfjorden. Mit dem habe er sich heillos zerstritten. Bestimmt ist der auch schon tot. Und sonst …« Er zuckte mit den Schultern und schloss das Gatter hinter ihnen wieder sorgfältig.

»Ich dachte immer, jeder in Island hat Familie«, sprach Lies, mutig geworden, weiter. So hatte Silke es ihr erklärt – irgendwie waren sie hier alle miteinander verwandt. Keine

Kunst bei gerade mal dreihunderttausend Einwohnern. Sollte man meinen.

»Elías hat keine. Ausnahmen bestätigen die Regel«, grinste Jói. »Ich weiß nicht, was mit seiner Familie ist.«

»Hat *er* mich dann für den Hof bestellt?« Die Tatsache, dass sie nicht wirklich willkommen gewesen war, ließ Lies keine Ruhe.

»Eine Dame aus dem Krankenhaus hat das arrangiert. Er war krank, musst du wissen.«

»Krank?«

»Genau.«

Doch damit war das Gespräch gerade, wo es interessant wurde, leider beendet, denn sie hatten den Stall erreicht. Lies hatte das Gebäude zunächst gar nicht als solches erkannt, weil es in den Hang hineingebaut war und auf der Seite, von der sie sich genähert hatten, komplett aus Grassoden gefertigt und entsprechend niedrig war. Wie grausilberne Brotscheiben lagen die Grassoden aufeinander, fein säuberlich und ohne Lücken gestapelt, und aus manchen Zwischenräumen wuchsen Grasbüschel heraus. Nach hinten streckte sich das Gebäude in die Länge und war in moderner Bauweise aus Wellblech zusammengesetzt. Die niedrige Tür war nur angelehnt, Jói stieß sie auf. Vorsichtig stieg Lies hinter ihm die Stufe hinab, froh darüber, dem eisigen Wind draußen entkommen zu können. War es wirklich schon April?

Heftiger Stallgeruch schlug ihr entgegen, doch empfand sie den beim zweiten Riechen als gar nicht mehr so unangenehm. Sie wunderte sich, Viehställe hatte sie anders in Erinnerung. Vor allem aber war es wärmer als draußen, ein Grund mehr, schnell hereinzukommen und die Tür hinter sich zuzuziehen. Im Halbdunkel erkannte sie Dutzende von Bretterverschlägen, in denen sich weiße Wollknäuel bewegten, hier und da blökte eins, die meisten jedoch waren mit Kauen beschäftigt. Elías war nicht zu sehen.

»Typisch Elías«, grinste Jói, »immer im Dunkeln, Petroleum kostet ja Geld. Eines Tages wird er sich noch den Hals hier brechen.« Scherzhaft rief er etwas ins Dämmerlicht hinein, da tauchte der Alte nicht weit von ihnen aus einem Verschlag auf, richtete sich mühsam auf und grunzte zurück.

»Wir dürfen das Licht anmachen«, sagte Jói leise. Er schien sich auszukennen, denn er tastete sich in eine Ecke, wo eine riesige Petroleumleuchte stand, und hantierte mit Streichhölzern. Funzeliges Licht flackerte auf. Die Lampe hängte er an einen Haken in der Mitte des Stalles. Ein Schaf blökte ärgerlich wegen der Störung auf, ein leises metallisch klingendes Meckern. Woanders hüpfte etwas Weißes über Holzplanken und verschwand unter der Mutter. Lämmer. Es gab Lämmer hier! Lies' Laune hob sich ein wenig, ihre Miene wurde weicher. Kleine süße Lämmer mit schmalen Kindergesichtern und zierlichen rosafarbenen Mäulern; gleich neben der Tür sah sie eines, im übernächsten Verschlag sogar zwei ...

Die Männer tauschten einige Worte, Lies trat näher, um zu sehen, was Elías in dem Verschlag tat. Er sah sie, winkte sie nachdrücklich herbei, bückte sich – und einen Moment später klatschte er ihr eine eklig glibbrige Masse in die Hände, während er mit schmutzigem Finger auf eine Tonne am Ende des Ganges zeigte. Konsterniert sah Lies auf ihre Hände. Der kalte Glibber tropfte zäh durch die Finger, er roch durchdringend nach altem Blut und aufgetautem Fleisch … Reflexartig warf sie das Zeug von sich, rannte aus dem Stall und erbrach sich draußen gleich neben der Tür ins spärliche graue Gras. War es Einbildung, oder hörte sie drinnen den Alten verächtlich lachen?

Erschöpft hockte sie sich gegen die Stallwand und versuchte, die verschmierten Hände am Gras abzuwischen. Der Wind kühlte die erhitzte Stirn, Schneeflocken tanzten an ihr vorbei. Der saure Geschmack im Mund verursachte neues Würgen. Sie zitterte, und der Fleecepulli unter der dicken Jacke vermochte nicht mehr zu wärmen. Hundeelend fühlte sie sich. Das hier war schlimmer als Packbier und alle Akten zusammen. Viel schlimmer. Unerreichbar – das hier war unerreichbar. Island. Was für eine bescheuerte Idee. Sie begann zu grübeln, wie sie, kaum angekommen, von diesem Ort wegkommen könnte. Noch heute. Am liebsten gleich. Jói vielleicht …

Die Tür klapperte.

»Elías ist doch ein verdammter alter Teufel.« Jói steckte grinsend den Kopf heraus. »Aber das war nur eine Nachgeburt, er hätte dir genauso gut das Lämmchen auf den Arm geben können.«

»Was – Nachgeburt«, murmelte Lies, »spinnt der, ich kann so was nicht, soll er doch selber …«

»Komm«, sagte Jói, »sei nicht so empfindlich. Elías erklärt dir jetzt, was du tun sollst. Komm.«

Giftig sah Lies ihn an. Eben noch hatte sie ihn gutaussehend und charmant gefunden – und jetzt schlug er sich auf die Seite des Alten und nannte sie empfindlich – na wunderbar. Wo war der Ausgang aus diesem Kino? Es gab keinen Ausgang – außer Jói. Und da sein Auto die einzige

Chance schien, hier wegzukommen, und sie es sich daher nicht mit ihm verscherzen wollte, stand sie auf und folgte ihm, Böses im Herzen. Sie hasste den Stall. Sie hasste Nachgeburten und alte Männer, Petroleumlampen, verschimmelte Kühlschränke, eintönig schmeckendes Hammelfleisch. Sie hasste die alten Säcke, die damit lebten. Und beim zweiten Betreten roch der Stall prompt feindselig. Gehässig. Ammoniak ätzte in ihren Augen, das Blöken nervte, überall Schmutz und Unordnung, gleich am Eingang trat sie in eine breiige Masse, und der blöde Köter kläffte rum… Elías saß auf dem Geländer. Auf seinem Schoß hockte ein Lamm, und seine grobknochigen Hände, die das Lamm zart unter dem Köpfchen hielten und mit einer Flasche fütterten, bildeten einen eigenartigen Gegensatz zu dem bärbeißigen, ebenfalls feindseligen Gesicht, das er aufsetzte, als sie sich näherte. *Wie du mir, so ich dir.*

Lies straffte sich. Okay, er wollte Krieg. Also los, schlechter Laune konnte sie Kontra geben, viel besser als Packbiers perfider Beamtenzickigkeit. Der Alte von Gunnarsstaðir gewann im Kampf um den unangenehmsten aller Gegner wieder an Boden.

Mit ebenfalls finsterem Gesicht wandte sie sich an Jói. »Frag ihn, was meine Arbeit ist.«

»Du musst Isländisch lernen, Lies.«

»Ich hab keinen Bock, Isländisch zu lernen. Frag ihn.«

»Keinen Bock.«

»Keinen Bock, nein«, sagte sie heftig.

Jói sah sie an und schüttelte verständnislos den Kopf. Dann aber tat er, wozu sie ihn aufgefordert hatte. Elías hörte sich die Frage an, die im Übrigen im Isländischen viel länger wirkte als auf Deutsch. Wütend fragte sie sich, was er wohl noch alles für Geschichten über sie erzählte – ach, egal. Mit verschränkten Armen blickte sie die Decke an – besser die als diesen alten, unfreundlichen Sack.

Elías brummte. Dann glitt sein Blick an ihr herunter. Abschätzend. Und er sagte genau einen Satz. Jói kratzte sich am Ohr.

»Und?«, fragte Lies ungeduldig. Sie hatte Hunger wie ein Bär, jetzt wo der Magen leer war, und ihre Laune wurde immer schlechter. »Und?«

»Er sagt, du sollst alles machen, was er macht, aber ohne ihn zu stören.«

»Du nimmst mich auf den Arm.« Jetzt schaute sie sehr böse drein, und Jói überlegte, dass diese Deutsche, so hübsch und nett sie auch aussah, doch verdammt viele Haare auf den Zähnen hatte. Na, das würde ja eine lustige Hausgemeinschaft auf Gunnarsstaðir geben …

»Nein, genau das hat er gesagt. Mach einfach alles, was er macht, dann lernst du es schon. Und lauf ihm nicht zwischen den Füßen rum, das kann er nicht leiden.«

Gab es irgendwas, was Elías überhaupt leiden konnte? Na, das Lämmchen vielleicht. Bei genauerem Hinsehen war es wirklich niedlich. Lies' schlechte Laune wankte, als das kleine Viech sie ansah und zu meckern begann.

»Es sagt dir willkommen, hörst du?«, bemerkte Jói leise. Sie begegnete seinem ernsten Blick. Sie wusste darauf nichts zu sagen. Elías ließ das Tier in den Verschlag zurückfallen und griff sich das nächste, ohne ein Wort zu sagen.

»Hier im Stall sind die Mutterschafe.« Jói zog sie ein Stück den Gang hinunter. »Die stehen hier, bis die Lämmer groß genug sind, um mit den Temperaturen klarzukommen, dann treibt man sie nach draußen auf die Weide. Du wirst einen Blick dafür kriegen, wann sie so weit sind. Sie bekommen mehrmals am Tag Heu – das findest du dort hinten, die Ballen am Tor, und Wasser müssen sie stets zur Verfügung haben. Einfach immer gucken, wenn kein Heu mehr da ist, neues hinlegen. Der Wasserhahn ist mit Schafwolle umwickelt, damit er nicht einfriert, die Eimer stehen dort neben der Tür. Die Mutterschafe müssen immer Wasser und Futter haben, sonst geben sie nicht genug Milch, und die Lämmer bleiben schwach. Die Böcke dort drüben…«, er deutete auf einen abgetrennten Teil des Stalles, wo mehr Bewegung herrschte und wo vielleicht zehn Schafe auf einem Haufen umherwuselten, »die Böcke bekommen nur dreimal am Tag. Draußen hab ich auch noch welche entdeckt, denen kannst du am Zaun Heu hinlegen. Im Herbst werden die Böcke kastriert, und manche von ihnen kommen, wenn sie groß genug sind, zum Schlachter.«

»Aha.« Lies verzog das Gesicht. Das hier war ja härtestes Bauernleben. Sie fand es furchtbar.

Da legte er seine Hand auf ihren Arm. »Einfach ein bisschen nach dem Rechten sehen, ob's allen gut geht. Du wirst sehen, man arbeitet sich schnell ein. Geh einfach herum, schau dir alles an, nimm alles in die Hand und probier's aus. Island ist ganz viel Ausprobieren.« Seine Braue zuckte. »Wirklich. Ach ja, und wenn's zu sehr stinkt, den Mist rausräumen. Hinten durch das Tor, da findest du den Misthaufen und die Schubkarre. Ist doch ganz leicht, oder?« Jói lächelte. »Und im Haushalt kennst du dich sicher besser aus als ich.«

»Hmhm«, kommentierte Lies seine Kurzeinführung. Die Hand auf ihrem Arm verursachte Kribbeln auf der Haut. Als merke sie das, verschwand sie.

»Fang an«, grinste Jói. »Ich lenk ihn ab.« Damit zog er die kleine Dose aus der Jackentasche, entnahm ihr ein stark riechendes, tabakartiges Zeug, tauchte es mal kurz in den Wassereimer, um es durchzuwalken, und schob es sich dann unter die Oberlippe, bis er aussah wie ein Boxer nach dem Kampf. »Tabak«, sagte er undeutlich auf ihren ungläubigen Blick hin. »Feiner guter Tabak.« Ein letztes Mal auf die dicke Oberlippe gedrückt, stapfte er mit einem Zwinkern an Lies vorbei auf den Alten zu. Sie hörte Murmeln, den Deckel der Dose, und stellte sich vor, wie Elías Böðvarsson sich die Oberlippe bis zum Ohr mit Tabak vollstopfte und vom Drogenrausch vielleicht tatsächlich mal lachte.

Und Lies fing an.

Sie rupfte von einem riesigen Heuballen das Heu herunter, lud sich die Arme voll und stolperte durch den Stall, dessen Eigenheiten ihr noch nicht vertraut waren und dessen geheime Stolperfallen sie nicht kannte, ebensowenig wie die gierigeren Exemplare unter den Mutterschafen, die ihr auf den Futtergängen die Hörner gegen die Beine stießen, weil sie nicht schnell genug war und auch die Mengen nicht richtig abschätzte.

Jói und Elías scherzten sparsam herum, irgendwann standen sie auf, immer noch mit dicken Oberlippen, und begannen ebenfalls Futter herumzutragen, und Lies konnte sich abschauen, wie groß die Mengen für die einzelnen Tiere waren. Ob Jói das mit Absicht tat oder ob man das in Island so machte – beim Nachbarn einfach mal mitanpacken, wenn man schon grad da war, das wusste sie nicht, war aber froh über diese kleine Unterstützung. Und irgendwie musste sie nicht nur auf das Heu gucken, sondern auch immer wieder dem schwarzen Schopf hinterherschauen. Weil er so gut aussah, und weil seine Anwesenheit guttat.

Doch leider dauerte die Hilfe nicht lange an, denn unvermutet stolperte Elías zum Stall hinaus, Lies hörte was von »*kaffipása*«, und weg waren die beiden, und die Stalltür schlug unfreundlich hinter ihnen zu. Der Spitz, der auf einem Haufen alter Wolle in der Ecke hockte, knurrte sie an, als wolle er ihr bedeuten, den Männern ja nicht zu folgen. Männerkaffee war Männerkaffee. Schließlich war es schon Mittag, und die Arbeit noch lange nicht getan. Und sie, Lies, war zum Arbeiten hier. Der Spitz hechelte.

»Is' ja schon gut«, murmelte Lies.

Sie richtete sich auf und sah sich um. Ohne Elías sah der Stall weitaus weniger bedrohlich aus. Das Licht der Petroleumlampe schien warm und gnädig auf die zusammengehämmerten Verschläge, und auch der Geruch, der ihr eben noch so feindselig erschienen war, normalisierte sich wieder. Es gab zwei Futtergänge oberhalb der Verschläge, über die man alle Schafe erreichte. Heu türmte sich auf diesen Gängen, und gehörnte Schafsköpfe wackelten über den Halmen, die zufrieden malmten und ab und an einen Schluck Wasser aus den zerschnittenen Plastikkanistern soffen, die neben den Verschlägen als Trinknäpfe standen. Sie bewunderte die kunstvoll gedrehten Hörner der Tiere, die es nicht zu stören schien, wenn man sie anfasste. Zumindest beim Fressen nicht. Die Wolle fühlte sich unglaublich fettig an, und so ein Schafskopf hat nichts Weiches mehr, wenn man die Finger aufs Fell legt. Hart wie Holz war so ein Kopf, fremd für die Hand, und das Schaf schien gar nicht zu merken, dass es dort angepackt wurde. Lies verstand nun, woher der Begriff ›Schafskopf‹ kam.

Nein, der Stall war geradezu friedlich. Sie erinnerte sich an diesen Zeitungsausschnitt, den Silke ihr gegeben hatte. So ähnlich war das hier. Nur die nette Isländerin fehlte. Aber sonst… Weiches Licht, Windstille. Hier und da meckerte mit heller Stimme ein Lamm. Es raschelte, wo Nasen im Heu stöberten, es hüpfte und polterte über Planken, oder ein Mutterschaf blubberte. Sonst hörte sie nichts. Erholsam.

Dann ein heftiger Schlag.

Lies fuhr zusammen.

Er zerriss den Frieden, störte die Idylle, störte Lies, die sich für einen Moment auf der Brüstung ausruhte, weil sie solch körperliche Arbeit überhaupt nicht gewohnt war, und dann auch noch ohne Frühstück und Mittagessen!

Wieder ein Schlag, ein Tritt, Holz splitterte. Ihr Herz schlug heftig.

Lies schlich in die Richtung, von wo aus der Lärm kam. Ans Ende des Stalles war ein weiterer Verschlag gebaut, nur nicht in den Boden hinein wie die Schafsboxen, sondern höher, als sie gucken konnte, und als sie zwischen die Bretter lugte, blickte sie in zwei empörte, riesengroße schwarze Augen. Gleich darauf krachte es erneut, direkt vor ihr.

Lies fuhr zurück. Ein Pferd. Hinter der Holzwand stand ein Pferd.

Sie mochte keine Pferde.

Silke hatte welche. Silke roch, wenn sie vom Reiten kam, gab ihr ganzes Geld für diese Viecher aus und hatte nie Zeit. Manchmal fiel sie beim Reiten runter, manchmal fluchte sie über Tierarztkosten und darüber, was eins der Viecher wieder verbrochen hatte. Vor allem aber roch sie nach ihnen, egal, welches Kleidungsstück sie aus dem Schrank zerrte.

Hier in diesem Verschlag roch es anders – es stank nach Urin und Mist.

Die Augen hinter den Brettern blitzten ärgerlich. Ein kurzes heftiges Schnauben, dann trat das Pferd erneut mit dem Vorderhuf gegen die Holzwand. Lies fuhr zurück. Ein Teufel auf vier Beinen! Auf so was hatte sie ja gar keine Lust, überhaupt nicht.

»Heißt du Packbier, oder was?«, knurrte sie und trat den Rückzug an, bei den Schafen war es friedlicher. Sie drehte den Wasserhahn auf, den sie zwischen Wollresten gefunden hatte, und ließ Wasser in die Eimer laufen, um die Näpfe der Schafe aufzufüllen. Hinter der Boxenwand quiekte es böse, gleich darauf bollerte es wieder gegen die Wand. Der Mist quatschte unter den Hufen, als das Pferd hin und her stapfte und wütend schnaubte.

Lies hörte sich das Gepoltere von den Wassereimern aus eine Weile an. Als es immer heftiger wurde, begann sie jedoch, um die Boxenwand zu fürchten. Was, wenn das Pferd sie zertrümmerte? Kopflos hier im Stall umherrannte – oder sie am Ende gar angriff? Bestimmt konnte es eine Wand eintreten. Wer konnte schon ahnen, wozu so ein eingesperrtes Pferd noch alles fähig war… Sie fasste sich ein Herz und näherte sich noch einmal der Box. Das Pferd hielt inne, schnaubend und mit blitzenden Augen.

Die Tür war in der Mitte zweigeteilt. Mit zitternden Fingern öffnete Lies den Riegel vom oberen Teil, um in die Box hineinzuschauen. Sie hatte keine Ahnung von Tieren, aber vielleicht stimmte ja etwas nicht, dass es sich so gebärdete.

»Halt dich bloß zurück, Packbier – komm mir nicht zu nahe, hörst du, bleib wo du bist…« Als das Fenster aufschwang, wich das Pferd zurück, heftig schnaufend. Lies ließ den Blick durch die Box wandern. Sie sah Matsch und Mist, aber kein Futter.

»Okay… Hast du Hunger, Packbier, ist es das?«, fragte sie leise und betrachtete das Tier genauer. Weiß war es, schneeweiß mit überschäumender, dichter, langer Mähne, in der sich Schmutzklumpen gefangen hatten. Die dunkelgrauen Nüstern weiteten sich bei jedem Atemzug, Empörung stand in der Luft.

»Du hast Hunger«, stellte Lies nüchtern fest. Wie zur Bestätigung schaukelte das Pferd nickend mit dem Kopf. Ein Vorderhuf scharrte über den Boden. Hunger. Und so pflückte sie einen Arm voll Heu vom Ballen. Als sie wieder an der Tür stand, machte das Pferd einen Schritt auf sie zu. Nur einen, dann blieb es wie angewurzelt stehen, auch als sie ihm das Heu hinhielt. Seine Augen weiteten sich, die Nüstern blähten sich, aber es blieb auf seinem Platz stehen.

»Herrgott. Dann eben nicht«, knurrte Lies und ließ den Haufen unterhalb der Tür in den Mist fallen. Schritt für Schritt kam das weiße Pferd näher, ohne sie aus den Augen zu lassen, und bediente sich vorsichtig an dem Heu, immer noch wachsam, und Lies störte es nicht weiter. Da schnaubte es schließlich zufrieden, als wollte es sagen – *endlich hast du kapiert.*

Nachdenklich blieb Lies an der Tür stehen und betrachtete den Stall, der dämmrig vor ihr lag.

Alles schien mit einem Mal so einfach.

Hunger – Essen – Ruhe. Kein Wenn, kein Aber, keine Beschwerde. Keine Aktennotiz. Kein Wartekörbchen, keine Ablage. Einfach … zufrieden. Wo gab's das mal?

Das Malmen der Pferdezähne ergänzte sich gut mit dem Kauen der Schafe und den Geräuschen des Stalles. Knackende Balken, Knistern, Rascheln. Schnauben, Schmatzen, leises Meckern, helles Meckern, leichter Geruch von Schafsmilch. Nickende weiße Wollköpfe. Schritte, obwohl sie allein war. Wind, der ums Haus heulte, am Blechdach rüttelte. Der schnarchende Hund auf seinem Wollhaufen. Sie drehte sich um und betrachtete den Stall.

Obwohl sie erst seit ein paar Stunden hier war, kam es ihr so vor, als wäre ihr jedes einzelne Geräusch vertraut.

Draußen hatte sich die Sonne hervorgewagt. Nur noch wenige Schneeflocken tanzten durch die klirrend kalte Luft, und ein winziges bisschen roch es nach Frühling. Einbildung? Lies stopfte die Fäuste in die Jackentasche und ging auf das Wohnhaus zu. Hinter ihr bellte entrüstet der Hund, den sie im Stall vergessen hatte. Jói schien weggefahren zu sein, denn es stand kein Auto mehr vor der Tür. Sie fühlte heftiges Bedauern in sich aufwallen. Er war jemand zum Reden gewesen, und er hatte deutsch gesprochen. Und nett war er auch gewesen.

Warum war er weggefahren? Nun, warum nicht. Sie blieb stehen, seufzte.

Warum auch nicht.

Am Rande der Klippen, die sich rechts und links des

Gletscherflusses erhoben, bewegte sich gemächlich eine kleine gebückte Gestalt. Elías. Es konnte nur Elías sein. Lies kniff die Augen zusammen. Irgendwas trug er auf dem Rücken, einen Korb – das sah nach einem langen Spaziergang aus. Sie nahm die Hände aus den Taschen und straffte den Rücken.

Elías war fortgegangen. Zeit genug, sich irgendwas Essbares zu suchen – Essen! Der Hunger nahm nämlich gefährlich überhand …

Sie beschleunigte ihre Schritte, wollte die Haustür aufdrücken, als sie einen Zettel in einer Holzritze fand. Eine Visitenkarte.

*Jóhann Magnússon, Dýralæknir* stand da zu lesen, und eine Mobilnummer. Jóhann Magnússon – Tierarzt.

Ein kleines, glückliches Lächeln glitt über ihr Gesicht. Er hatte sie nicht vergessen! Die Karte war wie ein Ruf aus der bewohnten Welt, wie eine Blume in der Einsamkeit, ein Feuer in der Arktis. Jói hatte sie nicht vergessen, als er weggefahren war, er hatte an sie gedacht, und erst jetzt wurde ihr richtig bewusst, wie gut der Besuch ihr getan hatte. Er hatte an sie gedacht! Hastig kramte sie ihr Handy aus der Jackentasche, der Finger fuhr liebevoll über die vertrauten Tasten, um die Nummer sofort ins Telefonbuch einzutragen – doch sie erstarrte.

Das Display war leer. Kein Empfang.

Nicht der Hauch von Empfang.

Hektisch marschierte sie vor dem Haus hin und her, loggte sich erneut ein, hielt das Handy in den Wind, in alle Richtungen und über ihren Kopf, rannte ums Haus herum, probierte, schüttelte es, »verflucht, beweg dich, mach schon« – nichts. ›Netzsuche‹ war alles, was das ratlose

Display zu bieten hatte. In einem Anfall von verzweifelter Wut schleuderte Lies das Handy weit von sich, und es fiel wie ein nutzloser Stein irgendwo hinter dem Traktor in den Schnee.

Hinter den Bergen bei den sieben Zwergen begraben – und kein Netzempfang. Und bei Elías hatte sie noch nirgendwo ein Telefon entdeckt, weder auf dem Tisch noch an der Wand.

Der hatte kein Telefon?!

Türenknallend rannte Lies ins Haus, mit schmutzigen Schuhen durch die Diele, in die Küche, wieder raus, den Flur entlang – der hatte kein Telefon! Das gab's doch nicht. Warum hatte sie gestern nicht dran gedacht, zu gucken, zu fragen, gleich am ersten Abend? Das gab's doch nicht, sie saß hier mitten in Islands Einöde fest ohne Telefon?!?

Es war, als ob eine kalte Hand nach ihr griff, ihr Hals zog sich zusammen. Die Berge wuchsen von draußen ins Haus hinein und drückten ihr die Luft ab. Sie eilte von Raum zu Raum, und das Geräusch der Türen warf ein unheimliches Echo durch den dunklen Flur, der immer länger zu werden schien. Ein Echo, weil sich hinter den Türen nichts als leere, unbewohnte, kahle Räume befanden, mit wenig oder gar keinem Mobiliar, dafür mit düsteren Vorhängen, und die frühere gute Stube war sogar verriegelt und enthielt außer einem Sofa keine Möbel, keinen Schrank oder Tisch, keine Bilder, Fotos, keine Geschichte … und keinen Telefonapparat.

Keuchend lehnte sie sich gegen die muffige Wand im Flur. Ein Geisterhaus, leblos, tot. Und sie mittendrin, ohne Kontakt zur Außenwelt. Was für eine Scheißidee, hierherzukommen. Was für eine gottverdammte Scheißidee.

In Elías' Schlafzimmer schließlich stieß sie auf die Kühle einer Leichenkammer. Da dieser Raum ihre letzte Hoffnung war, trat sie vorsichtig näher. Ein alter Mann ohne Telefon, das gab's nicht, das gab's einfach nicht, das konnte nicht sein, nicht mal im Film gab es so etwas. Jói hatte erwähnt, dass der Alte krank war – da musste er doch ein Telefon haben! Sie schaute sich um. Das Zimmer war düster und kalt, weil es keinen Heizkörper gab. Dafür fand Lies eine vergilbte gelbe Tapete vor, einen laut tickenden Wecker, ein ordentlich abgedecktes Bett, eine Truhe, auf der ein löchriger Pullover und die Hose von gestern zum Lüften lagen. Obwohl Neugier sie peinigte, wagte sie nicht, irgendwas anzufassen – es war nämlich, als ob Elías hinter ihr stünde und jeden ihrer Schritte misstrauisch überwachte. Was hatte sie auch in seinem Zimmer zu suchen. Sein Kopfkissen war flach und spartanisch. Die gehäkelte Überdecke warf nicht eine einzige Falte. Sie stellte sich vor, wie der Alte sie morgens glättete und mit seinen knochigen Händen drüberstrich, wieder und wieder …

Der Wecker lenkte ihre Aufmerksamkeit auf sich. Ein Uraltmodell von Anno Tobak, der so aufdringlich wie eine Lebenszeituhr tickte … *Tod-und-Leben-Tod-und-Leben-Tod* … Daneben lag ein Ring. Ein Ehering. Breit und goldschimmernd, als hätte er niemals auf einem Finger gesessen. Sie konnte nicht anders – sie musste ihn anfassen. *Elskamín Anna Bryndís Gustavsdottir* stand ringsum an der Innenseite zu lesen, und ein Datum. 1.8.1947. Elskamín Anna Bryndís. *Elskamín* hieß ›mein Liebling‹.

Lies spürte, wie ihre Wangen rot anliefen. Hastig legte sie den Ring wieder auf die Stelle neben dem Wecker. Anna Bryndís. *Eindringling.* Das hier ging sie nichts an – gar nichts. Schritt für Schritt entfernte sie sich von dem Bett. Und zog leise und mit klopfendem Herzen die Schlafzimmertür hinter sich zu.

Die Speisekammer, die sie auf ihrem Durchsuchungszug nach einem Telefon hinter der Küche fand, war auch ein Fall für sich – Lies fragte sich allen Ernstes, wovon Elías eigentlich so lebte – und wovon sie hier leben sollte. Auf dem Regal eine Dose Backpulver, zwei Pakete Salz, vier Pakete Zucker, ein paar Gläser Marmelade, ein paar Backutensilien, Reis. Daneben fand sie in einer Pappschachtel Schokoriegel mit dem Namen »*Draumur*«. Traum. Schokotraum, hmmmm ... Da sie nicht wusste, ob die abgezählt waren, wagte sie nicht, einen zu probieren, obwohl sie schon sehr lockten, zumal ihre eigenen Schokoladenvorräte nicht lange vorhalten würden. Ein großer Topf amerikanische Melasse, auf dem Boden ein Sack Mehl, und in der Ecke ein für Gunnarsstaðir erstaunlich modernes Gerät: eine Brotbackmaschine, die offenbar des Nachts das tägliche Brot herstellte. In der Ecke gab es eine große Kühltruhe, daneben eine weitere Kiste mit Kartoffeln, auf dem Tisch standen sieben Gläser mit eingeweckten Kirschen.

Deutsche Schattenmorellen von Aldi. Wo er die wohl herhatte? Grinsend nahm sie eins davon in die Hand – das Mindesthaltbarkeitsdatum war am 11.12.1998 abgelaufen. Sicher waren sie ein Geschenk gewesen, passten aber nicht in Elías' Speiseplan und waren daher in der langen Zeit bestimmt zu Schnapskirschen vergoren. Ein Telefon indes gab es auch in der Speisekammer nicht.

Ihr Handy hatte der Schnee verschluckt. Trotz gewissenhaften Suchens rund um den Traktor fand sie es nicht. Vielleicht gab es ja auch Trolle hier, die Elías angestellt hatte, um sie zu ärgern. Sie hatten ihr Handy gestohlen und das Telefon abmontiert. Resigniert gab sie die Suche auf und schlich zurück ins Haus, zog brav die Schuhe aus und holte sich eine Fleecejacke aus dem Schrank, denn die neuentdeckte Einsamkeit ließ sie noch mehr frieren.

Frustriert und zusammengekauert hockte sie sich an den Küchentisch, goss sich eine Tasse schwarzen Kaffee ein und nagte an einer harten Scheibe Brot vom Morgen. Sich Fleisch aus der Schale zu nehmen, dazu konnte sie sich kein zweites Mal überwinden. An den Kanten trocknete es bereits, und ölige Schlieren überzogen die Fasern.

Der Schreibtisch im Finanzamt kam ihr in den Sinn. Der Kuliständer, Stempel, die Aktenstapel, Regale voller Ordner. Wohlsortiert, wohlgeordnet. Man kam morgens und wusste, was der Tag bringen würde. Und hier?

»Was tu ich hier?«, fragte sie gegen die Stille an, um wenigstens ihre eigene Stimme zu hören. »Was tu ich hier, was will ich hier?«

Die Stille antwortete nicht. Was sollte sie auch sagen – es war schließlich Lies' Idee gewesen, nach Island zu kommen. Nun war sie hier, was gab es da zu sagen. Die Küchenuhr tickte umso lauter. Schlürfend trank Lies von der Kaffeebrühe. Ekelhaft, so ohne Milch. Weil sie keine Lust hatte, in dem widerlichen Kühlschrank nachzuschauen, ob es Milch gab, löffelte sie wie Elías Zucker aus der Porzellandose in die Tasse. Das Klirren des Löffels war immerhin ein Geräusch. Mit Zucker schmeckte der Kaffee auch ekelhaft.

»Was zum Teufel tu ich hier«, brummte sie, immer

schlechter gelaunt, und nahm einen großen Schluck von dem Gebräu. Die Küchenuhr lachte leise. *Hier-blei-ben*, flüsterte sie, *hier-blei-ben.*

»Nein!«, schrie Lies auf.

*Hier-blei-ben, hier-blei-ben, hier-blei-ben …*

Die Haustür klapperte, brummend trat Elías ein. Schuhe knallten gegen die Wand, mit leisem Stöhnen pellte er sich aus seiner Jacke. Lies sah neugierig aus der Küche, froh über Leben im Haus, das die blöde Uhr verstummen ließ. Doch der Alte guckte nicht mal hoch. Etwas mühsam schleppte er einen Korb um die Ecke, der voller dicker Gänseeier war. Er schlurfte an ihr vorbei, streifte sie beinahe und zog den Korb hinter sich her, zur Speisekammer, wo er unter den Tisch mit den Kirschgläsern geschoben wurde. Zurück kam Elías mit zwei Eiern.

Eines davon briet er in der gusseisernen Pfanne, die Lies am Morgen noch so hingebungsvoll geschrubbt hatte, dann kippte er einen ganzen Teelöffel Salz darüber und ließ es auf eine ausladend große Scheibe Brot gleiten. Aufseufzend ließ er sich an den Tisch fallen und aß, ohne sie anzuschauen. Sein Schmatzen, Stochern und Schaufeln hatte etwas unglaublich Abstoßendes.

Lies schluckte. Der Hunger, der sie eben noch fast umgebracht hatte, verschwand hinter einer Wand aus Abscheu. Dieser Typ wirkte ja wie ein wildes Tier, das sich seine Beute am Berg gefangen und mit nach Hause geschleift hatte. Er aß nicht, er fraß. Das nächste Mal brachte er wohl lebende Tiere und zerlegte sie am Küchentisch. Mit einem dieser Riesenmesser, die sie in der Besteckschublade entdeckt hatte, und die wie neu aussahen. Blut würde über den Fußboden laufen, und das Schreien der gemarterten Kreatur würde das Haus erfüllen und im Tal von den Bergen widerhallen …

Sie sah hoch und in die wässrigen Augen des alten Mannes. Eine seiner buschigen Brauen zuckte, als mache er sich über sie lustig.

»Ich hab Hunger!«, sagte sie laut.

Er grinste sie zahnlos an. »*Geturðu ekki steikt egg?* – Kannst du etwa keine Eier braten?« Seine Stimme klang äußerst belustigt. »*Ekki? Stúlka frá Þyskalandi?* – Nicht? Mädchen aus Deutschland?«

Abrupt stand sie auf, sah wild um sich. Offenbar musste man hier selber sehen, dass man was bekam. Fang dir was, zerleg es dir selber, sieh zu, wie es genießbar wird. Island war Wildnis, sie lebte unter Wilden. Hunger und Stress begannen, ihr Kopfschmerzen zu machen …

Auf dem Herd stand die Pfanne, Ei und Salzstreuer daneben, auf dem Holzbrett das Brot. Der Alte schmatzte seine Worte erneut und deutete mit der Gabel auf die Pfanne. »*Helvíti*«, nuschelte er kopfschüttelnd, »*helvíti.*« Mach dir selber was, hieß das vielleicht, und es klang nicht mal feindselig. Mit Schwung zerdepperte Lies das Ei auf dem Pfannenrand. Und so, wie es in der Pfanne zerlief, zu stocken begann und zu einer lockeren, duftigen Masse anwuchs, in deren Mitte das Eigelb wie eine satte Sonne lachte, so zerrann auch ihr Ärger über Elías und seine seltsame Gastfreundschaft. Sooo wild war es nun auch wieder nicht in dieser Küche. Das Ei blubberte dickblasig im Fett vor sich hin, verfärbte sich appetitlich braun an den Rändern, und es verströmte den intensiven Duft nach Omas Küche am Freitag. Nur die Bratkartoffeln und der Endiviensalat mit Milchsoße fehlten, und der stets zu lang gezogene Hagebuttentee, gesüßt mit viel zu viel Rapshonig vom Imker nebenan …

Elías zog die Nase hoch. Ein Taschentuch wäre nötig gewesen, stattdessen benutzte er den Ärmel. Der Friede aus Bratkartoffel und Erinnerung an Oma zerstob, Lies kam auf den unappetitlichen Boden von Gunnarsstaðir zurück.

›Sei zufrieden‹, sagte sie in Gedanken zu sich selber, ›sei zufrieden und erinnere dich daran, wie es mit Packbier jetzt wäre.‹ Schlechte Luft in den Amtsräumen. Lange Gesichter der Kollegen. Packbier hätte dich vom Essen abgehalten. Alles wäre kalt geworden. Er hätte den gesamten Aktenstapel durchforstet und sicher hunderte von Kritikpunkten vorzubringen, ach, wahrscheinlich war nicht eine einzige Steuererklärung richtig bearbeitet worden – und er säße vor dir in seinem Chefsessel, mit baumelnden Beinen, weil er so klein war – ja, klein war er, und sie erinnerte sich daran, wie die Oma immer gesagt hatte: »Nimm dich in Acht vor kleinen Männern und dicken Frauen.« Die Oma hatte Recht gehabt – kleine Männer glauben, ihre mangelnde Größe ausgleichen zu müssen, meist mit üblen Auswirkungen für ihre Umwelt … Wieder sah sie ihren Chef vor sich, klein, mit Hosen in Kindergröße, spöttisches Gesicht, sarkastische Stimme: »Frau Odenthal, so geeeht das nichttt!«

»So geeeeht das nichttt!« Beherzt streute Lies Pfeffer auf das stockende Ei. Um nichts auf der Welt wollte sie diese Stimme wieder hören. Lieber gar keine Stimme hören und hier sitzen und Elías beim Essen zugucken.

Kurz darauf saßen sie also schweigend nebeneinander,

aßen dunkles Brot mit flüssigem Eigelb und schnitten das Eiweiß in mächtige Stücke. Dabei bemühte Lies sich, nicht hinzuschauen, wie dem Alten Eigelb aus dem Mund tropfte, weil er die schlaffen Lippen beim Essen nicht richtig schloss. Beständiges Schlürfen half da nur wenig, und so fiel ein Tropfen nach dem anderen neben den Teller, wo er sie mit dem Finger aufwischte und ableckte. Die Schmiere auf dem Tisch erzählte von vielen aufgeleckten Speiseresten. Lies dachte an Packbiers gehässige Fratze, das half ein wenig, den Ekel zu überwinden. Das Ei, obwohl delikat würzig, schmeckte ihr nicht mehr so wirklich.

Als Nachtisch gab es Kuchen, und natürlich wartete Elías damit nicht auf Lies. Er zog eine runde Backform aus dem Ofen und schnitt ein akkurates Viertel aus dem Kuchen heraus. Dank offenbar jahrelanger Übung fiel nicht ein einziger Krümel auf den Tisch. Dreimal abbeißen genügte, dann war das Kuchenstück in seinem Mund verschwunden, und er versenkte die Backform wieder im Ofen, ohne ihr etwas angeboten zu haben. Lies vergaß darüber weiterzuessen. »Genuss pur«, murmelte sie, »und danke auch, ich mag eh keinen Kuchen.« Was hatte Silke ihr von der überaus großzügigen Gastfreundschaft der Isländer erzählt? Dummes Zeug!

Elías blieb trotz seines Alters keinen Moment länger sitzen als nötig. Kaum hatte er fertig gegessen, landete der Teller mit Geschepper in der Spüle, und er griff an ihrer Nase vorbei nach der Thermoskanne. Lies konnte seinem Arm gerade noch ausweichen. »Depp«, zischte sie leise und zwang sich weiterzuessen.

Der Alte rührte sein Zuckergebräu zusammen – fünf gehäufte Löffel weißer Zucker, dann der Kaffee obendrauf, der auch verrührt kaum die Zeit bekam, den Zucker aufzulösen. Obwohl es dampfte, kippte er den ganzen Becher ohne abzusetzen hinunter, knallte die Tasse gleich neben ihr auf den Tisch, stand auf und verließ »*Helvíti*« brummend und hinkend die Küche. Eine Wolke von unverständlichem Ärger blieb zurück. Was hatte sie bloß falsch gemacht? Sosehr sie auch nachdachte, sie kam nicht drauf. Vielleicht störte sie einfach nur?

»Na, das ist ja ein herzlicher Laden hier«, rief sie ihm wütend hinterher. »Verreck doch, blöder alter Sack!«

Draußen klapperte es. Schritte kamen zurück, dann stand er wieder in der Küche. Langsam griff er in die Jackentasche – und zog ihr Handy heraus. Sah es sich an wie einen Gegenstand vom Mars und legte es schulterzuckend vor Lies auf den Tisch. Dann ging er, ohne ein Wort.

Und während sie die Reste ihres Eis vom Teller kratzte, spürte sie, wie sich eine steile Falte an ihrer Nasenwurzel immer tiefer in die Haut grub. Wenn sie länger hier wäre, würde die Falte durch ihren Kopf gehen und auf der anderen Seite wieder herauskommen. An dem entstehenden Haken würde man Elías am Hosenträger aufhängen können. Über die Vorstellung musste sie dann doch lachen.

Der Alte war trotzdem ein blöder alter Sack.

# 3. Kapitel

Die Mahlzeit lag ihr am Ende wieder wie ein Stein im Magen, trotzdem zwang sie sich, aufzustehen und sich Arbeit zu suchen. Vom Herumsitzen wurde doch alles nur noch schlimmer, und man begann, trotz des brennenden Ölofens zu frieren. Das Handy anzugucken, ärgerte sie. Zum Spülen hatte sie keine Lust, erst recht, als sie den ausgespuckten glitschigen Tabakrest in der Spüle fand. Das war zu viel des Guten, Lies verließ die Küche. Sollte es doch wer anders wegputzen. Schwerfällig zog sie im Flur ihre Jacke über und schlüpfte in die Wanderschuhe. Wieder einmal schneite es draußen.

Den Hausherrn fand sie im Schneegestöber drüben am Schafgatter, wo er mit einem dicken Stein einen umgefallenen Pfosten in den Boden klopfte. Es sah ein wenig unbeholfen aus, wie er den großen Stein mit seinen gichtigen Händen umklammert hielt und vorsichtig auf den Pfosten fallen ließ, und Lies fragte sich, ob es auf Gunnarsstaðir wohl keinen Hammer gab. Doch aus Rache für das einsame Ei und die Rotze in der Spüle ging sie einfach an ihm vorbei und in den Stall, wo es warm war und vor allem nicht so furchtbar einsam und still wie im Haus. Sollte er doch verdammt noch mal sehen, wie er klarkam.

Die Futtergänge waren schon wieder leergefressen, die Schafe schauten hungrig drein. Hatte sie so viel Zeit im Haus verbracht? Seit sie am Morgen ihre Uhr abgelegt hatte, weil sie beim Arbeiten störte, hatte sie jedes Zeitgefühl verloren. Seufzend begann sie, Heu vom Ballen zu rupfen. Jetzt, wo sie zum zweiten Mal diese Arbeit verrichtete, fiel es schon viel leichter, und sie setzte ihre Füße vorsichtiger in den Gängen und stolperte nur ein einziges Mal über die Schwelle im Durchgang. Die Schafe indes stürzten sich auf das Futter, als hätten sie wochenlang nichts bekommen. Sie kamen Lies vor wie eine Kindergartenmeute, wenn es Schokoladenpudding gab.

»Puddiiiiing«, lachte sie und warf den letzten Arm voll Heu auf den Gang. Merkwürdig, wie die schlechte Laune, die sie aus dem Haus mit herübergebracht hatte, hier zerstob...

In einer Box lag ein neugeborenes Lamm, noch feucht und sehr mager und schon müde vom Lebensanfang. Die Mutter knabberte am Heu und blubberte zwischendurch aufmunternd, es sei jetzt an der Zeit, mal auf die Füße zu kommen.

Lies konnte nicht anders. Sie stieg über die Brüstung und hockte sich neben das Kleine.

»Na du – bist du noch zu mude?«, fragte sie leise. Eilige Schritte, und das Schaf stand neben ihr, besorgt den Nachwuchs beleckend. Seltsamerweise hatte sie keine Angst vor dem Tier, obwohl die dicken Hörner fast vor ihrer Nase schwebten. Und auch der Geruch nach feuchter Wolle kam ihr nicht mehr so unangenehm vor wie beim ersten Mal.

»Vielleicht liegt es an dem fiesen Zuckerkaffee«, lachte sie leise vor sich hin. »Der macht mutig.«

Das Schaf blökte abgehackt. *Man wird ein bisschen isländisch davon.*

Sie schaute sich um, nahm die Eindrücke des Stalls in sich auf. Der Zeitungsartikel von Silke kam ihr in den Sinn. Jetzt hatte sie auch so etwas erlebt, und dass die nette Isländerin fehlte, konnte sie fast verschmerzen. »Ihr seid so süß…«, flüsterte sie und streichelte vorsichtig das Lamm. Die feuchten Löckchen lagen akkurat eins neben dem anderen. Kaum zu glauben, dass sich bald ein dichtes langes Haarkleid daraus entwickeln würde… Das Lamm sah zu ihr hoch und bähte leise. Und dann sortierte es die Hinterbeine unter den Bauch, arbeitete sich hinten hoch und stand schwankend und auf endlos langen Beinchen vor ihr.

»Siehst du, geht doch«, lächelte Lies und kraulte vorsichtig das Köpfchen, und es war ihr egal, dass ihre Finger davon feucht wurden, weil die Mutter das Trockenlecken für Heu abgebrochen hatte.

Man wird ein bisschen isländisch davon. Man fängt an, mit Tieren zu sprechen.

Auch nach sieben Tagen hatte Elías noch kein echtes Wort mit Lies gewechselt.

Ihr Zusammenleben hatte sich – eingependelt, wenn man es so nennen mochte. Schweigend lebten sie nebeneinander her – oder vielmehr lebte Elías sein Leben, ohne sich an Lies' Anwesenheit zu stören, ohne sie einzuladen, ihn kennenzulernen und ohne sie abzuweisen. Einzig der Spitz wurde freundlicher, zumindest knurrte er sie nicht mehr an, wenn sie das Haus betrat. Vielleicht lag es daran, dass sie ihm manchmal das Futter hinstellte.

Lies hingegen versuchte, einen Platz neben dem Alten zu finden, obwohl es da eigentlich gar keinen Platz gab. Gunnarsstaðir war Elías, und Elías war Gunnarsstaðir. Dazwischen gab es nichts.

Es gab nicht einmal Platz für Lies' Strickjacke auf dem Küchenstuhl. Als sie sie einmal dort vergessen hatte, fand sie sie des Morgens in ihrem Zimmer wieder – er musste nachts unbemerkt die Tür geöffnet und sie auf ihr Bett gelegt haben. Auch eins ihrer Bücher hatte keinen Platz auf dem Tisch, ebensowenig wie die letzte Ausgabe des *Stern*, die sie im Flugzeug mitgenommen hatte. Den Kulturbeutel ließ sie zweimal im Badezimmer liegen, danach nahm sie ihn nach dem Waschen gleich wieder mit, denn es hatte keinen Sinn. Alles, was ihr gehörte, fand sie in ihr Zimmer zurückgetragen, einzig ihre Daunenjacke und die Schuhe wurden längerfristig im Flur geduldet.

Bis auf das schmutzige Geschirr hatte alles seinen festen Platz, und wehe, die Kaffeedose stand hinter den Tassen und nicht davor wie seit wahrscheinlich zwanzig Jahren. Elías hatte seine Kaffeetasse, trotz der zehn anderen im Schrank, und zur Not benutzte er sie auch ungespült. Die Tasse war hässlich blau gemustert und trug den Werbezug einer Pharmafirma. Bei den Tellern war er nicht so wählerisch, aber den Suppenlöffel, den durfte sie nicht einmal anfassen. Diesen Suppenlöffel trug er stets in einer Schlaufe an seinem Gürtel, und das Besondere daran war, dass dieser Löffel aus Silber war. Er trug die Initialen ›*AG*‹ … Anna Gustavsdottir.

Sein Tagesrhythmus war streng eingeteilt.

Elías änderte nichts. Er kochte des Morgens einen Liter Kaffee und füllte ihn in die Thermoskanne. Danach füllte er die Zuckerdose auf, die bis zum Abend hin leer sein würde. Er holte das Brot aus der Backmaschine und legte es auf das Holzbrett – bis zum nächsten Morgen würde es verschwunden sein. Das Frühstück war wenig abwechslungsreich. Es bestand entweder aus Marmeladenbrot oder aus einer Suppe aus frischgemolkener Schafsmilch. Milch war sehr kostbar auf Gunnarsstaðir. Immer, wenn Elías Schafe gemolken hatte, von jedem nur ein bisschen, trug er die Schüssel mit grimmigem Gesicht in die Kühlkammer, und es war vollkommen klar, dass niemand außer ihm sich daran vergreifen durfte. Für den Kaffee war sie nicht bestimmt.

In die Milchsuppe wurde wahlweise Brot zerkrümelt oder Kartoffeln eingedrückt. Stets stand eine Schale mit kaltem Fleisch auf dem Tisch, aus der Elías sich mit den Fingern bediente. Nach einigen Tagen hatte Lies sich abgewöhnt, ihm aus dem Augenwinkel zuzusehen, wie er die Fasern aus den Zahnlücken zupfte und die zäheren Bestandteile weichlutschte. Sie wandte den Blick ab, sobald er begann, das Fleisch mit den Fingern auseinanderzurupfen, obwohl Besteck neben seinem Teller lag. Offenbar aß er schon seit hundert Jahren so und würde das wegen seiner Mitbewohnerin sicher nicht ändern.

Den Fleischvorrat entdeckte sie gleich am zweiten Tag: Hinter der Speisekammer gab es einen weiteren Raum mit zwei riesigen Kühltruhen, die bis zum Rand mit Fleischstücken gefüllt waren – in einer Größe, wie Lies sie noch nie gesehen hatte. Dies war das Ergebnis eines gigantischen Schlachtfestes, hier also landeten unter anderem die Schafe, die von den Muttertieren getrennt gehalten wurden. Zwischen den gefrorenen rosafarbenen Keulen steckte ein Kopf. Ein in Plastik eingepackter Tierkopf mit blinden Augen. Ob der Alte es selber tat? Schafe schlachten?

Abstechen? Mit dem langen Küchenmesser? Es passte zu ihm. Beinahe würgend ließ sie den Deckel der Truhe wieder fallen und hoffte, bis zum nächsten Schlachtfest den Hof wieder verlassen zu haben, damit sie es gar nicht erst mit anschauen musste. Auf jeden Fall vermittelte ihr die Kühltruhe einen bleibenden Eindruck, wovon man hier auf dem Land so lebte.

Und das harte Gefühl im Magen blieb erhalten, die Kostumstellung fiel ihr als Salatesserin sehr schwer. Es gab keinen Apfel, keine Trauben, Bananen, Pfirsiche, kein Gemüse. Keine Kräuter, keinen luftgetrockneten Schinken, kein Pesto. Keine Tomaten. Keine Nutella. Kein Knäckebrot, keinen Kräuterquark, keine Kekse. Keine Schokolade. Keine Zigaretten.

Lies war ganz mutig ohne Zigaretten nach Island gefahren.

»Zigarette«, sagte sie leise. »Zi-ga-rette.« Sie staunte über den Klang ihrer Stimme, die sie nicht mehr oft hörte. Manchmal, wenn sie zu den Schafen sprach. Oder zu sich selber – wie jetzt gerade. »Zi-ga-rette. Rau-chen.« Und sie sog tief den imaginären Qualm ein, der ihr in der klaren Luft aber tatsächlich noch nicht ein einziges Mal gefehlt hatte. Unglaublich …

Sahnejoghurt gab es auch keinen.

Es gab jedoch in der Speisekammer eine Liste, wo Elías mit ungelenken Buchstaben eintrug, was ausgegangen war oder ersetzt werden musste. Zum Beispiel diese Schokoriegel, *Draumur*, von denen täglich einer aus der Pappschachtel verschwand, ohne dass sie Elías je Schokolade essen sah. Und natürlich ohne dass sie je einen Riegel angeboten bekam. Auch der Zucker schwand dahin, versank in Elías' Kaffee, und in zunehmendem Maße auch in Lies' Kaffee, wie sie erschrocken feststellte.

Nach einer Woche war sie bereits bei zwei Löffeln Zucker pro Tasse gewesen.

Wie Milch im Kaffee schmeckte, hatte sie vergessen.

Toilettenpapier stand auch auf der Liste. Es gab nur noch zwei Rollen im Badezimmer, und einen Stapel Tageszeitungen vom letzten Monat. Elías nahm sich jeden Morgen eine davon und studierte sie gründlich. So, wie Lies ihn kennengelernt hatte, würden die Zeitungen zu gegebener Zeit – nämlich wenn das Toilettenpapier zu Ende war – sicher in handliche Papierstücke zurechtgeschnitten werden. Sie fürchtete sich davor, so was benutzen zu müssen.

Lies fragte sich, wer diese Liste wohl abholen kommen würde. Und wann er wohl kommen würde. Ob er überhaupt kommen würde. Ob er sie mitnehmen würde …

Und dann hupte es eines Tages draußen. Lies hatte längst das Zeitgefühl verloren, nicht nur für die Tageszeit, sondern auch für den Tag, die Woche, den Monat. Wie lange war sie hier – drei Wochen? Vier Wochen? Oder mehr? Es wurde kaum dunkel, und die Uhr war seit dem dritten Tag auf Gunnarsstaðir endgültig auf dem Nachttisch liegen geblieben, weil sie beim Arbeiten störte – war es Nachmittag oder schon Abend? Die dritte *kaffipása* lag hinter ihr, also musste es Nachmittag sein. *Kaffipása* unterteilte den Tag in zuverlässige Abschnitte, und Elías wusste genau, wann so ein Abschnitt zu Ende und Zeit für *kaffipása* war. Es hatte Brot mit Marmelade gegeben, für jeden eine Scheibe, und ihr Magen knurrte schon wieder. Immerzu war sie hungrig, immerzu dachte sie über Essen nach – abartig war das. Vor allem, weil es außerhalb der Mahlzeiten nichts gab. Gar nichts. Und dann nahmen die Bilder von saftigen Spaghetti mit Pesto und Tomaten und von knackigen Salaten überhand, sie sah auf dem Boden quietschgrünen Löwenzahn, der dort gar nicht wuchs, und roch Schnittlauch in der Luft … abartig. Sie würde noch vollkommen verrückt hier werden, so ganz ohne Tomaten und Parmesan … gehupt. Es hatte gehupt! Besuch! Lies fuhr sich durch die Haare und zupfte am Pullover. Besuch!

Elías war bei seinen Hühnern im Schuppen verschwunden. Der Spitz bellte nur kurz, für jemanden, den er offensichtlich kannte. Lies ging zur Tür.

»Ich dachte, du freust dich über Besuch. Ist ja nicht grad ’ne Hauptverkehrsstraße hier. *Hæ.*«

Jói stand vor der Tür und grinste freundlich.

Lies wusste vor lauter Erleichterung und Glück nicht, was sie für ein Gesicht machen sollte – geschweige denn was sie sagen sollte … ›Dumme Pute‹, schalt sie sich selber, ›bedank dich. Bedank dich gefälligst!‹

»Möchtest du … reinkommen?«, sagte sie stattdessen.

»Möchtest du nicht rauskommen?«, fragte er zurück. »Es wird Frühling, guck. Das darf man nicht verpassen.« Und er deutete auf den blauen Himmel, der von Osten her aufgezogen war und der einen perfekten Hintergrund für die eintönigen Berge bildete, er verlieh ihnen nämlich eine sanftere Farbe und lenkte davon ab, dass alles Stein war, so weit das Auge reichte. Ende April oder so. Zu Hause blühten die Osterglocken, und das Gras schoss in die Höhe. Es duftete nach Frühling, nach Erde, nach jungen

Blättern. Hier war immer noch alles grau. Aber sie nannten es trotzdem Frühling, wegen eines kleinen Zipfels Blau am Himmel.

»Ich hol Kaffee«, sagte Lies. Als sie mit zwei Tassen und der Zuckerdose wieder rauskam, hockte Jói auf der Treppenstufe und lehnte gegen den Türrahmen. Blinzelnd schaute er in den Himmel, und sie sah, dass er ein paar Sommersprossen auf der Nase trug. Mit dem Kinn deutete er auf das Blau.

»Siehst du? Frühling.«

»Wo?«, fragte Lies verständnislos. Alles sah so aus wie sonst. Graue Berge, graues Gras, winterliches Brummen in der Luft. Dicke Wolken quollen die Hügel herab, schon gestern hatte sie überlegt, ob es ihnen wohl gelingen würde, das Haus umzustürzen. Frühling. Okay, da war der Zipfel blauer Himmel, immer noch. Aber Frühling?

»Man riecht es. Der Fluss riecht anders. Langsam fängt der Gletscher an zu schmelzen, und das Schmelzwasser verändert die Farbe des Flusses. Die Luft«, zählte er auf, »die Luft riecht anders.«

Lies hob die Nase in die Luft. »Ich rieche nichts.«

Er lächelte und lud sie ein, sich hinzusetzen. »Du riechst es schon noch. Wenn du erst länger hier bist.«

Schweigend tranken sie den starken Kaffee, und Lies dachte über diesen letzten Satz nach. Wenn du länger hier bist. Wie lange eigentlich? Ein Jahr lief die Arbeitsfreistellung, und ein Jahr hatte sie auch mit der Vermittlungsagentur vereinbart. Wenn sie nicht mehr wollte, durfte sie allerdings früher abreisen. Jetzt war erst Frühling – ein Jahr schien von hier aus betrachtet endlos. Frühling. Wieder sah sie in den Himmel. Es hatte seit heute Morgen nicht mehr geschneit. Grau war es trotzdem, und Jói nannte das Frühling.

»Und?«, fragte er. »Wie kommst du zurecht?« Sein Kopf lehnte träge am Türrahmen, und man konnte an seinem nachlässig aus dem Pulli gezogenen Hemdkragen vorbei die helle Haut der Schulter sehen.

»Gut«, sagte sie und schaute verlegen woanders hin. Es war ohnehin so eng auf der Treppe.

»Hmhm.« Sie schwiegen.

Lies ohrfeigte sich in Gedanken für ihre Einfallslosigkeit. Jói hielt die Tasse in den gefalteten Händen und schlürfte beim Trinken. Das klang unanständig, aber vielleicht schmeckte ihm der Kaffee einfach. Den hatte sie selber gekocht, und sogar Elías trank ihn inzwischen, ohne ein Gesicht zu ziehen. Sie schmunzelte in sich hinein. Zumindest Kaffeekochen hatte sie auf Island gelernt.

»Wenn es mit dem Lammen richtig losgeht, werdet ihr mehr Arbeit haben.«

»Hmhm.«

Lies hatte erst einmal genau gesehen, wie einem Schaf das Lämmchen hinten rausgeplumpst war. Sie hatte sich geekelt, vor dem Blut und vor allem vor der bläulichen Nachgeburt. Das magere, blutverschmierte Lämmchen hatte nicht so ausgesehen, als würde es die nächste Fütterungsrunde überleben – als sie jedoch wieder bei ihm war, stand es auf seinen staksigen langen Beinen und suchte bei der Mutter nach dem Euter. Das hatte sie nun schon mehrmals erlebt – was meinte er dann mit Arbeit?

»Schaffen die das nicht alleine?«, raffte sie sich auf zu fragen. Die Sonne hatte die Wolken nun ganz beiseitegeschoben. Sie blendete und machte einen so angenehm müde. Vielleicht war der Frühling ja doch gekommen. Was für ein ungewöhnlicher Tag – in der Sonne neben diesem gutaussehenden netten … Lies schluckte und rührte heftig in der Tasse.

»Sie schaffen es nicht immer. Manchmal muss man helfen. Kommt drauf an.« Er schlürfte genüsslich. »Schau einfach Elías zu«, sagte er noch und schaufelte einen weiteren Löffel Zucker in den Kaffee.

»Hm.« Sie klemmte sich die Tasse zwischen die Beine. »Wer ist eigentlich *helvíti*?«

»*Helvíti*?« Jói guckte ungläubig.

Lies nickte. »Elías brummt ständig diesen Namen – wer ist das? *Helvíti*?«

Jói grinste. »*Helvíti* wohnt überall da, wo man sich *helvíti* macht. *Helvíti* ist die Hölle – und ein wirklich böser Fluch. Elías ist ein schlechter Christ, musst du wissen.« Lies starrte ihn an. Ein Fluch. Der Alte fluchte also den ganzen lieben langen Tag!

»*Heeeelvíti*«, brummte sie düster. Irgendwie – irgendwie hörte sich das gut an. Befriedigend gut. »*Heeeeelvíti.*« Jóis Blick war nicht mehr zu deuten. Wahrscheinlich hielt er sie für komplett übergeschnappt. Die Einsamkeit. Die Höhenluft. Zu viel Schaffleisch. Irgend so was.

Laut zwitschernd flog ein Vogel vorbei, als fühlte er das Bedürfnis, diese Kaffeetafel ein wenig aufzupeppen. Seine Mühe war vergeblich. Island färbt schon ab auf mich, dachte Lies – mir fällt überhaupt nichts ein, was ich noch reden könnte. Man sitzt halt da und schweigt. Du lieber Himmel! *Helvíti*. Sie grinste still – und fand das gar nicht sooo schlimm.

Jói gähnte.

»Ich hab dir übrigens was mitgebracht«, sagte er und begann umständlich in seinem Rucksack zu kramen. Gespannt beugte Lies sich vor. Er zog einen Plastikbeutel heraus und legte ihn auf die Treppenstufe, um den Rucksack wieder zu schließen. In der Tüte verbargen sich zwei Bücher – und ein kleines Radio.

Lies lief es warm über den Rücken. Ein Geschenk in der Einsamkeit! Obwohl sie erst ein paar Wochen hier war, kam es ihr vor wie Monate, dass sich jemand um sie gekümmert hätte, und die Aufmerksamkeit rührte sie.

»Das ist ein Buch, um Isländisch zu lernen«, sagte er langsam und blätterte das dünnere Büchlein kurz durch. »Und das hier ist ein Wörterbuch. Hier.« Und damit reichte er ihr die beiden Bücher.

»Wo hast du die her?«, fragte Lies verständnislos. Aber die Bücher sahen benutzt aus – und er war doch Isländer. Was tut ein Isländer mit einer Isländisch-Fibel?

»Ich hatte mal 'ne deutsche Freundin, die wollte das lernen. Sie wollte mit mir hier leben. Aber – sie – sie konnte das nicht.« Für den Moment starrte er in die Luft. Eine deutsche Freundin, die nicht hier leben konnte. Also keine Freundin mehr. Lies hielt ihre Hände fest umklammert, um nichts Unüberlegtes damit zu tun.

Dann griff er nach dem Radio. »Hiermit kannst du Nachrichten hören, immer um zwölf und um sechs Uhr. Elías hat kein Radio, musst du wissen.« Elías hat überhaupt nichts, was an die Außenwelt erinnert, vollendete sie den Satz im Stillen. Außer ein paar alten Zeitungen, in denen er die Todesanzeigen vom letzten Jahr studiert.

»Hör dir die Nachrichten an, und du wirst jeden Tag mehr verstehen.«

Lies grinste. »Du meinst, ich soll vom Nachrichtenmann Isländisch lernen?«

»Ein bisschen kannst du sicher von ihm lernen. Der Nachrichtenmann heißt *fréttamaður*, und das Wetter *veðrið*. Ganz wichtig. *Veðrið.*« Er lächelte. »Es ändert sich alle paar Stunden, aber man will das vorher ja gerne wissen. *Veðrið*. Und jetzt muss ich los, hab ein paar Junghengste zu kastrieren.« Er packte seinen Rucksack und erhob sich.

»Sind wir eigentlich der letzte Hof an dieser Straße?«, fragte Lies schnell und drückte das Radio an ihre Brust. Erstaunt sah er sie an. »Ich meine – ich weiß nicht so genau, wo ich hier bin«, stotterte sie, während unangenehme Röte in ihr Gesicht schoss. »Also – wo der Hof – Gunnarsstaðir – wo das liegt, auf der Karte – auf der Islandkarte –«

Jói betrachtete sie einen Moment. Sein Gesicht war ernst geworden. »Gunnarsstaðir ist der einzige Hof in diesem Tal«, sagte er.

Etwas drückte an Lies' Kehle. Sie holte tief Luft und ließ ihren Blick über die graue Bergkette gleiten, die ihr Beklemmung verursachte. Die Luft war so klar, dass man beinahe jeden Stein einzeln erkennen konnte – Steine, soweit das Auge reichte. Die Wolken hatten ihre Farbe von grau in gräulich geändert, oben waren sie bereits weiß wie Schnee. Doch kein Grün, kein Strauch, kein Baum. Nichts als Stein. »Ah«, sagte sie.

Jóis Augen wurden schmal, und er biss sich nachdenklich auf die Unterlippe. »Dort vorne –«, er deutete nach Osten, »dort vorne gabelt sich der Fluss, da kommt das große Tal. Dort gibt es vier Höfe, auf der Straße nach Egilstaðir.« Er schulterte den Rucksack. »Hat man dir das nicht gesagt? Dass der Hof alleine liegt?«

»Nein«, sagte Lies leise. Vielleicht hatte sie auch nicht zugehört, als man es ihr gesagt hatte. Es war sogar wahrscheinlich, dass sie nicht zugehört hatte. Es hatte sie auch nicht interessiert. Faul wie sie war, hatte sie sich nicht mal einen Reiseführer gekauft – sie hatte ja arbeiten wollen, sich ablenken. Einfach arbeiten, nicht denken, den ganzen Mist von zu Hause vergessen. Sie hatte nicht kompliziert in der Gegend rumreisen und Lavabrocken angucken wollen, dazu fehlte ihr der Mut. Kompliziert mochte sie eh nicht, und Island hatte – abgesehen von der seltsamen Sprache und der seltsamen Lage im Nordmeer – schon in Keflavík am Flughafen überaus kompliziert gewirkt, weil man aus dem Terminal in die Lavawüste stolperte und erst mal lange mit dem Bus fahren musste, bevor man überhaupt auf so was wie Zivilisation stieß. Die lange Reise vom Flughafen in die Hauptstadt hatte ihr schon gereicht. Im Hotel am Flughafen für Inlandsflüge war sie totmüde ins Bett gekippt, und der Flug in der kleinen weißen Klapperkiste quer über die Insel am nächsten Morgen hatte ihr den Rest gegeben. Sturmböen jagten das Gefährt, und Luftlöcher standen Spalier, um das Flugzeuglein alle paar Minuten scheinbar abstürzen zu lassen, hinter ihr hatte jemand die Tüte benutzt, Kinder heulten, Gepäck flog durch die Luft, obwohl es doch sicher verstaut sein musste, und überall nur Isländisch und kein verständliches Wort … Mit flauem Gefühl im Magen war Lies schließlich nach der Landung die Gangway hinuntergelaufen, und ihr erster Gedanke beim Anblick von Egilstaðir war: ›Bin ich auf einer Airbase gelandet?!?‹

Was für eine Insel.

Aber nun war sie hier und hatte keinen Durchblick. Dumm gelaufen, Lies Odenthal.

Ihre einzige Reisevorbereitung für Island war nämlich, wie sie sich voller Scham eingestand, der Kauf von Flugtickets und Fleecepullovern gewesen sowie Silkes Foto, mit dem sie allabendlich eingeschlafen war. Reichlich mager, diese Vorbereitung. Dennoch, dieses Foto hatte sie beschäftigt. Das Foto mit dem roten Haus auf der malerischen Klippe und dem Meer von Wollblumen. Sie hatte es daheim gelassen. Auch dumm, oder weise Voraussicht?

Auf Gunnarsstaðir gab es nämlich nur gefährliche Klippen statt sanfter Wiesen, das windschiefe Haus war mit rostigem Wellblech verkleidet, das Dach hatte eine undefinierbare Farbe, und Wollblumen hatte sie auch noch keine gefunden. Und es gab keine anderen Höfe, die so aussahen wie auf dem Foto. Sie waren völlig allein in diesem schmalen Tal.

Von jenem Tag an schaute sie die erdrückenden Berge nicht mehr an, wenn sie aus dem Haus trat.

Lies hatte auch nur wenig Zeit, Jóis Bücher aufzuschlagen.

Der Schafstall nahm sie immer mehr in Beschlag, vielleicht weil Elías sich immer mehr von der schweren Arbeit zurückzog. Zuerst machte sie das unglaublich sauer, doch dann besann sie sich, wofür sie eingestellt worden war – man hatte ihr gesagt, dass es sich um landwirtschaftliche Arbeit handeln würde, die für isländische Verhältnisse recht gut bezahlt wurde. Und schließlich war er ein alter Mann. Außerdem tat es unterm Strich gut, bis zur Erschöpfung körperlich zu arbeiten, das schaltete nämlich das Gehirn mit allen blöden Gedanken und Erinnerungen aus. Und genau deswegen war sie ja auch hier.

Oder wollte sie vielleicht einfach mehr Zeit im Stall verbringen? Flüchtete sie vor dem Wissen, mit den unfreundlichen Bergen und dem noch unfreundlicheren alten Kerl allein zu sein? Manchmal nahm ihr dieses Bewusstsein die Luft. Es war so verflucht eng auf Gunnarsstaðir, draußen vor dem Haus, wo die Berge lauerten, genauso wie im Haus, wo Elías wie ein grimmiger Bär hockte, *helvíti* auf der Zunge trug und die Welt hasste. Im Stall hingegen fühlte sie sich geborgen, obwohl er so düster und niedrig war – im Vergleich zum Wohnhaus war das ja fast wie ein Mutterleib mit der dunstigen Wärme und der friedlichen Geräuschkulisse.

Dabei änderte sich nur wenig an der Arbeit, die sie von Tag zu Tag routinierter ausführte. Die erste Runde stand morgens nach dem Frühstück an – da war Elías in der Frühe schon im Stall gewesen und hatte nach dem Rechten gesehen, er schlief ja kaum. Die nächste Runde am Nachmittag, und die längste Runde am Abend, bis in die Nacht hinein. Der Spitz kam inzwischen jedes Mal mit und legte sich brav auf seine Wollecke, ohne sie so drohend anzuknurren, wie er das in den ersten Tagen gemacht hatte. Sie durfte ihn sogar streicheln.

Lies hatte ihren Ärger und ihre Ungeduld abgelegt. Nichts ging schneller, nur weil man ungeduldig war – und vor allem: Die Zeit lief ja nicht weg auf Gunnarsstaðir. Wohin auch. Die Zeit war immer so lang wie das Tageslicht und wie Elías' Kaffeepausen, eine andere Zeit gab es nicht. An sonnigen Tagen schien die Zeit intensiver zu sein, sie wärmte und machte die Arbeit heiter – an grauen Tagen schlich sie dahin wie ein magerer Hund, und weil sie nicht vorüberging, saß sie Lies auf der Pelle und biss im Magen, weil es noch Stunden bis zur Pause dauerte. Mehr gab es über die Zeit auf Gunnarsstaðir nicht zu sagen.

Das Füttern dauerte so lang, wie es eben dauerte, der Arm war nur so stark, wie er eben war, und die Wege, die man mit dem Heu zurücklegte, waren so weit, wie sie eben waren. Lies gewöhnte sich an das schummrige Licht im Stall, und sie stolperte auch nicht mehr so oft, was daran lag, dass sie Bodenunebenheiten mit Erdklumpen ausgebessert und einige unfallträchtig überstehende Bretter an den Boxen einfach abgesägt hatte. Elías hatte sich nicht dazu geäußert.

Wie denn auch. Er sprach ja kaum.

Also sprach sie mit sich selber und mit den Tieren. Vielleicht war es das: Vielleicht begann sie, einzelne Schafe zu mögen, nachdem sie gelernt hatte, diese von anderen zu unterscheiden. Begann, länger an den Verschlägen der Mutterschafe zu verweilen, in ihre merkwürdigen gelbgrünen Augen zu schauen, hinter ihren steinernen Stirnen nach etwas zu suchen, was sie von anderen Tieren kannte. Sie waren und blieben seltsam fremd, alienartige Holzköpfe mit kalten Augen und flinken Mäulern, und so scheu, dass das Anfassen fast immer in Überwältigen ausartete. »*Helvíti!*«, hatte Elías über ihren ersten misslungenen Versuch geflucht, eins der wilderen Schafe bei den Hörnern zu packen, damit er es melken konnte. Und mit seinen großen Händen tat er nur einen einzigen Griff, und das Schaf hing zappelnd gefangen. Es fühlte sich an wie ein zuckender Stein, emotionslos und ohne Ärger oder

Zorn, einfach nur zuckend, dann gab es den Widerstand auf und stand wie ein Felsblock vor ihr, den Kopf gegen ihren Oberschenkel, sich in sein Schicksal ergebend, weiter nichts. Das Lamm bähte klagend, und Elías' knochige Hand fuhr liebevoll über das gelockte Fell, während er mit der anderen die Milchschale beiseitestellte und sich stöhnend aufrichtete. Auf eine Handbewegung hin gab Lies das Schaf frei. Ein, zwei bockende Bewegungen mit dem Kopf, dann war die Gefangenschaft bereits vergessen. Das Schaf lebt im Jetzt und nirgendwo sonst. Wie sensationell einfach diese Tiere waren!

Ihr Blick wanderte über den langen, filzigen Pelz, sie träumte von warmen Pullovern und erfreute sich an dem lustigen Anblick, den das wippende Haarkleid der Laufstallschafe machte, wenn sie herbeigerannt kamen. Und sie wartete immer begieriger darauf, dass in ihrem Beisein ein Lamm geboren wurde.

Vor allem aber beherzigte sie Jóis Ratschlag und beobachtete Elías bei der Arbeit. Sah zu, wie er die Lämmer anfasste, sie untersuchte und wie er dem zu schwach Geratenen mit sanften, aber nachdrücklichen Fingern die Milchflasche ins Maul drückte. Wie er Euter befühlte und die trächtigen Schafe beobachtete … und sie nach einiger Zeit in eine Box trieb, wo sie jedes Mal kurz darauf ein Lamm neben sich liegen hatten, ohne dass Lies groß etwas aufgefallen wäre.

›Ob man das lernen kann?‹, fragte Lies sich. Für sie sahen immer noch viele Schafe gleich aus. Gelb, braun, ein paar schwarzgrau, und vom trächtigen Leib sah man nichts. Manche stöhnten herzzerreißend, wenn die Wehen kamen, andere hechelten nur, aber das taten sie auch nach dem Fressen. Sie hatten etwas tierhaft Unpersönliches beim Ablammen, und Lies fragte sich, ob diese Tiere überhaupt Schmerz empfinden konnten.

Sie konnten: Einmal nahm Elías sie beiseite und zeigte ihr ein Schaf, welches schon eine ganze Weile unruhig umherstreifte. Dann lag es wieder, mit pumpendem Leib gegen die Grassodenwand gepresst. Er deutete auf die Augen, die wie zwei Glaskugeln unnatürlich aus dem schmalen Kopf hervorstachen. »Schmerz«, sagte er ganz deutlich. Das Schaf leckte sich mit flinken Bewegungen das Maul, wieder und wieder. Lies hatte bis dato noch keine Schafszunge gesehen. Die also gehörte auch dazu. Und trotzdem – das Lammen erlebte sie auch diesmal nicht. Bei der nächsten Runde lag das Lamm daneben – erschöpft, aber gut auf Erden angekommen. Es war wie verhext.

Nach dem Ablammen sahen die Schafe alle so aus wie vorher. Die langen Haare am flachen Hinterteil waren zwar noch ein wenig verschmierter als sonst, aber das volle Euter war unter der Wolle nicht zu erkennen. Doch als Lamm wusste man, wo man suchen musste, und wenn man das Euter zielsicher angestoßen hatte, kam auch sofort die Milch. Manche Schafe waren gute Mütter, manche kümmerten sich nicht wirklich um den Nachwuchs und dachten nur ans Fressen. Wie bei den Menschen, dachte Lies. Irgendwie sind wir doch nicht so weit voneinander entfernt.

Und als hätte Elías ihre Gedanken gelesen, sah er hoch und lächelte sie zum ersten Mal, seit sie auf Gunnarsstaðir war, freundlich an.

Auch das weiße Pferd hinten in der Box schaute nicht mehr so empört drein, wenn sie mit Futter kam. Sie fand es immer noch furchterregend, doch gleichzeitig tat es ihr auch leid, wie es da in hohem Mist stand, ohne sich bewegen zu können. Und eines Tages, als im Stall nichts los war, fand sie den Mut, der stinkenden Sache mit der Mistgabel zu Leibe zu rücken. Das Pferd drückte sich in die hinterste Ecke und ließ sie nicht aus den Augen.

»Bleib mal locker«, murmelte sie, »bleib einfach locker, dann passiert auch nix.«

Das Pferd schnaubte leise und kaute vor sich hin. Sie traute sich nicht, es von seinem Platz zu vertreiben, stach aber rund um ihn herum den ammoniakschweren Mist vom Boden, und der Weiße blieb respektvoll stehen und beobachtete ihr Tun. Schubkarre für Schubkarre füllte sich mit ekelhaftem Dung, den Lies schwer atmend zum Scheunentor hinausfuhr und bei – zur Abwechslung mal wieder – leisem Schneegeniesel auf den Misthaufen kippte. Sie legte den Boden der Box frei – er verriet, dass sich hier schon lange niemand mehr zu schaffen gemacht hatte, denn er bestand in der einen Boxenhälfte aus Holzbohlen, und in der anderen fand sie einen Spaltenboden vor. Sie stocherte in den Ritzen und stach ins Leere. Offenbar war das Loch darunter als Mistgrube gedacht. Naserümpfend und angeekelt schluckend kehrte sie den Holzboden frei. Das Pferd bewegte sich nicht von seinem Platz. »Du findest das auch nicht schön, oder?«, sinnierte sie. »Tja. Und was tun wir jetzt gegen den Gestank?« Sie erinnerte sich an einen kleinen, vergessenen Sandhaufen hinter den Heuballen. Zwei Schubkarren Sand auf dem Bohlenboden ausgekippt, und das Ganze sah ein wenig zivilisierter aus.

Und sicher sehr unisländisch, wie sie sich fast schuldbewusst eingestand.

Doch wenn Elías überhaupt mitbekam, was sie sich da für eine Arbeit gesucht hatte, so kommentierte er es nicht – wie gewohnt. Sie war sich jedoch sicher, dass er es merken würde, er kannte jeden Splitter und jeden Halm in seinem Stall.

Als der Mist abgefahren war und die halbe Box in einer fingerdicken Lage gelben Sandes glänzte und Lies die Boxentüre schloss, warf das Pferd sich auf den Boden und wälzte sich, dass es ihr zunächst angst und bange, dann jedoch sehr warm ums Herz wurde, weil es wie ein Stofftier mit untergeklappten Beinen liegen blieb, seinen imposanten Kopf in den Sand bettete und vor sich hin seufzte – diese offensichtliche Zufriedenheit wog die schwere Arbeit auf, und den Gestank vergaß sie gleich wieder.

Hätte ihr vor Wochen jemand gesagt, dass sie sich vis-à-vis von einem Pferd mit Kreuzweh und verschrammten Händen über eine schmierige Mistschubkarre gebeugt wohlfühlen würde, sie hätte ihn für vollkommen verrückt gehalten. Über diese Erkenntnis musste sie so laut lachen, dass das Pferd erschrocken innehielt.

Packbiers blasiertes Beamtengesicht verschwand langsam aus ihrem Gedächtnis, und an den Geruch von staubigen Akten konnte sie sich schon nicht mehr erinnern. Manchmal noch kam ihr seine Stimme in den Sinn, blöde Bemerkungen und sein seltsamer Humor: »Frau Odenthal möchte gerne Überstunden machen« oder »Frau Odenthal erfindet gerade das Rad neu, kommen Sie her und schauen Sie sich das an!« … Zahlenreihen. Paragraphennummern, die sie sich beim besten Willen nie hatte merken können.

Paragraphen waren Packbiers Steckenpferd, sicher lag daheim in jedem Raum ein Steuergesetzbuch und mindestens drei unter seinem Kopfkissen. Zum hundertsten Mal fragte sie sich, wie in aller Welt sie überhaupt damals auf die Idee gekommen war, eine Ausbildung als Finanzbeamtin zu machen. »Geistige Umnachtung, Frau Odenthal. Sie ticken nicht ganz sauber.« Ihre Stimme hallte im Stall wieder, und ein paar Schafe meckerten wie zur Bestätigung. Lies kicherte. »*Helvíti, jæja. Heeeeelvíti.*«

Sie stellte fest, dass man sehr gut ohne das alles leben konnte. Ohne die dicken Gesetzesschwarten mit den Eselsohren, die nach feuchten Räumen muffelten. Ohne abgestandenen, bitteren Bürokaffee, ohne das Klappern der Computertastatur. Ohne pappiges Frühstücksbrötchen, wo die Nutella raustropfte, weil es keinen Kühlschrank gab, in dem man Essen aufbewahren konnte. Ohne Telefongeklingel – tatsächlich! Ohne Lästereien bei Grillabenden im Kollegenkreis, ohne peinlichen Jahresausflug mit der Abteilung. Ohne das mulmige Gefühl am Montagmorgen, weil man nicht wusste, was die Woche wieder bringen würde.

Hier war alles so anders – so klar, ganz ohne Buchstaben und Zahlen. Sonnenklar, auch wenn die Sonne eher selten schien. Oder gerade deswegen. Sie begann diese Klarheit, die ihrem Leben bisher offenbar gefehlt hatte, zu lieben …

»War nicht nett von mir, dich Packbier zu nennen«, murmelte sie und stützte die Unterarme auf die Boxentür. Das Pferd spitzte die Ohren – sehen konnte es sie ja unter dem dichten Schopf nicht. »Bist gar nicht so doof wie der. Ich denk mir ’nen anderen Namen für dich aus. Versprochen.« Das Pferd nickte wie zur Antwort und schnaubte leise.

Obwohl sie dauernd müde war und die Nächte – hm, gut gesagt, so ohne Dunkelheit – durch die Stallarbeit immer kürzer wurden, bemühte sie sich vor dem Einschlafen, ein paar Vokabeln zu lernen.

*Kaffi, Brauð* – Kaffee, Brot. *Mjólk* – Milch. *Kæliskápur* – Kühlschrank. *Grænmæti* – Gemüse. *Herbergi* – Herberge, *veðurspá* – Wettervorhersage, *verslun* – Geschäft. An Tagen, an denen Elías gut drauf war, fragte sie nach Worten und erhielt knappe Antworten, die zwar unhöflich, aber gut verständlich waren. *Hættulegur* hieß gefährlich – als sie ein Loch im Stalldach stopfte und die Leiter wackelte. *Þú verður að bíða* – du musst warten. Das sagte er oft. Wenn der Sturm sie ins Haus zurückpustete. Wenn der Ofen ausgegangen war, weil sie zu spät Öl nachgekippt hatte und mit den Zähnen klapperte. Als sie sich einmal die Finger am Feuer im Ölpfännchen verbrannte und leise fluchend den Finger in den Mund steckte, legte er seine Hand auf ihre Schulter. »*Þetta kemur með tímanum* – das wird schon alles.« Wobei unklar war, ob er ihren Finger meinte, dass es bald warm werden würde oder ihre Qualitäten als Ofenhüterin, denn er hatte die Flammen im Nu entzündet, kaum dass er sie beiseitegeschoben hatte.

»*Þetta kemur*«, brummte sie nun immer öfter. »*Þetta kemur með tímanum …*«

Sie hatte sich eine von Elías' gehüteten Zeitungen mit ins Zimmer genommen und las stur jeden Tag einen Artikel, ohne auch nur ein Wort zu verstehen.

»So was lernt man beim Finanzamt«, brummte sie zu

sich selber und las laut vor: »›Arni Gunnarsson starb im Alter von 83 Jahren.‹ He – das verstehe ich sogar! Armer alter Arni …« Sie kicherte albern und lutschte versonnen an ihrem Schokoladenstück – einem der letzten aus der Schublade.

Durch das undichte Fenster zog es kühl – draußen wehte wieder ein richtig heftiger Wind, und der Himmel hatte sich schneeschwanger verdunkelt. Teile der Wolkenwulste hingen auf die Hügel herab wie dicke, gierige Finger. Die Bergspitzen dazwischen schauten noch unfreundlicher als sonst drein. Kein Geräusch störte den Wind in seinem Tun, selbst der Gletscherfluss unten in der Schlucht hielt sich zurück, als hätte er an manchen Tagen kein Recht darauf, herumzulärmen. In Island schien es eine Hierarchie in der Natur zu geben, und jeden Tag hatte eine andere Kraft das Sagen. Heute war es der Wind, morgen schon konnte es ein Schneesturm sein oder ein kleines Erdbeben wie an dem Tag, als sie auf der Insel angekommen war und die Leute in Reykjavík mit besorgten Gesichtern an ihr vorbeigehastet waren. Übermorgen vielleicht schon schwoll der Gletscherfluss an und überschwemmte das Tal. Und riss alles mit sich weg. Und niemand würde sie vermissen. Je länger sie darüber nachdachte, desto mehr Angst machte ihr die wilde Insel.

Irgendwie kein Wunder, dass außer Elías niemand in diesem Tal lebte. Wie kam man bloß auf die Idee, sich ausgerechnet hier anzusiedeln? Wie kam man überhaupt auf die Idee, in der Einsamkeit Islands für immer wohnen zu wollen? Ob es außerhalb des Tals wohl schöner war?

Möglicherweise sah ganz Island so karg und unfreundlich aus wie diese faltigen, braunen Bergrücken, die den

Osten der Insel bedeckten und gönnerhaft die kleine Stadt Egilstaðir existieren ließen. Ein Fingerschnipsen, und sie wäre verschwunden – der Mensch war nur zu Gast auf dieser Insel. Sie wurde beherrscht vom Wetter. In jeder Minute des Tages veränderte sich der Himmel, spielte ein Farbdrama nach dem anderen. Was kam wohl danach?!

Daran wollte sie nicht denken, sonst bekam sie keine Luft. Und ihr Aufenthalt war ja definitiv begrenzt – ein Jahr Auszeit als unbezahlter Urlaub, das war eine absolut überschaubare Sache. Deswegen konnte sie die feindliche Umgebung ruhig einfach ignorieren, es betraf sie ja nicht wirklich. Sollte sie doch feindlich und ungastlich sein, sie schaute sie einfach nicht an. Nur ganz manchmal, wenn ihr das müde Wintergras zu grau vorkam, wünschte sie sich die Farbe Grün herbei. Oder einen Baum und eine Blumenwiese. Fliederduft. Maiglöckchen. Das Gelb von Tulpen. Windstille.

Lies stand vom Bett auf und öffnete die Schranktür, um sich ihre Fleecejacke zu holen. Der Ölofen erreichte zwar alle umliegenden Räume, aber richtig warm machte das natürlich nicht, und auch die Schafwolle, die sie in die Fensterritzen gestopft hatte, brachte nur wenig mehr Wärme. Lies hockte sich daher oft in ihren dicken Klamotten unter die Decken. Wenn ihr dort die Wärme bis in die Fußspitzen drang, war es nur halb so schlimm, in der grauen Einsamkeit zu hocken. »Na, Hjörvar, alles klar?«, fragte sie gewohnheitsmäßig das Schwarzweißfoto, das sie mit einer Reißzwecke an die Schrankinnenwand gepinnt hatte. Hjörvar – der Name gefiel ihr, sie hatte ihn in der Zeitung gefunden. Sie begrüßte den jungen unbekannten Soldaten jedes Mal so, wenn sie den Schrank aufklappte, er war einfach zu süß. Diesmal kam es ihr vor, als zwinkere er – hatte er tatsächlich grade gezwinkert?!?

»Eeeeh – bleib mal locker, Hjörvar«, murmelte sie und kniff die Augen zusammen. Hjörvar sah so aus wie immer: jung und ungemein attraktiv. Wie Männer aus den Vierzigerjahren meistens aussahen. Humphrey Bogarts kleiner Bruder. *Das ist mein Flugzeug, Baby, steig ein, ich bring uns zum Mond.* Lies grinste. So könnte es gewesen sein. Und locker blieb er sowieso, an seiner verrosteten Reißzwecke.

Irgendwie wurde es Zeit, dass Jói sich noch mal blicken ließ …

Das Radio nahm sie immer mit ins Badezimmer. Es tat gut, beim morgendlichen Waschen die neusten isländischen Schlagerhits zu hören; freundliche Menschenstimmen, fröhliche Melodien, es klang nach Leben, und nach einigen Tagen erkannte sie sogar die Moderatoren der Sendung wieder.

»*Hæhæ*«, sagte einer immer.

»*Ég sit nú hérna að vinna*«, sagte ein anderer, der ein furchtbar albernes Lachen hatte.

Signy, die Nachrichtensprecherin, sprach von allen am deutlichsten. »*Velkomin, kæru hlustendur*«, sagte sie. »*Velkomin í þáttinn okkar.*« Lies wusste allerdings nicht, wie der *fréttamaður* als Frau heißen würde. Sie musste unbedingt Jói danach fragen, wenn sie ihn das nächste Mal sah. Aber sie freute sich jeden Morgen, wenn sie Signys klare Stimme hörte, auch, wenn sie beinahe ausschließlich von überfahrenen Schafen, Drillingskälbern und Todesfällen berichtete. Das Ausland kam nur in seltenen Fällen vor.

Lies gewöhnte sich an politiklose Tagesnachrichten, in denen dafür tote oder besonders erfolgreiche Tiere eine Hauptrolle spielten, und natürlich das Wetter.

Und dann stand eines Morgens Elías vor der Badezimmertür, als Lies herauskam. Mit gerunzelter Stirn und verschränkten Armen stand er da, und Lies wurde fast ängstlich zumute. Was wollte der Alte von ihr? »Lass mich bloß in Ruhe«, sagte sie leise drohend.

Er gestikulierte und deutete auf das Radio in ihrer Armbeuge. »*Fréttir*«, sagte er. »*Láttu mig fá útvarpstækið.*« Lies drückte das Radio an sich. Sie zögerte. Eremit, der er war – was würde er mit dem Gerät machen, wenn sie es überreichte? Zivilisationsfeindlich auseinanderbauen, drauf rumtrampeln, aus dem Fenster werfen? Was wollte einer wie er mit Nachrichten von der Außenwelt?

Elías' Gesicht verfinsterte sich. Böse grunzte er »*helvíti …*« und allerlei mehr und humpelte davon. Und ließ Lies ratlos zurück.

Als sie sich später zum Mittagessen über den Weg liefen – Lies hatte Pfannkuchenteig aus den Zutaten, die er ihr auf den Tisch gestellt hatte, zusammengerührt und bestreute die fertiggebackenen Kuchen gerade dick mit Zucker, so wie er es mochte –, wurden seine Augen groß, als er das Radio auf dem Tisch vorfand. Ängstlich beobachtete sie, wie er mit den Fingern darüberstrich, als berühre er einen mit Erinnerungen behafteten Gegenstand – und wie er es gleich darauf nahm und auf die Fensterbank stellte, als habe es dort schon immer gestanden. Nach dem wie stets schweigsamen Essen sah Lies im Rausgehen, wie Elías das Radio von der Fensterbank nahm, einschaltete und mit fast verzücktem Gesicht an sein Ohr hielt. »Komischer Kerl«, brummte sie. »Kann der sich keins leisten? Wo bin ich hier bloß gelandet …«

Von nun an war die Mittagsstunde heilig. Der alte Mann saß auf seiner Bank, das Radio ans Ohr geklemmt, und lauschte den Nachrichten aus einer Welt, der er schon vor vielen Jahren, aus welchen Gründen auch immer, entsagt hatte. Er hielt den Ellbogen mit der Rechten umfasst und presste das Gerät so nah ans Ohr, als versuche er, es sich dort hineinzuschieben. Seine Augen leuchteten – und erloschen, wenn die Schlussmelodie der *fréttir* erklang und weiter Musik gespielt wurde. Dann schaltete er andächtig aus, positionierte das Radio haargenau an der Stelle, wo es vorher gestanden hatte, und hängte die Handschlaufe in einer eleganten Schleife über die Radiokante.

Seine öden Tage hatten definitiv an Aspekten hinzugewonnen.

An einem erstaunlich sonnigen Maitag, an dem seit dem Morgen tatsächlich kein Wölkchen den Himmel getrübt hatte, stand wieder einmal ein Auto vor dem Haus. Lies' Herz machte einen Satz. Aufgeregt steckte sie den Kopf zum Stall hinaus, aber es war nicht Jóis Auto. Trotzdem rannte sie rüber zum Haus, um zu schauen, wer zu Besuch gekommen war. Von Mal zu Mal wurde sie auf das Reifengeräusch begieriger …

Ein Mann, groß und mit dichtem grauen Bart, hockte bei Elías in der Küche, rührte klirrend im Kaffee und verspeiste eins von Elías' riesigen, mit Zucker bestreuten Kuchenstücken.

»*Hæ*«, fragte er kaum verständlich, weil mit vollem Mund, »*hæ, hvað segirðu, elskan mín?* – Hallo, wie geht's,

Schätzchen?« Den Rest verstand sie nicht, aber Elías sagte etwas, worauf beide Männer zu lachen begannen. Lies zog einen Flunsch. »Blöde alte Säcke«, zischte sie und wollte sich zurückziehen, da winkte der Mann, schob eine Kaffeetasse heran und befüllte sie. Immer noch schlecht gelaunt, drückte sie sich auf die Bank. Kuchen bot Elías ihr nicht an. Er war so verdammt eigen mit seinem Süßkram, schlimmer als ein dreijähriges Kind. Mit verkniffenem Mund rührte sie Zucker in den Kaffee. Zucker wenigstens war für alle da auf Gunnarsstaðir.

»Willst du was aus der Stadt?«, fragte der Mann so deutlich, dass sogar sie es verstand, und schwenkte ... den Einkaufszettel aus der Speisekammer! Lies schluckte aufgeregt. So lief das also mit den Besorgungen! Die Liste wurde abgeholt. Ihr Gehirn lief Amok – mitbringen, was mitbringen, was – was mitbringen, mitbringen – was ...

»*Sukkulaði* – Schokolade«, sagte sie mühsam. Und: »*Takk fyrir.*«

Die Männer lachten, Elías grimmig, der andere nett.

»Ein süßes Haus«, sagte der Kaufmann. »Also Schokolade. Weiter nichts?« Aufgeregt schüttelte sie den Kopf. Was noch ... noch ... was, Schokolade ... Schokolade ... Alle Essensträume waren zerstoben, alle, jeder einzelne, wovon hatte sie bloß immer geträumt, was sich in hungrigen Träumen vorgestellt? Ihr fiel verdammt noch mal nichts ein, was sie vermisste.

»*Sukkulaði*«, sagte sie fest und nickte noch einmal dazu.

Die Männer wechselten ein paar Worte, der Kaufmann deutet auf Lies und zuckte mit den Schultern. Dann stand Elías auf, verschwand in der Speisekammer und kam mit einem seiner Schokoriegel zurück – jene, die Lies schon hundertmal sehnsüchtig angeschaut hatte und die ein dickes imaginäres *Abgezählt!!!!* auf der Packung stehen hatten! Seine dichte Braue hüpfte kurz hoch, als er ihr den Riegel hinschob.

»*Smakkaðu þetta* – Probier das!«, nuschelte er.

Sie starrte ihn fassungslos an. Noch mal nickte er. Mit zitternden Fingern nestelte sie den Riegel aus dem rotweißen Papier. Schokolade. Schokolade! Fast bekam sie keine Luft. Schokolade! In handliche Stücke unterteilt, lachte der Riegel sie an – *iss mich, beiß mich, lutsch mich* – ein Blick zu Elías, der gespannt abwartete – und Lies biss zu.

»Ohhhh!«, machte sie mit vollem Mund, als ihre Zunge das Innenleben des Schokoriegels erschmeckte – das bestand nämlich aus Lakritz. Du lieber Himmel – Lakritz in Schokolade! Zuerst fand sie das ekelhaft, aber bei längerem Kauen entpuppte es sich als die beste Kombination, die sie je in ihrem Leben gegessen hatte. Und sie strahlte die beiden Männer wie ein Weihnachtsengel an. »Das hier, bitte – *Af þessu.*«

Der Kaufmann lachte gutmütig, als er aufstand und den Einkaufszettel in der tiefen Hosentasche verschwinden ließ. Beide Männer verließen die Küche ohne ein weiteres Wort. Elías kam nicht zurück, durchs Fenster sah sie, wie er gebückt und mit Händen in der Hosentasche zum Stall rüberhumpelte, während das Auto mit quietschenden Reifen davonfuhr und den blauen Himmel mitnahm. Sie hätte dem Kaufmann gerne für den Schokoladenriegel gedankt, der weich an ihrem Gaumen zerschmolz und ihren Tag verschönerte.

# 4. Kapitel

An einem besonders unfreundlichen Tag kam der Kaufmann zurück.

Der Himmel war dunkelgrau und wolkenverhangen, und irgendwie brummte das Land. Nicht der Wind, nicht der Boden – die Luft brummte bedrohlich und trieb alle Lebewesen in ihre Schlupfwinkel. So auch Lies. Sie hatte sich morgens nach dem Füttern, als im Schafstall alles ruhig war, entschlossen, Hausputz zu halten, und Elías hatte nichts dagegen einzuwenden gehabt, als er sie mit Schrubber und Eimer hantieren sah. Er schien genau wie das Wetter draußen einen schlechten Tag zu haben, denn er verschwand wortlos in seinem Schlafzimmer und knallte die Tür so nachdrücklich ins Schloss, dass Lies nicht mal im Angesicht eines Vulkanausbruchs gewagt hätte, ihn da rauszuholen. Nun ja, so hatte sie wenigstens ihre Ruhe. Und zum Glück hatte der Alte ja nicht immer so schlechte Laune. Vielleicht besserte sie sich auch, wenn der Sommer kam. Das graue Wetter konnte einem wirklich die Lust aufs Lachen austreiben. »*Þetta kemur*«, brummte sie und erhitzte das Putzwasser auf dem Herd, damit ihr die Hände nicht abfielen. »*Þetta kemur með tímanum.*«

Der Hausputz war nötig – so nötig! »Knüselei« nannte man bei ihr zu Hause, was alte Leute so fabrizierten, wenn sie alleine lebten. Ihre Oma war genauso, und Lies schrubbte sich einmal im Jahr mit ihrer Mutter quer durch die alte

Villa, um den speckigen Belag von Omas verwinkeltem Alltag herunterzuwaschen.

Elías' Leben war wohlgeordnet und äußerst schlicht, aber auch speckig.

In der Küche waren auf dem Regal und im Hängeschrank zentimeterdicke Staubschichten mit Kochdunst verbacken und ließen sich nur mit purer Seife lösen, die alten Kacheln rund um den Spülstein, denen sie rote Farbe entlockt hatte, hielten den Dreck so entschlossen fest, dass sie ihn mit dem Messer abkratzen musste, nachdem er in Seifenlösung eingeweicht worden war. Lies fluchte gerade ausgiebig, als draußen der Schotter knirschte.

Inzwischen wurde sie beim Geräusch von Reifen auf Schotter sofort hellwach – Jói?! Besuch!?

Nein, es war der Kaufmann. Sie trocknete die Hände ab, warf die Daunenjacke über und traf ihn an der Kofferraumklappe seines Pick-ups.

»*Jæja, sæta stúlka frá Þýskalandi* – Süßes Mädchen aus Deutschland«, begrüßte er sie herzlich, »*hvað segirðu* – Wie geht's?« Er sagte noch viel mehr, was sie aber nicht verstand, weil es aus halbverschluckten, gegurgelten Wörtern bestand und wahrscheinlich auch egal war, außerdem verschluckte der Wind beinahe alles. Gemeinsam hoben sie Kisten und Kartons aus dem Pick-up und schleppten sie in die Küche. Der Kaufmann wischte sich grinsend die regennassen grauen Haare aus der Stirn. In seinem Bart hingen feine Tröpfchen und blinkten verschmitzt. »Ich bin Ari«, sagte er und deutete auf sich.

Lies nickte verstehend. »Lies«, erwiderte sie. »Willst du Kaffee?« Ari nickte und ließ sich schwer seufzend auf die Bank sinken. Sein dicker Bauch passte gerade so hinter den Tisch. Ari sah so aus, als wüsste er gutes Essen zu schätzen. Gutes Essen gab es nicht auf Gunnarsstaðir – sie hätte ihm gerne irgendwas angeboten.

Stattdessen suchte Lies erst mal die Thermoskanne. Am Morgen hatte sie doch noch auf der Anrichte gestanden – ob Elías sie mit ins Schlafzimmer genommen hatte? Im Schrank nicht, in der Speisekammer nicht... also setzte sie heißes Wasser auf, befüllte die Filtertüte mit Pulver und goss das aromatische Getränk in der Porzellankanne auf. Kaffee. Wie oft der Duft sie schon aufgemuntert hatte in den letzten Wochen... Der Rest würde nun kalt werden, wenn sie die Thermoskanne nicht fand, Elías würde sicher über die Verschwendung schimpfen. Sie stellte Tassen auf den Tisch, und während der Kaffee durchtröpfelte und in der Nase kitzelte, durchsuchte sie schon mal die Kisten, was in die Kühlkammer geräumt werden musste. In einem Karton am Boden fand sie einige Knäuel grauer Wolle, was sie sehr verwunderte. Fragend hielt sie das Knäuel hoch. Ari deutete auf seinen Pullover.

»Elías strickt«, sagte er. »Pullover. Socken.«

Lies grinste. »Er strickt.«

Ari nickte. »Elías strickt. Das tut er, *jæja*. Er strickt.« Die Vorstellung eines alten Mannes mit Strickzeug am Ölofen war amüsant – sehr amüsant, und grinsend räumte Lies weiter in der Kiste herum.

Und sie fand Arzneimittel.

Vier Fläschchen mit einem Pulver, drei mit einer Flüssigkeit und eine Schachtel Stechampullen. Sie hob die Brauen. Wo bewahrte man das auf?

Ari deutete auf die Fläschchen. »Schaf«, sagte er, dann auf die Schachtel, »Elías.«

›Insulin‹ stand auf der Schachtel. Ratlos legte sie das Zeug auf die Fensterbank. Insulin. Insulin. Das nahm doch die Oma jeden Morgen, da kam eine Schwester und gab ihr Spritzen in den Bauch. Insulin. Oma durfte keinen Zucker essen.

Jói hatte gesagt, dass Elías krank war. Sie kaute auf der Lippe herum. Verflucht, der Alte war zuckerkrank. Und stopfte sich trotzdem mit Schokoriegeln, löffelweise Zucker und Kuchen voll. Wie konnte so was gut gehen?

»Elías ist Elías«, sagte Ari leise und nickte, als habe er ihre Gedanken erraten und als erkläre dieser eine Satz alles. Vielleicht tat er das sogar.

»Hat Elías Familie?«, fragte sie stockend und hockte sich neben ihn. Die Bank ächzte, als er ein Stück zur Seite rückte, um ihr Platz zu machen.

Ari zuckte mit den Schultern. »Tot. Alle tot.« Lies nickte verstehend. Stumm schlürften sie den Kaffee.

»Tot im Krieg?«, fragte sie. ›Krieg‹ war das neuste Wort, das sie gelernt hatte. Ari schüttelte den Kopf. »Ein Unfall. Pferd –«, eine Handbewegung wie ein herabfallender Gegenstand, »in den Fluss. Alle. Es war schlechtes Wetter. Schneesturm. Alle blieben tot. Anna Bryndís, der kleine Ísak, Palli.«

»Wer ist Palli?«

Der Kaufmann sah sie ernst an und holte die Tabakdose aus der Tasche. »Palli war Elías' Bruder.« Ein wenig zu eilig stopfte er sich den Tabak hinter die Oberlippe und stand auf.

»Man soll die Toten ruhen lassen«, sagte er so langsam und deutlich, dass Lies jedes einzelne Wort verstand. Sie nickte verstehend. Ein Familiendrama. Ihr fiel etwas ein, und sie bedeutete ihm, einen Moment noch zu warten. Rannte in ihr Zimmer und holte Hjörvar aus dem Schrank.

»Palli?«, fragte sie und hielt ihm das Foto hin. Der Kaufmann kratzte sein eisgraues Haar, seine Lippe spielte mit dem Tabak. Er nahm das Foto, betrachtete es lange, dann nickte er. »Palli. *Jæja*. Das war Palli.«

Gunnarsstaðir hatte einen Bewohner dazugewonnen.

Lies hockte am Küchentisch und starrte in die Tasse, wo der Kaffee kalt geworden war. Das Foto hatte durch die Feuchtigkeit im Haus Eselsohren bekommen, und das verschmitzte Lächeln des Piloten wirkte mit einem Mal traurig. Ein verstummter Bewohner von Gunnarsstaðir. Palli, der Bruder von Elías. Palli und ein schrecklicher Unfall vor vielen Jahren.

Sturm, Schnee, eine Klippe. Dunkelheit.

Eine schreiende Frau, rennende Pferde. Ein Kind weinte.

Blitz, Donner, Steinschlag.

Wirbelnde Hufe, Kreischen.

Dumpfe Geräusche auf den Felsen.

Schnee, der alles stumm zudeckt.

Auch als Ari längst verschwunden war, saß sie da und starrte auf die gleichförmige Maserung des Küchentischs.

Dumpfe Geräusche, wirbelnde Hufe, Kreischen. Schnee, der alles stumm zudeckt.

Was war die Wahrheit? Der Wind heulte ums Haus und flüsterte, dass da draußen ganz andere Dinge von Bedeutung sind, dass der Mensch nur ein Staubkorn ist, welches vom Leben umhergewirbelt wird und manchmal unsanft zu Boden fällt. Ihr wurde kalt.

Lange fühlte Lies sich nicht in der Lage aufzustehen. Pallis Foto auf dem Küchentisch lähmte sie geradezu – mit dem Bild saß die Geschichte in der Küche, und Trauer webte einen Schleier, der schwer auf ihren Schultern hing. Palli, Ísak. Anna Bryndís.

Lies seufzte. Die Küchenuhr verschluckte sich und ließ die alten Geschichten zerfallen.

Lies beeilte sich, das Foto wieder in ihr Zimmer zurückzutragen, damit der Alte nicht sah, dass sie in seiner Vergangenheit gestöbert hatte. Auf dem Rückweg in die Küche dachte sie darüber nach, ob die tragische Geschichte nun in ihrem Zimmer herumhängen und sie am Ende am Schlafen hindern würde. Naja, und wenn – dann würde das Foto eben seinen Platz im Ölofen finden. Schluss, aus.

»*Heeeelvíti*«, brummte sie, doch selbst das Fluchen machte heute irgendwie keinen Spaß. Die Heiterkeit beim Putzen war sowieso verschwunden. Grimmig kratzte sie die Beläge von den Regalbrettern. Die hatten einen anderen Geruch bekommen. Schärfer, und stechend, als wollten sie etwas mitteilen. Lies schrubbte und kratzte, doch der Dreck war hartnäckig. Jahrzehntealte Marmeladenkrusten, Fettflecken, die sich höhnisch ihrem Schwamm widersetzten, weil ganz offenbar hässliche Dinge in diesem Haus Bestand hatten …

Im Kühlschrank, den sie nur selten öffnete, weil er eh kaum Essen speicherte, sondern Schrauben und Geldscheine, fand sie festgefrorene Speisereste, eine Saugflasche mit Schafsmilch, getrocknete Brotscheiben und weit hinten einen Teller mit grau gewordenen Fleischresten unbekannten Alters, der so gar nicht zu Elías' Essensakribie passte. An dieses Fleisch konnte sie sich nicht erinnern – wie alt es wohl sein mochte?

Und sie fand die Thermoskanne in der Seitenwand.

»Was zum Henker ...« Kopfschüttelnd stand sie vor ihrer Entdeckung. Wurde der Alte etwa senil? Fraß der Zucker sein Gehirn auf?? Was für ein beschissener Tag! Beschissene Geschichten, beschissene Funde – sie hatte keine Lust mehr auf so was. Lies warf entnervt den Schwamm in die Spüle, zog die Jacke über und marschierte in den Stall, die Nase trotzig dem Wind entgegengereckt und weder rechts noch links schauend, wo eh nur graue Berge finster auf Fehltritte lauerten. In den Stall folgte die schmutzstarrende Vergangenheit ihr seltsamerweise nicht. Der Stall war zu einem neutralen Ort geworden, wo weder Streit noch schlechte Laune Zutritt hatten. Ob das an der Unschuld der Lämmer lag?

Viel war nicht zu tun. Alle Schafe schienen ruhig, die meisten der Lämmer lagen da und schliefen. Das Pferd döste in seiner Lieblingsecke vor sich hin und drehte ihr nur ein Ohr zu. Die Tage, wo es vor Schreck fast die Wand hochgesprungen war, wenn sie mit Futter kam, lagen zum Glück hinter ihnen. Ein Name für das weiße Pferd war ihr dennoch nicht eingefallen. Aber wenn sie mit ihm sprach, wusste es, dass es gemeint war.

Ein bisschen Wasser nachfüllen, hier und da Heu vorlegen, und die Folie eines neuen Großballens aufschlitzen. Die Ballen lagen alle wie grüne Marshmallows nebeneinander im Wellblechteil des Stalles, ein geschickter Traktorfahrer hatte sie durch das hintere Scheunentor hineinbugsiert, da Elías seinen Traktor offenbar schon seit Jahrzehnten nicht mehr benutzte. Dreimal lief sie um den

Ballen herum, dann hatte sie das Netz abgewickelt und faltete es zu einem dicken Strang. Lies liebte den Duft des frischen Ballens und steckte ihre Nase tief in das würzige, aromatisch riechende Futter. »Schaf müsste man sein«, murmelte sie. »Lieber das hier als gammeliges Fleisch …« Der Gedanke an den Kühlschrankfund schüttelte sie noch nachträglich.

Die Folie wurde in einer Ecke gestapelt, wozu auch immer – sie tat nur, was sie bei Elías beobachtete. Vielleicht verbrannte er sie irgendwann. Sicher gab's hier keinen amtlich beauftragten Aufpasser – wer würde schon nach Gunnarsstaðir kommen, um zu kontrollieren, was im Feuer brannte. Der Spitz, der sie begleitet hatte, kuschelte sich in sein Wollnest und beobachtete sie träge, doch längst nicht mehr so wachsam wie am Anfang. Und manchmal, wenn sie an ihm vorbeilief, wedelte er sogar mit der Schwanzspitze. Sie war keine Gefahr mehr, sie gehörte jetzt zum Haushalt.

Das fühlte sich merkwürdig an. *Sie gehörte zum Haushalt.*

Nein. Das fühlte sich gut an.

Eines der Schafe stöhnte. Lies legte das Messer auf die Fensterbank und machte sich auf die Suche. Das Schaf lag in einer Reihe mit anderen Schafen im Laufstall, den Rücken gegen die Wand gedrückt. Seine stieren Augen waren leer, und es drehte auch nicht den Kopf, als sie sich heranpirschte. Eine rosafarbene Zunge leckte die dünnen Lippen, wieder und wieder. Lies hatte erst einmal gesehen, dass ein Schaf sich das Maul leckte. Damals hatte Elías ihr erklärt, dass das Tier Schmerzen hatte. Hier stimmte etwas nicht. Zwei Schafe sprangen auf die Füße und zogen es vor, das Weite zu suchen – dieses blieb einfach liegen und stöhnte wieder leise. Ganz offenbar war eine Geburt im Gange. Lies' Herz begann zu klopfen.

Wie sie es bei Elías gesehen hatte, klemmte sie eine weitere Holztür in den Boxengang und machte sich daran, das Schaf in seine neue Box zu treiben. Schwerfällig erhob das Tier sich und humpelte vor ihr her, mit tiefer Stimme abgehackt blökend, als wollte es sich über das Ungemach beschweren, hochschwanger fortgetrieben zu werden.

»Nanana«, sagte Lies leise und band das Holzgatter hinter sich an den Seiten fest. Der eine Laufstallgang war auf diese Weise schon zu lauter Einzelbehausungen geworden. Gespannt setzte sie sich auf die Brüstung und wartete. Im Stall herrschte gespannte Stille. Leises Mümmeln, Klackern, wenn Lämmer auf dem harten Boden umhersprangen. Hier und da ein mütterliches Blubbern, wenn sie es zu toll trieben. Irgendwo schmatzte es beim Milchsaugen. Das Schaf stöhnte, langgezogen und qualvoll. Mühsam erhob es sich, drehte sich einmal um sich selber. Es sah auf seinen Bauch und knickte mit den Vorderbeinen wieder zum Liegen ab. Es hechelte, für einen Moment sah man die rosige Zunge hervorblitzen, rechts geleckt, links geleckt, wieder rechts... Das Schaf litt sichtlich. Wäre Elías nicht im Bett gewesen, Lies hätte ihn geholt. Aber so, wie er die Tür hinter sich zugeknallt hatte, verspürte sie keine Lust, angeblafft zu werden. Krampfhaft überlegte sie stattdessen, was er hier wohl tun würde. Das Schaf machte keinen guten Eindruck. Seine grünlichen Augen wirkten müde und gequält, die Bewegungen schlapp. Man sah deutlich, wie es presste, doch wofür? Nichts bewegte sich, das Hinterteil blieb, wie es war, flach und von langen, gelockten Schmutzsträhnen verhangen.

Das Schaf sah sich nach ihr um. Wieder presste es und stöhnte dabei, so dass Lies beinahe das Herz stehen blieb. *Manchmal muss man helfen.* Jóis Stimme kam ihr in den Sinn. Manchmal muss man helfen. Und bitte wie?? Was?? Warum war Jói nicht hier?

Sie sah sich um. Auf der Kiste an der Wand stand ein Karton mit allerlei Kram, vielleicht war etwas Brauchbares dabei. Eine Schere, ein Messer, allerlei Töpfchen und verschmutzte Tiegel mit Medikamenten unbekannten Alters und ein Topf Vaseline. Sie hatte bei Elías einmal gesehen, wie der sich die Hand damit eingeschmiert und dem Schaf hinten reingefasst hatte, und sie hatte sich furchtbar davor geekelt. Offenbar war jedoch nun sie an der Reihe, denn dieses Tier brauchte Hilfe. Ekel hatte keinen Platz. Während sie den Tiegel aufschraubte und mit spitzem Finger Vaseline herausangelte, sehnte sie sich kurz nach ihrem Schreibtisch im Finanzamt zurück. Aber nur ganz kurz.

Die Sauberkeit, die Ordnung der Kugelschreiber und der Stempel. Die trockene, eintönige Luft. Der gedämpfte Geräuschpegel. Die Tüte Lakritz in der Schublade.

Packbiers Nörgelstimme im Nebenraum.

»*Helvíti. Heeeelvíti.*« Vor der beschworenen Hölle verschwand sogar Packbier. Entschlossen schmierte sie die Hand mit Vaseline ein und hielt sie wie eine Waffe vor sich hin. »*Heeelvíti!*« Scheiß auf Packbier. Das hier war echt.

Das Schaf lag da und sah sie an. Immer wieder leckte die Zunge über das feine Maul, stoßweise kam der Atem, das ganze Schaf wankte nur vom Atmen. Hier ging es um etwas. Lies biss sich auf die Lippen. Festbinden oder nicht? Da sie keine zündende Idee hatte, wie sie das Schaf festbinden sollte, hoffte sie auf seine Kooperation und näherte sich dem Hinterteil.

»Man sollte eine wöchentliche Dusche für euch einführen, das stinkt ja erbärmlich«, fluchte sie leise und schob die Haare zur Seite. Es stank nach Kot und feuchtem Fell, Schmiere und Schleim hingen dort, wo das Lamm herauskommen sollte, und die ganze Region war geschwollen und rot. Eine kleine Klaue schaute heraus. Sie wurde mit den Wehen vorgeschoben und sank zurück, vor und zurück. Vor, zurück. Das Lamm steckte fest.

Lies schluckte. Sie wusste, das hier war nichts für sie. Sie musste Elías wecken.

Elías wecken. Ob das so schlau war?

Vorsichtig fühlte sie an der Klaue. Wo eine war, musste auch eine zweite sein. Ob die drinnen festsaß? »Verfluchter Mist«, murmelte sie, »ich muss Elías wecken. Was soll ich denn hier machen …«

Das Schaf blökte leise und gequält. Der Schmerz des Tieres stand wie eine Wand vor ihr – nicht weggehen. Tu was. Und dann fühlte es sich so an, als lege ihr jemand die Hand auf die Schulter. Sie drehte sich um. Niemand da. Doch die stickige Luft um sie herum wurde klarer, sie konnte sehen, was nötig war. Und Lies fand den Mut, ganz vorsichtig mit dem Finger in die Scheide des Schafs zu fahren, sie staunte, wie breit der Eingang war und nahm sorgsam einen Finger nach dem anderen mit, bis die ganze Hand drinsteckte. Dann war der Ekel verschwunden, Lies roch nichts mehr von Kot und Ammoniak, sie nahm nichts mehr um sich herum wahr, sie schloss die Augen, lag auf den Knien im Mist, den Kopf in die Schafwolle gedrückt und fühlte ... fühlte Wärme ... Schleim ... Muskel ... Körperteile, ertastete, befühlte ... das Beinchen, ein Kopf, der nach vorne wollte und festhing, eine feine Kehle, das zierliche Maul – der Kopf war nach oben weggeklappt, und einen zweiten Fuß fand sie nicht ...

Lies rutschte noch dichter an das Schaf heran. Dass es Kot am Hinterteil hängen hatte, spielte keine Rolle mehr. Sie presste den Kopf gegen die langen, verfilzten Haare. Es grunzte unter einer Wehe, die Lies' Hand fast mit hinausdrückte, und sie fluchte leise. Noch einmal. Wenn das Lamm schief hing, musste es gerade gemacht werden, war doch eigentlich ganz einfach. Und so drückte sie das Tierchen mit aller Kraft zurück, nahm mit zwei Fingern das Köpfchen nach unten und suchte fieberhaft nach dem zweiten Bein, bevor die nächste Wehe herangewogt kam. Ihre Finger glitschten an dem schmalen Körper vorbei, sie fühlte, wie der Geburtskanal erneut schwoll – da war das Bein! Unter den Bauch geklappt! Hastig zupfte sie mit Daumen und Zeigefinger, steckte den Finger hinter das Beinchen, fischte es hervor und ließ sich mit der heranrauschenden Wehe nach draußen treiben. Schwer atmend sank sie zusammen. Der Rücken schmerzte von der ungewohnten Haltung, und nun doch angeekelt, wischte sie die Finger am Schaffell sauber. Wieder stöhnte das Tier tief und lang, feuchter Schleim schmatzte: Das Lamm war ihr gefolgt, zwischen den beiden Beinchen war eine Nase in der Scheide zum Vorschein gekommen. Das Mutterschaf grunzte aus tiefster Kehle und erbebte beim Pressen. Lies riss sich zusammen. Mit beiden Händen griff sie nach den

Beinchen und zog daran – und die nächste Wehe spülte das Lämmchen auf den Boden!

Es sah aus wie ein Stück totes Fleisch.

Betroffen beugte sie sich über den Neuling, rührte an seinem Köpfchen. »He«, sagte sie leise. »Sag was.«

Die Mutter drehte sich schwerfällig um und begann das Lamm abzulecken. Sämtlicher Mut und die eben noch kühle Gelassenheit fiel von Lies ab. Wieder empfand sie Ekel, roch das süßliche Blut ... und doch verharrte sie, denn das Lamm zuckte mit dem Ohr. Stück für Stück legte die Mutter ihr Lamm frei, zupfte ihm die dünne Eihaut vom Körper und massierte mit der rauen Zunge den schlaffen, dünnen Körper. Das Lamm hob den Kopf. »*Bääääh*«, machte es leise und sehr müde.

Ein dicker Kloß verschloss Lies' Hals. Das hier war das Leben. Das war der Beginn – so einfach und so klar.

Wieder diese Klarheit. Eben noch nicht da und jetzt – da.

Da lag es, neu, so neu wie nichts sonst auf der Welt – und sie hatte ihm geholfen, diesen Weg zu schaffen. Sie war das Erste, was dieses Lebewesen von der Welt an sich gespürt hatte – ihre Finger, die den Weg zum Leben gezeigt hatten. Lies hockte sich in den Mist und weinte. Tränen rannen über ihre Wangen, sie fand sich furchtbar albern und sentimental, doch sie konnte die Tränen nicht unterdrücken – das hier war unglaublich!

Das Schaf hatte das kleine, lockige Kerlchen von der Eihaut befreit und gab ihm einen aufmunternden Stubs. Den Rest musste es selber schaffen, seine Mutter ging jetzt erst mal saufen. Mit großem Durst soff sie den Plastiknapf auf dem Futtergang leer und widmete sich dem

Heu. Das Lamm meckerte leise und hob wackelnd den Kopf. Hübsch war es, mit einem Köpfchen wie eine Puppe und seltsam braungeflecktem Fell, in dem Lichtreflexe von der Petroleumlampe tanzten. Kein anderes Lamm auf Gunnarsstaðir sah so aus. Leise rührte Lies an den Löckchen. »Ich nenn dich Solveig – wie gefällt dir der Name?«, flüsterte sie. »Hat was mit Sonne zu tun. Oder so. Irgendwann kann ich ihn dir richtig übersetzen. Solveig.«

Der Stall hatte sich in eine Zauberwelt verwandelt. Das Rascheln und Knacken umgab Lies wie ein schützender Mantel, was interessierte da noch, was draußen abging. Ob Elías wegen irgendwas knurrig war oder ob es schneite, regnete, stürmte, ob es nach Pisse stank, war doch alles egal. Lies wurde mutiger. Sanft strich sie über den Lämmerkopf. Ungeschickt reckte das Tierchen sich, setzte die schmalen Beinchen auf, ging auf die Knie und brach wieder zusammen. Aller Anfang war schwer. Lies lächelte schniefend. Kurz bevor ihr die Beine vom Hocken einschliefen, hatte das Lamm mit Namen Solveig es dann doch geschafft und torkelte auf unsicheren Beinen zur Mutter hin. Wie blind stubste es ins Fell hinein, stieß mit der Nase gegen das Bein, offenbar auf der Suche nach dem Euter. Die Mutter sah sich nur kurz um, blubberte zärtlich, ließ sich aber nicht vom Fressen abhalten. Kinder zur Welt bringen ist anstrengend. Das Lamm schwankte. Wieder und wieder stieß es mit dem Kopf gegen ein imaginäres Euter, blind ins Fell hinein – und dann traf es tatsächlich die richtige Stelle. Fasziniert beugte Lies sich vor. Mit überstrecktem Kopf stand es da auf unsicheren Beinen und schmatzte, schmatzte, schmatzte …

»*Glæsilegt gott*«, sagte da jemand hinter ihr. »*Helvíti gott* – verdammt gut.«

Lies fuhr zusammen, fast blieb ihr das Herz stehen. Elías stand an der Holzbrüstung, betrachtete ihre verschmierten Hände und nickte mit zusammengekniffenem Mund. Ohne ein weiteres Wort drehte er sich um und humpelte hinaus, und wie ihr vorkam, humpelte er noch stärker als sonst. Lies wischte sich die Tränen aus dem Gesicht. Seit wann er wohl hier gewesen war und sie in ihrer Rührung beobachtet hatte? Oder ob er alles mitangesehen hatte?

Sie hatte den Eindruck, als baue er gesundheitlich ab. Sie hatte keine Ahnung von Krankheiten. Aber es kam ihr vor, als würde er langsamer in allem, was er tat. Sie fand nicht nur die Thermoskanne erneut im Kühlschrank, auch den Zucker versteckte er neuerdings dort, und sogar ein paar Strümpfe gelangten auf unerklärliche Weise in das stets leere Gemüsefach.

Es hatte sich so eingebürgert, dass er kochte und sie einen Großteil der Stallarbeit verrichtete – ohne dass sie darüber geredet hatten. Lies war das ganz recht, sie befürchtete, es ihm doch nicht recht machen zu können. Alte Leute waren so schwierig, was Essen anging, das wusste sie von Oma.

Doch was er auf dem Herd für sie beide zusammenrührte, schmeckte bisweilen wunderlich und wurde von Tag zu Tag exotischer. Er goss Ahornsirup an den Braten, und bestrich sein Fleischstück mit Marmelade. Mal war das Fleisch, das er alle paar Tage aus der Kühltruhe holte, nach dem Zubereiten zäh wie Sohlenleder, mal innen blutig. Sie erinnerte sich, dass das in den ersten Wochen nicht so gewesen war, Elías also offenbar zerstreuter wurde. Die Brote variierten zwischen labbrig und hart, und manchmal fand sie Dinge im Brot, die dort nichts zu suchen hatten, vielleicht weil er den Tisch in der Speisekammer abfegte. Die Brotbackmaschine stand ja unter diesem Tisch. Schrauben hatten nun wirklich nichts im Brot zu suchen – Schrauben jedoch begegneten einem seltsamerweise überall im Haus, als ob Schrauben diese armselige Existenz hier zusammenhielten. Lies versuchte, noch mehr Ordnung in der Speisekammer zu halten, kehrte regelmäßig den Boden und wusch die Regale ab. Trotzdem biss sie immer wieder mal auf Steinchen im frischen Brot. Man wurde duldsam, es hatte ja keinen Sinn zu meckern, weil sich nichts am Zustand ändern würde – Steine spuckte sie also neben den Teller, labbriges Brot warf sie in den verrosteten Toaster, den sie in einer Ecke der Speisekammer gefunden hatte, zu hartes Brot briet sie sich mit Fett in der Pfanne. Elías ließ sie gewähren, kommentierte nichts, und er lachte sie auch nicht mehr aus, wie er es noch zu Anfang bisweilen getan hatte. Ihn interessierten ihre Essensvorlieben und Gewohnheiten herzlich wenig. Er lebte, umgeben von *helvíti, helvíti* und klebrigem Ahornsirup, sein Leben, wie er es seit vermutlich hundert Jahren tat.

Einmal gab es milchige Suppe, in der allen Ernstes Gräser und Moosstückchen schwammen, die er einen ganzen Vormittag lang auf den Klippen gesammelt hatte. Das kam Lies geradezu mittelalterlich vor. Die Suppe hatte zwar eine arg schleimige Konsistenz, schmeckte jedoch wider Erwarten ziemlich gut, und sie freute sich auf den zweiten Teller zum Abendbrot. Die zerkochten Innereien, die für einen Sonntag vorgesehen waren, hatte er zu Mus gekocht und mit viel Pfeffer gewürzt, man musste einfach nur vergessen, was man da aß. Das war nicht ganz einfach, aber es ging, weil sie hungrig genug war. Doch an dem Tag, als es süßen Milchreis mit gekochter Blutwurst gab, ließ Lies ihren Teller stehen und verließ die Küche, weil sie befürchtete, sich auf den Teller übergeben zu müssen. Danach deckte er den Tisch nicht mehr für sie.

»Bekomme ich kein Essen?«, fragte sie patzig bei der nächsten Mahlzeit.

Elías zuckte mit den Schultern und widmete sich kommentarlos seiner trüben Wassersuppe, in der Brotstücke herumschwammen, weil er seit einigen Tagen einem Sparsamkeitswahn verfallen war und selbst Brotscheiben neuerdings abzählte. Lies' Gesicht versteinerte sich vor Ärger.

»Also kein Essen«, sagte sie mit harter Stimme auf Deutsch. »Ich schufte für dich, räume deinen Mist weg, aber Essen hab ich nicht verdient, oder wie?« Wut und Enttäuschung schnürten ihr die Kehle zu. Bevor er sie daran hindern konnte, schnitt sie sich zwei dicke Scheiben Brot ab und stapfte in den Stall. Dort gab es Wasser aus dem Hahn und in einem Schälchen, das sie gestern früh dort vergessen hatte, Schafsmilch, die wie Crème double schmeckte und mit ihrem gewaltigen Fettgehalt erst die Kehle schmierte und dann den Bauch wärmte. Irgendwann war sie darauf gekommen, dass Schafsmilch, obwohl sie so seltsam roch, besser schmeckte als alles, was sie je an Milch getrunken hatte. Und dass man davon wunderbaren Brotaufstrich machen konnte – wer mochte da noch an deutschen Schmierkäse denken? Mit dem Finger verteilte sie die Schafsmilchcreme daumendick auf ihrem Brot und musste grinsen bei dem Gedanken, wie Elías sich über die Verschwendung der kostbaren Milch ärgern würde, wenn er davon wüsste.

Zum Essen setzte sie sich draußen auf einen umgedrehten Kanister und starrte auf die graue Wiese. Über dem Misthaufen kreisten zwei riesige schwarze Vögel. Raben? Irgendwo hatte sie gelesen, dass es in Island noch viele Raben gab. Aus hellen Äuglein musterten sie die Zuschauerin, landeten dann auf dem Mist und krächzten sie auf beinah unverschämte Weise an. *Fahr! Fahr! Fahr!* meinte Lies zu hören. Sie stopfte sich das restliche Stück Brot in den Mund, auf das es der eine Rabe wohl abgesehen hatte, und warf dann einen Stein nach den Vögeln. Selbstbewusst langsam flogen sie auf, rauschten über ihren Kopf – *Fahr! Fahr! Gunnarsstaðir gehört uns* – und verschwanden hinter dem Scheunendach.

»Haltet's Maul!«, brüllte Lies ihnen hinterher. »Haltet doch alle das Maul – alle!«

Auf Gunnarsstaðir wurde es noch schweigsamer.

Wie Jói vorausgesagt hatte, kamen immer mehr Lämmer zur Welt, während sie im Stall war, und die Futterrunden dauerten länger und länger. Inzwischen konnte auch sie erkennen, wenn sich ein Schaf im Laufstall niederlegte und die charakteristischen Geräusche machte, dass sich eine Geburt ankündigte. Meist war noch genug Zeit, das Tier in eine rasch durch Holzelemente abgetrennte Box zu treiben, damit es in Ruhe gebären konnte. Doch selten war Zeit dabeizubleiben, weil die anderen Tiere versorgt werden mussten. Immer dasselbe, immer dieselbe Runde, vom Heuballen zu den Futtergängen und zurück, am braunen

Schaf vorbei, am Zuchtbock vorbei, der gierig aus seiner Box herausschaute, an dem graumelierten Schaf vorbei, das sie stets so klug anschaute und das seine Drillinge ganz ohne Hilfe zur Welt gebracht hatte. Ob es tatsächlich schlauer war als die anderen? Seine Lämmer gehörten auch zu den pfiffigeren im Stall, die kletterten schon nach wenigen Tagen fast bis auf den Futtergang und balgten sich von früh bis spät.

Auf dem Futtergang drängten sich immer hungrige Nasen an ihren Füßen vorbei – sie lernte, dass es sinnvoll war, dem Drängeln nicht nachzugeben, denn ein falscher Tritt konnte in Island ein Schicksal besiegeln, wenn man so einsam wohnte wie Elías auf Gunnarsstaðir. Gar nicht auszudenken, was geschehen würde, wenn sie sich den Fuß brach.

Und Elías?, fragte eine leise Stimme.

Nicht auszudenken, wenn mit ihm etwas war. Lies kämpfte energisch gegen diese Gedanken. So, wie sie ihn kennengelernt hatte, war ihm doch alles gleichgültig. Oder?

Nachdenklich lehnte sie dann doch an der Brüstung und starrte auf den gestampften Lehmboden. Ein Kinofilm fiel ihr ein, den sie vor noch gar nicht so langer Zeit gesehen hatte. Er handelte von einem alten Mann auf einer einsamen Farm, der seinen Weggang vorbereitete. Seine Frau war gerade gestorben, niemand wusste davon. Aus Holzresten und Treibgut baute er ihr einen Sarg, nahm Abschied von ihr, wuchtete den Sarg allein in das geschaufelte Grab und legte sich dann neben den Sarg. Über eine Ziehvorrichtung klappte er einen Anhänger hoch, und die daraufliegende Erde rauschte auf ihn herab und begrub ihn neben seiner Frau – just in dem Moment, als die Tochter durchs Hoftor hereingefahren kommt, um die greisen Eltern ins Altersheim abzuholen. Ein Film von unglaublicher Klarheit und Konsequenz. Sie grübelte. »The last farm« hatte der geheißen – und er hatte tatsächlich in Island gespielt. Frierend lugte sie durch das angelehnte Scheunentor. Elías hätte sie so was auch zugetraut. Bitterste Konsequenz bis zum allerletzten Atemzug, bis die Erde, die man ein Leben lang umarmt und eingeatmet hatte, einem die Luft nahm und zum ewigen Schlaf zudeckte …

Sie sah sein verbittertes, unrasiertes Gesicht vor sich. Konsequent und gleichgültig? Nein. Die Tiere waren ihm nicht gleichgültig. Ob er sich da etwas überlegt hatte? So selten wie hier jemand vorbeikam, würden sie doch verhungern, alle miteinander. Die Schafe, die Lämmer, das Pferd.

Das Pferd schnaubte ausgiebig. Lies schloss die Scheunentür und wanderte zu der Box am Ende des Stalles. Was tat dieses Pferd überhaupt hier, kam es jemals raus, wurde es geritten? Oder war es nur da? Sie beugte sich über die Tür und schaute in die Box, die sie heute Morgen erst wieder ausgemistet und gekehrt hatte. Das Pferd stand in der Ecke und döste. Inzwischen konnte sie es sogar anfassen, ohne dass es zurückwich. Und weil sie das weiche Fell so faszinierte, öffnete sie die Tür zu der Box und trat vorsichtig ein. Das Pferd hob den Kopf.

»Naaa«, fragte sie leise. »Was tust du so den ganzen Tag?« Leises Schnauben. Vorsichtig berührte sie die Mähne und war sich bewusst, dass jede ihrer Bewegungen beobachtet wurde. Ihre Hand glitt von der Mähne herunter auf die Brust. Das Pferd ließ es geschehen, ohne Furcht, jedoch hoch aufmerksam. Lies wanderte an ihm vorbei, vorsichtig die Hand über das Fell ziehend, über den dünnen Leib, die magere Kruppe, bis zum Ansatz des enormen Schweifes, der sich leise bewegte. Wie merkwürdig, dass das Pferd trotz des Schmutzes immer so sauber wirkte ... Sie betrachtete die Wand, an der es immer stand. Hellere Stellen zeigten, wo es sich gerne schubberte, an einem Astloch waren Mähnenhaare hängengeblieben. An der Außenwand gab es ein Tor, durch Ritzen zog kalte Luft in den Stall. Und sie entdeckte, wie Elías Vorsorge getroffen hatte, damit sich das Pferd im Notfall befreien konnte: Es gab nämlich eine Art Riegel an dem Tor, der nur durch eine Schnur gehalten wurde. Ein gezielter Tritt, und das Tor würde aufspringen. Ob es so klug war wegzulaufen? Aber vielleicht war das ja der Trick: Der Weiße würde weglaufen, Leute würden ihn sehen und ahnen, dass auf Gunnarsstaðir etwas nicht stimmte. Und gucken kommen. Sicher wusste jeder, dass Elías Böðvarsson kein Telefon besaß. Jeder wusste das – außer Lies Odenthal.

Man musste sich zu helfen wissen, wie der alte Mann im Film, der sich selbst begrub, obwohl so was doch eigentlich gar nicht geht. Konsequenz, bis zum letzten Atemzug. Sie trat an die Wand und lugte durch eine breite Ritze nach draußen. Die Welt im Format einer Briefmarke. Ein Stück Wiese mit Schneeresten, das Braune dahinter waren die Berge. Ein Rabe hüpfte über Eisbuckel in ihr Sichtfeld, im Schnabel trug er Beute. Dann hüpfte er aus der Briefmarke heraus, und die kleine Welt war wieder leer.

Was es wohl für ein Gefühl war, immer eingesperrt zu sein? Immer diesen Mistgeruch zu riechen, nicht mehr als diese knappen zehn Quadratmeter für sich zu haben ...

Fast tat das Pferd ihr leid. Es war irgendwie zu groß, um in diesem Kasten zu leben, das passte nicht. Was der Alte sich dabei wohl dachte? Aber vielleicht waren gewisse Dinge auf dieser Insel einfach so. Vielleicht, weil es zu kalt war, um Energie an zu viele Gedanken zu verschwenden. Das Pferd jedenfalls machte keinen wirklich unglücklichen Eindruck – es stand halt in diesem Holzkasten, es soff Wasser aus dem Eimer, und wenn es Heu bekam, fraß es gierig. Wie Pferde das eben so machten.

Lies grinste. Irgendwie war Island verdammt einfach – trotz der komplizierten Sprache.

Mit der Zeit traute sie sich sogar vom Hof weg. Die Berge lauerten ihr immer noch auf, doch sie schaffte es inzwischen, die eingezäunten Weiden zu erkunden und hinter dem Haus in den Hängen herumzuklettern. Dorthin folgten die Berge ihr nicht, und sogar das seltsame Brummen, das sie immer dann hörte, wenn sie darüber nachdachte, wie verflucht einsam Gunnarsstaðir doch in diesem Tal lag, wurde deutlich leiser. In den Hängen fand sie die Wildgansnester, aus denen Elías die riesigen, wohlschmeckenden Eier gestohlen hatte. Die großen Vögel flogen erregt schnatternd auf, wenn sie dort umherstreifte. Auch ein Schneehuhn entdeckte sie, als sie zwischen den Heidebüscheln saß. Durch sein Davoneilen peppte es das gräuliche Areal, welches sie sich zum Anschauen ausgesucht hatte, enorm auf, denn es trug noch Reste seines weißen Wintergefieders.

Lies hatte festgestellt, dass sie weniger Angst vor dem braunen Tal und seiner Einsamkeit empfand, wenn sie sich nur ein kleines Stück der Gegend anschaute. Ein paar Felsbrocken, lange Gräser, altes Heidekraut. Harsche Schneereste in windgeschützten Winkeln. Müde Grasnarbe, Tierköttel zwischen den Halmen, das verlassene Nest eines Bodenbrüters. Ein Stück rotweißes Plastikband, weitgereist. Neben einem dicken Stein eine alte Axtschneide. Lies hob sie auf. Ob sie Elías gehörte? Oder seinem Vater? Großvater? Einem Wikinger?

Sie fand auch alte Knochen in einer Senke hinter der großen Weide, groß genug, dass sie einem Pferd gehören konnten. Der Spitz sprang kläffend um sie herum und wirkte aufgeregt, deswegen ließ sie den Knochen wieder in der Bodensenke verschwinden. Vielleicht nahm man in Island keine Knochen in die Hand.

An diesem Abend blieb sie nach dem Essen in der Küche sitzen, statt sich wie sonst in ihr Zimmer zurückzuziehen, um sich für die Nachtrunde im Stall auszuruhen. Elías hatte das Radio nach den Nachrichten vergessen auszudrehen, und so knarzte leise Musik aus dem Äther. Der Ölofen bullerte geheimnisvoll vor sich hin. Auf dem Fußboden malte sich ein Ölfleck ab – da hatte sie beim Einfüllen des Öls nicht aufgepasst, und es würde tagelang danach riechen. Elías schien das nicht zu stören, vielleicht roch er es auch gar nicht. Er kam mit einem Korb bewaffnet in die Küche und setzte sich schweigend auf seinen Platz, und zu Lies' großem Erstaunen entnahm er dem Korb Strickzeug.

»Ich habe Knochen gefunden«, sagte sie mit einem Mal. Elías sah hoch, so interessiert wie noch nie zuvor. »Ich habe Knochen gefunden. Da hinten.« Sie deutete in die Richtung, wo sie das Grab gefunden hatte.

Lange sah der Alte sie an. Abwehr in seinem Blick ging

über in Verwunderung, dann in Interesse. Vielleicht fragte er sich, woher sie die isländischen Worte kannte. Oder auch, wo sie sich herumtrieb, wenn sie nicht arbeitete. Ein leises Lächeln zuckte um seinen schlaffen Mund. Lies machte große Augen.

»Mein Vater«, sagte er langsam. »Mein Vater begrub seine treuen Pferde. Er aß sie nicht auf.«

Die Stimme verklang. Stille senkte sich über das Zimmer. Die Knochen da draußen hatten sich zu den anderen, stummen Bewohnern von Gunnarsstaðir hinzugesellt. Zu Anna Bryndís, Palli, Ísak und dem allgegenwärtigen *helvíti*. Da musste sie doch grinsen. *Helvíti*. Elías nahm sein Strickzeug auf, sortierte die Nadeln und wickelte den Faden um seinen krummen Zeigefinger. Langsam und ungelenk schlang er Masche um Masche seines Strumpfgebildes. Lies hatte noch nie einen Mann beim Stricken gesehen. Ganz eigenartig sah das aus – wie ein Foto aus längst vergangenen Zeiten. Der alte zerknautschte Mann und sein graustacheliger Strickstrumpf. Es hatte auch etwas Beruhigendes, ihm dabei zuzusehen, und ein paar Abende später fand sie den Mut, ihn um Nadeln und Wolle zu fragen. Sein Erstaunen war grenzenlos, dann lachte er wiehernd, und seine alten Augen sprühten vor Vergnügen.

»Pullover oder Socke?«, fragte er und deutete auf Lies, als könne er seinerseits nicht glauben, dass eine junge Frau Strickzeug in die Hand nimmt.

»Socke«, sagte sie ernsthaft.

»Socke«, wiederholte er. »Socke, *jæja*.« Kurz darauf hielt sie ein paar kurze Stricknadeln in der Hand und ein Knäuel kratzige, fettige Wolle und reiste gedanklich zurück in ihre Kindheit, wo sie mal stricken gelernt hatte, um sich zu erinnern, welche Nadel mit welchem Finger und wo der Faden... Geduldig sammelte sie die Nadeln vom Boden auf, wenn sie ihr durch die Maschen glitten, und versuchte erneut, das Strickzeug zusammenzuhalten und Maschen zu schlingen...

Der Alte stand wieder auf und ging an den Schrank. Aus einer Flasche goss er Schnaps in zwei Gläser, drehte sich um und reichte ihr eines davon.

»Trink«, sagte er, »trink, und dann strick.« Und er prostete ihr zu. Und weil Lies nicht unhöflich sein wollte, nahm sie sein Glas an, hob es und goss es so hinunter, wie Elías es ihr vormachte. Es brannte wie Feuer, verätzte ihren Mund, und sie musste sich zum Husten vorbeugen, weil sie keine Luft mehr bekam.

»*Brennivin* macht gute Hände«, sagte der Alte und goss das Glas erneut voll. Lies war hilflos – da hatte er nun mal gute Laune, und gleich füllte er sie mit Selbstgebranntem ab –, doch es half ja nichts, es galt zu trinken, um den friedlichen Abend nicht zu verderben. Nach Luft japsend sah sie zu, wie er Flasche und Gläser wieder in den Schrank stellte. »*Brennivin* macht gute Hände«, murmelte er und plumpste auf seinen Sitz zurück. Lies griff nach ihrem Strickzeug. Die Nadeln blieben wie durch Magie in den Maschen stecken. Heimlich leckte sie sich die Lippen. *Brennivin* also. Das Zaubermittel.

Elías lachte lautlos vor sich hin. Die Küchenuhr tickte, Nadeln klapperten. Draußen heulte der Wind ums Haus, gefrorene Schneeflocken raschelten gegen das Fenster. Im Ofen bullerte es friedlich, der Ölgeruch hatte sich an diesem Abend mit Kaffeeduft vermischt. Das Tal draußen war grau und still. Der Winter saß wie ein Bär vor der Tür.

Er verharrte dort trotzig und verwehrte dem Frühling den Eintritt ins Land, obwohl es in der Welt da draußen – zu Hause – bereits Mai war, wo Blumen dufteten und wollene Kleider in Schränken verschwanden. Auf Gunnarsstaðir hingegen schien die Zeit stehen zu bleiben. Die Küchenuhr tickte für einen Moment schneller, dann setzte sie aus – und tickte weiter.

Es gab auch tote Lämmer.

Eines sonnigen Morgens fand sie zwei vor dem Stallgebäude. Elías hatte bei seiner Morgenrunde die Kadaver herausgeräumt und zusammen mit einem stinkenden Berg von Geburtsüberresten in ein Nest aus Plastikfolien gelegt. Lies ekelte sich vor diesem grausigen Arrangement, und da gerade kein Wind ging, zündete sie den Haufen kurzerhand an, bevor sich Fliegen sammeln konnten. Na, vielleicht gab es auch keine Fliegen, kalt wie es immer noch war, aber stinken würde es sicher zum Himmel. Zusammen mit dem Spitz stand sie vor dem qualmenden Feuer, wärmte sich die Hände und sah zu, wie die Flammen die Kadaver der Lämmer langsam verschlangen. Der Geruch von verbranntem Plastik mischte sich mit brennenden Haaren zu einer reichlich ekelhaften Melange, doch dann kam ihr der Gedanke, dass Verbrennen irgendwie eine befriedigende Methode war, Dinge aus der Welt zu räumen.

Dinge, die störten. Die den Seelenfrieden störten. Die für Schlaflosigkeit sorgten. In ihrer Fantasie sah sie ihren Schreibtisch in Büro Nummer 214, linker Flügel des Nebengebäudes, brennen. Was für eine Idee! Lichterloh brennen. Akten, Papierberge, Stifte, Stempel. Sie sah sich mit

Anlagen N zündeln und Bündel von brennenden Kapitalformularen zwischen die Stapel stecken. In jeder Schublade steckte ein Aktendeckel vom Stapel »Unerledigt« und züngelte mit zierlichen Flammen. Sie sah die Rauchwolken von Büro zu Büro ziehen, die Flure entlang, sah Funken sprühen, den hässlichen Linoleumboden vertilgen, die noch hässlicheren, vergilbten Kalenderdrucke von den Wänden herunterschmelzen, und sie stieß einen wilden, fast triumphierenden Schrei aus, als die Flammen aus ihrem isländischen Plastikhaufen endlich hochstiegen, den Qualm übertrumpften und das Brandgut hungrig vertilgten. Der Spitz kniff den Schwanz ein und verzog sich. Auf Gunnarsstaðir schrie man nicht.

Lies ließ einen zweiten »I feel good!«-Schrei ab und warf neue Folien auf den Haufen, sie hüpfte und drehte sich, als die Flammen hochschlugen und versuchten, den grauen Himmel umzustimmen, und irgendwo im Haus stand Elías Böðvarsson am Fenster und betrachtete den ausgelassenen Regentanz, den seine Hofhilfe da vollführte. Abends, als sie beim Stricken zusammensaßen, fragte er sie.

»Du magst Feuer?«

Erstaunt sah sie hoch. Und grinste dann, so fröhlich, dass die Küchenuhr sich erneut verschluckte und für ein paar Schläge sogar schneller tickte.

# 5. Kapitel

Das Schaf quälte sich schon eine ganze Weile.

Lies war ratlos. Das erste Lamm war problemlos zur Welt gekommen, doch hatte die Mutter nicht mit Fressen begonnen, wie man es kannte, sondern drehte sich im Kreis, stöhnte und schaute Lies immer wieder flehend an. Irgendwas stimmte hier nicht.

»Was mach ich denn mit dir?«, fragte sie leise. Das Lämmchen versuchte mehrmals, an die Striche heranzukommen, was ihm nicht gelang, denn das Muttertier war so beschäftigt mit sich selbst, dass es fast über das Kleine stolperte. Lies legte sich auf die Knie und molk von der Vormilch in das Fläschchen – eine Fertigkeit, die sie in den letzten Tagen erlernt hatte, als ein Lamm nicht trinken wollte. Irgendwann hatte sie sich entnervt unter das Schaf gelegt und so lange am Euter gefummelt, bis Milch in die Schale lief – seither konnte sie melken. Manche Dinge waren sehr einfach in Island.

Die Striche glitten prall zwischen ihre Finger, feine Strahlen Milch quollen herunter und zielsicher in die Flasche hinein. Sie schraubte den Schnuller auf den Rand und schob sich das Lämmchen so unter den Arm, wie sie es bei Elías gesehen hatte. Durstig trank das Tierchen, während die Mutter sich weiter drehte, hinlegte, wieder aufstand, unter Schmerzen stöhnte. Das selige Schmatzen des Tierchens machte Lies daher nicht so glücklich wie sonst. Als das Lämmchen satt und zufrieden in der Ecke lag, packte Lies das Muttertier entschlossen bei den Hörnern und band es mit einem Strick am Gatter fest – ebenfalls etwas, was sie sich erst seit ein paar Tagen traute, denn die Schafe waren blitzschnell, und man musste noch schneller sein und gut zupacken, sonst hatte man blaue Flecken an den Oberschenkeln. Sie schmierte sich die Hand mit Vaseline ein und glitt vorsichtig in die Scheide hinein, wie sie es inzwischen viele Male getan hatte, um Lämmern auf die Welt zu helfen, um sie in der Gebärmutter zu drehen oder um widerspenstige Nachgeburten herauszufischen. Für alles hatte es ein erstes Mal gegeben, und von Mal zu Mal hatte sie mehr Mut gehabt, etwas auszuprobieren. Was blieb einem auch anderes übrig, so ganz allein und sich selbst überlassen. Schwierigere Fälle hatte Elías mit untrüglichem Gespür meist selber vorgefunden und gelöst, und sie hatte aufmerksam zugeschaut.

Diesmal jedoch war alles anders. Nichts, was sie ertastete, war so, wie sie es schon mal gehabt hatte. Ein Bein, kein Kopf, ein Knäuel ohne Zusammenhalt, und das Schaf stöhnte unter den Wehen, die nichts vor- und nichts zurückbrachten. Ihre Finger glitten an der unförmigen Masse ab, ohne sie dem Ausgang ein Stück näher bringen zu können

Lies wischte die Finger am Fell sauber. »Ich hol dir Hilfe«, sagte sie, mit einem sehr unguten Gefühl im Bauch. Elías musste her, egal, wie übellaunig er heute gewesen war, er musste kommen und seinem Schaf helfen. Eilig verließ sie den Stall.

Heftiger Wind empfing sie draußen, Regen nieselte ihr ins Gesicht, und der Himmel war grau von schweren Wolken. Nebel stieg vom Fluss hoch, dahinter saßen grimmig die kahlen Berge und warteten, wie sie das immer taten. Auf was nur warteten sie? Der Mai war längst angekommen, doch warmes Wetter hatte er nicht im Gepäck gehabt, vielmehr immer wieder Schneeschauer und bitterkalte Nächte, so dass sogar der *fréttamaður* im Radio davon berichtete. Kalt kroch die Feuchtigkeit durch ihre Ärmel und die Beine hoch. Lies bekam schlechte Laune. Sicher lag der Alte im Bett. Am Morgen war er nicht im Stall gewesen, hatte stattdessen das Badezimmer verwüstet und in der Küche keifend eine Tasse nach ihr geworfen, und sie hatte den Grund für seinen plötzlich aufwallenden Zorn nicht erraten können. Sie hasste solche Tage, und an solchen Tagen hasste sie Elías.

Der Spitz war nicht zu sehen, nicht in seiner Hundehütte, nicht im Eingang bei den Schuhen, wo er bei schlechtem Wetter liegen durfte.

»Elías! Elías? Ich brauche Hilfe. Kannst du in den Stall kommen?« Diese Worte hatte sie sich an einem Abend sorgfältig zusammengestellt, für den Notfall. Isländisch war immer noch ein Buch mit sieben Siegeln, und es war immer besser, ganze Sätze auswendig zu lernen. Jetzt war ein Notfall. Lies staunte, wie selbstverständlich die Worte über ihre Lippen glitten.

»Elías? Ich brauche Hilfe. Kannst du kommen?«

Kein Ton war im Haus zu hören. Lies wanderte von der Küche in den nächsten Raum, zurück, in die Speisekammer, in die Kühlkammer. In der Küche keine Spuren, auch nichts Gekochtes. Er hatte gar nichts gemacht, nicht mal gekocht, nachdem es am Morgen nur ein paar Reste gegeben hatte. »*Helvíti.* Verfluchter Mist!«, knurrte sie. Nicht mal Brotteig hatte er am Vorabend angesetzt, die Brotmaschine gähnte sie an. Für den knurrenden Magen schob sie sich einen Kanten trockenes Brot in die Jackentasche und suchte weiter. »Elías! Wo steckst du? Kannst du in den Stall kommen?« Stille. Die alte Heizung knackte, die Küchenuhr tickte *Tod-und-Leben-Tod-und-Leben-Tod-und-Leben …*

Sie wurde unruhig. ›Elías ist krank‹, hatte Jói damals gesagt. Krank. Heute Morgen war er verrückt gewesen – war das seine Krankheit? Er hatte stark gehumpelt und gestöhnt, doch sie hatte nicht verstanden, worüber. Oder war er doch nur so verrückt, wie alte Leute eben sind? Seine Zimmertür war wie stets sorgfältig verschlossen. Lies nahm allen Mut zusammen und drückte die Klinke herunter. Schob die Tür auf – was, wenn er hilflos im Bett lag, sie gar nicht hören konnte, gar tot dort lag… Das Zimmer war leer. In einem Karton neben der Tür fand sie einen Haufen benutzter Mullbinden, deren Geruch wie ein unsichtbarer Vorhang im Zimmer schwebte. Lies wandte sich würgend ab und schaute sich um. Der filzige Strickpullover, den er nur draußen anzog, fehlte. Auch seine Bergschuhe fand sie nicht in dem Schuhsammelsurium auf dem Flur. Eilig rannte sie wieder raus. Wo steckte er nur? In der Scheune im Hühnerstall girrten die Hühner vor sich hin, aber kein Elías war zu sehen.

»Elías!«, brüllte sie, während sie nach ihrer Jacke griff. Panik stieg in ihr hoch – nicht wegen des Schafes, das sich im Stall vielleicht zu Tode quälte, nein. Bisher hatte sie immer gesehen, wohin er gegangen war, an ganz freundlichen Tagen hatte er ihr sogar die Richtung gewiesen, in die er gehen würde, oder zumindest an die Stalltür geklopft, damit sie wusste, dass er loswanderte, um Moos zu suchen oder zwischen den Felsblöcken herumzusteigen. Diesmal nicht, diesmal hatte sie auch nicht die leiseste Idee, wo sie suchen sollte, und die Einsamkeit sprang ihr über diese Erkenntnis wie eine fauchende Katze in den Nacken. Die Berge rückten enger zusammen, hielten Gunnarsstaðir fest im Griff und raubten ihr die Luft. Dicke Wolken quollen von den Hängen herab, um das Tal einzunehmen, in der Ferne sah man die Spitzen der Berge schon nicht mehr. Der Regen wurde stärker, rann an ihrem Gesicht hinunter in den Kragen. Lies begann zu fluchen. Wohin, wo nur suchen? Was tun? Kein Hund, keine Spur, kein Garnichts, wo sollte sie suchen …

Ziellos rannte sie um den Hof herum. Traktor, Öltank, Geröllhalde. Nichts. Den Trampelpfad in Richtung Schotterpiste. Nichts. Ob er zu den Klippen gegangen war? Oder dahin, wo die Wildgansnester waren? Bei dem Wetter?? Es gab außerdem doch noch genug Gänseeier in der Speisekammer. Oder ob er Moos suchte? Das tat er ja oft, und nicht immer kochte er es dann auch. Manchmal legte er es zum Trocknen auf die Fensterbank und kochte sich von den getrockneten Klümpchen einen übelriechenden Tee, der gut gegen Husten sein sollte. Trotzdem – Moos suchen bei dem Wetter? Immer stärker wurde die Unruhe in ihr, und mit hochgezogener Kapuze lief sie los, gegen den Wind, der ihr die Regentropfen ins Gesicht peitschte, als wollte er sie davon abhalten, den Hof zu verlassen. Sie ging am Zaun entlang, bis er zu Ende war, dann kam das Pferdegrab mit den Knochen, dahinter begann der Pfad zu den Klippen. Mit kleinen Schritten hastete sie ihn entlang. Man konnte leicht stolpern, weil überall Steine im Weg lagen und die obere Erdschicht durch das Schmelzwasser im Frühjahr unterhöhlt war – manchmal brach sie ein und versank in einem fußknöcheltiefen Loch … Ob Elías das passiert war? Alt und steif, wie er war – abgerutscht, eingeknickt, Bein gebrochen, Hals gebrochen – lieber Himmel!

»Scheiße!« Lies verlangsamte ihr Tempo. Die Angst, sich zu verletzen und vollkommen hilflos zu sein, fraß sich durch ihren Magen. Niemand würde sie finden. Niemand. Hilflos liegen bleiben, weil niemand sie vermissen würde. »Scheiße …« Niemand würde sie vermissen. Niemand würde sie suchen. Sie wünschte sich einen Stock, um den Boden, den sie betrat, auf Löcher abzutasten. Die Angst hinzufallen wuchs mit jedem Schritt. Und mit jedem Schritt schienen auch die Berge näher zu kommen, *genau*, raunten sie, *es ist gefährlich hier, viiiiel zu gefährlich, du hast hier nichts verloren, kein Land für Menschen, verschwinde …*

»Elías!«, brüllte Lies durch den Regen und gegen die Angst an. Es fiel schwer, den Blick auf den Boden zu heften und gleichzeitig die verfluchten Berge zu beobachten, wie sie düster ihre Finger nach ihr ausstreckten, versuchten, ihr ein Bein zu stellen. Der Wind heulte. Das eisige Grau drang in ihr Herz und drohte, sie von innen her versteinern zu lassen. »Elííías! Hörst du mich?« Wasser rann an ihrer Jacke herab und durchnässte die Jeans, die für die Stallarbeit geeignet war, aber nicht für eine Wanderung im Regen, durchnässte die Skiunterhose darunter, tropfte auf die Schuhe …

»Elías!«

Irgendwo bellte ein Hund.

Der Spitz! Wie angewurzelt blieb sie stehen. Da – erneut – der Hund saß hier irgendwo! Dann konnte der Alte nicht weit sein.

»Elías!«, brüllte sie noch lauter und hastete vorwärts. »Elías, wo bist du?«

Der Regen wurde immer nieseliger, Nebel kam vom Flusstal hochgezogen. Nur noch wenige Meter bis zu den Klippen, wo sie ihn von weitem schon oft gesehen hatte und wo auch Wildgänse in Felsecken und zwischen Grasbüscheln am Abhang nisteten.

»Elías! Eliiiiiias!«

Lies blieb stehen. Das Heulen des Windes, das Rauschen des Gletscherflusses, ein paar kreischende Möwen über ihr. Regen, der ihr Gesicht wusch.

Und dann stand der Spitz vor ihr, schwanzwedelnd aus dem Nichts aufgetaucht, und bellte sie an.

»Großer Gott – wo kommst du denn her, guter Hund, wo warst du denn, wo ist Elías …?« Überglücklich hockte Lies sich auf den Boden und nahm den Hund in die Arme, und er ließ sich das gefallen, als wäre er selbst erleichtert, dass man ihn gefunden hatte und dass jetzt alles gut werden würde. »Guter Hund«, murmelte sie unentwegt und: »Wo ist Elías. Zeig mir, wo ist Elías.«

Der Spitz bellte kurz, wie eine Aufforderung. *Komm mit.* Dann lief er los, und Lies beeilte sich, ihn nicht zu verlieren.

Der Rand der Klippen, die steil zum Fluss hin abfielen, musste hier irgendwo sein, war aber kaum zu erkennen. Laut schnatternd flog eine Gans auf und flatterte zum Fluss hinunter. Sie sah sich kurz um. Das Haus von Gunnarsstaðir hatte sich in den Nebel zurückgezogen, sie war sich nicht mal sicher, in welcher Richtung sie würde suchen müssen. »Hoffentlich finde ich zurück, scheiße, warum muss das mir passieren …« Schritt für Schritt pirschte sie sich weiter vor, jederzeit damit rechnend, dass sie den Klippenrand erreichte, abrutschte, abstürzte, in den rauschenden Gletscherfluss fiel. Aus, vorbei …

»Elías?«

Ein Stöhnen drang durch den Wind zu ihr.

»Elías??«

Ein paar letzte Schritte, etwas Dunkles auf dem grauen Boden – da lag er, halb in eine Felsspalte gerutscht, mit dem Gesicht im dürren Heidekraut, die kräftigen Hände um einen knorrigen Strauch geklammert. Die Hände sind wahrhaftig das Stärkste an diesem Mann, schoss es ihr durch den Kopf. Seine Füße konnte sie nicht sehen, und auch nicht, ob er damit Halt gefunden hatte und ob er sich abstützte. Sie sank auf die Knie.

»Elías – um Himmels willen …«

Der Alte hob den Kopf, eine Spur zu träge. Angst schoss in ihr Herz. Wie lange er wohl schon hier lag …

»Elías, bist du – bist du –«, verflucht, die Worte, wo waren die Worte … sie sprach auf Deutsch weiter. »Bist du verletzt? Tut dir was weh? Hängst du fest – wie hängst du hier – ich – ach, scheiße, warum ist niemand hier, verdammt, warum hilft mir niemand …«

Elías ließ mit einer Hand den Strauch los und winkte sie näher heran. Vorsichtig beugte sie sich über ihn – und erschrak, denn unter ihm gähnte neblig der Abgrund, und die schäumende Gischt des Gletscherflusses, der sich in einer Stromschnelle an Felsbrocken brach, drohte aus dem Nebel. Der alte Mann griff nach ihrer Hand, arbeitete sich hoch zum Handgelenk und umklammerte es. Sie staunte, welch festen Griff er hatte.

»Zieh«, sagte er deutlich. »Zieh mich.«

Der Wind ließ für einen Moment nach, wie um ihr Gelegenheit zu geben, zu helfen, ohne dass Regentropfen ihr in die Augen wehten oder verwirbelte Haare ihr die Sicht nahmen. Beherzt packte sie mit beiden Händen Elías' Hand, suchte sich einen guten Halt und zog. Sie ächzte, weil er so schwer war, rutschte auf dem brüchigen, alten Heidekraut, fluchte, weil er sich kaum bewegte, dann doch, aber ohne mitzuhelfen – konnte er denn nicht, war sein Bein gebrochen …? Lies hing beinahe waagrecht über der Heide. Stück für Stück bewegte der Alte sich aus der Spalte heraus, stumm, fast unbeteiligt, was Lies plötzlich unglaublich wütend machte. Er konnte sie wenigstens ermutigen – irgendwas sagen, sie anfeuern oder sie mal anschauen. Aber nein, nichts. Grimmig schraubte er den Blick in den Boden. Der Ärger nahm überhand, verlieh ihr aber gleichzeitig die Kraft, ihn mit einem Riesenruck über die Kante in die Sicherheit des Heidekrauts zu ziehen. Erschöpft blieben sie beide liegen.

Der Spitz kläffte und sprang wie ein Gummiball um sie beide herum.

»Halt doch's Maul«, war alles, was Lies herausbrachte. Sie stützte sich auf den Ellbogen und rieb sich die schmerzende Hand. »Und? Alles in Ordnung?«

Elías lag schwer atmend im Heidekraut. Der Hund schnüffelte an ihm herum, kläffte und winselte gleichzeitig, die Angst um seinen Herrn war deutlich zu spüren. Lies strich ihm sanft über das nasse Fell, da legte er sich gehorsam auf den Boden, dicht neben seinen Herrn, um zu wachen, wie er es wohl schon eine ganze Weile getan hatte.

»Kannst du laufen?«, versuchte Lies erneut ihr Glück. Elías antwortete nicht. Sie biss sich auf die Lippen. Verflucht. Verfluchte Scheiße. Sie war nass, fror, hatte Hunger. Scheiß Island. Wann ging der nächste Flieger?

»Bist du verletzt?« Mit einer Hand rüttelte sie an seiner Schulter, da drehte er sich langsam und leise stöhnend auf die Seite. Ihr war, als flüstere er etwas. Der Wind war aufgefrischt und sandte ihnen einen kühlen Schauer von oben, als reiche es nicht, dass sie im nassen Heideboden lagen. Ja, danke auch! Lies wischte sich fluchend mit dem Ärmel durch das Gesicht. Die faltigen Lippen des Alten bewegten sich, und so beugte sie sich zu ihm herab.

»Pferd«, flüsterte er. »Sörli. Hol das Pferd. Sei so gut, Mädchen, sei so gut. Hol Sörli.«

Das Pferd. Er wollte das Pferd. Es hieß Sörli, jetzt endlich wusste sie es. Ratlos sah sie an ihm herab. Seine Hosenbeine waren zerfetzt, die Schuhe hatte er wohl beim Strampeln und Suchen nach Halt an der Felswand verloren, und auch der Strickpullover hatte arg gelitten. Die nackten, erstaunlich schmächtigen Unterschenkel schimmerten bläulich und … Lies traute ihren Augen kaum. Sie schluckte. Das eine Bein war voller offener Geschwüre und brauner Flecken, manche verkrustet, andere vernarbt, und keins davon hatte etwas mit der Felswand zu tun. Elías war tatsächlich ein schwerkranker Mann.

»Großer Gott«, murmelte sie und schluckte den Ekel herunter. Wie zum Hohn fegte der Wind über sie hinweg und verwandelte nasedrehend den Regen in Schneegriesel. Natürlich gab es in Island Schnee im Mai, wieso auch nicht! Doch warum ausgerechnet jetzt. Lies dachte fieberhaft nach. Das Pferd.

»Sörli?«, fragte sie noch mal nach.

Er nickte, sagte irgendwas, und als sie nicht verstand, legte er den Finger quer in den Mund – ein Pferdegebiss. Und patschte dem Spitz auf dem Rücken herum – ein Sattel.

»Ich soll Sörli für dich holen.«

Elías nickte. »Ja, Mädchen. Ich kann nicht ... ich kann nicht laufen. Das Pferd soll mich tragen. Sörli trägt mich.«

Der Schnee wurde dichter und nasser und verklebte seine Brauen. Die Zeit lief davon. Das Gesicht des alten Mannes war blass, die Nase hochrot. Er würde erfrieren. Vielleicht lag er schon lange hier. Seine kaputten Beine wollte sie lieber nicht mehr ansehen. Und so zog sie ihre Daunenjacke aus und deckte Elías' plötzlich so zerbrechlich wirkenden Oberkörper damit zu. Die Jacke wirkte lächerlich gegen das wilde Wetter.

»Ich hole das Pferd«, sagte sie mit fester Stimme und richtete sich auf. Ihre Knie zitterten, obwohl sie noch hockte. Elías hatte die Augen geschlossen. »Elías?«, fragte sie ängstlich. Er rührte sich nicht. Doch dann tastete er nach ihrer Hand und drückte sie leicht. Es galt, sich zu sputen, wer wusste, wie viel Zeit ihm noch blieb ...

Der Spitz bellte ihr hinterher, als sie loslief, nur im Pullover gegen eisigen Wind und Schnee gestemmt, folgte sie ihren Trittspuren im nassen Heidekraut und hoffte, dass sie den Weg zum Hof nicht verlor.

Das Pferd stand mit eingeknicktem Hinterbein, den Hintern gegen die Wand gedrängt, im Stall und döste vor sich hin. Lies hatte gar nicht erst nach dem Schaf geschaut, sie wusste, dass es litt, hatte sein Stöhnen schon vor der Stalltür gehört, und ihr Herz krampfte sich zusammen, doch da draußen lag Elías und erfror womöglich. Mann gegen Schaf – das Schaf verlor.

»Was für eine Scheißidee«, murmelte sie unablässig, gleichzeitig auf der Suche nach irgendeinem Halfter für das Pferd. »Was für eine gottverdammte Scheißidee, nach Island zu gehen, ich krieg 'nen Fön, wie konnte ich nur – was für eine behämmerte Scheißidee …« An der Wand fand sich ein zerbröselndes Halfter aus altem Nylon – grübelnd hielt sie sich das Teil hin. Wie herum wohl? So herum. Oder andersherum? Und ob es passte? Das Pferd wachte auf und steckte den Kopf über die Boxentür.

Langsam ging sie auf es zu. »Dein Herr braucht dich, Sörli. Du musst jetzt ganz brav sein – ich hab nämlich nicht die geringste Ahnung, wie das hier funktionieren soll …« Reden tat gut. Reden beruhigte, beschäftigte das Gehirn, inspirierte die Finger, die ungeschickt an dem Halfter herumfummelten. Sie redete weiter auf das Pferd ein, erzählte dummes Zeug, um sich abzulenken. Zum ersten Mal in all den Wochen musste sie das weiße Pferd richtig anfassen – sie, Lies, die Pferde eigentlich ja nicht mochte, weil sie rochen, bissen und unberechenbar waren, und die deshalb immer Angst vor ihnen gehabt hatte.

»*Þetta kemur*«, murmelte sie, »*þetta kemur allt saman!* – Das wird schon alles!« Der blöde Spruch machte irgendwie ruhig. Mit zitternden Händen streifte sie das Halfter so über die Nase, dass es gleich professionell aussah. Sörli schnaubte leise. Lies konnte nicht anders – sie strich über seinen Hals und fuhr zum ersten Mal richtig tief in die mächtige Mähne. Ihre Finger verschwanden in den langen Haaren, und sie staunte, wie weich das Fell unter der Mähne war, wie fest diese Mähnenhaare waren, und darüber, dass das Tier nicht explodierte oder sie gar anfiel. »Sörli«, murmelte sie, »Sörli, hab Geduld mit mir.« Das samtschwarze Auge blickte ruhig drein, ein Ohr war ihr zugewandt. Er hatte Geduld.

Hinter den Heuballen fand sie tatsächlich einen alten Sattel, wie Elías gesagt hatte, und mit etwas Mühe schnallte sie das Teil auf Sörlis Rücken. Der Alte würde ihr schon sagen, ob es so richtig war. Dann packte sie entschlossen das Seil und führte das Pferd aus dem Stall. Willig folgte es ihr. An der frischen Luft blieb es erst mal stehen, hob den Kopf und witterte in alle Richtungen. Und schnaubte dann lange und ausgiebig. Sicher hatte es die Luft vermisst und den Himmel und das Gras ...

Einträchtig wanderten sie den Trampelpfad hinunter zu den Klippen. Sörli marschierte brav hinter ihr, und Lies hielt das Seil so locker in der Hand, als hätte sie nie etwas anderes getan als Pferde geführt – fast musste sie darüber lachen. Ausgerechnet sie, die Pferde furchtbar fand. Ausgerechnet. Dieses hier zumindest war nicht furchtbar. Manchmal geschahen doch merkwürdige Dinge.

Auf halbem Weg ärgerte sie sich, dass sie sich keine neue Jacke mitgenommen hatte, es wurde nämlich verflucht kalt, der Wind pfiff ihr um die Ohren, und der Schneeregen, der sich immer mehr zu Flocken verwandelte, setzte sich besitzergreifend auf den Fleecepulli, um dort zu schmelzen und ihn hinterhältig und schleichend zu durchnässen. Lies beschleunigte ihre Schritte, den Blick auf den Boden gerichtet, um ihre Spuren wiederzufinden, denn sehen konnte man durch den schräg fliegenden Schnee nicht viel. Und die Klippe war allgegenwärtig, irgendwo zur linken Hand – nur wo, konnte sie von hier aus nicht sagen. Was zum Teufel hatte Elías bloß dort gesucht.

»Elías!!! Wir kommen!«, rief sie, eher um sich selbst zu beruhigen. »Wir kommen, Elías!«

Sörli schnaubte leise. Seine Tritte wurden kürzer und hektischer, und Lies hatte das Gefühl, dass das Pferd hinter ihr wuchs. Es wurde wachsamer. Hörte es etwas, oder hatte es Angst? »Mach mal halblang, Junge«, sagte sie über ihre Schulter, »und mach mir jetzt keine Schwierigkeiten.« Gackernd flog eine Wildgans über ihren Kopf – die Klippen konnten nicht mehr weit sein. Sörli schnaubte warnend.

»Elías!!« War der Weg vorhin auch so weit gewesen? Die Beine taten ihr weh vom vielen Stolpern über Grasbüschel und Steine, von den Armen her wurde ihr so kalt … Wie weit war es denn noch …?

Der Spitz bellte kurz auf.

Lies hob den Kopf. Das Pferd rammte die Beine in den Boden. Wieder das Bellen. Ganz in der Nähe. Immer dichter wurde das Schneegestöber, und ihre Furcht wuchs. Was, wenn sie zu weit an die Klippen herantrat. Sie packte das Seil fester. Wenn sie abrutschte. Stolperte! Sörli schnaubte wieder leise, wie um sie zu beruhigen. Und dann ging er um einen Felsbrocken herum an ihr vorbei und schlug eine andere Richtung ein. »He!«, rief sie, heftig am Strick ziehend – da riss er ihr den Strick mit einem kurzen Ruck des Kopfes aus der Hand und stapfte weiter, ohne sich um ihren Protest zu scheren. Lies wurde panisch. Was war das nun schon wieder! Wenn der Gaul weglief! Wieder bellte der Hund, und Sörli wieherte, ein helles, klangvolles Geräusch. Gleich darauf verschwand sein weißer Schweif hinter einer Wand aus Schneeflocken.

Lies war allein, möglicherweise an dem Ort, wo vor vielen Jahren drei Menschen in den Fluss gestürzt waren. Sie legte die Hände an den Mund, schloss die Augen und holte tief Luft.

»Elías!!!!«, brüllte sie, so laut sie konnte. Nur Wind und lautloser Schnee, und weiter unten das Rauschen der Jökulsá, die hungrig alles mit sich riss, was ihr vor die Füße fiel. »Scheiße, verdammter Mist!« Lies trat entnervt einen Heidebusch, der nichts dafür konnte. Ihr war danach, sich einfach in den Schnee zu setzen. War doch alles egal. Eiseskälte kroch an ihren Armen und den nassen Beine hoch. »Elías! Verflucht, ich hasse euch …«

Der Spitz tauchte auf und sprang schwanzwedelnd an ihr hoch. Aufseufzend kniete sie nieder, um ihn zu begrüßen, und ließ sich vor Erleichterung sogar das Gesicht ablecken. »Wo ist Elías«, flüsterte sie, »zeig mir, wo Elías ist. Na komm, zeig's mir, zeig's mir …« Der Spitz bellte einmal auf, als habe er sie verstanden, obwohl er gar kein Deutsch kannte, und wuselte los, und Lies musste sich beeilen, um ihn nicht auch noch aus den Augen zu verlieren. Er bewies, wie leicht man sich verlaufen konnte, selbst wenn man nur wenige hundert Meter vom Hof entfernt war, denn Elías lag in einer Richtung, die Lies von sich aus niemals eingeschlagen hätte. Weder die Berge noch die Klippen waren durch das Schneegestöber zu sehen. Als Erstes erkannte sie Sörlis Silhouette, dann ihre dunkle Jacke im Schnee. Das Pferd hatte den Kopf gesenkt und ließ sich von Elías die Nase liebkosen.

Er lebte. Lies fiel ein dicker Stein vom Herzen.

»Gut«, sagte er leise, als sie neben ihm niederkniete, »gut, Mädchen, gut.« Sein Gesicht hatte sich bläulich verfärbt – war sie wirklich so lange weggewesen? Er wusste wohl selbst, dass ihm nicht mehr viel Zeit blieb, denn er reichte ihr die Hand als Geste, ihm aufzuhelfen. Mit der anderen Hand angelte er nach Sörlis Mähne, und sie staunte, wie ruhig das Pferd stehen blieb, als er sich ächzend an ihnen beiden hochzog. Die Notlage hatte sehr an seinen Kräften gezehrt, schwerfällig stützte er sich auf ihren Arm. Lies schämte sich, dass sie kurz den Kopf abwenden musste, weil ein derart unangenehmer Geruch von ihm ausging… Sie biss sich auf die Lippen. Er war krank. Er brauchte jetzt Hilfe. Sei nicht so empfindlich, schimpfte sie sich selber aus. Elías schwankte. Hochkonzentriert fummelte er an Sörlis Sattel herum, zog den Gurt fest und bedeutete Lies, ihn in den Sattel zu heben.

»Du hast Ideen«, sagte sie kopfschüttelnd auf Deutsch, »wie soll ich das denn machen…?« Sie schlang die Arme um seine Hüfte und versuchte ihn hochzuhieven, doch er rutschte immer wieder zwischen ihren Armen herunter. Dann probierte sie es mit seinen Beinen, stemmte, drückte, hievte, und das Pferd stand wie ein Felsblock und wartete geduldig darauf, dass man ihm die Last auf den Rücken legte. Stöhnend brach Lies einen weiteren Versuch ab, weil ihr Rücken streikte. Schnee schmolz an ihrem Hals und rann in den Kragen hinab. Ihre Hände waren steif und wollten kaum gehorchen – die Handschuhe lagen natürlich im Stall. Wer rechnet auch damit, in die Eiszeit katapultiert zu werden, wenn er nur mal kurz den Stall verlässt, um den Hausherrn zu holen. Stumm fluchte sie vor sich hin. Elías schwieg, die ganze Zeit. Er hatte nur ein Ziel: Atem sparen und auf den Rücken seines Pferdes gelangen, weil er keinen Schritt mehr gehen konnte und Gefahr lief, in seiner durchnässten Kleidung zu erfrieren. Er wartete kommentarlos, bis sie sich wieder gesammelt hatte.

Sein eiserner Wille übertrug sich auf Lies, und gemeinsam versuchten sie es ein weiteres Mal: Lies packte ein Bein, wie sie das in einem Film mal gesehen hatte, nahm alle Kraft zusammen und stemmte den alten Mann vom Boden hoch. Er griff in die volle Mähne, umschlang Sörlis Hals und krabbelte mit einem Aufstöhnen über den Rücken, erst mit dem Oberkörper, zog ihn weiter vor, dann lag das rechte Bein über der Kruppe. Lies schob und drückte, während nasse Schneeschauer über sie hinwegfegten, und irgendwann blieb der Alte mit herabhängenden Beinen auf Sörlis Rücken liegen. Langsam richtete er sich auf. Das Pferd hatte sich keinen Millimeter vom Fleck gerührt.

Elías nickte ihr zu. Sie packte das Seil und ging los, dem Hund hinterher. Was blieb ihr auch anderes übrig, denn der Schnee nahm ihr immer noch die Sicht, und sie hätte wieder nicht gewusst, in welche Richtung sie sich halten sollte. Der Alte hockte schweigend und zusammengesunken auf dem Pferd, die Hände in der Mähne vergraben. So geschwächt und krank er auch sein mochte, auf dem Pferd wirkte er auf eine seltsame Weise stolz. Wie ein Bild aus vergangenen Zeiten, wo man allein als Reiter das unfreundliche Land überlistete und wo guten Pferden in Gedichten ein Andenken bewahrt wurde. In einer Zeitung hatte sie solch ein Gedicht entdeckt und mühevoll übersetzt: ›*Sörli trägt mich daunenweich / lässt an Frühling denken / was dem Traum, dem Liede gleich / seine Gänge schenken …*‹ Wie seltsam, dass das Pferd auch diesen Namen trug. Immer wieder sah sie sich verstohlen um und wunderte sich über die Rührung, die sie überkam. Denn der zweite Vers des Gedichtes spiegelte sich gerade wieder, jetzt, da ihnen der Schnee ins Gesicht peitschte und es irgendwie nach Winter, Abschied und Tod roch, obwohl doch der Sommer vor der Tür stand: ›*Nehme Abschied ich von hier / muss die Todesfurt durchreiten / schicke, Herr, den Sörli mir / er soll mich nach Haus begleiten.*‹

Lies wischte sich mit dem Ärmel durchs Gesicht, waren es Schneeflocken oder Tränen? *Muss die Todesfurt durchreiten.* War der Alte auf diesem Weg? Und war sie als seine Begleiterin auserkoren?

Sie kletterten den Pfad entlang. Traumwandlerisch sicher setzte das Pferd einen Huf vor den anderen, während Lies über Sträucher stolperte und beinahe hinfiel, und selbst als es mit dem Hinterbein in ein verstecktes Loch knickte, geriet es nicht in Panik, sondern suchte ruhig sein Gleichgewicht, balancierte den Reiter aus und marschierte weiter. Trotzdem war der Heimweg unglaublich lang. Immer wieder sah sie sich besorgt nach dem Alten um. Starr und in sich gekehrt war sein Blick auf Sörlis Mähne gerichtet. Was wohl in seinem Kopf vorging. Ob überhaupt etwas darin vorging? Vielleicht trachtete er auch nur danach, am Leben zu bleiben.

Der Hund kläffte und fegte davon. Lies wurde hektisch – wo rannte er hin –, eilig umrundete sie den nächsten Hügel, das Pferd hinter sich herziehend … und fand sich unterhalb des Stalles von Gunnarsstaðir wieder!

Elías hob den Kopf. Seine müden Augen leuchteten kurz auf, dann versanken sie wieder im Grau seines schlechtrasierten Altmännergesichtes. »*Vel gert*«, murmelte er, »gut, gut.«

Und ›gut‹ dachte auch Lies mit wortloser Erleichterung, als sie das Auto vor der Tür stehen sah.

Jói.

Jói war gekommen! Wie lange war er nicht hier gewesen! Und nun, ausgerechnet heute, wo sie sich so allein auf der Welt fühlte! Ohne weiteres Nachdenken ließ sie das Pferd los und rannte auf das Haus zu, dem Hund hinterher. Wo war er, wo steckte er?

Jói trat zur Haustür hinaus, Ratlosigkeit im Gesicht. Seine Brauen hüpften in die Höhe, als er sie erkannte, und erstaunt blieb er stehen.

»Wo kommst du denn her? Ich habe schon überall nach euch gesucht, alle Türen stehen sperrangelweit offen, im Haus ist es eiskalt, der Ofen ist ausgegangen – und wo ist Elías, wo?«

Lies blieb heftig atmend vor ihm stehen. Sie unterdrückte den Impuls, sich ihm in die Arme zu werfen. Oder loszuheulen. Am liebsten beides … Stattdessen brachte sie kein Wort heraus. Jóis Blick glitt über ihre Erscheinung. Das nasse, zerzauste Haar. Der nasse Pullover, obwohl Jackenwetter war. Nasse Jeans. Die blaugefrorenen Finger, obwohl man heute besser Handschuhe trug. Dann entdeckte er das Pferd mit seinem Reiter. Sörli trottete langsam auf das Haus zu, Elías war über ihm zusammengesunken und klammerte sich an seinem Hals fest. Lies hörte, wie er leise stöhnte.

»Um Himmels willen, was ist hier los?!« Jói wartete

nicht länger auf irgendwelche Erklärungen, sondern stürzte auf den Alten zu und klaubte ihn vom Pferd. Er lud ihn sich auf die Arme und ging mit langen Schritten an Lies vorbei ins Haus. Türen schlugen, der Hund bellte.

Lies fiel in sich zusammen. Es schneite wieder. Die verhüllten Berge lachten grimmig. *Siehste.* »Haltet's Maul!«, schrie sie. Die Berge sandten ihr als Antwort einen Schneeschauer ins Gesicht. Mai. Wer fragte hier nach Mai?

Das Pferd stand vor ihr und wartete. Leise schnaubte es, als wollte es fragen, was denn nun sei und ob es noch gebraucht würde. Sie wusste nicht, was sie mit ihm tun sollte. Und weil sie sowieso mit allem überfordert war, ließ sie Sörli einfach stehen und rannte hinter Jói ins Haus.

Das Pferd tat, was alle Pferde tun, wenn die Arbeit getan ist – es steckte die Nase ins dürre Wintergras und fraß.

Jói hatte den Alten aufs Bett gelegt und war dabei, ihn aus den zerlumpten, nassen Kleidern zu pellen. Er tat das schweigend und routiniert und ohne innezuhalten.

»Kannst du bitte Handtücher und warmes Wasser holen?«, fragte er über die Schulter. »Und eine Wärmflasche.«

Froh, eine Aufgabe erteilt zu bekommen, eilte Lies in die Küche und setzte den Kessel auf. Wie immer dauerte es ewig, bis das Wasser kochte, derweil goss sie Öl in den Ofen und zündete ihn an. Niemals würde sie sich daran gewöhnen, dass auf Gunnarsstaðir Heizen ein aufwändiger Akt war … Seufzend wusch sie sich einen Ölfleck von den Händen. Wärmflasche – eine Wärmflasche. Gab es so was in diesem Haus? Suchend ging sie von Raum zu Raum und fand schließlich ein altmodisches Blechteil im Badezimmer. Mit den verlangten Dingen kam sie zurück ins Schlafzimmer, wo Elías inzwischen entkleidet auf dem Bett lag. Lies erschrak. Noch nie hatte sie einen so mageren Menschen gesehen!

Jói nahm ihr die Wärmflasche aus der Hand und bedeutete ihr, die Wasserschüssel auf den Boden zu stellen. Sie tat, wie ihr geheißen, und schaute peinlich berührt weg. Elías sagte leise etwas.

»Er sagt, du sollst draußen warten.« Mit hochgezogenen Brauen sah Jói sie an. Wortlos ging sie und fühlte sich ziemlich überflüssig. Blödes Gefühl. Verdammt. Durch die angelehnte Tür sah sie, wie Jói mit sicheren Handgriffen den alten Mann wusch, zügig abtrocknete und in eine Wolldecke packte, in die er die Wärmflasche hineinschob. Sie unterhielten sich leise, Elías deutete mit dem Daumen auf den Nachttisch, wo Jói allerhand medizinisches Zeug herausholte. Wie sie das von der Oma kannte, stach er mit einer Nadel in den Finger und schob einen Teststreifen mit einem Tropfen Blut in ein kleines Gerät. Das Ergebnis schien sehr schlecht zu sein, denn er redete lange und intensiv auf den Alten ein. Dann holte er aus seinem Koffer, der neben dem Bett stand, ein Fläschchen heraus, suchte zwischen seinen Tierarztinstrumenten nach einer passenden Nadel und flößte dem Alten eine Kurzinfusion in die Armbeuge. Elías starrte die Decke an.

»Kannst du was zu essen bringen?«, fragte Jói laut, als wüsste er genau, dass sie hinter der Tür stand.

»Ja«, erwiderte sie errötend und eilte, wieder froh, etwas tun zu können, in die Küche, um vom alten Brot und ein Stück kaltes Fleisch zu bringen. Elías lehnte in den

Kissen und stopfte das Essen wortlos in sich hinein, wie sie es gewohnt war.

»Er wird jetzt schlafen. Komm«, sagte Jói und schob sie aus dem Zimmer.

»Ist er sehr krank?«, fragte sie leise.

»Ja, ist er. Du musst mir erzählen, was los war. Alles.« Sein Blick war sehr ernst. Lies überlegte. Das Schaf!

»Im Stall… im Stall liegt ein Schaf… ich wusste nicht, was ich tun sollte…« Flehend sah sie ihn an, so erschöpft und mit dem plötzlich dringenden Wunsch, nach Hause zu dürfen. Den anderen Wunsch, der Jói betraf, verschluckte sie lieber gleich, bevor er übermächtig wurde.

»Schaf?« Er sah ihr scharf in die Augen. »War kein guter Tag, wie?«

»Scheiße, nein.« Lies wandte sich ab, weil ihr Tränen in die Augen stiegen, wie ätzend. Und so lief sie rüber zum Stall, wo das arme Schaf sich immer noch quälte. Hastige Schritte verrieten, dass er ihr folgte.

»Du musst das Pferd absatteln. Hörst du?«

Sie musste gar nichts, im Übrigen graste das Pferd immer noch friedlich vor sich hin. Was interessierte sie das Pferd. Sie musste in den Stall, wo sie ein leidendes Tier zurückgelassen hatte, wo sich vielleicht weitere Katastrophen ereignet hatten…

Und genau so war es.

Das Schaf lag auf der Seite, erschöpft von den Schmerzen und dem Tode nahe. Die Augen blickten resigniert drein. Es stöhnte wie ein Mensch und bewegte sich kaum noch.

»Jói… da!« Entsetzt hielt sie sich die Hand vor den Mund. »Sie blutete«, flüsterte Lies, »und was ich innen fand, war – war – ich wusste nicht weiter, und ich wollte Elías um Hilfe bitten und hab ihn nicht gefunden ...«

Jói stieg an ihr vorbei in den Verschlag. Mit geübtem Griff packte er das Lamm und reichte es ihr. »Besorg ihm irgendwo Milch, bevor es verhungert«, sagte er knapp. Einen Augenblick später war seine Hand mit Vaseline eingeschmiert und glitt in das Schaf hinein – Lies konnte nicht hinsehen. Das Lamm zappelte schwach auf ihrem Arm. Sie legte es in eine leere Box und machte sich daran, ein Mutterschaf an den Hörnern zu fesseln und Milch in das Fläschchen zu melken. Sie stellte sich furchtbar ungeschickt an, das Muttertier wehrte sich, vielleicht, weil sie zu heftig an den Strichen zog oder weil sie zitterte. Das Lämmchen bähte leise, sie hörte das Schaf nebenan stöhnen, dann war das Milchfläschchen voll, und sie richtete sich auf, um über die Trennwand herüberzugucken. Jói sah sie an. Seine Hand, der Arm, alles war voller Blut, welches er langsam am Fell des sterbenden Schafes abwischte.

»Wo ist die Pistole?«, fragte er. Lies schluckte. Ihr wurde schlecht. Pistole. Tränen stiegen hoch, und sie musste die Lippen aufeinanderpressen, die trotzdem zitterten. Was für ein Scheißtag. Ein gottverdammter ...

Ohne eine Antwort abzuwarten, stieg Jói aus der Box und machte sich auf die Suche. Mit dem Lamm im Arm kletterte Lies noch einmal in die Box. Hockte sich neben das Schaf, strich über den harten Kopf, der immer so unecht aus dem dichten Wollkleid herausschaute. »Tut mir leid«, flüsterte sie, »tut mir so leid, hörst du, sooo leid ...« Auf das Meckern des Lammes gurrte die Mutter mit letzter Kraft noch einmal und hechelte weiter, für mehr fehlte ihr die Kraft. Heiße Tränen fielen in den dichten Filz.

Eine Hand lag auf ihrer Schulter. »Geh«, sagte Jói leise, »geh und gib ihm endlich die Milch. Ich mach das schon.« Sie schüttelte den Kopf. Das hier war ihr Schaf, sie trug die Verantwortung, sie musste dabeibleiben.

Da zuckte er mit den Schultern. »Wie du meinst.« Er hockte sich neben das Schaf. Lies packte das Lämmchen fester, ihr Herz klopfte. Sie war noch niemals bei der Tötung eines Tieres zugegen gewesen. Schrecklich. Wie schrecklich. Wie furchtbar, wie aussichtslos, wie hoffnungslos. Jói fuhr mit der Hand sachte und fast zärtlich über den Kopf des Schafes. Die Augen des Tieres blickten rein und unschuldig. So wie man es immer hörte, so war es tatsächlich. Es kannte keinen Arg und keine Zukunft, alles war jetzt – und jetzt war Schmerz. Ein »Nachher« kannte es nicht.

Murmelnd spannte Jói die Pistole, setzte sie an der Stirn an, nickte noch einmal abschließend – und drückte ab.

Der Schuss donnerte durch den Stall. Einige Schafe meckerten los, als wüssten sie genau, was gerade geschehen war, eins rannte sogar kopflos im Kreis herum. Das Schaf zuckte ein paarmal heftig, dann lag es reglos. An Jóis Schulter vorbei sah Lies, wie ein dünnes Rinnsal Blut an dem Kopf herabfloss. Es roch ein bisschen verbrannt. Tot.

Tränen liefen ihre Wangen herab und netzten die Lippen. Tot. Das war das erste Mal, dass sie damit konfrontiert wurde. Der Tod schmeckte bitter. Der Tod kam in schmierigem Mist, stank nach altem Blut und Leiden, und er blieb, bis man ihn wegräumte. Er ging nicht von selber. Er wartete.

Am liebsten hätte sie sich irgendwo hingesetzt und gar

nichts gemacht und den Tod einfach vorbeiziehen lassen, wie die Tiere es mit schlechtem Wetter taten. Einige standen noch starr, andere fraßen bereits wieder. Doch zum Abwettern war keine Zeit. Weder dafür noch zum Traurigsein. Das Waisenlämmchen lag einigermaßen satt und still auf einem Bündel altem Heu in der Nachbarbox und ahnte nicht, dass es ab jetzt allein war. Die Schafe mussten versorgt werden; Heu musste nachgelegt werden, und Wasser fehlte auch in den Näpfen. Und das Pferd – das Pferd fiel ihr ein. Ob es wohl noch draußen stand und Gras zupfte? Ihr Denken war irgendwie gelähmt. Der Tod war noch hier.

»Hilfst du mir?«, fragte Jói. »Pack mal mit an, dann ist es leichter zu heben.« Sie biss sich auf die Lippen. Weitermachen. Es gab keine Pause, kein Verschnaufen. Weitermachen. Immer weiter. Und so packte sie das tote Schaf an den Hinterläufen, kämpfte mannhaft gegen den Brechreiz an, den der faulige Geruch in ihr auslöste, und hievte mit Jói den Kadaver über die Trennwand in die Schubkarre, die er zurechtgestellt hatte.

»Wenn es aufhört zu schneien, wird es verbrannt. Du kannst trockenen Dung nehmen und von der schmutzigen Wolle, oder Folie von den Heuballen, dann brennt es besser.« Für ihn war sonnenklar, dass sie das Schaf verbrannte und nicht Elías. Mit gesenktem Kopf fuhr er die Schubkarre nach draußen. Nun ja, Tiere verbrennen konnte sie ja inzwischen. Lies holte tief Luft und begann mit der Fütterung. Sie stolperte um den Heuballen herum. Die gewohnte Arbeit beruhigte ein wenig ihre Nerven. Nun kannte sie wieder jeden Schritt, Heu abrupfen, auf die Arme laden, verteilen, zurücklaufen. Tief steckte sie die Nase in das duftende Heu. Der Tod trollte sich davon, Heu gehörte zu den Lebenden. Da hatte er nichts verloren.

Während Lies das Heu verteilte, lief Wasser aus dem Quellrohr in die Eimer, und die wartenden Schafe blökten, als wären sie dem Verhungern nahe. In der letzten Box war in der Zwischenzeit ohne ihr Zutun noch ein Lamm geboren worden – der Anblick des munteren, noch ein wenig feuchten Tierchens und seiner gesunden Mutter milderte die Trauer ein wenig.

Trotzdem – was für ein schecklicher Tag. Mit dem Handrücken wischte sie sich die Tränen von der Wange und machte sich daran, dem Schaf ein zweites Lamm unterzuschieben. Es funktionierte nicht immer, aber einen Versuch war es wert. Mit beiden Händen griff sie in das nasse Fell des Neugeborenen und rieb den Schleim an das Fell des Waisenlammes. Eine weitere Portion kam von der glitschigen Nabelschnur. Lies bearbeitete das Fell, als könnte allein das die Trauer und das schlechte Gewissen beseitigen – »Es muss klappen, es muss, es muss«, flüsterte sie und nahm die Hände von dem Lamm, Angst und Trauer im Herzen. Das Schaf schaute ein wenig verwundert drein und ließ sich bitten, am Ende jedoch leckte es beide Lämmer sauber und blubberte vor sich hin. Lies sank wie betäubt auf die Brüstung. Trotzdem – es war ein Scheißtag.

»Der Hengst ist weg.« Jói stand in der Tür, mit verärgertem Gesicht.

Was für ein gottverdammter Scheißtag.

Irgendwie kostete es sie große Mühe, sich aufzurichten und überhaupt zu reagieren. Plötzlich wurde ihr bewusst, dass auch sie seit dem Morgen nichts mehr gegessen hatte und dass ihre Beine irgendwann den Dienst versagen würden. »Ich geh ihn suchen«, sagte sie tonlos und wollte sich an Jói vorbeischleichen, nichts als Mutlosigkeit im Herzen, weil sie genau wusste, dass sie das blöde Pferd sowieso nicht finden würde – und wenn, würde es sich nicht fangen lassen – und dass die Probleme für diesen Tag somit längst nicht alle gelöst waren. Und sie war müde, so unglaublich müde.

Er hielt sie am Pullover fest. Sein Blick, der lange und beinahe andächtig über ihr Gesicht wanderte, war nicht zu ergründen. Die schwarzen Haare lockten sich auf der Stirn und neben den Ohren, und von der Anstrengung rannen ihm feine Schweißperlen seitlich zum Hals herab und wurden vom Kragen des Skirollis aufgesogen. Für den Bruchteil einer Sekunde verengten sich die Augen, und er zwinkerte heftig. Der andächtige Blick blieb. Lies dachte, reiß dich zusammen, dumme Kuh …

»Wir nehmen lieber Kaffee und was zu essen mit, was meinst du«, sagte er mit einem Mal, ließ sie los und verschwand nach draußen. Die Tür knallte ein wenig zu laut, aber vielleicht war das auch der Wind, der mitmischen musste.

Weil ihr nicht einfiel, was sie sonst tun sollte, und Jóis Blick sie noch nachträglich verwirrte, brachte sie erst ihre Fütterungsrunde zu Ende und verließ dann den Stall. Jói war im Haus verschwunden, sie fand ihn in der Küche, wo er Kaffee kochte und sich gleichzeitig mit Elías über den Flur hinweg unterhielt. Mit Thermoskanne und einem Proviantbeutel ausgerüstet, kam er auf sie zu. »Wollen wir?«

Verlegen nickte sie.

»Elías meint, wir sollen zu Fuß gehen, der Hengst wird nicht weit gelaufen sein.«

»Hm.« Lies griff sich den trockenen Kanten Brot von der Anrichte und folgte ihm. Ihr war schlecht vor Hunger und Müdigkeit, trotzdem, eine Pause gab es nicht. Für Jói ja auch nicht…

»Hast du überhaupt so viel Zeit?«, fragte sie stirnrunzelnd, als sie den Trampelpfad nach Westen gingen.

Er nickte lächelnd. »Das passt schon. Einen Hengst fangen, der nicht gefangen werden möchte – das macht man besser zu zweit. Und ein paar Schritte tun mir auch gut.« Sie erinnerte sich an seinen Gesichtsausdruck, als er den Pistolenabzug gedrückt hatte, und nickte verstehend. Er war zwar Tierarzt, aber auch nur ein Mensch.

Schweigend wanderten sie nebeneinander her. Der Wind blies unbarmherzig durch den Fleecestoff, Lies rieb sich verstohlen die Arme, weil die Kälte hinterhältig und klamm an ihren Armen hochkroch.

»Hast du keine Jacke mitgenommen?«

Die Jacke. »Sie liegt da, wo ich Elías gefunden habe«, sagte sie langsam. »Ich muss sie wohl vergessen haben…«

»Dann gehen wir die als Erstes holen. Warte mal…« Einen Augenblick später legte er seine Jacke über ihre Schultern. Dankbar schlüpfte sie in die Ärmel und zog die Jacke vorne zusammen. Sie roch nach ihm und nach Tieren. Sie roch gut.

Der Weg hinunter zu den Klippen sah schon wieder anders aus als vorhin. Es hatte endlich aufgehört zu schneien, und der wenige Schnee, der auf dem Boden liegen geblieben war, trat sich unter ihren Füßen fest, sodass man die Spuren würde zurückverfolgen können. Hufspuren sahen sie keine. Zaghaft blickte sie hoch, was sie immer noch sehr selten tat, weil sie sich vor dem Gefühl der Hilflosigkeit fürchtete. Braun und breit ragten die Berge beiderseits der Jökulsá in den grauen Himmel, die Oberkante wolkenverhüllt – nur jetzt waren sie schweigsam. Kein Brummen. Stille. Kein Vogel zerschnitt mit scharfen Schwingen die Luft, nur der Wind und das Rauschen des Gletscherflusses teilten sich die Ruhe. Ihrer beider Schritte knirschten im trockenen Schnee, mal im Gleichklang, mal versetzt.

Der Gleichklang hörte sich besser an.

»Da vorne liegt sie …« Lies' Stimme erstarb.

Die Jacke lag wohl da, doch auch das Pferd stand an der Stelle, wo sie Elías gefunden hatte, gleich am Rande der Klippe, und zupfte im Heidekraut herum. Warum war es ausgerechnet hierhergelaufen? Unwillkürlich ging sie schneller, musste sich gegen den Wind beugen, der so heftig wehte, als wolle er verhindern, dass sie der gefährlichen Klippe näher kam – man konnte nicht erkennen, wie nah das Tier am Abgrund stand. Wenn es nur einen falschen Tritt machte, nur einen Schritt …

»Lies.« Jói hielt sie an der Schulter fest. »Lass ihn. Er wird nicht weiter weglaufen. Lass ihn.« Langsam näherten sie sich der Klippe. »Und hier hast du Elías also gefunden?«

»Ja. Hier vorne.« Sie machte die letzten Schritte und deutete auf die Stelle, wo das Heidekraut noch plattgedrückt war. Sörli, der genau dort gefressen hatte, zog sich zurück, blieb aber in Reichweite. Seine Ohren spielten aufmerksam, und hinter seinem buschigen Schopf war zu erkennen, wie er die Ankömmlinge beobachtete. Bewachte er die Stelle?

»Was Elías hier wohl gesucht hat?« Sie drehte sich zu ihm um. Der Wind drückte ihre Haare nach vorne, sodass sie kaum noch etwas sah, doch das war weniger schlimm, als wenn er ihr Regentropfen ins Gesicht schlug.

»Deine Jacke.« Jói hob sie auf. Sie war im Schnee nass geworden, und er schüttelte den Kopf, als Lies ihm seine Jacke zurückgeben wollte. Stattdessen ließ er den Proviantbeutel aus der Hand gleiten und setzte sich auf einen Stein nah am Abgrund. Aus unerfindlichen Gründen wurde Lies schlecht bei dem Anblick, wie sein Fuß Steinchen lostrat und wie Erdreich in die Tiefe bröselte. Wohin das Steinchen von dort aus fiel, das verschluckte das niemals endende Rauschen der Jökulsá. Jói kramte in Seelenruhe in dem Beutel.

»*Kaffi*?«

Diese Frage, oben auf der Klippe, im isländischen Dauerwind, nach solch einem Tag … *Kaffi*? Ein bisschen wich die Schwere aus ihrem Herzen, und sie atmete durch.

Wieder einmal wurden die Dinge so einfach und klar. Das Schaf war tot, sein Lamm untergebracht, Elías gerettet, das Pferd gefunden – und nun gab es Kaffee. Einfach Kaffee.

Er hielt ihr den Becher hin und lächelte sogar ein bisschen. So wie der Wind seine schwarzen Haare zauste und rote Farbe auf seine Wangen zauberte, sah das unwiderstehlich aus, und Lies musste tatsächlich schlucken. Lieber Himmel. Es war nicht gut, wenn man so lange allein war. Gepaart mit der Erleichterung, dass heute dann doch alles gut ausgegangen war … Schüchtern erwiderte sie das Lächeln und ließ sich auf einem anderen Felsbrocken nieder. Der Kaffee war so, wie sie ihn mochte, stark und nicht zu süß, und sie schmeckte einen Hauch Kardamom hindurch, ein Gewürz, das sie erst vor kurzem in Elías Sammlung gefunden hatte. Die Afrikaner tranken den Kaffee mit Kardamom. Sie wunderte sich, was Jói so alles wusste. Ob er mal in Afrika gewesen war?

Sie teilten sich Brot und kaltes Fleisch und ließen die Blicke über den Klippenrand wandern, ohne zu reden. Der Ort, an dem sie saßen, hatte etwas von Ewigkeit. Wind, Wasserrauschen, Schnee in der Luft, hinter ihr das grasende Pferd. Die schwindelerregende Weite der Jökulsá-Schlucht, der diesig graue Himmel, irgendwo weit hinterm Horizont im Westen das unvorstellbar große Gletschermassiv des Vatnajökull. Der Geruch von nass gewordenem Leder und feuchtem Kraut, von nasser Erde und nassen Steinen. Feuchte Schafswolle. Der intensive Geruch seiner Jacke. Jói, der in die Luft starrte und entspannt an seinem Fleisch kaute. Lies drückte ihre Füße in den Schnee, und der Abdruck gefror zu Eis. Auch die Zeit hielt an, alles Geschehen, alle Erinnerung; an heute, an gestern, an früher … Sie wünschte sich, dass es so bleiben könnte.

Lies wurde mutiger, nun, da der schlimmste Hunger gestillt war und sie neue Kraft aufkeimen fühlte. Und so wagte sie, auf die andere Seite zu schauen. Die andere Seite der Schlucht war noch schroffer, dort lagen zu Füßen der Berghänge ausgedehnte Wiesen, die niemand nutzen konnte, weil es unmöglich war, dort hinzukommen.

»Früher gab es hier einen Übergang. Seile hingen über die Schlucht.« Jói deutete nach Osten, wo die Klippen enger zusammenrückten. »Man konnte sich in einem Korb auf die andere Seite ziehen lassen. Dort haben sie dann

Gras geschnitten und Heu für die Tiere gemacht und alles mit dem Korb hier herübertransportiert.« Er lächelte sie an, und sie wunderte sich, woher er ihre Gedanken erraten hatte. Lies wärmte ihre Finger an dem Kaffee. »Vor Jahren haben sie weiter unten bei der Brücke einen neuen Ziehkorb gebaut, für die Touristen. Aber es ist keiner gekommen. Das Tal von Gunnarsstaðir ist wohl nicht interessant genug.« Er goss ihren Becher ein zweites Mal voll. »Wir können mal hinwandern. Wenn du magst.«

»Ist es da auch so steil?«, fragte sie zweifelnd.

»Steil?« Er hob die Brauen. »Das ist nicht steil hier. Man könnte hinunterklettern – guck ...«

Und dann verstummte er. Stand auf und machte den allerletzten Schritt zum Klippenrand. Lies rutschte das Herz in die Hose. Instinktiv griff sie nach seinem Arm, um ihn zurückzuhalten, und er wandte sich erstaunt um. Just in dem Moment kam die Sonne heraus. Sie hieß den Wind innehalten und streichelte sanft über Lies' Gesicht. *Geh*, flüsterte sie, *geh, und hab keine Angst.* Und Lies tastete sich vor, bis sie mit zusammengezogenen Schultern neben Jói am Abgrund stand. Seinen Ärmel hielt sie immer noch gepackt, weil sie furchtbare Höhenangst hatte und ihr auch die Beine schwach wurden – ob das der Abgrund verursachte oder Jói Magnússon neben ihr, war nicht ganz klar –, es war aber auch egal, denn er nahm einfach ihre Hand, hielt sie ganz fest und zog sie neben sich. Lies fühlte sich einer Ohnmacht nahe.

Die Felswand war in der Tat nicht so steil, wie sie von oben aussah – ein geschickter Kletterer würde wohl leicht einen Weg hinunterfinden. Sicher war Elías früher ein geschickter Kletterer gewesen. Allerlei Vögel hockten in Nischen, schliefen oder putzten das Gefieder. Hier saßen sie windgeschützt, hier würden auch die Jungvögel aufwachsen, wenn die Zeit gekommen war. Lange war es nicht mehr bis dahin, trotz des Schneeintermezzos hockte das Leben bereits in den Ecken. Lies' Blick wanderte weiter an ein paar einsamen knorrigen Heidebüschen vorbei, die sich mit letzter Kraft am Fels festhielten, damit sie nicht ins Wasser stürzten. Der Wasserpegel des Gletscherflusses hatte zugenommen, ein sicheres Zeichen, dass der Sommer vor der Tür stand, denn das Eis am Gletscher begann zu schmelzen. Atemberaubend wild tobten die Wassermassen um die Kurve, prallten auf die gegenüberliegende Steilwand und brachen sich an einem breiten Felsblock, stürzten in die Höhe und zerstoben von oben in Abermillionen von Wassertropfen. Lies spürte, wie Jóis Hand die ihre noch fester umklammerte, als bewege ihn dieser Anblick so, dass er noch mehr Nähe suchte, und ihr Herz klopfte noch ein bisschen lauter. Feiner Nebel überzog ihre Gesichter, strich sanft über die Haut. Die Ohren wurden taub vom Lärm des Wassers, doch das war bedeutungslos, denn das, was wichtig ist, hört man auch so.

Dieser Felsblock, an dem die Flut sich brach, lag schon seit Urzeiten dort unten, vielleicht ein eiszeitliches Mitbringsel vom Gletscher. Ihm gehörte der Fluss, er bestimmte das Tempo des Wassers, das ihn über die Zeiten hinweg glattgewaschen hatte, er bestimmte, welche Welle sich an ihm brach und welche unbeschadet an ihm vorbeischwimmen konnte. Er war der König des Flusses. Die Sonne mischte sich ein. Sie zauberte einen hauchzarten Regenbogen in die Gischt, und durch sie hindurch drängte sich, als sei es Zauberei, ein schwarzes Kreuz, von trauernder Hand in den Fels gemeißelt, überdeutlich an das Auge des Wanderers.

»Was ist das?!«, fragte Lies atemlos.

Jói holte tief Luft.

»An diesem Ort ist Elías' Leben einmal geendet.« Er verstummte, und seine Gesichtszüge verrieten seine Ergriffenheit. »Ich hab das nie zuvor gesehen – und ich bin schon hier gewesen.«

»Wer hat das gemacht?«

Wieder ein Druck seiner Hand. »Elías. Elías hat das gemacht.« Kurze Pause. »Nur die ganz Alten kennen noch die alten Geschichten. Weißt du …« Er sah sie an. »Ich treffe so einige Leute auf meinen Fahrten. Sie erzählen nicht gerne von Elías Böðvarsson. Sie mögen ihn nicht.«

›Ach‹, dachte Lies, ›sag bloß.‹

»Naja«, sprach er weiter, »trotzdem weiß ich ein paar Dinge. Das hier, das ist – das ist …« Noch mal holte er tief Luft, »willst du's wissen?« Sie nickte. Da zog er sie sanft am Arm zu Boden.

»Setz dich besser.« Aufgewühlt hockte sie sich neben Jói – aufgewühlt wegen der Geschichte, wegen des Abgrunds, der mit seinem schauerlichen Kreuz immer näher kam, wegen Jói so dicht neben sich – und sortierte die Beine vorsichtig in ein Felsloch, das ihr die Illusion bot, sich, wenn sie abstürzte, dort verhaken zu können.

»Elías war als junger Mann verheiratet«, begann er.

»Mit Anna Bryndís«, ergänzte sie leise. »Ich habe den Ehering gefunden.« Er nickte nachdenklich.

»Mit Anna Bryndís. Sie war, so erzählt man sich, eine schwarzhaarige Schönheit aus Vopnafjöður und Elías nicht ihr einziger Verehrer. Aber sie wählte ihn, und man darf sagen, dass ihr Vater wohl nicht böse darum gewesen ist, denn Elías' Hof war früher der größte Hof im ganzen Tal. Es hieß, die beiden Töchter vom alten Böðvar Gunnarsson seien die reichsten Mädchen im ganzen Osten gewesen. Doch bevor man sie verheiraten konnte, starben sie an Fieber. Elías blieb allein mit seinem Bruder.«

»Palli. Der Pilot.« Auf seinen Blick hin sagte sie schnell: »In meinem Schrank hängt ein Foto. Der Kaufmann hat mir gesagt, wer das auf dem Foto ist.« Von Anna hatte sie keine Fotos gefunden.

»Der Kaufmann.« Jói beugte sich vor und warf Steinchen in den Abgrund. »Der hat mir die Geschichte erzählt, so wie er sie von seinem Vater gehört hat – du kennst sie also auch schon?« Seine Stimme klang ein bisschen enttäuscht.

»Nein!«, beeilte sie sich zu sagen, »nein, ich weiß nur von Palli und … und dass sie alle tot sind.«

»So ist es«, nickte er und zog den Proviantbeutel heran, um sich ein weiteres Stück Brot herauszufischen. Lies bot er keines an, vielleicht weil sie seine Geschichte kaputtschwafelte und ihn dauernd unterbrach. Vielleicht weil er nicht dran dachte. Sie zwang sich, den Mund zu halten und ihn nicht weiter zu stören.

»Elías heiratete also Anna Bryndís und führte sie heim nach Gunnarsstaðir, wo sie bald Ísak zur Welt brachte. Der Hof florierte – es gab immer genug Heu, und auf dem Boden hier gedeihen die Schafe wohl besonders gut. Anna Bryndís war bekannt für die feine Wolle, die sie spinnen konnte. Sie hatten gute Pferde und ein paar Kühe, alles schien auf einem guten Weg. Elías' Bruder Palli hingegen war immer schon ein Abenteurer gewesen, er hatte sich bei der amerikanischen Armee verpflichtet. Er flog im Zweiten Weltkrieg Kampfbomber. Sie hatten nicht geglaubt, dass sie ihn je wiedersehen würden. Eines Tages, als der Krieg aus war, stand Palli wieder vor der Tür von Gunnarsstaðir.« Langsam kaute er an seinem Brot herum und warf Krümel über die Klippe, wo Raubmöwen sie geschickt auffingen.

»Der alte Böðvar war gestorben, und Anna Bryndís lebte nun mit den beiden Brüdern hier. Das ... war wohl nicht einfach.« Er schwieg vielsagend. Die Möwen umkreisten sie, gierig nach mehr Brot plärrend. Lies mochte keine Möwen.

»Du meinst ...«

»Ja.« Jói zog eine schwer zu deutende Grimasse. »Elías machte die ganze Arbeit, und Palli tändelte mit Anna herum.« Damit starrte er wieder eine Weile hinab auf den Stein in der Jökulsá. Was für eine wilde Geschichte. Ein Eifersuchtsdrama? Männer, die vor lauter Schweigsamkeit die Zähne nicht auseinanderbekamen. Düsteres Hochlandwetter, Sturm im Tal, Sturm im Haus, Sturm in den Herzen. Abende mit Alkohol als Tischnachbar, Bruderzwist, sprechende Fäuste, und eine schöne Frau zwischen zwei Schlafkammern, nächtliche Schritte auf dem Linoleum, Türenknacken, Seufzer zwischen Federbetten, versalzenes Essen ...

Sie biss sich auf die Lippen. Irgendwie kaum vorstellbar. Lies traute sich nicht, Neugier zu zeigen, weil sie nicht wusste, wie Jói zu solchen Geschichten stand. Da sprach er zum Glück weiter. »Es kam wohl, wie es kommen musste. Elías erwischte die beiden und stellte seinen Bruder zur

Rede. So erzählt es jedenfalls der Kaufmann vom Hörensagen – außer den dreien ist ja niemand dabei gewesen. Und danach … Tja.« Er stützte den Arm aufs Knie und sah sie an. In seinen Augen schimmerte tiefe Nachdenklichkeit. »Danach beginnt die Schuldfrage.«

»Wie meinst du das?« Sie sah ihn lieber nicht zu lange an, schaute stattdessen das Kreuz unten auf dem Felsen an, obwohl ihr davon auch schwindelig wurde.

»Am Ende weiß man nur, dass sie verunglückt sind. Anna Bryndís, der kleine Ísak und Palli. Hier muss es gewesen sein. Hier sind sie abgestürzt, mit Elías' bestem Pferd, einem Schimmel, wie es heißt. Über die Klippe in die Tiefe gestürzt. Und niemand weiß, warum.«

»Du meinst … ob es Elías war?«, flüsterte sie und sah ihn nun doch an, weil die Schlucht plötzlich beunruhigender war als seine ernsten Augen, die sie betrachteten. »Ob er sie …«

»Manche glauben, er hat sie dort hinuntergehetzt. Wütend, außer sich vor Eifersucht und Schmerz … Er hat Anna Bryndís sehr geliebt.«

Lies starrte auf den Boden. Die Bilder, die sie gesehen hatte, als der Kaufmann da gewesen war … Schneesturm, zwei Menschen und ein Pferd, unterwegs auf den Klippen, Absturz, Schreie …

»Furchtbar«, flüsterte sie, »wie furchtbar …«

»Ja, das ist es.«

Sie schwiegen lange.

»Der Einzige, der weiß, was wirklich geschehen ist, ist Elías«, sagte Lies irgendwann.

Elías. Der alte Mann, der verbittert und enttäuscht vom Leben auf seinem Hof hockte, bis er starb, der stur jede

Hilfe und Einmischung ablehnte, bis sie ihm einfach eine Hilfe aufzwangen – sie, Lies.

»Man hat das Pferd dort unten gefunden. Und Kleiderbündel, Gepäckstücke. Von Anna einen Mantel, von Palli Schuhe. Der Fluss hatte sie mitgerissen, man hat sie nie gefunden.« Er räusperte sich. »Im darauffolgenden Sommer ist Elías wohl hinabgestiegen und hat das Kreuz in den Felsen geritzt. Obwohl – obwohl der Fluss auch im Sommer hochgefährlich sein kann. Die Leute sahen das als Schuldeingeständnis …«

Sörli hinter ihnen schaubte leise. Vielleicht kannte er die Wahrheit, doch er würde sie niemals preisgeben. Jói sah sich nach ihm um. »Jetzt darfst du dir denken, was du willst«, sagte er und drehte sich wieder zu Lies.

»Hm«, brummte sie. »Hat er denn keine weiteren Verwandten? Niemanden?«

Jói zuckte mit den Schultern. »Eigentlich ist es ziemlich unwahrscheinlich, dass ein Isländer keine Familie hat. Irgendwie sind ja doch alle miteinander verwandt – aber Elías?« Er hob die Brauen. »Ich habe niemanden gefunden, der mit ihm verwandt ist. Der Kaufmann jedenfalls kennt niemanden – und der kennt ihn von allen am besten. Angeblich soll es da jemanden in den Westfjorden geben, aber niemand weiß etwas Genaues. Elías ist damals wohl für einige Jahre verschwunden. Außer Landes gegangen, auf einen Fischkutter, eine Ölplattform – niemand weiß, wo er gesteckt hat –, aber alle dachten, das sei der sichtbare Beweis für seine Schuld. Früher hat man die Verbrecher ins unwegsame Landesinnere gejagt. Irgendwann tauchte er wieder auf, mit allerhand Geld in der Tasche, und machte einfach weiter auf seinem Hof.«

»Stand der denn noch?«, fragte Lies erstaunt.

»Wer sollte ihn wegtragen?«, fragte Jói ironisch. »Hier in Island ist das so – man schliesst die Tür ab und geht, und alles bleibt, wie es ist. Kommt man eines Tages doch wieder zurück, stehen die Töpfe noch so da wie am letzten Tag. Praktisch, oder?«

»Hm.« Sie fand die Vorstellung eher schauerlich.

»Elías kaufte sich also ein paar Schafe zusammen, ein paar Pferde, und lebte, wie die Familie seit Jahrhunderten dort gelebt hat. Vor gut zehn Jahren haben sie ihn das letzte Mal in Vopnafjöður gesehen. Da kam er auf einem Pferd angeritten und wollte unbedingt Strom in sein Haus gelegt haben.«

Jói grinste entschuldigend. »Das ist etwas Besonderes, so was behält man im Gedächtnis. Es gibt immer noch Höfe, wo man sich weiterhin anders behilft. Petroleum, Kerzen oder ein Dieselaggregat. Elías hatte ja Geld aus dem Ausland mitgebracht, viel Geld, deswegen redeten die Leute. Er wollte Strom, den Öltank und eine Gefriertruhe.«

»Warum ist eine Gefriertruhe etwas Besonderes?«

»Naja.« Jói strich sich die Haare aus dem Gesicht. »Eine Gefriertruhe macht das Leben schon einfacher. Und außerdem sagt der Kaufmann, dass Elías es hasst, zu schlachten. Jeder isländische Bauer kann schlachten – Elías will es nicht.«

»Vielleicht kann er kein Blut sehen?« Oder vielleicht hatte der Alte unangenehme Bilder vor Augen, wenn er ein Tier tötete… Bilder, die er vergessen wollte und nicht konnte…

»Hmhm. Jedenfalls weigert er sich zu schlachten, und

so muss Ari alle paar Monate kommen und seine Vorräte auffüllen. Deswegen braucht er eine Gefriertruhe.«

Er seufzte und starrte wieder hinunter in den Fluss. Lies fand, dass er gerade sehr viel erzählt hatte – für seine Verhältnisse –, und es waren merkwürdige Dinge dabei gewesen. Dinge, die ihr kalte Schauder über den Rücken jagten. Trotzdem hätte sie ihm gerne weiter zugehört, sie mochte seine melodische Stimme und wie seltsam er manche deutschen Wörter aussprach. Überhaupt mochte sie es, wenn er neben ihr saß – mehr als alles andere mochte sie das...

Lies versuchte sich Gunnarsstaðir ohne Strom vorzustellen. Ohne Licht, ohne den Elektroherd. Ohne die Brotmaschine, und ohne die Kühltruhe. Ohne Steckdose für das Radio... Ohne Licht. So wie im Stall. Gott, Allmächtiger.

»Kennst du Leute, die so leben?«

Er schüttelte den Kopf. »Elías ist der einzige Einsiedler, den ich kenne. Vielleicht gibt es oben in den Westfjorden noch Leute, die so leben. Manche Höfe liegen ja noch einsamer als Gunnarsstaðir. Sie bauten ihm also Strommasten von der Straße bis zum Hof. Die Alten behaupten, er habe sich den Strom teuer erkauft, danach sei er ruiniert gewesen. Er bekam seinen Strom, und den Ölofen mitsamt dem Tank, der einmal im Jahr aufgefüllt wird. Ari meint, dass er vielleicht doch auf einer Ölbohrinsel gearbeitet hat und dass das die Bezahlung ist...« Er lachte. »Niemand weiß es. Und niemand wird es je erfahren. Elías jedenfalls wird es nicht erzählen.«

Elías würde überhaupt nichts erzählen, da war sich Lies sicher. Die Geschichte klang spannend, und sie fand es traurig, dass sie hier endete. Elías würde nichts erzählen.

Jói gähnte und strubbelte nachdenklich in seinen Haaren. Lies sah weg, er war einfach atemberaubend, kaum zum Aushalten. Nie hätte sie gedacht, dass ihr so was mal passieren könnte, und nach dem Desaster mit Thomas schon gar nicht. Gunnarsstaðir war so verflucht einsam…

»Niemand wird es je erfahren«, sagte sie leise.

Von der Seite her sah er sie an. »Würdest du es gerne erfahren?«

»Du nicht?«

Seine blauen Augen blickten sanft und etwas schläfrig drein. »Nun – nein. Nicht wirklich. Jeder hat sein Geheimnis. Hast du keins?« Hatte sie eins? Lies schüttelte den Kopf. Da lachte er freundlich und sagte nicht, dass er ihr nicht glaubte.

Die Sonne schien sich vorgenommen zu haben, an diesem Tag, der so dramatisch begonnen hatte und so friedlich endete, den Sommer einzuläuten, nachdem sie den Frühling ja quasi vergessen hatte. Sie schob die Wolken beiseite und trocknete die Nässe, die in der Luft lag, und bald waren auch die letzten Schneespuren vom Vormittag geschmolzen. Glasklar wurde die Luft. Gegenüber, auf der anderen Seite der Jökulsá, hoben sich die Wiesen nun exakt von den Berghängen ab und versprachen, ab jetzt zu wachsen, um gutes Futter für die Schafe zu werden. Farben schieden sich, aus dem ewig verwaschenen Graubraun kamen Konturen zum Vorschein, und das Tal bekam ein Gesicht. Der Himmel seufzte erleichtert. Sein Blau strahlte so heftig, dass es in den Augen wehtat und sie lieber auf Jóis Hände im nassen Gras neben sich schaute und wie sie Löcher ins Moos bohrten und Hälmchen abzupften.

Was für ein Tag…

»So, jetzt muss ich los.« Jói stand auf und packte den Beutel zusammen. »War eigentlich auf dem Weg nach Seyðisfjöður zu 'nem Kalb.«

Lies sprang hoch, Bedauern im Herzen, dass er schon wieder fahren wollte. Aber so war es nun mal – Besuch war Besuch. Tatsächlich war es so, dass sie beim Finanzamt froh gewesen war, wenn sich die Tür hinter dem Besucher wieder geschlossen hatte – hier hielt sie ihren Besuch am liebsten fest. So konnten sich Dinge ändern. Sie wusste kaum noch, wie man Finanzamt schreibt. Den Geruch ihres Büros hatte sie vergessen. Er war ja mit den Plastikfolien verbrannt. Sie grinste leise vor sich hin.

»Willst du reiten?«

»Wie bitte?« Sie klopfte Erdkrümel von der Jeans und glaubte nicht richtig gehört zu haben.

»Na – reiten.« Er lachte – so unwiderstehlich und jungenhaft ... »Bist du noch nie?«

Heftig schüttelte sie den Kopf. »Nö. Ich mag keine Pferde.«

»Auch diesen hier nicht?« Jói streckte die Hand nach dem weißen Pferd aus, das freundlich wartend neben ihm stand. »Er mag dich.«

»Quatsch.«

»Er mag dich, das hat er mir gesagt. Du gibst ihm Futter. Tiere mögen den, der sie füttert. Und du kümmerst dich um ihn. Das hat er mir auch gesagt.« Er zwinkerte ihr zu. »Komm, steig auf, ich zeig dir, wie man's macht.«

Wieder schüttelte sie den Kopf. »N-nein. Wirklich nicht.«

Sein Gesicht wurde ernst. Lies, vielleicht brauchst du's eines Tages. Dann ist es gut, wenn du weißt, wie es geht.«

Sie zögerte. Das Pferd stand einfach da, mit eingeknicktem Hinterbein, ließ sich den Schopf vom Wind verwirbeln – und wartete.

»N-nein. Ich weiß nicht. Nein.«

Jói wartete auch. Es gab kein Entkommen.

Zögernd trat sie näher. Legte die Hand auf den Sattel, setzte den Fuß in den Bügel, als ob sie seit Jahren nichts anderes gemacht hätte. Das Pferd stand ruhig und wartete. Kurz fühlte sie Jóis Hände an ihrer Hüfte, es war wie fliegen, als er sie hob, doch bevor sie auf den Geschmack kommen konnte – zu fliegen und seine Hände an sich zu spüren –, saß sie auch schon im Sattel und mindestens zwei Meter über dem Boden auf einem schwankenden Grat. Zwei Meter nur? Ach was, mindestens drei Meter! Eine falsche Bewegung und sie würde herunterkippen. Sie streckte die Hand aus und hielt sich hilfesuchend an Jóis Arm fest. Jói schnallte gerade die Steigbügel auf passende Länge und sah erstaunt hoch. Lies zog ihre Hand zurück. Nur keine Blöße geben, was würde er sonst denken. Er dachte nicht, er lächelte einfach nur, und Lies wurde rot.

Es gab keine Ausflucht. Dennoch – ganz sicher war dieses schmale Pferdchen nicht zum Reiten geeignet. Wie kam er nur auf so eine Idee. Das Pferd machte einen Schritt zur Seite. Lies schluckte und spannte die Pobacken an. Sörlis Kopf ging hoch, die Ohren wanderten nach hinten, als fragte er ›Ja?‹.

»Dann komm.« Ganz offenbar hatte Jói Magnússon für heute genug geredet, denn er nahm das Seil in die Hand und führte Lies auf dem Pferd nach Gunnarsstaðir, ohne ein weiteres Wort zu sprechen. Der Wind zerzauste dort oben sanft ihr Haar, Vögel flogen dicht über ihrem Kopf, und die

Gipfel der braunen Berge waren viel näher als sonst. Sie konnte weit schauen, die Jökulsá zeigte ihr großspurig, wo sie ihren Weg hinmachte und wo das Meer zu vermuten war. Es duftete dort oben anders – frischer, kühler. Es duftete nach Kräutern und junger Heide, und sie meinte, den Sommer sehen zu können. Hellblau lag er über dem gebirgigen Horizont und ließ die schneebedeckten Berge in der Ferne glänzen. Lies musste lachen. Noch vor ein paar Stunden war sie im Schneegestöber beinahe erfroren und im nachfolgenden Regen klatschnass geworden. Jetzt hockte sie auf einem Pferd, und die Sonne wärmte ihren Kopf.

Island konnte wirklich merkwürdig sein.

Am Haus hielt Jói an.

»Na, ging doch ganz leicht«, kommentierte er Lies' ersten Ritt, tätschelte den Hals des weißen Pferdes – und ging ins Haus, wohl um noch mal nach Elías zu schauen. Lies blieb fassungslos im Sattel sitzen. Wie sollte sie hier herunterkommen? Wenn das Pferd nun wegsprang? Ihr in den Rücken sprang? Umfiel?

Sörli schnaubte leise. Er würde nicht wegspringen. Oder gar umfallen. Wie kam sie nur auf solche dummen Gedanken? Er stand doch einfach da. Er war noch nie weggesprungen. Und weil das so sicher klang, beugte sie sich vor, in Richtung seiner prachtvollen Mähne, griff mit den Händen in die Pracht und schwang das linke Bein über die Kruppe. Langsam glitt sie an Sörlis Seite herunter. Die Welt wurde wieder so wie vorher – hoch, düster und bedrohlich, das Rauschen der Jökulsá verschwand hinter den Klippen, und der Duft der Heide verpuffte. Hier unten war der Alltag – arbeitsreich, miefig und einsam.

Einsam. Wieder stahl sich ihre Hand in die weiße Mähne. Wie konnte man einsam sein, wenn man so etwas fühlen durfte? Vorsichtig hielt sie ihre Nase in die Haare und sog den Duft von Pferd und feuchtem Fell ein. Sie fühlte sich wie ein Kind und schloss die Augen, während ihre Finger im plüschig weichen Fell unter der Mähne versanken und genossen, dass die Wärme bis in ihre Knochen drang … Das Pferd wartete geduldig, bis sie mit ihrer Kundschaftertour durch sein Haarkleid fertig war. Vor Jói hätte sie sich das niemals getraut.

Sie nahm den Halfterstrick und führte es zum Stall. Dort blieb Sörli stehen.

»Na komm«, sagte Lies und zog.« Das Pferd stemmte sich gegen den Zug. »Komm, wir gehen in den warmen Stall zurück.« Er machte sogar einen Schritt zurück und schnaubte wieder, diesmal ärgerlich. Sie zog, er zog auch, aber in die andere Richtung, und er war stärker. Er stampfte mit dem Huf auf und wurde wieder zu jenem feuerspeienden Wesen, das er an dem Tag, als sie sich kennenlernten, gewesen war. Lies' Hände begannen zu zittern. Sie hatte Angst vor ihm. Seine Mähne, eben noch ein harmloses weiches Kissen, schäumte, und wie zur Unterstützung fuhr der Wind hinein und ließ sie hochfliegen. Er hob auch den Schopf an, und Lies konnte die Augen des Pferdes sehen. Tiefschwarz, mit einem weißen Rand und langen hellen Wimpern, und alles Sanfte, was sie je dort gesehen hatte, war verschwunden.

Niemals würde das Pferd wieder in diesen Stall zurückgehen. *Niemals*. Lies war ratlos.

Mit bebenden Händen nahm sie den Sattel von ihm herunter und legte ihn ins Gras.

»Komm«, versuchte sie es noch mal, »komm doch.« Der Strick hing gespannt zwischen ihnen. «Na komm.« Lies zog erneut, da stieg er leicht auf die Hinterbeine, riss ihr mit einer Seitwärtsbewegung das Seil aus der Hand, landete wieder auf den Vorderbeinen und trottete an ihr vorbei auf die Schafweide.

»Heee!« Empört lief Lies hinter ihm her, doch der Schimmel wusste sich so zu bewegen, dass sie ihn nicht zu fassen bekam. Eine Rechtswendung, eine Linksdrehung, ein Galoppsprung – immer wich er vor ihr aus, ohne sich aufzuregen oder gar böse zu wirken. Lies lief, bis sie außer Atem war – und die Schafweide war verdammt groß. Dann blieb sie stehen, mit entmutigt herabhängenden Armen.

Sörli drehte sich zu ihr um. Sein schwarzes Auge blinzelte freundlich durch die weiße Mähne hindurch. *Was willst du*, schien er zu fragen, *lass mich doch einfach hier draußen.*

Lies runzelte die Stirn. Hatte sie das wirklich gerade gehört?

»Unfug«, murmelte sie, »Pferde sprechen nicht.« Und: »Dann bleib doch, wo der Pfeffer wächst.«

*Mach ich*, grinste der Schimmel und steckte die Nase ins schlaffe Wintergras.

Und so trottete sie zum Wiesentor, band den klapprigen Zaun wieder zusammen und sah sich noch einmal um. Sörli war losgelaufen. Mit traumwandlerischer Sicherheit trat er nicht auf das dahinfliegende Seil. Er galoppierte bockend und ausschlagend über die buckelige Wiese, wie sie es noch niemals zuvor bei einem Tier gesehen hatte, er streckte seine langen weißen Beine in die Luft und sprang, dass die Mähne nur so flog, und verschwand hinter dem Hügelchen, wo die Weide ins Tal hinunterreichte.

Lies lächelte. Offenbar fühlte das Pferd sich hier draußen sehr wohl.

Jói kam ihr aus dem Haus entgegen.

»Elías geht es wieder gut«, sagte er. »Sein Zuckerwert ist in Ordnung, aber er muss weiter kontrolliert werden.« Das klang wie eine Aufforderung, die er jedoch nicht weiter ausführte. Lies verstand nicht, was er meinte, traute sich aber nicht zu fragen, wer hier was kontrollieren sollte. Außerdem hatte sie in Elías' Zimmer nichts verloren.

Aus der Hosentasche kramte er seinen Schlüssel hervor und ging zum Auto. »Muss los, bin spät dran. Wenn's Probleme gibt – ruf an, du hast ja meine Nummer.«

Die Autotür klapperte, er warf sich auf den Sitz. Da erst erwachte Lies aus ihrer Erstarrung, wie schnell er sich hier verabschieden wollte, und als der Motor schon röhrte, rannte sie los, auf das Auto zu, kurz bevor die Tür zuschlug.

»Er hat gar kein Telefon«, rief sie.

Jói steckte den Kopf aus dem Fenster.

»Was sagst du?«

»Elías«, keuchte sie, die Hand am Türgriff, als wäre die stark genug, das Auto aufzuhalten. »Elías hat kein Telefon. Ich kann nicht anrufen.« Und die Angst darüber kroch ihr die Speiseröhre hoch.

Der Motor brummelte vor sich hin. Jói kaute auf seiner Lippe herum. »Stimmt«, sagte er.

»Und nun?«, fragte sie leise. Die Sache mit dem Telefon wurde, nachdem sie geglaubt hatte, damit fertig zu werden, jetzt mit einem Mal existenziell. Kein Telefon auf Gunnarsstaðir. KEIN Telefon. Jói sah die Not in ihren Augen.

»Jaaa«, sagte er. »Hm. Hast du denn kein Handy?«

»Doch.« Hilflos schluckte sie. »Aber keinen Empfang.« Kein Telefon.

»Hmmmmm.«

Der Wind zauste an ihrem Haar, wie um sie abzulenken. »Und?«, fragte sie nach einer Weile wieder, mit ungewohnt kleiner Stimme. Er sah sie an, grübelnd und ein bisschen besorgt.

»Hm. Das ist nicht schön.«

»Nein«, flüsterte sie und klammerte sich an die Autotür.

»Ach ... passiert schon nichts. Und wenn's ganz schlimm kommt, sattele den Schimmel und reite hinunter nach Höskuldstaðir. Das ist der erste Hof, auf den du triffst, wenn du das Tal verlässt. Etwa eine Dreiviertelstunde von hier. Dort gibt es ein Telefon, und die helfen dir weiter. Wenn es Elías schlecht geht, muss er ins Krankenhaus nach Egilstaðir.«

»Reiten«, sagte Lies ungläubig.

»Ja, reiten. Was sonst. Du kannst es doch, hab ich eben gesehen«, grinste Jói.

»Aber ...«

»Du wirst es können, wenn du es brauchst.« Er zwinkerte ihr zu. »Und ich komme bei Gelegenheit mal wieder nach euch schauen. Okay?«

Damit fuhr er davon, und die Staubwolke verschluckte das Auto.

# 6. Kapitel

Bei Gelegenheit.

Bei Gelegenheit. Jeden Tag sah Lies aus dem Fenster – wann die Gelegenheit kam.

Sie kam nicht. Am nächsten Tag nicht, am übernächsten und am dritten Tag auch nicht.

Gunnarsstaðir sank zurück in die Einsamkeit.

Der Himmel wurde wieder grau, es nieselte. Zugvögel kamen vorbei, kreisten über dem Tal und flogen stumm wieder fort. Der Ort gefiel ihnen wohl nicht. Das Gras tat so, als würde es wachsen, winkte mit einzelnen grünen Halmen herum – Spielerei, mehr nicht. Wenn sie wieder hinschaute, waren die grünen Halme nämlich verschwunden, abgefressen von gierigen Wildgänsen, die in Scharen über die Wiesen herfielen. Was die Gänse übrig ließen, fraßen die Schafböcke, die sie eines Tages aus dem Stall ließ, weil es ihr dort zu voll wurde und die Böcke einfach nervten. Sie bekamen ihr Heu draußen serviert und hatten nun keinen Grund mehr, mit den Hörnern nach ihr zu stoßen. Lies mochte keine Böcke. Sie waren mit ihrem weißen Wollpelz auch keine Farbkleckse auf der Wiese, sie passten sich der gräulich müden Natur an und verschmolzen mit dem Boden. Wenn sie dalagen und dösten, sah es so aus, als wüchsen gehörnte Köpfe aus dem grauen Boden, und körperlose Augen verfolgten ihre Schritte. Der Fluss rauschte unverändert sein Lied von der Ewigkeit, und nichts deutete darauf hin, dass oben am Gletscher Schnee schmelzen sollte. Der Sommer, blau und duftend angekündigt, war in weite Ferne gerückt, nachdem der Frühling ja schon ausgefallen war. Seltsames Land, man konnte sich auf gar nichts verlassen …

Lies ertappte sich dabei, mehrmals täglich die Straße zu beobachten, ob nicht doch ein Auto heraufkam. Es kam keines, nicht mal eine Staubwolke war zu sehen, nichts, außer einem ausgebüchsten Schaf, das am Zaun entlangschlenderte, sich vom Heu der anderen Schafe herauszupfte, sich aber nicht einfangen ließ. Irgendwann resignierte sie und ließ das Schaf seiner Wege gehen.

Niemand verirrte sich in das Tal von Gunnarsstaðir.

Sie ertappte sich auch dabei, wenn sie gegen drei Uhr in der Früh den Stall verließ, nicht gleich zum Haus zurückzulaufen, sondern sehnsüchtig nach blauen Himmelsstücken Ausschau zu halten, denn es gab ja inzwischen, Mitte Mai, wie ihr Kalender verriet, keine Nacht mehr, die das Blau verstecken konnte. In Island verschwand die Nacht mit dem Frühling, der Sommer musste ja also irgendwann kommen, auch wenn die Vegetation auf sich warten ließ. Die Nacht fand nur noch gegen Mitternacht für zwei Dämmerstunden lang statt. Dann senkten die Berge ringsum ihr faltiges Haupt, die Vögel schwiegen, und die Natur schloss die Augen für ein kurzes Nickerchen. Kurz nach zwei Uhr schlug dann die Sonne ihre Augen auf und weckte einen nach dem anderen. Der Tag war also immer um sie herum – wenn sie den Stall betrat, wenn sie ihn verließ, wenn sie ins Bett ging und wenn sie aufstand, wenn sie aus dem Fenster sah – immer war es Tag und hell, und Lies war viel zu müde, nach kurzen Ruhepausen mit viel zu wenig Schlaf, weil eigentlich nie Zeit zum Schlafen war.

Beim Aufstehen fragte sie sich verzweifelt gähnend, warum zum Teufel sie das eigentlich tat, und jeden Abend kam ihr der Gedanke, wie friedlich es mitunter doch am Tag gewesen war und wie gut diese neue Existenz zwischen fröhlichen Lämmern und mürrischem Elías trotzdem funktionierte. Das eine hob das andere auf, irgendwie. Im Büro hatte es nicht funktioniert, weil es zu Packbier kein Gegengewicht gegeben hatte. Alles war unerfreulich gewesen, das morgendliche Aufstehen, der laute Verkehr, das Gedrängel in der U-Bahn, verschlafene Kollegen, schlechtgelaunte Amtsboten, die einem den Aktenwagen in die Haxen fuhren ohne sich zu entschuldigen, die ständig geschlossene Kantine oder nur noch Menü 2 im Angebot, kein Klopapier – und Arnold Packbier. Abends dann der leere Kühlschrank und das schlechte Fernsehprogramm. Von Thomas mal ganz zu schweigen.

Hier war das anders. Sie staunte, wie viel so ein paar Lämmer ausmachten, wenn sie müde war oder sich einsam fühlte. Ihre neugierig-unschuldigen Gesichter mit den breiten Mäulern, die stets zu lachen schienen, heiterten sie auf. Genauso war es auch, wenn sie ihnen beim Herumhüpfen zusah oder auch nur beim Schlafen, wenn sie wie kleine Stofftiere zusammengerollt in der Ecke lagen, den Kopf auf die Vorderläufe gelegt und sich vom anstrengenden Leben ausruhten; wenn sie mit prallem Bäuchlein unter Mutters Bauch wieder auftauchten, Milchreste am Maul, und sich einen Platz zum Schlafen suchten; oder wenn sie kurz nach der Geburt das erste Meckern versuchten und der zarte, kleine Leib dabei bebte. Die energischen Köpfchen, die schon in den ersten Lebensstunden wussten, wohin sie wollten – und wohin nicht –, und anhand derer man sich vorstellen konnte, wie unerfreulich sich der Kopf eines wütenden Zuchtbockes anfühlen würde. Auch wenn der Zuchtbock die meiste Zeit recht freundlich und dösend in seiner Box herumhing, die kleinen Böckchen konnten schon mit wenigen Tagen stoßen und trugen das winzige Gehörn, welches sich wie durch ein Wunder aus dem Kopf schraubte, mit Stolz. Das schwarze Böckchen hinten in der letzten Box sah damit aus wie ein freches Teufelchen.

Die Schafe beschäftigten sie rund um die Uhr. Sie hatte gelernt, dass man weniger Lämmer verlor, wenn man bei der Geburt dabeiblieb und Hand anlegte, wo es nötig war. So verbrachte sie mehr Zeit im Stall mit Wachen, als vielleicht nötig gewesen wäre, doch es schulte ihr Auge. Sie sah und erkannte, was sie voher nicht gesehen hatte, und sie lernte immer besser, Schafe voneinander zu unterscheiden, obwohl die Köpfe, die aus dem Filzkleid hervorschauten, alle gleich aussahen. Der Vaselinetopf stand stets bereit, und der Griff in das Schaf war nichts mehr, worüber sie auch nur nachdenken musste.

Einige Lämmer erkrankten an Durchfall, zwei davon starben an Entkräftung. Das eine fand sie am Morgen, das andere hauchte in ihren Händen sein junges Leben aus. Traurig darüber saß sie abends am Tisch. Elías hatte ein paar freundliche Momente und fragte sie nach dem Grund.

»Lämmer«, sagte sie. Und erklärte mit Händen und Füßen, woran die Tiere starben. Statt zu schimpfen, nickte er nur und humpelte in die Speisekammer. Sie bekam von ihm ein Paket eingefrorenen Joghurt, den sie, wenn er aufgetaut war, an die Lämmchen verfüttern sollte. Sie wunderte sich, wie sich seine Laune hob, sobald von den Lämmern die Rede war. Die Lämmer waren seine Freude, sie allein brachten ihn dazu, den stets verkniffenen Mund auch mal zum Lächeln zu gebrauchen.

›Man sollte überall ein paar Lämmer haben‹, dachte sich Lies. ›Im Büro auf dem Finanzamt. In der U-Bahn, vor der Supermarktkasse – überall dort, wo griesgrämige Menschen sich das Leben gegenseitig zur Hölle machten und vergessen hatten, dass ein Lächeln viel einfacher, effektiver und energiesparender war als unfreundliches Rumgezicke. Lasst mehr Lämmer um euch sein!‹ Sie grinste. Was war der Ärger in der U-Bahn doch weit weg …

Elías hatte schon wenige Tage nach seinem Zusammenbruch das Krankenbett wieder verlassen und schlich durch das Haus. Übellaunig und irgendwie anders als vorher. Lies war verwirrt und musste immer wieder daran denken, dass Jói gesagt hatte, man müsse das im Auge behalten. Wie denn bitte? Sie etwa?? Sie hatte doch keine Ahnung! Was jedoch auch immer in seinem Körper vorging, es verhieß nichts Gutes. Hatte er bis vor kurzem seine Wäsche noch selber saubergehalten, türmte sie sich nun in der Kammer, und Lies begann, sie in der Wanne zu waschen. Es gab ja nur diese Wanne und Seifenpulver sowie eine dicke Wurzelbürste, die die fadenscheinigeren Kleidungsstücke auch mal durchlöcherte. Nach dem Waschen und Trocknen konnte sie also noch eine Flickstunde einlegen.

»Machst du Löcher in meine Kleider?«, hatte der Alte

gefragt und ihr ärgerlich eine Hose unter die Nase gehalten.

»Ich hab sie bloß saubergemacht«, versuchte sie sich zu wehren, ihre mangelnden Sprachkenntnisse verfluchend. Für das, was sie da saubergemacht hatte, gab es sowieso kein Wort.

»Mach meine Kleider nicht kaputt!«, hatte er zurückgefaucht. Da schwor sie sich, seine Sachen nicht mehr zu waschen, sollte er doch seinen Kram selber machen! Doch bereits nach einer Woche stank es so sehr in der Kammer, dass sie sich um ihrer eigenen Nase willen erbarmte, denn ihm war es offenbar gleichgültig, und das Wäscheschrubben wieder begann, fluchend, spuckend und mit Todesverachtung.

Auch das Badezimmer musste sie täglich putzen. Es war widerlich, wie schmutzig er es neuerdings hinterließ. Noch nie hatte sie so etwas erlebt, sie war schließlich keine Krankenpflegerin und fand diese ganze Körperlichkeit um einen alten Mann ziemlich ekelhaft. Lieber den Schafstall dreimal hintereinander ausmisten als diese verfluchte Hausarbeit ... ›Krank‹ hatte Jói den Alten genannt, doch diesen ganzen Dreck, den verursachte er doch mit Absicht. Der war höchstens krank im Kopf. ›*Þetta kemur*‹ war ihr zumindest im Haushalt längst vergangen. Nichts wurde besser, nur die Arbeitstage, die wurden länger.

Allmählich, so kam es ihr vor, während sie auf den Knien lag und die Toilette putzte, allmählich konnte man sich kaum noch entscheiden, wer schlimmer war – der widerlich-gemeine Packbier oder der widerlich-widerliche Elías. Alle Milde, die sie mal für ihn empfunden hatte, war verschwunden.

Doch sie hielt durch. Vielleicht auch, weil sie auf den isländischen Sommer wartete, von dem Silke so geschwärmt hatte? Rotes Dach, Wollblumen ...

Oder auf Jói und ›bei Gelegenheit‹?

Vielleicht blieb sie auch, weil sie nicht wusste, was sie sonst machen sollte.

Bei diesem Gedanken schossen ihr die Tränen in die Augen, vor lauter Hoffnungslosigkeit und Leere.

›Bei Gelegenheit‹ kam nicht, der Sommer kam nicht, und die Eintönigkeit der Tage hielt sie umfangen. Arbeiten – essen – schlafen. Am nächsten Morgen wieder arbeiten, mit dicken Augen und Kopfschmerzen wie nach drei Flaschen Bier, nur dass es in Island kein Bier gab. Jedenfalls nicht auf Gunnarsstaðir. Bier. Lies seufzte. Auch den Geschmack von Bier hatte sie vergessen. Mit einer Lochzange drückte sie zusätzliche Löcher in den Gürtel und staunte, wie schnell das mit dem Abnehmen hier funktionierte. Die eine Hose schlabberte bereits so, dass sie sie nicht mehr anziehen konnte. Wenn sie das mal zu Hause geahnt hätte ... Jedoch, gut fühlte sie sich nicht dabei. Eher unbefriedigt und leer. Ohne anregende Mahlzeiten, nette Gesellschaft und gutes Essen fehlte etwas im Leben.

»Vielleicht soll ich genau das merken? Was meinst du?«, fragte sie das Pferd, als es vorsichtig einen trockenen Kanten Brot, den sie in der Küche gestohlen hatte, aus ihrer Hand nahm. »Soll ich merken, wie gut ich es zu Hause hatte?«

Der Schimmel kaute auf dem Brot herum und leckte noch einmal sanft über ihre Handfläche. *Wenn ja, was machst du daraus?* Bevor sie ihn streicheln konnte, zog er von dannen.

Lies zuckte mit den Schultern und zog sich die Kapuze über den Kopf. »Keine Ahnung, Pferd. Keine Ahnung.« Müde ging sie in den Stall zurück.

Lies kam auch weiterhin nicht auf die Idee, irgendwas zu unternehmen. Jeder andere wäre losgewandert, hätte die Felsen erklommen, wäre die Straße nach Höskuldstaðir entlangspaziert. Jeder andere hätte irgendwas aus seinem Leben hier gemacht. Das dachte sie noch, kurz bevor ihr im Bett die Augen zufielen.

Jeder andere hätte aber auch nicht diesen Job gemacht.

Elías humpelte also herum und sprach kaum ein Wort mit ihr. An seinen immer strengeren Geruch gewöhnte sie sich nur schwer. Er kochte merkwürdige Dinge und beträufelte seine Schaffleischstücke mit Ahornsirup, so dass es an den Seiten herunterlief. Für ihren Teller verbat sie sich solche Verzierungen. Was der Ahornsirup mit seinem Diabetes machte, konnte sie nur ahnen, ebenso die Schokolade und der Streuzucker, ohne den der Kaffee ungenießbar war. Seine Spritzen gab er sich in seinem Zimmer, und niemals fand sie irgendwelche Abfälle oder Ampullen. Vielleicht dämmerte das ganze Zeug auch unbenutzt weiter in der Schublade vor sich hin. Zuzutrauen wäre es ihm.

Inzwischen aßen sie wieder miteinander, teilten Brotscheiben und lasen sogar alte Zeitungen an einem Tisch. Was der Alte fertig gelesen hatte, schob er über den Tisch und duldete, dass Lies danach griff. Beim ersten Mal hatte er noch dumm geschaut, als sie eine isländische Zeitung las, danach guckte er nicht mehr.

Lies guckte auch nicht mehr.

Manchmal saßen sie auch beieinander und strickten. Lies wunderte sich, wie schnell Elías einen Strumpf fertig stellte, obwohl seine knochigen Hände so steif wirkten. Wahrscheinlich strickte er, damit sie nicht noch steifer wurden. Sie strengte sich an, doch bei seinem Tempo des Maschenlegens konnte sie trotzdem nicht mithalten. Immerhin ein Paar Socken hatte sie fertig gestellt, beim zweiten Paar ging sie schon mutiger ans Werk. Einmal zeigte er ihr, wie sie ein Muster hineinstricken konnte. Es fühlte sich komisch an, ihn so nahe neben sich zu spüren. Mit kargen Worten zeigte er, wie man Fäden miteinander verschlang und zopfartige Effekte erzielte, doch als sie nicht hinbekam, was er zeigte, griff er so unwirsch in ihr Strickzeug, dass sie aufsprang und es von sich stieß. Danach tat er das nie wieder. Wenn sie strickten, trennte der Tisch sie. Irgendwann verlor Lies die Lust, nicht nur weil sie bei Tisch kaum noch die Augen offen halten konnte, und das Strickzeug verstaubte in ihrem Schlafzimmer.

Außerdem nahmen die Vorräte der *Draumur*schokolade indes stetig ab. Lies musste sich zusammenreißen, um das zu essen, was Elías auf den Tisch brachte, weil ihr Hunger so groß war. Warum nur hatte sie so einen enormen Hunger? Lag es daran, dass die Arbeit zunahm? Oder hatte sie nur das Gefühl, dass es mehr Arbeit gab, weil sie sie seit Elías' Krankheit mit niemandem mehr teilen konnte? Machte die Verantwortung etwa den Hunger? Sie lastete auf Lies wie eine Tonne Geröll aus der Jökulsá, sie machte, dass das Atmen mühsam wurde und der Schlaf trotz der Müdigkeit nicht mehr so leicht daherkam wie sonst. Und so stopfte sie sich allabendlich einen Riegel

*Draumur* in den Mund – weit davon entfernt, die Schokolade so langsam zu genießen wie am Anfang – und war nicht glücklich, sondern traurig, wenn sie das leere weißrote Papier in den Händen hielt. Immerhin ging es sich mit dem eigenartigen Schokoladenlakritzgeschmack im Mund irgendwie leichter hinüber in den miefigen Stall.

Das weiße Pferd wartete vor dem Stall stets auf sie und brummelte ihr zu, wenn sie die niedrige Tür anhob, um im Dunkel des Schafstalls zu verschwinden. Es hörte sich mitleidig an. Wie der Wärter, der hinter dem Gefangenen abschliesst.

Ohne Sörlis Scharren und Schnauben war es tatsächlich ziemlich ruhig im Stall.

Seufzend nahm Lies das gerupfte Heu auf die Arme und stolperte den Futtergang entlang. Das Blöken der Schafe war die Musik dieses Balletts ohne Zuschauer, manchmal tanzte Lies über den Holzboden und stellte sich vor, er wäre eine Bühne. Doch die Schafe waren ein undankbares Publikum – so mochte sich Shakespeare gefühlt haben, als er einer quatschenden, saufenden und lachenden Zuhörerschaft seinen dramatischen Hamlet nahebringen wollte.

»*When shall we three meet again, in thunder, lightning, or in rain?*«, knurrte sie zärtlich in das Fell der zwei schwarzen Lämmer von vorgestern, die so weich zu knuddeln waren. »*When the hurlyburly's done, when the battle's lost and won …*« Wunderbar. Macbeth passte einfach überall. Die Lämmer fanden das allerdings nicht, sie protestierten, und so ließ sie sie wieder zu Boden gleiten. »Kleine Kulturbanausen.«

Das Schaf in der Nachbarbox stöhnte. Auch hier würde

es bald so weit sein, es legte sich in der Ecke zurecht und hechelte vielversprechend. Lies war stolz auf sich, wie sie solche Veränderungen inzwischen wahrnahm und beinahe jede Geburt souverän managte. »Dafür, dass mir hier niemand großartig was gezeigt hat, nich' wahr«, brummte sie und reckte sich, »mach'n Sie das ganz gut, Frau Odenthal, nich' wahr. Ich werde Sie für eine B'förderung zur Ob'rhebamme vorschlag'n.« Wie gut sie seine Stimme immer noch nachahmen konnte. »Ob'rhebamme. Ich verdde Ssie für eine B'förderung vorschlag'n. Nich' wahr.«

Beförderung. Pfffff. Lange her, dass sie an Packbier gedacht hatte. »Pfffff...« Sein Geist wehte unheilbringend vorbei, kalt und muffig, unwillkürlich sah sie sich um, doch natürlich hatte niemand den Stall betreten. Elías nicht, und ›bei Gelegenheit‹ war auch nicht eingetreten.

Ach. ›Bei Gelegenheit‹. Sie seufzte sehnsüchtig, und es tat im Magen weh, daran zu denken.

In der Box neben der Gebärenden ruhte sich ein Lämmchen am Rücken der Mutter aus, wie ein kleines Stofftier kuschelte es sich ins warme Wollnest. Lies erinnerte sich daran, dass in dieser Box noch ein zweites Lamm dabeigewesen war – wo steckte es nur? Leise kroch sie näher und fand es halb unter dem Balken versteckt. Das Lamm lag still, die Beine von sich gestreckt, den Kopf schlaff am Boden.

Tot??

»Nein! Nicht schon wieder eins!« Ärger vertrieb jeglichen leichten Sinn und auch die Sehnsucht, die Verantwortung sprang stattdessen in ihr Genick. Tote Lämmer waren... schrecklich. Furchtbar. Jedes tote Lamm war eins zu viel. Flugs hockte Lies in der Box und hob das Lamm hoch. Wie konnte ihr nur entgangen sein, dass hier eines hungerte? Die Haut blieb stehen, wenn man sie anhob, und es schaute aus trüben Augen in die Welt. Selbst das schwarzgelockte Fell sah stumpf aus, und die weißen Flecken, die es wie ein Käppchen auf dem Kopf und an den Beinen trug, stachen ins Auge – aber es lebte!

Entschuldigend drückte Lies das Tierchen an sich. »Möööööönsch, kleiner Muck …«

Was sie danach tat, ging ihr erstaunlich leicht von der Hand. Die Flasche geholt, das Schaf hochgescheucht und mutig an den Hörnern gepackt. Natürlich wehrte sich das Vieh, schlug mit dem Kopf, doch Lies war schneller und hatte mit einem Strick schon das Gehörn an die Trennwand festgebunden. Noch vor wenigen Wochen hatte sie das nicht gewagt – heute griff sie mutig zu, erst das eine Horn, dann das andere. Was für ein großartiges Gefühl! Manchmal, wenn sie zu zögerlich vorgegangen und das Schaf vor ihr davongeflitzt war, hatte sie sich vorgestellt, die Hörner seien körperliche Bestandteile von Packbier – dann ging es. Zügig sogar. Sie musste grinsen. Heute ging es sehr zügig, weil sie sehr entschlossen war, ihren Fehler wiedergutzumachen. Das Schaf zuckte ein paar Mal, bockte, dann hielt es inne, als sie sich gegen seinen Körper drängte und die Hörner festband.

»Na also.« Ergeben in das seltsame Schicksal des Sich-nicht-bewegen-Dürfens, blieb das Schaf still, und Lies konnte Milch aus dem vollen Euter in die Flasche abmelken.

Die Milch war für das Lamm Rettung in letzter Minute, fast war es zu schwach zum Trinken.

»Komm«, flüsterte sie, *»when the hurlyburly's done –*

trink, kleines Mädchen …« Schluck für Schluck, Pause machen. Lies wollte sich am liebsten ohrfeigen. Ihre Schuld. Man sollte meinen, dass die Schafe selber klarkommen – taten sie nicht. Stets musste man aufpassen, auf der Hut sein, nach dem Rechten schauen. Dieses hier immerhin schien vorerst gerettet. Als der Bauch weich und rund von der Milch war, legte sie das Lämmchen wieder auf seinen Platz, wo es zufrieden einschlief. Leider schien die Mutter nicht so begeistert von ihrem Nachwuchs zu sein, denn als Lies das nächste Mal an der Box vorbeikam, sah sie, wie das Lämmchen auf seinen Beinen stand und versuchte, bei der Mutter zu trinken, und wie die es vertrieb.

Hurly-Burly blieb ein Flaschenkind. Alle Versuche, es seiner Mutter oder einem anderen Muttertier unterzuschieben, schlugen fehl. Als ob es einen unsichtbaren Makel trug, oder einen unschafigen Geruch, scheuchten die Schafe das Lamm umher, und Lies musste es aus den Boxen herausheben, bevor sie es zertrampelten. Tagelang dachte sie nach, was sie mit ihm anstellen sollte, und entschied sich dann, aus zwei Boxen eine große zu machen, wo fortan zwei Schafmütter und fünf Lämmer herumsprangen – und Hurly-Burly sprang mit ihnen. Sie durfte weiterhin an kein Euter, aber sie hatte Spielkameraden, Nestwärme, und gefüttert wurde sie von Lies.

Ob Elías das so toleriert hätte, wusste Lies nicht, und auch nicht, wie viel ein Isländer für ein einzelnes Tier tat, beziehungsweise wie unwichtig ein einzelnes Tier für ihn war. Aber da er nicht gucken kam, scherte sie sich nicht darum und machte das, was ihrer Meinung nach sinnvoll war. Für sie hatte das Leben eines jeden Lammes Sinn.

Mit den Wochen eroberte die Sonne dann doch das Land. Das Gras auf der Ebene wuchs mutiger, immer mehr grüne Spitzen wagten sich hervor, und Sörlis magere Knochen verschwanden hinter einer wohltuend fleischigen Schicht, weil er mit plötzlich erwachendem Appetit sein Heu fraß. Überall flogen weiße Haare von ihm herum, er fand Holzbalken und Steine, um sich zu schubbern, und wälzte sich hingebungsvoll in einer Staubgrube, um das dichte Winterfell loszuwerden. Manchmal konnte sie beobachten, wie ihm der Frühling in die Knochen schoss und wie er unvermittelt losgaloppierte und hinter der Senke verschwand. Sie bereute es kein Mal, ihn draußen gelassen zu haben.

Die ersten Schafe samt Lämmern hatte sie eigenmächtig auf die Wiese gelassen, nachdem ihr ein paar muntere Lämmer an der Tür entgegengeturnt kamen und sie erst nicht wusste, welches Lamm zu welcher Mutter gehörte. Alle Versuche, die muntere Bande einzufangen und in die jeweiligen Boxen zurückzutragen, schlugen fehl, die kleinen Biester waren schneller, und Lies fand sich nach dem dritten Versuch auf der Nase im Futtergang wieder. Wutschnaubend hatte sie daraufhin die großen Scheunentore geöffnet, die Boxenabtrennungen weggeschoben und alles, was nicht zu klein und zu schmächtig war, mitsamt Mutter in die Freiheit entlassen.

Zuerst war die Panik groß, alle rannten laut blökend und völlig kopflos durcheinander, doch nach kurzem Herumsuchen und gegenseitigem Anblöken und Fellbeschnuppern hatte zueinander gefunden, was zusammengehörte, und die Lämmer begannen, den neuen Lebensraum zu erkunden. Kühn galopppierten die Tierchen über Stock und

Stein, je schneller, desto besser, und fielen unvermutet schnell und müde ins Gras, um einige Minuten neben einem Freund zu schlafen – kam ein anderer Freund, waren sie genauso schnell wieder auf den Beinen. Sie hüpften herum, schauten, blökten, meckerten, rannten zur Mama, sanken auf die Vorderbeinchen und tranken durstig, zwei Schlucke, drei Schlucke, um gleich darauf wieder abzuschießen wie kleine weiße und schwarze Blitze, mit allen vieren zugleich erst in die Höhe und dann davon, weil das Leben so spannend war und man seine Augen überall haben musste. Lies konnte nicht anders, sie musste ihnen zuschauen und ließ sich von der Unschuld und der kindlichen Tollpatschigkeit mitreißen und lachte so befreit wie schon lange nicht mehr, statt im Stall weiterzuarbeiten.

»*When shall we three meet again*«, keifte sie kichernd, »*when the hurlyburly's done* …« Auch das schwarze Waisenlamm, das sie Hurly-Burly getauft hatte, sprang durch die Luft, und dann sah sie, wie es sich unter einem Mutterschaf auf die Vorderbeine fallen ließ – und schmatzend trank. Es hatte doch noch eine Adoptivmutter gefunden. Lies schlug sich die Arme um den Leib und schaute verzückt zu, wie die Natur sich selber half.

Es war zwar viel mehr Arbeit, das Heu zu den Tieren nach draußen zu bringen, weil sie keine saubere Schubkarre fand, auf die sie das Heu laden konnte, doch die Fröhlichkeit der Lämmer und die Erleichterung der alten Tiere, nach dem langen Winter im engen Stall endlich wieder in die Freiheit entlassen zu werden, entschädigte genug. Zum ersten Mal nahm sie wahr, wie endlos lang das Fell der Mutterschafe war und wie lustig es in langen Rastasträhnen hüpfte, wenn sie losrannten. Kein Schaf, das sie je gesehen hatte, war so langhaarig wie diese Tiere! Noch war der Pelz schmutzig und durch Mist verklumpt, doch der nächste Regen würde sie sicher sauberspülen und weiße Wollknäuel freilegen. Grinsend dachte sie an ihre Strickstrümpfe und dass es irgendwie ein gutes Gefühl war, zu wissen, wo die Wolle für die Strümpfe herkam. Anna Bryndís hatte feine Wolle gesponnen – ob das Spinnrad noch irgendwo stand? Vielleicht sollte sie auch ihr Strickzeug wieder hervorkramen und sich demnächst mal an einen Pullover wagen.

Sie atmete lächelnd durch und platzte vor Energie, zusammen mit der wärmenden Maisonne Neues auszuprobieren.

Natürlich hatte Elías Ärger gemacht. Offenbar hing er ja den ganzen Tag hinter der Glasscheibe und beobachtete, was auf seinem Hof so passierte. Als also die große Tür geöffnet worden war und alle für die Freiheit erwählten Tiere nach draußen stürmten, war ein Schrei von der Haustür her ertönt, der Lies und sämtliche Schafe kurz innehalten ließ. Wild fuchtelnd war der alte Bauer zur Weide gehumpelt und hatte mit seinem Stock versucht, die Tiere zusammenzutreiben, was natürlich Unfug war, denn er war ja kein Hund, und dem Spitz, dem es gelungen wäre, hatte er nicht gesagt, was zu tun war. Sie stoben daher ausgelassen vor ihm auseinander, die Mutterschafe lachten meckernd, Wollberge flohen tanzend vor seinem Stock, schwebten mühelos über die Wiese, wie wenn die Klauen den Boden nicht berührten, der Spitz kläffte, bis er heiser war, und hatte unglaublichen Spaß, die Schafe in alle Richtungen zu jagen, und das weiße Pferd sah dem

Treiben von seinem Hügelchen auf der Weide interessiert zu und machte einen wunderschönen runden Hengsthals, wenn ein Schaf zu nah an ihm vorbeigeschossen kam.

Beschwichtigend lief sie auf Elías zu. Er schwang den Stock und schaute sehr böse drein, während er auf sie einschimpfte. »Zu früh, viel zu früh!«, hatte sie verstanden, und: »Mai, Mädchen, erst im Mai!«

Es war Mitte Mai.

»Aber das Pferd! Das muss in den Stall!«, blaffte er und hob erneut den Stock.

»Es will nicht mehr in den Stall«, sagte Lies. Sörli schüttelte die wallende Mähne und drehte sich vorsichtshalber um. Es hatte sie nach der Freilassung beinahe zwei Wochen gekostet, bis er sie so an sich herangelassen hatte, dass sie das Halfter ausziehen konnte, welches er nach dem Klippenausflug immer noch mitsamt Strick trug. Nachher hätte sie sich am liebsten geohrfeigt – ob sie es jemals wieder schaffte, ihn einzufangen, so ganz ohne Zubehör?

Brot hatte er mit langgemachtem Hals von ihr genommen und manchmal die Hand geleckt, doch Anfassen war nicht erlaubt gewesen. Sein neu erwachtes Misstrauen hatte keine Grenzen gekannt, und sie hatte sich gewundert, wie schnell er hier draußen ein komplett anderes Pferd geworden war: frei, stolz und absolut unabhängig.

»Das Pferd gehört in den Stall«, beharrte der Alte.

»Elías – es wird Sommer. Es kann draußen bleiben«, sagte Lies, diesmal mit fester Stimme. Und – wie seltsam – als habe Sörli begriffen, dass sie seine Partei ergriffen hatte, marschierte er auf die beiden zu und scharf an ihnen vorbei in Richtung Klippen, wo der Zaun die Tiere daran hinderte, herabzustürzen. Auf der Klippe drehte er sich noch einmal um und reckte den mächtigen Hals. Niemals mehr würde er in diesen Stall gehen.

Elías brummte böse vor sich hin. »Das Pferd steht im Winter immer im Stall, das war immer schon so, im Winter steht das Pferd im Stall, im Stall…« Damit humpelte er davon, den Stock irritiert auf den Boden klopfend, und ein Lamm, das ihn neugierig verfolgte, huschte unter dem Stock davon.

Es *war* Mitte Mai.

Seine Laune jedoch besserte sich von Tag zu Tag, nun, da die Sonne endlich richtig schien. Vielleicht hatte er auch begonnen, seine Medikamente regelmäßig zu nehmen, denn der Gestank schien sich zu legen. Oder roch sie den nur nicht mehr?

An einem windstillen Tag wagte sie es sogar, die Nachmittagsbutterbrote draußen zu servieren, und er folgte ihr ohne Murren oder dumme Bemerkungen. Im Gegenteil – er saß still auf seinem Stuhl und schaute das Bergmassiv auf der gegenüberliegenden Seite der Jökulsá an. Ein laues Lüftchen wehte, Vögel schwangen sich in Fangspielen akrobatisch kunstvoll in die Luft. Die Berge lächelten. In der Ferne toste die Jökulsá, manchmal konnte man Fontänen hochsprühen sehen, der Gletscherfluss führte zur Zeit sehr viel Wasser. Lies aß ihr Butterbrot mit Genuss, und es störte sie nicht, dass Elías kein Wort sprach, allerdings fragte sie sich auch, worüber er nachsann. Es war ihm nichts anzumerken. Und so tröstete sie sich mit einem Schluck süßem Kaffee, dass sie dies, wie vieles andere, niemals erfahren würde.

Am nächsten Morgen klopfte er sehr früh an ihre Zimmertür. Erschrocken sprang sie aus dem Bett und öffnete. Statt einem Morgengruß, den es immerhin neuerdings gab, forderte er sie wild gestikulierend auf, sich anzukleiden und mitzukommen. »Wir arbeiten heute«, sagte er.

»Tun wir das nicht jeden Tag«, brummte sie und schlüpfte in die Jeans.

»Heute arbeiten wir draußen. Komm.«

Sie hatte gerade noch Zeit, einen Kaffee hinunterzukippen und sich ein paar Scheiben Brot in die Tasche zu stopfen, da erschien Elías schon wieder in der Tür und mahnte zur Eile.

»Was willst du denn arbeiten?«, rief sie ihm hinterher, denn er zog schon wieder ab, weil ihm das Schuheanziehen zu lange dauerte.

»Wir gehen auf die Wiese.«

»Wir gehen auf die Wiese, soso.« Das konnte ja lustig werden. Was bitte tat man auf der Wiese? Die frischwürzige Luft draußen jedoch vertrieb ihre schlechte Laune, und außerdem stand Sörli vor dem Haus. Ohne Halfter und Seil stand er da und wartete, dass sein Herr mit dem Zusammensuchen des Ledergeschirrs zurande kam. Ein großer Haufen Lederzeug lag nämlich auf dem Schotter. Lange Riemen, kurze Riemen, Schnallen, Stricke, Bänder, und der Alte räumte brummend hin und her, und Sörli sah ihm interessiert zu. Dann schien er den Anfang gefunden zu haben: ein Gebiss für das Maul, einen Riemen für den Kopf, ein breites Lederteil, welches um die Brust und über den Kopf gezogen wurde, hinten hingen lange Leinen. Sörli war fertig zum Anspannen.

»Wo fahren wir denn hin?«, fragte Lies amüsiert.

»Wir gehen arbeiten«, knurrte der Alte. Ein Schnalzen, der Hengst trat an, in Richtung Scheune, wo bereits ein mit weißen Säcken beladener Karren wartete. Lies fragte lieber nicht, wer die Säcke auf den Karren gehievt hatte ...

Sörli blieb brav stehen, als die Deichsel rechts und links neben ihm auftauchte und Elías sie am Geschirr festband. Und als er den Befehl zum Losgehen gab, schaute der Hengst äußerst wichtig drein, denn dies hier war eine Arbeit, die außer ihm niemand verrichten konnte und die er offenbar seit vielen Jahren mit Vergnügen ausführte. Jedenfalls blitzten seine schwarzen Augen unter dem weißen Schopf, und er prustete vor sich hin.

»Wo gehen wir arbeiten?«, fragte Lies vorsichtig, sie hatte immer noch keinen Schimmer, was sich wohl in den Säcken befand. Elías deutete in die Ferne. »Wo?«, fragte sie dumm und versuchte seinem wild herumdeutenden Finger Blicke hinterherzuschicken – ohne Erfolg. Das Ziel des Fingers war die Ferne am Fuß der Berge. Elías hängte sich eine Ledertasche um und nahm Sörlis Zügel in die Hand. Um ihn nicht ärgerlich zu machen, folgte Lies ihm einfach schweigend. Sie marschierten in eine Richtung, in die sie bisher noch nie gelaufen war, weil es dort nichts für sie gab – keinen Stall, keinen Misthaufen, keinen Zaun. Das hügelige Gelände hinter den Weiden östlich von Gunnarsstaðir, wo die Autos von Jói und Ari stets herkamen, war bisher außerhalb ihrer vorsichtigen Erkundungsgänge gewesen. Doch nun war sie ja nicht allein, und die Berge blieben zahm.

Das Bild des vor ihr gehenden alten Mannes mit dem Pferdewagen hatte etwas Altertümliches, Schönes, Friedliches. Es hatte etwas von Ewigkeit. Das Bild besänftigte die wilde Natur, es lockte eine Schönheit, die sich sonst eher scheu versteckte, zwischen Steinen und Erdhügeln hervor und brachte sie dazu, zu verweilen und sich in der Sonne zu entfalten: sattglänzende Moosstücke, winzige Pfützen, in denen sich Wolken spiegelten, schwefelgelbe Steine auf zermalmter, roter Erde. Seidenweiches Gras, das sich im Wind wiegte, schmale Ähren vom Vorjahr, die zur Melodie des Windes nickten. Eine gleißend-schimmernde Quelle, die aus dem Boden kam, in einer Senke einen kleinen Tümpel bildete und kurz darauf wieder im Boden verschwand, zwei Vögel, die sich am klaren Wasser labten und lustvoll in dem Tümpelchen badeten … Lies holte tief Luft.

Island war schön.

Sie geriet ins Schlendern. Schloss die Augen, ließ sich das Haar vom Wind verwirbeln, atmete einfach. Die aufkommende Würze aus der Wiese kitzelte ihre Nase, wilder Dost, wilder Knoblauch, frisches Grün. Sonne im Gesicht. Das Blau des Himmels, so intensiv blau, dass es durch die Lider durchschien, ihren Kopf erfüllte, ihr Herz berührte.

Immer weiter blieb sie zurück, ließ ihre Blicke schweifen und blieb immer wieder an dem ungleichen Gespann weiter vorne hängen – der stolze weiße Hengst mit der üppigen Mähne, die bei jedem Schritt lustig wippte, und der gebeugte alte Mann, der in der einen Hand den Zügel hielt, die andere Hand auf den Hals des Pferdes gelegt hatte und Schritt für Schritt mit ihm das schwierige Gelände hinter sich brachte. Sie hörten einander zu – strauchelte der Alte, blieb der Hengst sofort stehen. Hakelte der Karren, befreite Elías das Rad oder trat Steine aus der

Spur, damit es leichter vorwärtsging. Die beiden kannten den Weg – je weiter sie sich entfernten, desto deutlicher sah man die Spuren eines uralten Weges in der aufwachenden Grasnarbe. Ein Weg, den vielleicht schon seine Väter benutzt hatten, den Generationen von Pferden entlanggegangen waren, um Waren aus dem Tal zu bringen. Früher hatte man dazu den Pferden die Last auf den Rücken gelegt – sie hatte Fotos in einer Zeitung gefunden, und solch ein altes Lastengerüst hing auch in der Scheune.

Doch es gab niemanden mehr auf Gunnarsstaðir, der stark genug war, Lasten auf das Pferd zu heben. So zog es den Karren, der sicher so alt war wie das hölzerne Lastengerüst, und nichts unterschied es darin von seinen vierbeinigen Vorfahren. Nichts außer den Plastiksäcken, deren Inhalt Lies immer noch nicht erriet.

Etwa zwanzig Fußminuten vom Hof entfernt schwang sich eine hölzerne Brücke über die Jökulsá. Es polterte furchtbar, als Sörli über die hölzernen Planken marschierte, er lief jedoch unbeirrt und gleichmütig weiter, als gehöre dies zu seinem täglichen Weg.

Und zum ersten Mal, seit Lies auf Gunnarsstaðir weilte, stand sie auf der anderen Seite des Flusses, nachdem sie mit geschlossenen Augen über die Brücke gehuscht war, weil sie Angst hatte – Angst vor der Höhe, vor dem Tosen unter sich, Angst davor, einzubrechen …

Ach, Unsinn!

Elías lächelte, als sie bei ihm ankam. »Das ist die andere Seite«, sagte er, und es war nicht ganz, klar was er damit meinte. Klar jedoch wurde, was er mit Arbeit gemeint hatte, denn in den Säcken befand sich Dünger, den er mit beiden Händen in Plastikschüsseln füllte. Sörli wurde ausgeschirrt und genoss nach getaner Arbeit das Gras, welches hier mit Sicherheit besser schmeckte als auf der bekannten Seite des Flusses. Und Lies bekam die kleinere Schüssel mitsamt einem Paar Arbeitshandschuhen in den Arm gedrückt. Hunderte von kleinen weißen Perlen rannen durch ihre Finger, es roch durchdringend nach Kalk und irgendwas Chemischem. Elías zeigte ihr mit ein paar Handbewegungen, wie die Perlen zu werfen waren. Einen schönen Bogen mit dem Arm, die Hand rechtzeitig öffnen und die weiße Pracht davonfliegen lassen …

Nebeneinander her schritten sie über die Wiesen und warfen den Dünger, die Wiese schluckte ihn dankbar und bewahrte ihn bis zum nächsten Regen, wo er sich auflösen und den Boden mit Nährstoffen für gutes Gras versorgen würde. Sie warfen den ganzen Vormittag, und als die Sonne steil stand, war Lies' Oberarm lahm, das Kreuz wundgedreht, und die Schulter schmerzte entsetzlich. Der Alte warf, zäh wie Sohlenleder, weiter, während sie auf dem Karren ausruhen musste. Aller Duft, alle Romantik, Farbe, Träumerei – weg. Sie war hundemüde.

Irgendwann kam er zu ihr und nestelte an der Ledertasche. Gekochtes Fleisch kam zum Vorschein, und die Thermoskanne, in der süßer Kaffee verführerisch duftete. Da Lies nur ein bisschen Brot geknabbert hatte, war sie jetzt natürlich hungrig wie ein Bär, und Elías lächelte über ihren Appetit.

»Warum kann das nicht eine Maschine machen?«, fragte sie mit vollem Mund.

»Ich hab keine Maschine«, brummte er und kippte den Kaffee, so heiß wie er war, in einem Zug hinunter.

»Aber hätte man nicht jemanden fragen können?«, knurrte sie stumm, »irgendwer wird ja wohl einen Traktor mit Gerät besitzen.«

»Wir haben immer alles allein gemacht auf Gunnarsstaðir«, setzte er noch hinzu.

»Ah.«

Sie aßen schweigend.

»Aber den Dünger, den hat dir jemand gebracht?«, raffte sie sich nach einer Weile auf zu fragen.

»Ari bringt den Dünger«, schmatzte er.

»Ah.«

»Wir haben immer alles allein gemacht auf Gunnarsstaðir.«

Lies betrachtete ihn von der Seite. Seine Hände waren immer noch riesengroß, und in seine Faust passte das Doppelte an Perlen wie in ihre. Der Rest des Mannes jedoch, Oberkörper, Schultern, und selbst die Höhe, schrumpfte zusehends, wie sie fand. So hatte dieser Spruch etwas von einem Mantra, einer Beschwörung, von jemandem, der spürte, wie ihn die Kräfte verließen, der aber nicht aufgeben wollte, weil die Berge kein Verständnis dafür haben würden.

Aufgeben hieß sterben.

Sie bewunderte ihn für seine Zähigkeit.

Der Nachmittag wurde zur Qual. Sie konnte kaum noch die Arme bewegen, sie hasste die Perlen, die ihr in der Schüssel durch die Finger rollten, sie hasste den Wind, der auffrischte und die Perlen in die falsche Richtung lenkte, sie hasste den unebenen Boden, über den sie stolperte. Am Ende hielt sie einzig der Blick auf den alten Mann aufrecht, der vorwärtsging und vorwärtsging und immer weiterging, die Schüssel neu befüllte und wieder von Neuem vorwärtsging, bis die riesige Wiese bis zum letzten Winkel gedüngt war und hoffentlich reiche Ernte bringen würde. Schweißperlen standen auf seiner Stirn, und die Lippen hatten eine bläuliche Färbung angenommen. Lies raffte sich auf, mobilisierte die allerletzten Kräfte, um die Plastiksäcke zusammenzuraffen und auf den Karren zu packen, den Sörli am Nachmittag brav neben ihnen hergezogen hatte. Der Hengst hatte auch keine Lust mehr und Ungeduld in den Augen.

»Setz dich«, brummte Elías und deutete auf den Karren. Der war zwar uralt, aber stabil und bot zwei Personen gerade so Platz. Ihr war nicht ganz wohl dabei, doch den ganzen Weg zu Fuß zu laufen, darauf hatte sie noch viel weniger Lust. Und so kam Lies in den Genuss der ersten Kutschfahrt ihres Lebens – unfreiwillig, unbequem und flotter, als sie gedacht hatte. Als der Hengst antrat, machte es einen Ruck, Elías schnalzte, und dann flogen sie dahin, an den Bergen vorbei, den ganzen langen Weg, den sie beim Düngen gemacht hatten, zurück, und die Grashalme nickten im Fahrtwind winkend und dankend für den nahrhaften Besuch …

Im Schneidersitz kauerte Lies sich hinter den Alten und hielt sich krampfhaft an der niedrigen Eisenstange fest. Was für eine verrückte Idee! Elías hielt die Leinen und feuerte sein Pferd an. Die weiße Mähne sprühte, stolz aufgerichtet lief der Hengst vorwärts, sich Gunnarsstaðir präsentierend und unglaublich zufrieden schnaubend, und seine Hufe trommelten im flotten Tölt über den Boden. Der Karren rumpelte über Buckel, bollerte über die Holzbrücke, der Fluss flog unter ihnen dahin, Wind kühlte ihr erhitztes Gesicht, Island grüßte, Island war schön …

Kurz darauf saßen sie, beide mit roten Wangen, am Küchentisch, und Elías schöpfte Suppe in die Teller. »*Jæja*«, sagte er einfach nur so und stellte ihr den Teller hin, und der knallte heute gar nicht so wie sonst. Lies hatte Brot abgeschnitten und blätterte noch hastig im Wörterbuch.

»*Hugaður ekill*«, las sie vor und sah hoch. »Elías. Du bist ein mutiger, tollkühner Kutscher.«

Und das Gesicht des alten Mannes von Gunnarsstaðir begann zu zucken, erst an den Brauen, dann an den Mundwinkeln, bis es ein verschmitztes Lächeln gefunden hatte, mit dem es sich so wohlfühlte, dass es sich über das ganze faltige Gesicht ausbreitete und man vergaß, dass dieser Tag Elías an die Grenzen seiner körperlichen Kräfte gebracht hatte.

»*Jæja*«, grinste er, »tollkühn.«

# 7. Kapitel

Elías brauchte lange, um sich von der anstrengenden Düngerei zu erholen. Knurrig und übellaunig hatte er ein paar Tage zwischen Bett und Küche verbracht und ihr Essen bemäkelt, jedoch nicht mehr ganz so biestig und bösartig wie sonst. Man muss nur mal zusammen Kutsche fahren, dachte Lies grinsend beim Tischabräumen, während er mit seinem Strickstrumpf am Ofen hockte. Kutsche fahren bringt Schwung ins Leben. Mit Schwung stellte sie ihm den Kaffee auf einen Hocker und verließ das Haus. Ihr eigener Muskelkater war inzwischen immerhin abgeklungen. Sörli hatte man nichts angemerkt. Aber Kutsche fahren brachte ja auch Schwung ins Leben. Er trabte selbstzufrieden über die Weide, als sie zum Stall rüberging.

Da es ja von Beginn an keine Arbeitsanweisungen gegeben hatte, Elías vielmehr ihre Hilfe geduldet hatte und sie an Fehlern nicht wirklich hindern konnte, machte Lies einfach weiter, wie und was sie für richtig hielt, und begann, den Schafstall zu entmisten. Sie hatte nämlich mal einen Spaten in den Boden gesteckt, und das Metall war im Boden komplett verschwunden. Grunzend steckte sie einen alten Zollstock in das gestochene Loch – 50 Zentimeter, zumindest an der Stelle, wo sie stand. 50 Zentimeter Mist. Ein halber Meter! Aus wie vielen Jahren? »Das ist ja widerlich!«, schrie sie die Grassodenwand an. Die Grassodenwand lachte nur gönnerhaft. *Mist macht warm.*

Die verbliebenen Schafe mit Lämmern, die noch zu schwach waren, beziehungsweise die Schafe, die noch ablammen mussten, trieb sie todesmutig durch den Stall auf die andere Seite, verteilte sie in Boxen und brach vorne die Trennwände ab. Eine Mordsschlepperei, die riesigen Holzwände durch den Modder auf die Seite zu tragen, und die Schafe hörten interessiert zu, wie sie stellvertretend für ihre missliche Lage Packbier, den Alten und alle, die sonst noch Ärger in ihrem Leben verursachten, verfluchte und ihnen Pest und Cholera samt glitschigem Schafsmist auf den Hals wünschte.

Das Schleppen der Holzwände war nichts gegen das, was sie mit dem Mistboden erwartete. Sie hatte sich noch über den messerscharfen Spaten gewundert – ein Werkzeug, mit dem man jemanden umbringen konnte. Mit ihrem ganzen Körpergewicht stürzte sie sich auf diesen Spaten, um ihn so tief wie möglich in den Boden zu treiben, denn der Mist hatte sich im Laufe der Lammgenerationen zu einer betonartigen Masse verfestigt. »Scheiße, verfluchte!«, brüllte sie, und die Wut verlieh ihr Bärenkräfte, trotzdem fühlte sie sich wie Don Quichotte, der gegen Windmühlenflügel kämpft. Beim Mittagessen schlief sie fast am Tisch ein, und als Elías sie fragte, was sie da draußen triebe, lachte er nur, als sie knurrte: »Ausmisten.«

Und er sagte noch: »Das ist Arbeit für ein Regiment Männer, Mädchen«, und lud ihr ungewohnt fürsorglich ein weiteres Fleischstück auf den Teller. Weder ermunterte er sie, dort weiterzumachen, noch hielt er sie davon ab. Und da Lies es hasste, angefangene Arbeit – und sei sie noch zu ätzend – liegenzulassen, ging sie nach dem Mittagessen mit neuer Energie ans Misten.

Es war nicht nur Knochenarbeit, es war auch nur mit geöffneten Türen zu ertragen, und natürlich kamen Schafe, um neugierig nachzuschauen, was da drinnen so passierte. Sie steckten ihre hellen Köpfe zur Tür herein und blökten mitfühlend. Mist gab es zu sehen, stinkenden Mist in festgebackenen Stücken, die ihr die Luft raubten, wenn sie die, die sie losgehackt hatte, wie alte Käsekuchenstücke aus dem Boden klaubte und auf die verbeulte Schubkarre warf. Die Schubkarre entlud sie alle paar Male draußen auf dem Misthaufen, dort, wo auch der Mist des weißen Pferdes vor sich hin gärte und wohin ihr die Hartnäckigen unter den Schafen ebenfalls folgten. Auch Lämmer liefen ihr meckernd zwischen den Beinen herum.

»Ist das normal, dass ihr so zutraulich seid?«, fragte sie das wollige Völkchen und bückte sich, um eins von ihnen auf den Arm zu nehmen. Hielt man so eins im Arm, vergaß man Anstrengung, Schmerz und sogar den Gestank. Na, so zutraulich wie die beiden Schwarzen waren nun doch nicht alle von ihnen, sie erwischte das Lämmchen so gerade noch an den Hinterläufen und hob es mit Schwung hoch. Eins von den braunen, deren Farbe einem Dobermann glich. Meckernd versuchte es sich zu befreien, der zierliche Lauf fuhr durch ihr Gesicht und hinterließ eine erdige Spur auf der Wange. «Neenee, so geht's nicht, kleiner Dobermann. Dich kenn ich«, gurrte sie lächelnd, »dich kenn ich, du bist über die Wände gehüpft …«

Die Wolle des jungen Tieres war so unglaublich weich, fast wie Seide, und die Löckchen neckten ihre Handinnenfläche. Das Böckchen schnüffelte an ihrem Haar, nahm probeweise eine Strähne ins Maul, kaute drauf herum und entschied, dass das kein genießbares Futter war. Lachend ließ sie das strampelnde Etwas wieder hinunter, es rannte bockend seinen weißen Freunden hinterher. Sie waren schon süß, diese nach Kleinkindern riechenden, wolligen Viecher mit ihren empfindsamen Nasen und dem altklugen Blick.

»Wie konnte ich es nur so lange am Schreibtisch aushalten?«, brummte sie und schob die Karre zurück in den Stall, ohne den Mist noch großartig wahrzunehmen – er gehörte einfach zum Leben dazu. »Wie zum Teufel hab ich das nur so lange geschafft?? *Heeeelvíti* …«

Im Vergleich zu einer fehlerhaften Steuererklärung oder Packbiers Unterstellungen war Schafsmist Milchschokolade mit Zuckerglasur …

»Schafs*draumur*«, lachte Lies und stieß den Spaten mit Schwung tief in die schwarze Masse, die für frühere Generationen offenbar viel mehr bedeutet hatte: Im allerletzten Winkel der Scheune hatte sie nämlich einen uralten, verrosteten Ofen entdeckt und daneben einen Haufen getrocknete Schafsdungstücke, in handliches Format zurechtgeschnitten und ordentlich aufgestapelt – Heizmaterial für schlechte Zeiten. Auch in Island warf man offenbar nichts weg.

Die letzten beiden Lämmer, die in diesem Frühjahr geboren wurden, mussten ihre »Mäntel tauschen«, und Lies hätte viel darum gegeben, das nicht erleben zu müssen. Es war an dem Tag, an dem Elías sich stark genug fühlte, in den Stall zu kommen und nach dem Rechten zu schauen, und er am Frühstückstisch sogar mehr als drei Sätze mit ihr gesprochen hatte. Ein guter Tag also eigentlich.

Lies half gerade dem Schaf mit dem schwarzen Fleck

auf dem Rücken, jenes, das so zutraulich war und aus der Hand fraß. Die Geburt war schwierig, ein totes Lamm hatte sie schon aus ihm herausgezogen, und stinkender Schleim hing ihr bis zum Ellbogen. Jedes Mal war da die Horrorvorstellung, das Zeug könnte sich nicht mehr runterwaschen lassen … Tapfer kämpfte sie gegen das Würgen an und tauchte erneut in die glibbrige Wärme der Schafsgebärmutter, wo ein zweites Lamm auf Hilfe hoffte. Zwei Beine, noch eins, ein Kopf – alles normal. Elías beugte sich über die Brüstung und murmelte was von »beherzter« und »nicht zaudern«, und das klang sogar fast nett. Zwischen Heu und unschuldigen Lämmern schien sich seine üble Laune nicht so recht entfalten zu können. Vielleicht hatte er auch inzwischen eingesehen, dass Lies eine gute Hilfe im Stall war.

Lies zog also an dem Lamm, griff und packte nach, weil es ihr immer wieder aus den Fingern flutschte. Dann hatte sie es endgültig und zog es aus dem Schaf heraus, und ein ganzer Schwall von übelriechender Fruchtwasserbrühe kam hinterher und rann an seinem Hinterteil herab … das Lamm war ebenfalls tot. Vollausgebildet, äußerlich gesund und gut gebaut – aber tot.

»Warum?«, flüsterte Lies fassungslos, »warum nur?« Sanft wischte sie mit einem Heubündel den Schleim vom Fell, und die Schafmutter drehte sich herum und leckte ihr totes Junges, als habe sie noch nicht bemerkt, dass es niemals neben ihr stehen würde. Kein Junges würde neben ihr stehen. Eine Welle der Schwermut wehte durch die Box.

»Für manche ist etwas anderes vorgesehen«, sagte da der alte Mann. Schweigend betrachteten sie das tote Tierchen. Balken knackten, Heu raschelte. Irgendwo blökte mit tiefer Stimme ein Mutterschaf. Das Leben war bisweilen seltsam. Ungerecht. Der kleine Ísak kam ihr in den Sinn und weshalb er so früh hatte sterben müssen. Sie schielte nach Elías, dessen Blick düster und grimmig auf dem toten Lamm hing. Was wohl in seinem Kopf vorging? Lies schluckte. Ob er auch an Ísak denken musste?

Eine Nachgeburtswehe drückte den Mutterkuchen nach außen. Lies fasste die herabhängende Nabelschnur und zog das schwammige Gebilde vorsichtig aus dem Schaf heraus. Es sah vollkommen intakt aus. Manche Dinge waren eben nicht zu erklären.

In der Nachbarbox indes hatte ein Drama anderer Art begonnen. Drei Junge hatte das braune Schaf geboren, drei hübsche schwarze Lämmer, zwei Böckchen und ein weißgeflecktes Mädchen. Als Lies dort nach dem Rechten sah, musste sie schlucken: Zwei der Lämmer tranken eifrig an den Strichen, das dritte, schwarze Lamm jedoch wurde von der Mutter mit dem Kopf gegen die Wand gestoßen. Traurig meckernd und torkelnd flüchtete das Kleine, doch egal wohin es lief, sie verfolgte es in jede Ecke und versuchte offenbar, den überzähligen Trinker loszuwerden. Elías und Lies sahen sich das eine ganze Weile mit an.

»Für manchen ist etwas anderes vorgesehen«, sagte Elías wieder. Das Lämmchen war erschöpft zu Boden gesunken. Und bevor das dicke Schaf sich mit den Füßen auf den kleinen Körper stellen konnte, beugte der alte Mann sich vor und packte das Lamm.

»Da«, sagte er undeutlich. »Mantel ausziehen.« Und deutete auf das tote Lamm in der Nachbarbox.

Lies traute ihren Ohren nicht. »WAS soll ich???«, fragte sie fassungslos.

Ungehalten bedeutete er ihr, das tote Tier hochzuheben. Mit seinem zitternden Finger beschrieb er Schnitte über dem weichen Fell, hinter dem Kopf, an den Beinen, unter dem Bauch. »Mantel ausziehen«, nuschelte er. »Die Mutter nimmt den Mantel an, dann bekommt es Milch.«

Er wollte, dass sie dem schwarzen Lamm das Fell des toten Lammes überzog.

Lies hielt sich die Hand vor den Mund, weil es sie würgte. Sie schüttelte den Kopf, wieder und wieder, und sah ihn an. Elías wartete einfach. Und weil sie keine Wahl hatte – und das Lämmchen auch nicht, tat sie, was Elías von ihr verlangte. Es war der schlimmste Moment ihres Lebens. Sie nahm das scharfe Messer aus seiner Hand, bat das tote Lamm um Verzeihung und setzte hinter dem Köpfchen an. Nie würde sie vergessen, wie sich das anfühlte. Die Haut war dicker als erwartet, ihre Hände zitterten, sie war ungeschickt, rutschte ab, und Tränen tropften auf das feuchte Fell, vermischten sich mit dem herauslaufenden Blut. Viel Blut war es nicht.

Schnitte nach unten und seitlich …

»Das ist eklig«, keuchte sie, »so eklig, mein Gott, wie kannst du das von mir verlangen, grässlicher alter Kerl, so eklig!« Doch wer sollte es sonst tun.

Schnitte um die Beine herum. Ein wenig Blut lief, färbte das unschuldig weiße Fell …

Dann sah sie hoch.

In Elías' Gesicht zuckte es, und tiefe Trauer stand in seinen Augen zu lesen. Sie erinnerte sich an Jóis Ausspruch, dass Elías nicht gerne schlachtete. Ísak. Warum hatte Ísak sterben müssen. Warum kam ihr Ísak schon wieder in den Sinn, und warum ausgerechnet hier, wie makaber. Sie hielt inne und würgte. Warum das alles …

Elías griff in die Tasche und förderte einen Flachmann zutage. Wortlos reichte er ihr die Flasche, und wortlos goss sie sich das gebrannte Gift in den Mund, in der Hoffnung auf Mut durch Schmerz auf der Zunge. Die Hoffnung trog nicht – der *brennivin* schmeckte so furchtbar wie beim letzten Mal, ätzte die Schleimhäute an, verjagte aber zuverlässig die Übelkeit. Sie nahm einen zweiten, großen Schluck, dann noch einen größeren dritten, und gab ihm die fast leere Flasche ebenso wortlos zurück. Ihre Hand zitterte immer noch, doch zumindest die Verzweiflung über das, was sie jetzt hier tun musste, war betäubt worden. Elías gab ihr letzte Anweisungen, deutete ruhig und gefasst mit dem arthritisch gekrümmten Finger, was sie wo halten müsse und wie sie vorzugehen habe. Seine ruhige Freundlichkeit war ungewohnt und brachte sie zum Weinen.

Es war keine schwere Arbeit. Und es half ein wenig, sich vorzustellen, dass das weiße Lamm dem schwarzen seinen Mantel schenkte.

Es half nicht viel.

Es half nicht gegen das unbeschreiblich grausame Gefühl, einem Lebewesen die Haut vom Körper abzuziehen, und auch nicht gegen die Tränen, die ihr den Blick verschleierten, und es half nicht gegen die zitternden Finger, die den Kadaver kaum zu halten vermochten. Wo sie trotzdem die Kraft hernahm, an der Haut zu ziehen, wusste sie nicht. Das Abziehen selber verursachte kein Blut, es machte nur ein ganz feines, seltsames Geräusch, als die Fleischfasern die Haut freigaben. Wie unzählige Finger hielten sie die Haut, wurden länger – und ließen los und sanken zurück an den Körper, während das Hautstück in Lies' Händen immer länger wurde. Als der Mantel fertig abgezogen war, ließ sie die Hände in den Schoß sinken. Ein bisschen Blut, Schmiere, und ein lebloser, magerer Körper mit wolligem Köpfchen lag vor ihr, der seinen Mantel als letztes Geschenk hergegeben hatte …

Sie wischte sich die Finger sauber, und Elías reichte ihr das schwach zappelnde, schwarze Lamm. Sie klemmte es sich zwischen die Knie und zog die Haut über sein sauberes Fell und band es fest mit den Schnürchen, die Elías ihr gab. Ihre Nerven waren bis zum Zerreißen gespannt – würde das Schaf sich täuschen lassen? Oder wäre die ganze furchtbare Arbeit umsonst gewesen? Ein letztes Mal mit Geburtsüberresten über Fell und Kopf gewischt, und der Betrug war fertig. Dann schickte sie das Lämmchen zum Schaf. Elías grunzte. Lies legte die Hände in den Schoß, hundemüde und so schmutzig wie noch nie in ihrem Leben – glaubte sie jedenfalls …

Das Schaf drehte sich um. Es roch an dem Fell und roch und roch. Leise meckernd stakste das Lämmchen um das Muttertier herum – das war weiterhin misstrauisch, irgendwas stimmte nicht, was war es nur, was war es …

Und dann verschwand das Lamm unter dem wolligen Bauch, und man hörte es leise schmatzen.

Elías nickte anerkennend.

»Für manchen ist etwas anderes vorgesehen«, sagte er leise. Und es war nicht möglich, zu sagen, wen er damit meinte.

Dann begann der Sommer so richtig, von einem Tag auf den anderen, obwohl der kontinentale Kalender eigentlich einen Frühling zwischengeschaltet hatte. In Island war das anders. So jedenfalls kam es Lies vor. Die Temperatur stieg unaufhaltsam, immer häufiger schien die Sonne, ohne von Regenschauern oder gar Schneegriesel unterbrochen zu werden, und die Lämmer hüpften so ausgelassen in ihren Pferchen herum, dass Lies schon fürchtete, die Holzabtrennungen würden sie nicht mehr lange aufhalten. Das Schaf mit dem schwarzen Kopf sprang eines Nachts über den Zaun und nahm seine beiden Lämmer mit sich. Wie es das mit seinen unförmigen Wollmassen angestellt hatte, würde für immer sein Geheimnis bleiben. Nun, wenn die anderen Lämmer stark genug waren, würden sie alle davonlaufen dürfen, so hatte Elías es versprochen. Jeden Tag schaute er sich die Tiere an, brummte vor sich hin und schüttelte bei einigen den Kopf. »Noch zu früh fürs Hochland. Noch zu schwach.«

Ein paar Tage später entdeckte Lies die drei Ausbrecher am Fuß der Hügelkette, wo der Pfad ins Hochland begann. Eins der Lämmer war weiß, und es leuchtete gegen die düsteren Felsen. Eilig packte sie ihre dicke Jacke und machte sich daran, die Tiere zu verfolgen. Es war das erste Mal, dass sie den Fuß auf diesen Pfad setzte, der sich den Hang entlangschlängelte und dann hinter dem steilen Berg im Nirgendwo verschwand. Elías war dort oft herumgestiegen und hatte stets was von »gefährlich« gemurmelt. Lies verstand nicht, was der Alte dort gesucht hatte, denn außer Moos, ein paar Gräsern und Steinen gab es nichts, was man dort hätte aufheben können. Ein paar Schneehühner flatterten panisch auf und suchten das Weite. Sie kraxelte eine Weile zwischen den Felsbrocken herum und hörte über sich die Lämmer meckernd lachen. Keine Chance, sie von hier hinunterzutreiben. »Ihr wisst hoffentlich, was ihr tut!«, rief sie den Tieren hinterher und machte sich entnervt wieder an den Abstieg. Das dicke Mutterschaf blökte ihr hinterher. Es spazierte noch einige Tage mit seinem Nachwuchs dort oben herum und stahl nachts Heu von den Ausläufen. Dann waren sie eines Tages verschwunden.

»Bis zum Herbst«, murmelte Elías, als Lies ihm von dem Verlust beichtete, »bis zum Herbst, Mädchen, wenn Fjalla-Eyvindur sie uns nicht stiehlt.« Und er lächelte so milde wie nur ganz selten.

Mit steifen Fingern hielt er die Flasche fest, an der das eine Waisenlamm saugte, das andere Lamm hielt Lies zwischen den Knien. Zum Glück war es bei den zwei Waisenlämmern geblieben – die machten schon Arbeit genug. Aber sie waren es wert, sie waren besonders hübsch und außergewöhnlich, denn sie hatten schwarzes Fell, weiße Beine und weiße Käppchen, struppige weiße Krägen und sahen aus wie zwei kleine Mönche. Elías hatte sie »*broðir*« und »*systir*« getauft – Bruder und Schwester, obwohl sie nicht von demselben Mutterschaf stammten. Beide waren von ihren Müttern verstoßen worden, und es war nicht gelungen, sie anderen Schafen unterzuschieben.

Sie saßen auf klapprigen Stühlen vor dem Haus – Lies hatte sie aufgestellt, weil die Sonne schien und sie so hungrig nach Wärme war, und Elías war ihr mit der Kaffeetasse gefolgt. Heute war er mal wieder richtig umgänglich.

»Wer ist Fjalla-Eyvindur?«, fragte Lies deswegen mutig. »Gibt es hier Schafdiebe?« Sie machte große Augen.

Elías schüttelte den Kopf. »Fjalla-Eyvindur lebt nicht mehr. Er war ein Dieb, und er musste deshalb fast zwanzig Jahre als Geächteter leben. Er trieb sich in der Wüste, die man Sprengisandur nennt, herum und in den Bergen, weswegen man ihn Berg-Eyvindur rief. Zusammen mit seinem Weib Halla flüchtete er von Unterschlupf zu Unterschlupf, und sie stahlen Pferde und Schafe und aßen sie roh, wenn sie kein Holz zum Feuermachen fanden. Niemandem gelang es, die beiden zu fassen, denn Halla konnte kämpfen wie ein Mann, und Fjalla-Eyvindur schlug das Rad, wenn er flüchtete – so schnell, dass ihn auch die schnellsten Pferde nicht einholten. Fast jeden seiner Schlupfwinkel fand man und sah, wie viele Schafe er gestohlen hatte. Aber fassen konnte man ihn nicht, weil er wie ein Rad davonflog. Ja, der Fjalla-Eyvindur. *Jæja.*«

Das war das erste Mal, seit sie auf Gunnarsstaðir weilte, dass Elías ihr eine Geschichte erzählte. Fast war sie gerührt. Und sie stellte sich vor, wie ein Mann radschlagenderweise über den braunen Bergrücken flüchtete. Was für eine seltsame Vorstellung. Radschlagen, Kinderturnen, um Verfolgern zu entkommen?

»Warum schlug er Rad?«

Elías sah sie an. Seine Augen waren etwas gerötet, aber sie lächelten. »Weil er nicht so schnell laufen konnte, wie er Rad schlug. Darum. Und ein Pferd besaß Eyvindur nicht. Die Pferde, die er fing, musste er aufessen, damit er nicht verhungerte.«

»Ah.« Seltsam, diese Isländer. Systirs Flasche war leer, und das Lamm legte sich satt und zufrieden neben das Stuhlbein, wo es augenblicklich einschlief.

»Gibt es denn heute noch Schafdiebe?«, knüpfte sie an

seine Anfangsbemerkung an. Er schüttelte den Kopf. »Außer der Natur, die sich ihren Anteil holt – nein.«

»Und was machen wir mit diesen beiden?«, fragte sie und streichelte Broðirs Köpfchen, während er gierig an der Flache sog. »Gehen die auch ins Hochland?«

Elías schüttelte den Kopf. »Die *heimalingar* bleiben am Hof. Manchmal kommt im Hochland der Adler. Oder der Fuchs. Man braucht eine Mutter im ersten Jahr, zum Schutz. Die Natur holt sich immer ihren Anteil. Nächstes Jahr gehen sie auf den Berg. Nächstes Jahr …« Er starrte auf den Boden, als glaube er nicht so recht daran. Die heitere Stimmung war dahin. Sie fand ihn blass, und zum ersten Mal dachte sie daran, dass es für ihn, Elías Böðvarsson, vielleicht kein ›nächstes Jahr‹ geben könnte.

Es hupte wieder einmal draußen. Lies stürzte heraus – kein Jói.

Der Kaufmann war gekommen, mit einem Kofferraum voller Waren und sichtlich guter Laune.

»Na, Lämmerhirtin«, lachte er, so dass das Bartende zuckte, »na, hast dich vom Lammen erholt? Bald wird's ruhiger auf dem Hof, wirst schon sehen …« Lies nickte unruhig und reckte den Kopf. Kein Mitfahrer stieg aus dem Auto. Sie schalt sich albern, sooo albern. Kindisch. Warum kam er bloß nicht? Warum zum Henker kam er nicht…?

»Hilf mir tragen«, unterbrach Ari ihre Gedanken. »Er hat viel Arbeit, weißt du?«

»Wer?« Mein Gott, was war sie geistesgegenwärtig, allein ihre Gesichtsfarbe spielte ihr einen gemeinen Streich, denn Ari grinste wissend. »Hmhm.«

Nebeneinander trugen sie die Kisten ins Haus und luden sie in der Küche ab.

»Kaffee?«

»Hmhm.« Ari ließ sich auf die Bank fallen. »Wo ist Elías?«

Lies zuckte mit den Schultern. »Irgendwo dort hinten. Zu den Klippen. Er geht oft dorthin. Zu diesem Stein, du weißt schon…«

»Hm. *Jæja*. Er ist oft dort, *jæja*.«

»Weißt du…« Sie überlegte. »Weißt du, wie Anna aussah?«

Ari trank seinen Kaffee laut schlürfend, und hinter der Tasse belauerte er sie. Dann setzte er die Tasse ab. »Lass die Toten ruhen, Lämmerhirtin. Er lässt sie auch ruhen.«

Nein, das tut er eben nicht, erwiderte sie stumm. Sie sind dauernd um ihn herum. Aber das hätte Ari nicht verstanden. Seine ärgerlichen Blicke machten ihr Angst, sie könne es sich mit ihm verscherzen. Um Himmels willen – mit Besuch, der nur alle paar Wochen kam, verscherzte man sich's nicht… Sie hob die Kanne hoch. »Noch 'nen Kaffee?«

»Hmhm.«

Draußen kreischten die Möwen über dem Hof, irgendwelche Schafe blökten ohne Grund. Die Sonne blinzelte schüchtern hinter wildgemusterten Wolken. In Island gab es ja so verrückte Wolkenformationen, den ganzen Tag konnte man Wolken angucken und entdeckte seltsame Tiere, Gespenster, Fabelwesen, die umeinander herumschwebten und sich ständig veränderten, je nachdem, wie der Wind gelaunt war… Lies erinnerte sich, dass die Wasserbottiche aufgefüllt werden mussten. Und die Wäsche auf der Leine – das schmutzige Bad, gekocht hatte sie auch noch nicht – das Lammen war vorüber, Arbeit lag trotzdem überall herum. Man konnte sie nur besser ignorieren, weil sie nicht blökte.

»Komm«, sagte Ari mit einem Mal und stand auf. »Komm, wir gehen ein Schneehuhn schießen.«

»Schneehuhn schießen? Jetzt??« Fassungslos starrte sie ihn an. »Das – das ist verboten!«

»Verboten schmeckt es noch viel besser.« Der Kaufmann schaute drein wie ein Kobold, und der Wind spielte neckisch mit seinem grauen Bart. »Komm, ich koch euch ein feines Schneehuhn.« Damit polterte er zur Küche hinaus, und Lies hörte ihn in der Diele kramen.

»Schneehuhn schießen«, brummte sie. »Sind wir auf der Kirmes, oder was? Schneehuhn schießen. In der Brutzeit, du hast sie wohl nicht alle. Schneehuhn schießen.« Unwillig zog sie die Nase hoch.

Es polterte wieder, gleich darauf pochte er breit grinsend mit einem Gewehr in der Hand von außen gegen das Küchenfenster. »Komm, Mädchen.« Er meinte das ernst! Nun, einerseits war es eine Schweinerei, im Juni ein Schneehuhn zu schießen, andererseits war Lies froh über jede Art von Ablenkung, auch wenn sie bedeutete, dass die Arbeit liegen blieb … Ach, egal. Die Jacke in der Hand rannte sie zur Tür hinaus und hinter Ari her.

»Schneehühner sind schüchtern.«

Das war Aris Einführung in die Schneehuhnjagd. Danach lauerten sie nur noch schweigend. Erst hinter den Felsen unterhalb des Stalles, dann in einer Senke oberhalb der Klippen, wo es intensiv nach wildem Thymian roch.

Dicht beieinander lagen sie dort, während über ihren Köpfen der isländische Frühsommerwind flüsterte, dass es bald richtig warm werden würde, für ganz kurze Zeit nur – aber so warm, dass die Wiesen richtig grün werden würden und die Schafe im Hochland richtig fett und dass man richtig Sonnenbrand bekommen würde und gebleichtes Haar …

»Da ist eins…«, flüsterte Ari und legte an. Es raschelte hinter einem Strauch, doch er schoss nicht. Ein anderes Tier huschte aus dem Versteck – ein Fuchs. »Schau…«, raunte der Kaufmann. Mit geducktem Kopf schnürte das graubraune Tier um die Felsen und war im nächsten Augenblick auch schon verschwunden. »Ist er schneller gewesen …«

Sie kletterten aus der Senke und suchten weiter, denn Ari schien die Verstecke der Vögel auf Gunnarsstaðir gut zu kennen. In ihrem nächsten Felsversteck hatten sie mehr Glück – während Lies sich an einer aufgeblühten Glockenblume erfreute, knallte neben ihr das Gewehr. Der Schuss zerriss brutal den vermeintlichen Frieden. Es gackerte, flatterte, dann ein Juchzer, und der Kaufmann kletterte ächzend aus dem Versteck und stürzte sich auf seine Beute.

»Was passiert, wenn sie dich erwischen? Ist doch verboten, so was«, fragte sie skeptisch.

»Ach – bis sie kommen, ist das Huhn längst in meinem Bauch«, grinste er. »Du wirst nie wieder was anderes essen wollen.« Breitbeinig kam er näher. »Schau – das brät man mit Speck und übergießt es mit Milch … Du wirst nie wieder ein normales Hühnchen essen wollen, Mädchen.«

Das Huhn war nicht viel – ein kleines, dürres Vögelchen mit braunen Federn, das im Winter ein weißes Federkleid trug und sich zur Tarnung in den Schnee eingrub. Ein paar weiße Federn waren sogar noch übrig. Lies schluckte, als das Huhn so direkt vor ihr baumelte und Blut heraustropfte. Sie hatte es nicht so mit frisch getöteten Tieren …

»Ach«, sagte der Kaufmann beschwichtigend. »*Þetta kemur*. Du wirst schon sehen. Wirst schon sehen.«

Damit setzte er sich auf den Felsen und begann, sein Huhn zu rupfen. Die Sonne schob die Wolken fort und wärmte ihn bei seiner Arbeit.

Träge schaute Lies den Federn hinterher. Ihre Hand lag tief im Kräuterboden vergraben – Engelwurz, Glockenblume, Heidekraut, es duftete so vielversprechend nach Sommer…

»Woher kennst du ihn?«

»Wen? Jói?«

»Ähm – nee – also –«

»Jói kenn ich, seit er klein war.« Das bärtige Gesicht lächelte freundlich. »Ein lieber Junge.« Das Huhn sank auf die Knie, und er starrte vor sich hin. »Weißt du, sein Vater arbeitete auf einem Walfangschiff. In einer Sturmnacht sank das Schiff – es gab keinen Überlebenden. Die Mutter hat sich totgesoffen vor Kummer. Er – er wohnte dann mal hier, mal dort, auch mal bei mir. Ein paar Monate hat er hier auf Gunnarsstaðir gelebt. Eines Tages nahm er das Schiff und ging weg von Island.«

»Er ist in Deutschland gewesen, nicht wahr?«, fragte sie begierig weiter.

»Er ist in Deutschland gewesen«, bestätigte der Kaufmann und drehte sich um. Das Huhn lag immer noch auf seinem Knie. »Hat dort vieles gemacht. Im Schlachthof gearbeitet. Mit Pferden gearbeitet. Hufe gemacht, beschlagen. Junge Pferde ausgebildet – so was halt. Was man so macht, wenn man aus Island kommt. Gibt ja viele Pferde von der Insel dort unten, so sagt man.« Er lächelte. »Deutsche Frauen mögen die isländischen Pferde. Die isländischen Männer mögen sie auch. Ich versteh nicht warum, wo doch so viele von ihnen saufen wie die Löcher und nicht treu sein können.«

»Jói säuft nicht!«, entgegnete Lies fast empört, ohne es wirklich zu wissen. Auch mit der Treue – sie wusste ja überhaupt nichts von ihm. Was für ein schwachsinniges Gespräch.

Ari kratzte sich hinterm Ohr. »Jói – tja. Jói studierte Tiermedizin. Und jetzt ist er wieder hier.«

Jetzt ist er wieder hier, und seine Freundin hat ihn verlassen, weil sie Island nicht mochte. Und er verschenkte ihre Bücher. Und er war für die beiden alten Männer wie ein Sohn. Lies schämte sich dafür, wie ein Teenager Informationen über das Objekt der Begierde zu sammeln, als könnte das die Sehnsucht im Bauch besänftigen. Tat es nicht – schlimmer noch: Sie konnte sich mit einem Mal kaum noch daran erinnern, wie er aussah. Gab es das? Heftig nagte sie an ihrem Fingernagel. Schwarzhaarig war er. Pechschwarze Haare. Wenn sie feucht waren, lockten sie sich. Und helle Augen. Grau? Oder blau? Sie biss sich auf die Lippen. Die Augen standen eng beieinander, weswegen sein Blick so intensiv war. Daran erinnerte sie sich. Graue Augen oder blaue?

»Er arbeitet in der Tierklinik in Egilstaðir. Viel zu tun dort.« Federn flogen in die Luft.

»Hmhm«, brummte sie. Grau? Oder blau? Ach, es gab

einfach zu wenig Abwechslung auf Gunnarsstaðir, da wurde man wunderlich und begann den Klatsch zu lieben. *Kjaftæði* nannte Elías das. Klatsch. Es war ihr peinlich im Zusammenhang mit dem hübschen Doktor. Ja, hübsch war er. Ausnehmend hübsch. Und seine Augen waren blau. Sie errötete und vergrub die Hände im weichen, nach Kräutern duftenden Moosteppich.

Es war ein wunderlicher Nachmittag, und Jói fehlte.

Ari hatte Schafskeulen mitgebracht und meinte, diesmal seien sie nicht für die Kühltruhe, sondern zum Räuchern vorbereitet. Statt zu schimpfen, machte Elías nur ein erstauntes, dann versonnenes Gesicht und brummte, ob sein Räucherhaus ihn wohl überhaupt wiedererkennen würde.

»Wo räuchert man?«, fragte Lies.

»In einem Räucherhaus«, grinste Ari frech. »Und *hángikjöt* nennt man das hier«, erklärte er und strich über das in straffe Leinensäcke eingepackte Fleisch. »Das wirst du sehen, wie man das macht. Eine Woche hat es in Salzlake gelegen, da kann man es heute aufhängen.«

»Man kann es aufhängen, *jæja*.« Versonnen schaute der Alte auf das Fleisch. »Hab wirklich lange nicht mehr geräuchert. Lange nicht, wirklich.« Dann packte er den Korb und marschierte voran, und zwinkernd forderte Ari Lies auf, ihnen zu folgen. »Wirst schon sehen …«

Elías wanderte um den Stall herum in Richtung Berg. Ari holte die Petroleumlampe aus dem Stall, und Lies schlich dem Alten hinterher: Es gab hinter dem Schafstall nämlich ein winziges Häuschen aus Grassodenwänden, an dem sie immer vorbeigelaufen war. Es war halb in den Berg gebaut und so groß, dass gerade eine Person hineinpasste. Ari hielt ihr die Lampe über den Kopf, damit sie schauen konnte. Es war rabenschwarz da drinnen. Mit Mühe konnte sie eine Feuerstelle aus Steinen am Boden erkennen. Ritzen zwischen den Grassoden waren mit Schafwolle zugestopft, die sich vom Rauch schwärzlich verfärbt hatte. Erdiger, torfiger Geruch verschlug ihr fast den Atem.

»Räuchern. Hier wurde immer schon geräuchert«, klärte Ari sie auf. Staunend sah sie, wie Elías einen Stapel getrockneten Schafsdung – den säuberlich gestapelten für schlechte Zeiten – herbeischleppte und in die Feuerstelle legte. Schafsdung. Sie biss sich auf die Zunge. Schafsdung, wie ekelhaft. Mit einem bisschen Heu fing der Dung rasch Feuer, flackerte auf, brannte erst lichterloh, dann fiel das Feuerchen zusammen und glomm vor sich hin. Stechend riechender Rauch stieg auf, Lies musste husten. Doch die Glut beruhigte sich zunehmend, der Qualm wurde weniger, dann hörte er auf, stattdessen stieg heller Rauch aus dem Gluthäufchen hoch.

»So ist es gut, so muss es aussehen. Nicht mehr und nicht weniger«, erklärte der Kaufmann. Ari half dem Alten, die ausgepackten Keulen mit Fleischerhaken an einer Stange über dem Feuer zu befestigen. Mit langen Fingern griff der helle Rauch nach dem Fleisch und nahm es in Besitz. Er streichelte es, glitt über die Leinensäcke, in denen die Keulen eingenäht waren, und versuchte, sie zu durchdringen. Es würde ihm wohl in den folgenden Tagen gelingen, er würde erst die Farbe des Leinensackes verändern, dann die des Fleisches und ihm am Ende seinen unverwechselbaren Geschmack verleihen. Lies staunte, wie angenehm der Rauch auf einmal roch. Vielleicht war er doch nicht so schlimm, dieser Schafsdung?

Elías hielt ihr einen Schürhaken hin. »Das ist deine Aufgabe. Schau nach dem Feuer. Jeden Tag, mehrmals. Es muss brennen, immer. Das *hángikjöt* ist in zehn Tagen fertig.« Damit übergab er ihr den Schürhaken und eine neue Aufgabe. Lies starrte das Fleisch an und nickte langsam.

»Du wirst sehen – du wirst nie wieder was anderes essen wollen«, raunte Ari von hinten.

Es war wirklich ein wunderlicher Nachmittag.

Sie aßen das magere Schneehuhn mit Speckbrust und Milchsauce und vielen Kartoffeln. Für Elías hatte Lies die Kartoffeln in einer dicken Schicht aus Zucker geschwenkt, und der Karamelduft hing noch lange in der Küche. Ari redete über Wolle. So schnell flossen die Worte aus seinem Mund, dass Lies nichts verstand außer »Wolle« und »Hördur Sigvaldson«, was klang wie »Hördr Ssivan« und nicht gleich als Name zu erkennen war. Elías schüttelte den Kopf und sagte irgendwas von »lohnt sich doch nicht« und »zu wenig«, doch Ari insistierte, und »Hördr« kam immer wieder vor. Elías nickte schließlich, ein bisschen wehmütig, wie sie fand, und betrachtete seine verknöcherten Hände.

»*Jæja*«, sagte er dann. »Hördur. Ein guter Mann. Ein guter Mann, ich kannte seinen Vater.«

Was es nun aber mit Hördur Sigvaldson auf sich hatte, verstand Lies nicht. Ari sprudelte weiter Wollgespräche vor sich hin, und sie nahm sich viel Zeit, die Kartons des Kaufmanns in der Speisekammer auszuräumen. Mehl.

Und Backpulver. Und Öl. Und Marmelade. Salz. Einen Sack Kartoffeln. Eingelegte Gurken – das war neu. Wie lecker! Wann hatte sie zuletzt Gurken gegessen?? Seife. Waschpulver. Senf. Hm – Senf! Viele Pakete Kaffee, bis das Regal sich bog, und sogar ein Paket Instantkakao. Ob der für sie gedacht war? Elías machte nicht den Eindruck, als würde er Kakao trinken. Zuletzt räumte sie *Draumur* aus der Kiste, zwei ganze Großpackungen. Eine für Elías, eine für Lies. Sorgfältig räumte sie die Pappkartons nebeneinander ins Regal. Und schrieb in einem Anfall von Lachlust ihre Namen auf die Pappe. ›Elías‹. ›Lies‹. Und einen Schnörkel jeweils drumherum.

»Mal sehen, welcher Karton eher leergefuttert ist«, murmelte sie amüsiert. Die Flasche Ahornsirup stellte sie daneben. Noch nie war ihr ein alter Mensch begegnet, der einen so seltsamen Geschmack pflegte …

In der Küche rührte dieser Mensch gerade Kaffee in seine mit Zucker gefüllte Tasse und schob das Kartönchen mit Insulinspritzen, das Ari ihm vor die Nase gesetzt hatte, mit dem Arm zur Seite.

»Ich könnt das ja nicht«, sagte Ari. »Mich selber spritzen.«

Elías grinste schelmisch. »Ich auch nicht.«

Der Löffel klirrte am Tassenrand entlang. Das Löffelklirren gehörte in diese Küche wie das Ticken der Uhr, die nachdenklich von über der Tür auf den Alten herabblickte. *Tod-und-Leben-Tod-und-Leben-Tod-und-Leben.* Der Zeiger zuckte vorwärts. Dann lächelte sie ›zehn vor zwei‹ und tickte leise weiter.

»Ich auch nicht«, wiederholte der Alte. Ari und Lies wechselten einen Blick. Keiner konnte sagen, wie ernst er das meinte. Doch da er heute, nach Schneehuhn mit dicker Milchsoße und dem ersten aromatischsüßen Rhabarbermus des Jahres einen ausgesprochen aufgeräumten Eindruck machte, ging es ihm zumindest nicht schlecht, und das war schließlich die Hauptsache.

Lies verfluchte die Räucherkammer, nicht nur einmal.

Sie hasste diese Dungplatten. Sie verbrannte sich die Finger an der Glut, verschmutzte ihre Klamotten mit Asche, sie stieß sich den Kopf am niedrigen Türbalken und an den schmierigen Schafskeulen, und einmal ging ihr fast die Glut aus, weil sie es verpasst hatte, mittags Dung nachzulegen. Elías hatte nur die Küchenuhr angeschaut und fragend eine seiner buschigen Brauen gehoben. Ein Fluch war ihr entfahren – seit dem Frühstück nicht mehr dort gewesen –, und sie war nach draußen gestürzt.

»Verfluchter Mist – wer braucht denn Räucherfleisch?!?«, schrie sie die Berge an, denn das Feuer war fast ausgegangen. »Wer braucht so'n Scheiß?! Kann man nicht einfach was Normales essen, was Stinknormales …?« Und seit langer Zeit mal wieder schossen ihr Erinnerungen an Pesto, Parmaschinken und Christstollen durch den Kopf, und wie lange sie es hier schon mit Eingeborenenfraß aushielt – in Tierexkrementen geräuchertes Essen – du lieber Himmel! Sie spuckte mit echter Hingabe auf den Boden.

Sörli schnaubte ganz leise neben ihr, als wolle er sie trösten. »Findest du etwa, ich bin empfindlich?«, fragte sie das Pferd. Er schüttelte seine schwere Mähne. *Nein, aber ungerecht. Du bist hier, weil du das wolltest.*

»Hm. Recht hast du ja«, brummte sie, »ich wollte das so. Aber wer denkt da an so was?!« Und sie lud im Stall die

Kiste mit den blöden Dungplatten voll und machte sich daran, in die Räucherkammer zu kriechen, um zu retten, was zu retten war. Denn es hatte so leicht ausgesehen, als Elías das Feuer entfacht hatte – aber es war verdammt schwierig, es selber zu tun. Schwitzend und keuchend hockte sie wie ein Steinzeitweiblein im Eingang des Häuschens und schürte und pustete, um den zu guter Letzt doch noch entdeckten Glimmfaden zum Leben zu erwecken und nicht gleich mit Dungstücken wieder zu ersticken. Die Keulen schwangen über ihr und lachten höhnisch, dass sie doch echt keine Ahnung vom Leben hätte und dass es Leuten wie ihr nicht zustand zu fluchen.

Danach hatte Lies immer ihren Wecker in der Tasche und lief hektisch alle paar Stunden los, um nach der Glut zu sehen. Und zählte die Tage, bis man die glitschigen Keulen endlich vom Haken herunterholen durfte.

Der nächste Besuch kam schon vier Tage später, an einem sonnigen, windstillen Vormittag. Er brachte jedoch auch keinen Jói, sondern, wie offenbar besprochen, Hördur Sigvaldson und die Schafscherer.

Die Schafscherer waren ein wundersames Volk. Sie kamen zu dritt auf einem klapprigen Lastwagen mit defektem Auspuffrohr angefahren, zwei von ihnen hatten passenderweise eine Glatze, der dritte trug einen stattlichen Vollbart. Elías hatte also über Ari den Termin arrangiert, und niemand machte große Worte darum. Schafe wurden geschoren, so war das eben. Lies ärgerte sich, dass ihr niemand etwas davon gesagt hatte. Warum? Nun, weil irgendwie … war sie doch auch wer auf dem Hof. Hatte sie wenigstens gedacht.

Die Schafscherer sprangen zusammen mit drei schlanken, braunen Hunden aus dem Auto, packten ihre Schermaschinen aus und marschierten in Richtung Stall, ohne auf den Hofherren zu warten oder sich um Lies zu kümmern, die von der Gartenwiese herangerannt kam, wo sie im Rhabarber gearbeitet hatte.

»Ja?«, fragte sie atemlos. »Ja? Soll ich – Elías –«

Der mit dem Vollbart drehte sich um und sah sie verständnislos an.

»Häm?«

»Ich – also – ich – ich –«

Der Vollbart entschied, dass ihre Einwände nicht überzeugend genug waren, und öffnete das Weidetor. Blökend kamen ein paar Schafe angerannt, in der Hoffnung auf Heu, doch dafür war es zu früh. Lies verfluchte ihre mangelhaften Sprachkenntnisse.

»Wie – was macht ihr denn jetzt hier?« Sie stemmte die Hände in die Hüften. Wo zum Teufel steckte Elías – der musste sich doch kümmern! Der Vollbart drehte sich noch mal um, diesmal grinsend, und hob sein Werkzeug in die Luft.

»Arbeit, Mädchen«, sagte er. »Wolle, für deinen Pullover.« Damit schritt er mit wiegendem Gang den Glatzköpfen hinterher, die den Scheuneneingang präparierten. Die Hunde saßen brav auf ihren Plätzen, keiner kläffte oder muckste auf, alle drei warteten auf den Appell. Lies fand, der Spitz hätte sich ruhig eine Scheibe davon abschneiden können.

Sie lehnte sich gegen den Pfeiler. Aus Brettern war ein kleiner Pferch vor der Scheune entstanden, einer der Glatzköpfe band die Gatter fest aneinander und probierte, daraus eine trichterartige Öffnung zusammenzuschieben. Als es seiner Meinung nach passte, schob er die Gatter wieder auseinander und nickte. Der andere Schafscherer hatte währenddessen die Scheunentore weit geöffnet. Der Bartträger – offenbar der Chef – zischte. Die Hunde erhoben sich, einer wedelte mit dem Schwanz. Dann ein Laut – sie sausten los, langgestreckt und unglaublich schnell in verschiedene Richtungen, drei dunkle Schatten, die lautlos an den Schafen vorbeirannten. Bewegung kam auf, Schafe rannten, und wie auf wundersame Weise in dieselbe Richtung; eine wogende, hellbraune weiche Wollmasse! Blökend wogte sie auf die Scheunentore zu, und die Scheune verschluckte den Wollberg wie ein hungriges Wolfsmaul. Nach nur wenigen Augenblicken war die Wiese bis auf ein paar übriggebliebene Lämmer leer. Lies staunte Bauklötze.

Im Stall dagegen türmte sich das Vieh, stieg protestierend übereinander, doch das war den Scherern egal, sie begannen mit ihrer Arbeit. Der Trichter wurde zusammengebunden. Zwei standen in dem Pferch, einer lotste Schafe nach draußen. Die Scherer packten sich das nächstbeste Schaf bei den Hörnern. Sie zwangen es mit dem Kopf zwischen ihre Beine, klemmten es dort fest und ließen die Schermaschine surren. Das Schaf blökte hilflos, und es sah grotesk aus, wie es mit dem Kopf zwischen den scheinbar eisernen Oberschenkeln des Glatzkopfs wackelte. Der Glatzkopf beugte sich vor, die Schermaschine senkte sich gleich am Hals in den dicken Schafspelz, und mit gleichmäßigen Bewegungen vom Hals zum Schwanz schor er den alten vom neuen Pelz. Sein Rücken ging rhythmisch vor, eine dicke Schicht Wolle klappte weg, die Maschine setzte wieder oben an und zog nach vorne weg, es surrte so gleichmäßig wie die Bewegungen des Mannes, und es sah aus, als packe man das Schaf aus seinem Hemd. Am Schluss fiel der Pelz zu Boden, wie von Zauberhand in einem Stück, so dass Lies nur staunen konnte. Die Beinklemme öffnete sich, das Schaf sprang panisch in die Höhe und davon, nur noch halb so dick wie vorher und heilfroh, dem Stall und der Enge entkommen zu sein.

Schaf um Schaf erhielt diese Behandlung. Surrend hielt die Maschine Ernte, Wollkleid um Wollkleid sank zügig zu Boden und wurde von einem Glatzkopf beiseitegeräumt, während die anderen beiden Männer die Schur erledigten, ohne zu sprechen, ohne zu scherzen, schweigsam, ernst. Selbst Lies verging das Sprechen. Das Surren drang in ihren Kopf, sie stierte auf die Pelze, fühlte Wolle und Haare um sich herum, roch das herbe Wollwachs …

Die Männer wechselten sich schweigend ab, ohne ihren Rhythmus zu unterbrechen, und nun räumte der Bärtige die Felle zur Seite. Lämmer sprangen meckernd zwischen den Scherern ins Freie, Mütter blökten hinterher, bis sie den Messern entkommen konnten.

Unter den Freigelassenen draußen herrschte statt Erleichterung immer mehr Panik. Die Lämmer galoppierten schreiend umher, suchten die Mutter, denn die war vielleicht noch drinnen und hörte nicht, und überhaupt sahen jetzt alle Schafe ganz anders aus. Voller Anteilnahme beobachtete Lies, wie Lämmer von Mutterschaf zu Mutterschaf rannten, schnüffelten, zu trinken versuchten, weggetreten wurden und kopflos umherliefen – die Verzweiflung der Mutterlosen war riesengroß.

»Gras schmeckt ja auch«, sagte Elías neben ihr. Es hatte

lange gedauert, bis er sich aus dem Haus herbewegt hatte, und offenbar hatte er schon eine ganze Weile am Zaun gestanden. »Sie finden sich schon.«

»Aber verhungern sie denn nicht ohne Milch?« Lies konnte sich nicht vorstellen, dass es so richtig war.

Elías schüttelte mit dem Kopf. »Sie brauchen beides, das Gras und die Milch. Deswegen bleiben unsere *heimalingar* ja hier unten. Im Hochland wandern sie im ersten Jahr immer mit der Mutter, und sie trinken Milch und fressen Gras. Ohne Milch bleiben sie mickrig.« Was hieß, es gab kein Geld vom Schlachter, ergänzte Lies stumm. Nun ja, so war das halt.

Einer der großen, unheimlichen Raben war vom Stalldach heruntergeflattert. Lies hatte Angst vor den Vögeln. Sie saßen oft bewegungslos auf Zaunpfosten, ließen sich zumindest von ihr nicht aus der Ruhe bringen, beobachteten sie stattdessen aus hellgrauen, aufmerksamen Äuglein, und wenn sie dann mal losflogen, taten sie es auf arrogant-selbstsichere Art und Weise – *Gunnarsstaðir gehört uns. Alles gehört uns.* Das hatte sie schon mal gehört. Ganz sicher. Mit zusammengekniffenen Augen musterte sie den Vogel. Den hatte sie auch schon mal von Nahem gesehen. Er hüpfte über den Boden, auf den stetig anwachsenden Fellberg zu. Mit seinem großen Schnabel pickte er in die Wolle und zog sich einen halben Schafsmantel aus dem Berg, um neben der Scheune in Ruhe das Stück untersuchen zu können. Ein zweiter Rabe kam heruntergesegelt. Zusammen zupften sie Wolle aus dem Haufen und nahmen beide das Maul so voll, dass sie wie der Bärtige drüben an der Schermaschine aussahen, und der Abflug gestaltete sich nicht so elegant wie sonst.

»Sie wohnen über meinem Schlafzimmer«, sagte Elías. »Die waren immer schon hier. Wenn eine Hofstelle Raben beherbergt, ist es ein guter Ort, weißt du.« Er rieb sich das Bein und stöhnte leise. Dann humpelte er hinüber ins Haus und überließ sie ihren Beobachtungen und dem Gestank von Wollwachs und schmutziger Schafwolle.

Der Kaffee, den sie kurze Zeit später servierte, wurde ebenso schweigsam genommen, wie die Arbeit vollendet worden war. Pro Schaf hatten die Scherer vielleicht zwei Minuten gebraucht, und die ganze Aktion war mit dem Zusammenpacken der Wolle nach knapp einer Stunde erledigt. Elías hatte sich türenknallend in sein Zimmer zurückgezogen, nachdem er Lies vorgeworfen hatte, dass der Kaffee ekelhaft schmecke und sie Salz in den Zucker gestreut habe.

»Das stimmt doch gar nicht!«

»Du willst mich vergiften, fremdes Mädchen!« Seine Augen hatten gelodert, und seine Wangen waren heiß und rot gewesen, dann war er verschwunden, und sie hatte ihn hinter der Tür jammern hören.

»Hm, nicht gut, der Alte«, brummte der Schafscherer und stellte seine Tasse auf den Tisch. Nein, gar nicht gut. Mit diesen plötzlichen, gegen sie persönlich gerichteten Wutanfällen kam sie nicht zurecht und wischte sich heimlich Tränen aus den Augen.

»Er ist krank«, sagte sie der Höflichkeit halber.

»Jaaa.« Der Vollbart nickte langsam. »Früher konnte keiner schneller scheren als Elías Böðvarsson, weißt du?« Er kraulte seinen Bart. »Er hat mir damals gezeigt, wie man das macht, und er hat mir das Geld für meine erste Maschine gegeben. Weißt du?«

Sie nickte stumm. Früher. Ob er früher auch so ein Stinkstiefel gewesen war? Nein, sicher nicht, wenn er jungen Männer Geld gab, um sich selbstständig zu machen, oder Waisenkinder beherbergte. Das Mosaik um Elías Böðvarsson wurde immer bunter und unverständlicher. Sie traute sich nicht, weiter zu fragen, und starrte auf den Küchentisch, wo sein Kaffee unberührt stehen geblieben war.

Sein ungerechter Zorn schwebte immer noch in der Küche. Vielleicht war es auch die Bitterkeit darüber, nichts mehr so wie früher zu können und den Körper dahinsiechen zu sehen. Sie stützte das Kinn in die Hand. Wie hart musste das sein für einen alten Mann, der immer allein klargekommen war. Immer mehr abgeben, immer mehr anderen überlassen, immer häufiger zusehen, was einem früher so leicht von der Hand gegangen war ... er versuchte es trotzdem, wie kürzlich erst das Düngen, und war hinterher drei Tage krank. Vielleicht war es das, was ihn so bitter und böse machte. Die Schwäche. Das Abrutschen aufs Altenteil. Nur, dass Island kein Altenteil vorgesehen hatte. Lies fühlte Trauer in ihrem Herzen.

Der Vollbart stand auf. Durchs Fenster sah sie, dass seine Söhne mit dem Aufladen der Wolle fertig waren.

»Verkauft ihr die?« Er nickte, klopfte wie zum Abschied auf den Tisch. Und gemeinsam gingen sie hinaus, ohne dass er Elías noch mal gesehen hatte. Lies hatte das Geld, welches der Alte auf die Spüle gelegt hatte, mitgenommen und gab es dem Schafscherer. »Danke auch, dass ihr gekommen seid.«

»Keine große Sache«, grinste der Vollbart, als er sich, die Scheine in die Hosentasche stopfend, ins Fahrerhäuschen schwang, wo die anderen beiden bereits warteten.

»Was ist eine große Sache?« Lies rannte ihm hinterher, enttäuscht über die schnelle Abreise. Warum erzählte er nicht mehr, warum machte er das Grau von Gunnarsstaðir nicht bunt, wo ihr gerade so traurig zumute war ... »Wie viele Schafe sind denn viel?«

Der Bärtige sah sie lange an. »Du bist nicht von hier.« Sie schüttelte den Kopf. »Viel ist ... zehnmal so viel. Das hier ist – nichts.« Er stützte die Arme auf die Oberschenkel und sah auf sie herab. »Weißt du, Mädchen. Elías hat das früher selber gemacht. Alleine hat er es gemacht, alles. Noch letztes Jahr. Heute machen wir das.« Dann grinste er. »Nächstes Jahr machst du das.«

Der Dieselmotor dröhnte los, der Auspuff hustete. Erschreckt starrte sie ihn an. Nächstes Jahr??

Er hob grüßend die Hand, dann paffte eine dicke Qualmwolke aus dem vollbeladenen Auto, und sie rumpelten über die Schotterpiste in Richtung Osten, und die verzurrten Schafsmäntel wackelten wie ein Berg von wolliger Götterspeise auf der Pritsche hin und her und winkten Lebewohl.

Und als wäre der großangelegte Garderobenwechsel der Mutterschafe das Signal gewesen, so gab auch die Natur dem Drängen nach – es wurde richtig Sommer. Eine Nacht als Zeit der Dunkelheit gab es ja schon lange nicht mehr, doch hatten die Farben gefehlt, um den Sommer perfekt zu machen. Mit grünen Hälmchen hatte es ja vor Wochen angefangen. Bald konnte man sie nicht mehr zählen, das Gras wuchs jetzt wie ein dicker flockiger Teppich in die Höhe, dort, wo sie gedüngt hatten, sogar noch schneller als auf den anderen Flächen. Die Berge rechts und links der Jökulsá zierten sich noch, von ihrem Fuß an aber zog sich allmählich mehr lichtes Grün die Hügel hinauf, und das moosige Dunkel um die warme Quelle herum wurde von helleren Tönen eingeholt. Das Land wirkte von Tag zu Tag weicher, und wenn das Sonnenlicht mit den Farben flirtete, hatte man das Gefühl, der Boden sei von Samt bedeckt, auf dem man mühelos barfuß laufen konnte. Laufen – laufen, im Grün versinken, immer weiter, bis an den Horizont, wo am Himmel seltsame Wolkentiere ruhten und wo man an klaren Tagen die Ausläufer des Gletschers sehen konnte. Immer üppiger wurden die Wiesen, immer mehr wogte das Gras, immer leichtfüßiger galoppierte der Schimmel dem nimmermüden Tag hinterher, immer kräftiger wurden die Lämmer, und immer aromatischer duftete der kräuterreiche Samt, der angetreten war, die Berge einzukleiden und für wenige Wochen zu sanften Riesen zu zähmen …

Lies fand die Berge von Gunnarsstaðir nicht mehr bedrohlich.

Der Tag, an dem sie die Herde ins Hochland entließen, kurz nach dem Scheren, als es ein paar Tage hintereinander warm gewesen war, hatte etwas von Aufatmen und gleichzeitig von Abschiednehmen. Elías war mit ihr zusammen zur Weide gehumpelt, den Stock in der Hand. Der Spitz marschierte ungewohnt brav bei Fuß.

»Wissen die denn, wohin sie laufen sollen?«, fragte Lies neugierig. Elías nickte nur. Ungeduldig rüttelte er am Gatter, der Knoten, mit dem es befestigt war, lockerte sich. Die ersten Schafe kamen blökend angelaufen, allen voran der alte Zuchtbock, dessen Gehörn wie poliert in der Sonne glänzte. Lies grinste. Er hatte sich wohl fein gemacht für den Ausflug.

»Der weiß es, und die da –«, der Alte deutete auf ein schwarzes Schaf mit hellem Gesicht, »die weiß es auch. Das ist meine Klügste. Die weiß alles.« Erwartungsvoll schaute das Schaf ihn an, und Lies glaubte ihm sofort. Die Kluge hatte drei Lämmern ohne Hilfe das Leben geschenkt und immer wieder, ohne zu mucken, Milch für andere Lämmer gespendet. Sie war klug. Und ganz sicher war ihre Milch besser als die der anderen Schafe.

Wenn sie reden könnte, hätte sie ihn jetzt grinsend gefragt, warum er eigentlich so langsam war.

Lies half ihm, den Verschluss des Tores zu öffnen, ohne das Gatter wegzunehmen. Wie jugendliche Rüpel drängelten die Schafe sich hinter der Absperrung, stiegen sich gegenseitig auf die Rücken und stießen sich die Köpfe in die Leiber, als ahnten sie, dass der große Tag gekommen war. Der Spitz jaulte erregt, ein Zischen hielt ihn jedoch am Platz festgenagelt. Lies staunte.

»*Heeelvíti* – dann lauft!«, rief der alte Mann und zog das Gatter weg.

Es war ein Hauen und Stechen, so ging es ihr durch den Kopf, wie wenn sich das Tor zum Fußballstadion öffnete – alles turnte rücksichtslos übereinander, laut blökend und aufgeregt schnaufend, Kleine, Große, Alte, Junge, alle hatten nur ein Ziel: weg von hier, nach vorn, wo der Berg lockte. Der Berg! Woher auch immer sie das wussten – sie kannten den Weg. Das schlaue Pärchen Bock und Klugschaf lief vorne, die Herde folgte wackelnd, wogend und hüpfend: naschte am Wegrand, inspizierte Gräben, sprang vor Freude umher, soff an Quellen, blieb zurück und staunte, nur um dann wieder voller Panik der Herde hinterherzurennen …

Lies lachte aus vollem Halse, weil es so unglaublich menschlich wirkte, was die Schafherde da bot. Elías stand neben ihr, breitbeinig und aufgewühlt schnaufend, der Hund hechelte neben seinem Bein.

»Lauft – und kommt mir alle gesund wieder«, brummte der Alte, mit einer Stimme so weich wie ein Vater, der seine Kinder in die Welt hinausschickt.

Noch lange sahen sie der Herde nach, zusammen mit den Daheimgebliebenen, zwei zu mickrig geratenen Böcken, den beiden *heimalingar* und einem Mutterschaf, das sich vorgestern am Lauf verletzt hatte und einen isländisch-robusten Verband trug, samt Lamm, die sich gegen ihr Pferchgatter drückten und nicht verstanden, warum sie nicht mitrennen durften. Die wogende weiße Masse wurde immer kleiner. Die Ersten erklommen bereits den Hügelpfad. Manche Nachzügler hüpften blökend hinterher, andere ließen sich nicht stören auf dem Fleck, wo das Gras gerade schmeckte, oder strebten auf die Klippen zu, wo ein Meer von Kräutern verlockend und leuchtend lila blühte.

»Morgen sind sie alle fort«, sagte Elías. »Morgen sind sie fort.« Und Bedauern schwang in seiner Stimme. Tröstend legte Lies die Hand auf seinen Arm. Der alte Mann sah sie erstaunt an. Sein steinernes Gesicht zerfloss, die alten Augen zwinkerten und wurden so klein, als müssten sie sich vor einem Windzug schützen, aber es ging gar kein Wind – der war ja mit den Schafen losgezogen.

»Aus Lämmern werden Schafe«, sagte er mit brüchiger Stimme und versuchte ein Lächeln.

Es klang seltsamerweise wie ein Lob.

# 8. Kapitel

Und dann kamen eines schönen Morgens im Juli Ari und Jói angefahren, der eine in seinem staubigen Geländewagen, der andere pöppelte in einem riesigen Traktor mit allerlei Gerätschaft auf dem Anhänger hinterher. Fröhlich entstiegen sie ihren Gefährten und begrüßten den Alten, der so gelöst wie schon lange nicht mehr wirkte.

»Na?« Jói schlenderte zu Lies herüber, die sich an der Wäscheleine zu schaffen machte.

»Na?«, fragte sie schüchtern zurück. ›Bei Gelegenheit‹ war gekommen. Endlich. Sie lächelte froh. Und seine Augen waren so blau.

»Alles klar?«

»Ahum«, nickte sie. Einsamkeit, Hunger, Wetterfrust – weggeblasen. Worte allerdings – Fehlanzeige. »Alles klar.« Sie schluckte, unglaublich verlegen. Und dann mit Blick auf den Riesentraktor: »Was habt ihr vor?«

»Heu machen«, entgegnete er mit isländischer Wortsparsamkeit. »Es ist Juli, und die Sonne scheint.«

»Ah.« Er zwinkerte ihr zu und ging wieder. Wunderschön blau waren die Augen.

Lies ohrfeigte sich in Gedanken für ihre Einfallslosigkeit und riss eine der ergrauten Unterhosen von Elías aus dem Wäscheknäuel. Der Sommerwind fegte sie ihr spielerisch aus den Händen, sie stolperte hinterher und bekam sie an der Hausecke, wo sich das Rhabarberfeld an der

Hauswand entlangstreckte, wieder zu fassen. Jói stand dort mit den beiden Männern, trank aus einem Glas und lachte. Erschrocken versteckte Lies die Unterhose hinter ihrem Rücken.

»Auch einen *brennivin?*«, fragte Ari und prostete ihr zu. Lies schüttelte den Kopf. Elías grummelte irgendwas, grinste und goss sein Glas erneut randvoll. Sie hatte nie mitbekommen, dass er so trinken konnte.

»Ach komm, zum Auftakt der Heuernte muss man einen *brennivin* trinken. Das tun wir immer auf Gunnarsstaðir. Komm, Mädchen. Komm.« Der Kaufmann goss sein Glas voll und hielt es ihr hin. Zögernd trat Lies näher, die Unterhose hinter ihrem Rücken, und nahm das Glas.

»Trink«, lächelte der Alte von Gunnarsstaðir. »Trink, Mädchen.«

Sie wusste ja, was auf sie zukam. Wie es brannte. Trotzdem trank sie und stand Sekunden später nach Luft ringend in Flammen.

Das Glas war ins Gras gefallen, die Hose flatterte irgendwo ums Haus, Lies fasste sich mit beiden Händen an den Hals und hustete, hustete, hustete ... Dieser *brennivin* war ja noch viel schlimmer als das Zeug, das Elías ihr letztens beim Lammen angeboten hatte – es war teuflisch!

»Nana ...« Freundschaftlich klopfte Jói ihr auf den Rücken. »Man fängt mit kleinen Schlucken an. Nicht alles auf einmal.« Lies spuckte und hustete und schämte sich für ihr krebsrotes Gesicht und ihr Gebaren, dass ihr die Tränen durchs Gesicht liefen und dafür, dass ihr die Knie weich wurden, aber nicht etwa vom *brennivin*, sondern weil Jói so dicht bei ihr stand. Die alten Männer grinsten nur und unterhielten sich weiter auf Isländisch.

»Wie wäre es, wenn du uns was kochst, während wir arbeiten? Es wird ein gutes Weilchen dauern, da könnten wir einen Koch gut gebrauchen.« Jói lächelte ihr aufmunternd zu.

Immer noch hochrot vor Verlegenheit nickte Lies und verschwand im Haus, während die Unterhose in Richtung Hochland flatterte. Die Sonne winkte Lies lächelnd hinterher – *wenn du wieder herauskommst, sieht die Welt anders aus.*

Und so war es. Heuernte ist eine bedeutende Zeit für den Hof, lernte Lies.

Alles hängt davon ab, ob das Wetter mitspielt, ob die Maschinen funktionieren und ob alles so zügig läuft, wie es nötig ist. Ein Regenschauer kann alles zunichte machen; ein Sturm, ein plötzlicher Schneefall, den es in Island tatsächlich jederzeit geben kann, wie Ari erklärte, und man hat ein schlimmes Futterproblem im nächsten Winter. Heute aber war der Himmel ihnen wohlgesonnen, und Lies staunte, wie hartnäckig auf der bisher so kalten Insel die Sonne vom Himmel brennen konnte – als hätte sie jemand dafür bezahlt. Vielleicht hatte sie ja jemand bezahlt. Lächelnd blieb sie vor dem gefüllten *brennivin*-Gläschen stehen, das jemand zusammen mit einer Wollblume, einem gemusterten Stein und einigen Grasähren auf dem Granitblock neben der Haustür drapiert hatte. Die Sonne brachte den *brennivin* zum Zwinkern – und der zwinkerte zurück in den Himmel, der die ganze Zeit zuverlässig blau blieb.

Lies verbrachte tatsächlich die folgenden beiden Tage fast ausschließlich in der Küche, um wie für eine hungrige

Fußballmannschaft Essen herzustellen, denn Arbeit macht hungrig. Es galt Brot zu backen, Kartoffeln, die Ari mitgebracht hatte, zu schälen, Fleisch vorzubereiten und in einem großen Topf den Eintopf zu kochen. In einem anderen Topf simmerte Rhabarbersuppe vor sich hin, die sie mit zerdrückten Kartoffeln angedickt hatte – eine Zubereitung, die sich ekelhafter anhörte, als sie schmeckte. Die Brotbackmaschine lief beinahe ununterbrochen, die noch warmen Scheiben bestrich sie mit der Butter aus Aris Proviantkiste, einem tiefgelben, aromatisch riechenden Brei aus der Milchkammer des Nachbargehöfts unten an der großen Straße. Sie hatte vor lauter Schafsmilch ganz vergessen, wie gut die Butter aus Kuhmilch schmeckte …

Elías ließ sich nicht mehr blicken. War er jemals krank gewesen? Unleidlich, unpässlich? Nichts davon war mehr zu sehen, auch seine schlechte Laune hatte er zusammen mit den Mullbinden und vermutlich allen Spritzen, Kanülen und Tabletten in seinem Schlafzimmer zurückgelassen. Nachdem die Männer ihn mit vereinten Kräften auf den Seitensitz des Traktors gehievt hatten, war er mit stolzem Blick nach vorne mit Ari davongefahren, um seine Heuernte zu überwachen. Man konnte sich gut vorstellen, wie schmuck er als Traktorfahrer einmal ausgesehen haben musste. Der Spitz rannte kläffend hinterher. Jói war ebenfalls mitgefahren, weil man zu dritt besser arbeiten konnte. Die alte Brücke wackelte erbost, als man sie mit Traktorlärm störte. Das ganze Jahr über lag sie in Frieden da über der Schlucht, weil es keinen Grund gab, auf die andere Seite zu gehen, wo außer Reihern, Gänsen und einem Polarfuchs niemand wohnte. Auch Lies hatte sich nach dem Düngen nicht getraut, sie zu betreten. Vielleicht weil die Einsamkeit auf der anderen Seite noch schlechter zu ertragen war. Nun aber ertrug das Bauwerk ächzend und seufzend den Traktor und schwang noch ein bisschen nach, als er auf dem Felsboden gegenüber angekommen war.

Das weiße Pferd stand vorne am Zaun und beobachtete das Tun der Männer kerzengerade und unbeweglich wie ein Standbild. Ganz leise bebten seine Nüstern. Es hatte schon immer an diesen Platz gehört. Vielleicht hatte schon vor hundert Jahren hier ein stolzes weißes Pferd mit wehender Mähne gestanden und den Hofleuten hinterhergeschaut …

Vom Küchenfenster aus konnte auch Lies das Dreigespann sehen, drüben am Berg, wo die warme Quelle entsprang und wo es auch zu Zeiten, als das ganze Tal noch grau und trüb gewesen war, grünlich geschimmert hatte. Irgendwann würde sie den Mut haben, zu dieser Quelle zu wandern und zu schauen, wie warm sie wirklich war. Nach der Heuernte, das Gras verdeckte die Quelle nämlich schon seit Wochen. Einen ganzen Sommer lang hatte es, stetig wachsend, auf diesen Tag gewartet. Nun stand es hoch und bereit für die Ernte. Spur für Spur sank das Gras unter den Messern des Mähers dahin, lag seidig glänzend zum Trocknen ausgebreitet und wartete darauf, in der Sonne die Farbe zu wechseln und den richtigen Duft zu bekommen, den der Wind dann triumphierend durch das Tal tragen würde …

Lies brachte ihnen das Essen in einem alten Wäschekorb über die Holzbrücke. Niemand verließ gerne seinen Arbeitsplatz, wenn Zeit und Wetter ihm im Nacken hingen, daher gab es am Mittag kalte Küche auf den Knien. Ihre Arme waren auf dem langen Weg dorthin unter der Last lahm geworden, doch sie jammerte nicht, weil es irgendwie einfach ein grandioser Tag war. Die Männer setzten sich auf Findlinge und schaufelten das Essen in sich hinein, und niemand lobte Lies' Kochkünste oder verlor sonst wie ein Wort zu viel.

»*Jæja*«, nuschelte Elías.

»Gibt gutes Heu«, erwiderte Ari mit vollem Mund.

»Jaaaa«, kam es zurück.

»Scheune voll.« Knatschendes Kaugeräusch. »Voll, sag ich euch.«

»Jaaaa. Wir hatten auch schon andere Jahre …«

»Hmmhm.«

Jói grinste nur und nahm sich noch ein Stück kaltes Kochfleisch aus dem Topf.

Lies schoss durch den Kopf, wie es wohl im nächsten Jahr hier aussehen würde. Ob Elías dann auch beim Heumachen dabeisitzen würde? Ob er dann überhaupt noch lebte? Wer würde dann die Schafe versorgen? Die Hühner, den Hof? Wer würde Gänseeier suchen gehen und wer das Pferd am Morgen füttern und seine Mähne kraulen? Sie bemühte sich um ein Bild im Kopf, doch es kam keines. Nur der Wind säuselte um sie herum. Er verwirbelte sanft ihr Haar, verwöhnte sie mit dem Duft von anwelkendem Gras und strich über ihre Wange. *Genieß den Sommer*.

Lies sah in ihren Gedanken nur sich auf Gunnarsstaðir, auf diesem Stein hockend, das flauschige Fell des Spitzes zwischen ihren Fingern, den Wind in den Haaren. Sonst niemanden.

Als sie den Korb wieder zusammengepackt hatte, stand Jói auf.

»Komm, ich zeig dir, wie die Leute früher über die Schlucht gegangen sind«, sagte er und hob den Korb hoch. Die Schlucht war breit, und Lies war vorhin eigentlich froh gewesen, dass sie dank der großen Holzbrücke nicht in die Tiefe hatte schauen müssen. Die Geschichte von Palli und Anna ging ihr nicht aus dem Sinn. Sie gehörte nach Gunnarsstaðir, so wie dieser Fluss, der alles mit sich riss. Alles, außer den Geschichten.

»Komm«, zwinkerte Jói.

»Neeeee, das kann ich nicht!«, stieß sie denn auch hervor, als sie die freischwebende Gondel über der tosenden Jökulsá erblickte, die Jói mit dem Seilzug herbeizog. »Beim besten Willen nicht, da fahr mal alleine!«

»Damit sind die Leute früher auf die andere Seite gereist«, grinste Jói, »als es die Brücke noch nicht gab. Die Brücke hat übrigens Elías noch mit seinem Bruder gebaut, damals. Mit Palli. *Der* Palli.« Nachdenklich drehte er den Kopf nach der alten Brücke, die so furchtbar wackelte, wenn der Traktor drüberfuhr. »Davor reisten sie in der Gondel. Nur mit der Sense bewaffnet und einem Stück Trockenfleisch für die Pause. Und dann haben sie Heu gemacht, haben sich in der Quelle dort hinten gewaschen und sind abends wieder zurückgeschaukelt. So war das damals. Komm, das musst du gesehen haben. Das ist Island.« Und seine Augen leuchteten so, dass Lies ohne weiter nachzudenken in die Gondel einstieg und keinen Gedanken mehr verschwendete an Angst oder Sorge, denn wenn sie abstürzte, tat sie das ja mit Jói zusammen …

Der Gedanke war höchst albern – o mein Gott, wie

albern –, und sie wurde darüber knallrot. Zum Glück sah er das nicht, denn er hantierte am Oberlauf der Gondel und drehte ihr den Rücken zu.

»Okay?«, hörte sie ihn. Sie nickte verlegen, das konnte er zwar nicht sehen, schien es aber bemerkt zu haben. Die Gondel setzte sich schaukelnd in Bewegung, es quietschte und schnarrte über ihnen, die Stahltrossen ächzten und beschwerten sich, dass sie nach so vielen Jahren wieder arbeiten mussten. Lies presste den Korb gegen ihre Brust. Es war, als ginge der Boden unter ihren Füßen weg, als bräche das Holz unter ihr – was, wenn das geschah? War sie verrückt, sich in so eine morsche Schaukel zu begeben, bloß weil dieser Typ so schöne Augen hatte?? ›Lies Odenthal‹, schalt sie sich, ›wo bist du nur gelandet? Kochst Essen für einen alten stinkenden Kerl und begibst dich in Lebensgefahr für einen isländischblauen Strahleblick!‹

Nun ja, Strahleblick – erst mal aber war es ziemlich unromantisch. Jói musste heftig arbeiten, mit zwei Mann Besatzung hatte die Gondel ein ordentliches Gewicht, und als sie in der Mitte der Schlucht angekommen waren, hielt er schnaufend inne. Ari und der Alte auf der anderen Seite lächelten und machten anzügliche Bemerkungen, die freundlicherweise von der Jökulsá verschluckt wurden, und zeigten mit den Fingern auf die beiden.

»Na? Wie findest du das?« Es war sehr eng. Als er sich zu ihr umdrehte, streifte sein fettiger Wollpulli ihren Handrücken.

Lies schluckte. »Hmhm.«

»Das ist Island.« Jói lächelte. »Deswegen ist man hier. Schau mal runter.«

Sie schüttelte den Kopf. »Ich kann nicht.«

»Schau mal runter, versuch's. Ich halt dich fest.« Das tat er dann gleich richtig, er fasste sie nämlich bei den Schultern und schob sich hinter sie. »Siehst du, so kannst du nicht runterfallen. Ich halte dich fest, Lies.«

Die eine Hand wanderte vorne um sie herum zur anderen Schulter, mit ein bisschen mehr Mut hätte Lies ihr Kinn auf seinem Unterarm aufstützen können. Sie zwang sich, ruhig zu bleiben. Nicht zu zittern, nicht nach ihm zu greifen, nicht zu heulen, sich nicht auf ihn zu stürzen. Sie war glücklich als Single. Glücklich und zufrieden. Ihr Herz schlug wild, aber nicht wegen der Gondel. Verflucht. Sie zwang sich stattdessen, aus der Gondel in die Schlucht zu gucken. Und da sah sie, was er mit ›Das ist Island‹ meinte.

Die Jökulsá tobte über einen dicken Fels. Ihre Wassermassen brachen sich weiter oben an dem Stein, genau wie an der Stelle, wo vor vielen Jahren Palli und Anna verunglückt waren. Hoch sprühte die Gischt, einige Tropfen erreichten Lies' Gesicht und neckten die Haut mit dem eiskalten Gebirgswasser, und die Sonne zauberte tatsächlich einen kleinen Regenbogen in das herabfallende Wasser.

»Der Regenbogen – siehst du ihn, Lies?«

Das Tosen übertönte jedes andere Geräusch. Da war nur noch der Lärm des Wassers, das Sprudeln der Gischt und Jói dicht hinter ihr, Jóis Hände an ihren Schultern, nicht mehr einfach nur zupackend, sondern verwirrend anders und sanft. Wassertropfen, die durch ihr Gesicht rannen. Und der Regenbogen … Island, das ihr zunickte. *Willkommen.*

Quietschend setzte die Gondel sich wieder in Bewegung. Sie schwankte, als ob sie sich wehrte, über dem Fluss hängen bleiben wollte, weil es keinen dramatischeren und schöneren Ort auf Erden gab und weil alles noch ehrlicher aussah, wenn es von schwankendem Boden aus betrachtet wurde. Lies hielt sich am Rand der Gondel fest und reckte ihr Gesicht der Sonne entgegen. Die entschädigte sie jetzt für viele, viele Tage graues Regenwetter und endloses Warten auf den Sommer – *siehste, geht doch* – und sie ließ den Wind mit ihren Haaren spielen. Ein entfernter Gedanke an Sonnenbrand, weil es auf ihrer Nase zwickte …

Sonnenbrand. Was für ein alberner Gedanke.

Die Klippe kam näher, hinter ihr keuchte Jói inzwischen vor Anstrengung und fluchte, dass die Seile unbedingt mal wieder geölt werden müssten und wie verdammt gefährlich Island doch manchmal war. Lies aber wünschte sich trotz der schwindelerregenden Höhe, dass diese Luftfahrt andauern möge. Der Wind, die Sonne, Gletscherwasser auf den Lippen, Jói …

Tat sie leider nicht. Jedes Entzücken hat ein Ende und jede Fahrt ihr Ziel. Und so kam die Klippe näher und näher, und Lies erkannte, dass diese Klippe es war, die die wilde Schlucht eigentlich so bedrohlich machte. Sie war die Grenze von der Bodenwelt zur Luftwelt, sie konnte Sicherheit geben, aber auch Träume vom Fliegen nehmen. So wie einst bei Palli und Anna.

Lies starrte beharrlich runter in die Tiefe, um so lange wie möglich die Wassermassen der Jökulsá erleben zu können, ihr Tosen, ihre unbändige Wildheit. Es war nur noch ein kurzes Stück. Dann stieß die Gondel an. Das Seil über ihnen zitterte heulend, die Gondel schwankte wie zum Abschied. Unter ihnen fiel die Klippe viele Meter steil herab, und ein paar aufgescheuchte Vögel flatterten kreischend aus den Felsspalten hoch. Das verunglückte Paar verblasste.

Jói befestigte das Gefährt in der Halterung und half Lies beim Aussteigen. Dankbar sah sie ihn an.

»Na«, sagte er und holte Luft, »jetzt bist du richtig in Island angekommen.« Dann erst ließ er ihre Hand los.

Der Satz ging ihr nicht aus dem Kopf, obwohl sie nicht mehr mit der Gondel fuhren. Jeden Tag, wenn sie über die Brücke ging, um den Männern das Essen zu bringen, musste sie daran denken. Stimmte das?

War sie wirklich in Island angekommen?

Schwungvoll drehte sie sich um und betrachtete den Hof Gunnarsstaðir. Heruntergekommene Fassade, rostiges Dach. Schrott neben der Scheune. Flatternde Wäsche auf der Leine, dumpf murmelndes Tal. Ein bisschen war es ihr Zuhause geworden.

Aber angekommen??

Irgendwer hatte ein Einsehen und hielt tatsächlich die ganze Zeit den Regen zurück – es wurde eine phänomenale Heuernte. Nach fleißigem Wenden und Schwadern lagen bald unzählige der hellgrünen Ballen drüben auf der Wiese, und Ari begann, sie mit einer am Traktor befestigten Packzange, die aussah wie eine überdimensionale Würstchenzange, erst auf den Anhänger zu laden und die Ballen dann in Elías' Scheune zu transportieren. Nun wusste Lies auch, wer da so akkurat die Heuballen stapeln konnte. Was nicht in die Scheune ging, wurde draußen gegen die Wand gelehnt, Lies vermutete, dass der Kaufmann irgendwann im Winter ein zweites Mal kommen würde, um Nachschub nach drinnen zu räumen. Lächelnd sah sie ihm bei der wichtigen Arbeit zu. Elías stand neben ihr, auf seinen Stock gestützt, und machte ein nachdenkliches Gesicht. Ein leiser, unguter Geruch umwehte ihn. Sie vermutete sein krankes Bein. Sie hatte es lange nicht mehr gesehen, er verweigerte ja weiterhin jede Hilfe.

»Bist du nicht zufrieden?«, fragte Lies.

»Eine gute Ernte, Mädchen«, nickte er. »Doch für wen? Für wen, Mädchen …« Und er humpelte davon und zog das Bein wieder stärker nach.

Für wen die ganze Ernte?

Eine kalte Hand griff nach Lies, unwillkürlich fasste sie sich an die Brust. Für wen das alles? Eines der Waisenlämmer hüpfte auf sie zu. Es war Systir mit dem weißen Käppchen und den freundlichen Augen, die sie so gern mochte.

»Für wen das alles? Weißt du's?«, murmelte sie in sein flauschiges Lockenfell. Das Lamm blökte leise. Es hatte auch keine rechte Idee. *Für uns?*

»Tja. Wahrscheinlich«, flüsterte sie und ließ das Tierchen los.

»Er sieht nicht gut aus«, sagte Ari da neben ihr.

Es war Zeit für die obligate Kaffeepause, und er hatte sogar seinen Traktor dazu verlassen, was er sonst nicht mal zum Pinkeln tat, wie Lies zu ihrem größten Vergnügen hatte beobachten können. Island mit seinen unvermuteten Regenschauern ließ einem keine Zeit dazu, und so rieselte es alle paar Stunden aus dem Fahrerhäuschen in hohem Bogen in die Natur. »Er sieht nicht gut aus …«

Elías ließ sich jedoch nichts anmerken. Vielleicht war es

auch einfach so, dass er nur mal schlecht aussah. Das jedenfalls dachte Lies, als sie den Männern vor dem Haus Kaffee ausschenkte und Elías über genuschelte Witze so ausgelassen lachte wie lange nicht. Von den Witzen verstand sie nichts, und niemand erklärte sie ihr. Vielleicht waren sie auch nicht frauentauglich, doch der Kaffee schmeckte, und das Zimtgebäck verschwand zügig vom Teller. Auch ohne die Witze gehörte Lies dazu. Das zumindest sagte Jóis Blick, als er ihr das Geschirr in die Küche brachte.

»Heute Abend sind wir fertig und wollen das ein bisschen feiern – wirst du uns was Feines kochen? Ari schlachtet noch, und dann kann der Winter kommen.«

»Der Winter.« Sie sah ihn lachend an. »Ist jetzt ein Witz, oder?«

»Okay, war ein Witz«, nickte er. »Aber der Winter kommt schnell, du wirst sehen. Najaaa – noch nicht.« Er grinste spitzbübisch. »Aber wenn er kommt – dann wirst du dich wundern. Der Herbst dauert so … drei Tage, dann ist Winter. Manchmal auch vier Tage.« Er sah aus dem Fenster. »Der Winter ist hart hier im Osten. Ganz anders als in Deutschland …« Stumm schwang da die Frage mit, ob sie den Winter hier verbringen würde.

»Wie hart?«, fragte sie kleinlaut.

»Komm her.« Er nahm ihre Hand und zog sie zum Fenster. Draußen flog ein Handtuch lustig trudelnd im Sommerwind davon. Ari versuchte es zu fangen, stolperte und fiel auf die Nase. Sie hörten Elías wiehern vor Lachen.

»Siehst du den Stalleingang dort drüben?« Er rückte noch dichter neben sie, und sie nahm den Heuduft an seinem Pullover wahr – und dass er ihre Hand noch hielt, ohne rechten Grund. »Den Stalleingang haben wir letzten Winter freischaufeln müssen, Elías und ich. Der ganze Stall war unter einer riesigen Schneewehe verschwunden. Wir mussten einen Tunnel zur Tür graben, damit die Tiere versorgt werden konnten.« Damit trat er einen Schritt von ihr weg. »Man muss Gesichtsmasken tragen, weil einem sonst die Haut erfriert. Elías hat auch mal eine Nacht im Stall verbracht – es war Schneesturm, und er konnte das Haus nicht mehr sehen. Da ist er lieber bei den Tieren geblieben, als sich auf seinem eigenen Hof zu verirren.«

»Ah.« Sie verschränkte die Arme vor der Brust, das bändigte die aufkommende Furcht. Der Schneesturm, in dem Anna und Palli ums Leben gekommen waren, fiel ihr wieder ein. Vielleicht hatten sie die Schlucht wirklich nicht gesehen, vielleicht war es ja doch ein schrecklicher Unfall gewesen. Sie hatte noch nie einen Schneesturm erlebt …

»Und – wie bist du hierher gekommen? Als es so schneite?«

Er grinste. »Mein Auto wäre schon auf der Ringstraße fast stecken geblieben. Tilli unten von der Farm hat ein Schneemobil, das durfte ich ausprobieren. Tolles Ding, du musst mal mitfahren, es gibt einen Beifahrersitz. Man fühlt sich darauf wie – wie heißt dieser König bei euch – wie der Erlkönig, man reitet dahin, durch Nacht und Wind …«

»Aber ohne Kind«, ergänzte sie, froh, dass er etwas Lustiges erzählte.

»Ohne Kind.« Nachdenklich sah er sie an, und sein Blick war nicht zu deuten.

»Man könnte einen Zaun bauen, vom Haus zum Stall.

Mit roten Pfosten – bei uns haben sie so was in den Bergen, um die Straße zu markieren«, schlug sie vor.

Jói nickte langsam. »Heute feiern wir erst mal den Sommer«, wechselte er abrupt das Thema. »Tage wie heute gibt's nicht so oft, weißt du.«

Schüchtern nickte sie, die Erinnerung aus der Gondel war immer noch deutlich zu spüren, und auch wie gut sich seine Hände angefühlt hatten, und wie der Fluss geglänzt hatte ... Und trotzdem war sie irgendwie froh, als er wieder ging und nicht weiter über den Winter sprach. Stattdessen stürzte sie sich voller Energie in die Vorbereitungen für ein Fest auf Gunnarsstaðir – etwas, das sie noch vor zwei Tagen niemals für möglich gehalten hätte.

Ein Fest auf Gunnarsstaðir.

Brot backen, Kuchen backen, Kartoffeln schälen, Gemüse putzen. Die Räucherkeulen von ihren Leinensäcken befreien. Das war eklig, aber sie empfand echte Neugier, wie es wohl darunter aussah. Und so pellte sie das Fleisch aus seinem Kleid und staunte über die braune, starkriechende Schmierschicht, die das Fleisch überzog und die zum Probieren lockte ...

»Du willst nie wieder etwas anderes essen«, hatte Ari gesagt. Lies hobelte sich gleich einen ganzen Kanten davon herunter, weil es tatsächlich unvergleichlich schmeckte – salzig, würzig, rauchig –, sie schmeckte jeden einzelnen ihrer täglichen Gänge zum Räucherhäuschen heraus, jede Bewegung mit dem Schürhaken, jedes neue Anfeuern ... Und jeden einzelnen Fluch. Lies grinste.

Es war schwer, sich zurückzuhalten und nicht alles aufzuessen. Lachend deckte sie ein Tuch über die neuentdeckte Köstlichkeit, denn die andere Lammkeule aus der Truhe wartete. Sie galt es zu säubern, von Eisklümpchen zu befreien, mit Knoblauch zu spicken, vorzubraten und mit Kirschsaft aus den heiligen Kirschgläsern zu übergießen – eine reichlich exotische Idee. Aber warum nicht? Und wann, wenn nicht heute? Vergnügt lachend schob sie den Braten wieder in die Röhre. Aus den Kirschen wurde ein wunderbarer Kirschkuchen, wie ihn in ganz Island noch keiner gegessen hatte, und der Duft zog durchs Haus und aus den Fenstern und machte für Ari die Arbeit leichter. Der nahm nämlich hinter dem Haus dem verletzten Schaf, welches Jói nicht mehr heilen konnte, das Leben.

Lies hatte nur kurz aus dem Fenster gesehen – ganz kurz nur, aber das hatte gereicht.

Sie hatte gesehen, dass Ari ein guter Schlachter war, denn er streichelte dem Schaf über den Kopf und klemmte es sich fast liebevoll zwischen die Beine, bevor er ihm die Pistole auf den Kopf setzte, ohne Zögern abdrückte und die Arterie öffnete, damit es rascher ausbluten konnte. Obwohl es tot war, zuckte es noch eine ganze Weile, die dünnen Beine ruderten in der Luft, als wagten sie einen letzten Fluchtversuch. Dann nahm er die Axt und hackte ihm entschlossen den Kopf ab.

Auch das war Island.

Geben und Nehmen.

Lies wurde ganz ruhig, und dann sah sie wieder hin.

Das Schaf lag nun reglos am Boden. Die Sonne strich sanft über das verfilzte Fell, und irgendwie war es gut so. Elías hatte das Schaf großgezogen, vielleicht sogar um sein Leben gekämpft, weil es nicht trinken oder nicht wachsen wollte oder weil es an Durchfall erkrankt war. Vielleicht war es auch von Beginn an putzmunter gewesen und hatte ihn mit Bocksprüngen und Späßen erheitert. Er hatte es im Frühsommer ins Hochland entlassen und im Herbst wieder eingefangen. Er hatte Heu gemacht, und im Winter hatte er es damit von Hand gefüttert und im Sommer wieder auf die große Weide geschickt, damit es kräftig wuchs und gute Muskeln entwickelte. Nun war es krank geworden – er hatte ihm nicht helfen können, und so war es jetzt für ihn da.

Das war gar nicht mehr schrecklich – das war das Leben.

Sie lächelte versonnen, als sie sich wegdrehte.

Das war das Leben.

Ari zeigte ihr auch, wie man Schafskopf kochte.

Sie hatte um Fassung ringen müssen. Die Isländer aßen Schafsköpfe. Schafsköpfe!

»Das ist das Beste vom Schaf«, grinste der Kaufmann. »Und das Auge ist das Allerbeste. Das bekommt immer der Ehrengast am Tisch.« Lies schaute ziemlich entsetzt drein, denn sein Blick ließ darauf schließen, dass er sie, Lies Odenthal, als Ausländerin oder als Köchin oder einfach weil er sie nett fand, hier für den Ehrengast hielt.

»Na dann«, stotterte sie und wandte sich ihren Töpfen wieder zu, in der Hoffnung, dass der Kaufmann Spaß gemacht hatte und sie dem Schafskopf entkommen könnte. Doch Ari hatte anderes im Sinn. Der Eimer, den er neben dem Tisch abgestellt hatte, enthielt nämlich tatsächlich zwei Schafsköpfe, einen frischen und einen aus der Kühltruhe, aus denen abgesägte Hörnerstummel grotesk hervorstachen. Zwei Köpfe machten vier Augen – es musste sich also keiner sorgen, dass kein Auge für ihn übrig blieb.

Mit einem lodernden Gasbrenner hatte Ari draußen lange herumhantiert, um das Fell abzusengen, und den Geruch nach verbrannten Haaren hatte er mit nach drinnen gebracht. Lies hatte Probleme, sich vorzustellen, dass der eine Schafskopf noch vor einer Stunde draußen geblökt hatte …

Als sie von der Toilette kam, etwas grün im Gesicht und in den Beinen ein flaues Gefühl, hatte Ari sich schon am Herd zu schaffen gemacht. Jedermann schien sich in Elías' Küche auszukennen, und der Alte fand das in Ordnung und war wie ausgewechselt. Er saß auf der Bank, auf der er immer saß, und zerteilte mit seinem Messer saftige Fleischstücke. Stirnrunzelnd rechnete er nach, wie viele Lämmer dieses Jahr geboren worden waren.

»… und die Schwarze und die Einäugige und die Braune, die zweite Braune, und Palline – Palline hatte ein totes und ein Böckchen. Oder doch ein Mädchen? Hmmm …«

»Warum schreibst du dir das eigentlich nicht auf?«, fragte Ari.

Elías winkte ab. »Ich kenne meine Schafe. Hm, waren nicht so viele Böckchen dieses Jahr … gibt wenig Fleisch …« Grübelnd starrte er auf den Tisch, wo das Fleisch sich häufte. Das jedoch konnte er nicht meinen, und Lies fragte sich, wer um Himmels willen das alles essen sollte.

Außerdem bemerkte sie, dass Elías das Messer benutzte, mit dem er alles zu zerteilen und schneiden pflegte. Stricke, Nabelschnüre, Pflanzen, Holzgriffe schnitzte, Fingernägel sauber kratzte, Brotscheiben schnitt sowie verfilzte Schafshaare, Drahtschlingen, Kletten aus dem Fell des Spitzes, und Heringsdosen öffnete. Und jetzt das Fleisch des frischgeschlachteten Schafs damit zerteilte. Sie seufzte ergeben. So war das eben. Was einen nicht umbringt, macht einen nur noch stärker.

»Na, Mädchen – hier.« Ohne zu zögern, nahm Lies das Gläschen *brennivin* aus Aris Hand und kippte das teuflische Getränk herunter. Sie würde das heute Abend brauchen. Schafskopf.

»*Takk fyrir*«, schaffte sie gerade noch, bevor ihr das Blut in den Kopf stieg.

»Mehr davon?« Ari grinste.

»Hmmhmhmm ...« Sie verschwand hustend in die Speisekammer, wo der Omeletteteig kühl stand, und rang dort nach Luft. Die Männer lachten. Ari hatte einen großen Topf mit Salzwasser aufgesetzt und putzte die Säge aus Elías' Schuppen unter dem Wasserhahn. Dann setzte er das Werkzeug am Schafskopf an und zersägte ihn in der Mitte, während er eine Anekdote aus Egilstaðir erzählte, wo sich ein Mann bei dieser Prozedur den Finger gleich mit abgesägt hatte.

»Seine Frau wollte den Finger ja mitkochen«, gluckste er und ließ den ersten zersägten Kopf ins Salzwasser plumpsen. »War schließlich Weihnachten. Sein Sohn, der im Ausland studiert hatte, konnte ihn gerade noch erhaschen und hat ihn in den Kühlschrank ins Schokoladeneis gelegt.«

»Mit Schokoladeneis hab ich das noch nie gegessen«, wunderte Elías sich. »Vielleicht kam sie ja von den Vestmannaeyjar ...« Trotz der trockenen Bemerkung wieherte Ari vor Lachen – die Leute von den Westmännerinseln schienen in Ostisland keine gute Lobby zu haben.

»Das Gehirn schmeckt übrigens besser mit Schokoladensauce.« Ari sah seinem Schafskopf hinterher und legte den Deckel auf den Kopf. »Hab ich letztens probiert – besser als mit süßem Mus.«

»Du hast das Gehirn mitgegessen?« Jói sah ihn an wie einen Geistesgestörten. Lies hatte durch Elías' Essgewohnheiten auch schon einiges erlebt – aber das klang sehr nach Isländerlatein.

»Wie viel *brennivin* hast du dazu getrunken?« Seine dunkle Braue tanzte so unnachahmlich, wie sie es noch bei keinem Mann gesehen hatte.

»Hm, najaaa, weiß nicht mehr. Eure Gehirne hab ich entfernt, keine Sorge.« Aris Bart zuckte, als er einen schnellen Blick auf Lies warf, die versuchte, sich ihren Ekel über all das nicht anmerken zu lassen und gleichzeitig den Blick von Jói zu reißen. Was für eine reizende Geschichte. Was für eine hinreißende Geschichte. Der Doktor schwieg und starrte die Plastiktischdecke an, die Lämmerhirtin starrte Löcher in seinen Pullover. Hinreißend. Ari hatte ja schon so einige Frauen erlebt, die sich Jóis Charme nicht hatten enziehen können, aber das hier – das war – also …

»Nuuuun – vielleicht ein wenig zu viel.« Er schüttelte lächelnd den Kopf, um seinerseits den Blick von den beiden loszureißen. »Ich denke, heute werde ich mir das gute Backenfleisch schmecken lassen. Zu viel Gehirn soll auch nicht gut sein, das verdreht uns am Ende den Kopf.« Vom *brennivin* sprach er nicht, niemand sprach mehr. Stühle knarrten, die Männer standen auf, es wurde erst furchtbar voll in der Küche, dann sehr leer. Die Schafsköpfe kochten still vor sich hin.

Lies schälte die Kartoffeln fertig. Eine von Elías' Lieblingsspeisen waren karamelisierte Kartoffeln, was Lies widerlich fand, aber man musste sie ja nicht zu sehr im Zucker schwenken. Sie war froh, als man sie mit all dem Fleisch, den kochenden Köpfen und hundert Ideen, was man noch zubereiten könnte, allein ließ, um draußen aufzuräumen. Oder den *brennivin* zu vernichten. Die Lachsalven zumindest ließen darauf schließen. Und sie hatte genug nachzudenken. Das *brennivin*-Zeug schmeckte übrigens ziemlich stark nach Kümmel, und der Nachhall des Gewürzes kleidete jetzt – einige Zeit später – angenehm ihre Speiseröhre aus. Vielleicht doch nicht so übel, dieses Altmännergesöff, und beim Denken half es auch …

Ein normaler Mensch würde um diese Uhrzeit alles Mögliche machen, aber nicht mehr essen. In Island gingen die Uhren anders.

Das jedenfalls dachte Lies, als sie Stunden später die Männer zum Essen rief. Es war nach elf Uhr nachts, die Sonne blinzelte ein wenig, war aber noch lange nicht müde. Im Juli wurde die Sonne nie müde. Niemand außer Lies war müde. Beherzt goss sie sich einen weiteren Kaffee ein, um mit den Männern mithalten zu können. Denn am Küchentisch begann das große Essen, um die erfolgreiche Heuernte zu feiern, und die Erntehelfer waren so fidel wie am frühen Morgen, so dass Lies sich ihrer Müdigkeit fast schämte. Elías schenkte aus der schwarzen Flasche in die Schnapsgläschen ein, erhob sich etwas wackelig und dankte mit brüchiger Stimme allen für die großzügige Hilfe. Man merkte, dass er so etwas nicht oft tat. Feurig rann der Kümmelschnaps Lies' Kehle hinab. Sie staunte heimlich, dass sie ihn nun nicht mehr ausspucken wollte, und beschwingt machte sie sich ans Servieren.

Es gab neben der Räucherkeule, von der bereits beträchtliche Stücke fehlten, die stattliche Lammkeule mit Kirschsauce, deren Duft allseits gelobt wurde. Es gab süße Kartoffeln, Pfannkuchen und Rübenmus mit knusprig gebratenen Brotstückchen. Und es gab gleich zu Beginn, quasi als Auftakt zum Fest, zwei Schafsköpfe, die sich im Topf einer seltsamen Verwandlung unterzogen hatten: Sie waren nämlich weich und auf eine merkwürdige Art appetitlich braun geworden. Ari hatte sie aus dem Wasser gezogen, als sich das Fleisch von den Knochen zu lösen begann. Alles Ekelhafte hatten sie im Salzwasser zurückgelassen. Das jedenfalls dachte Lies, als sie den einen Kopf mit Hilfe von zwei Gabeln auf einen Teller setzte. Er erinnerte nun an kein Schaf mehr, das sie je gekannt und gefüttert hatte.

Trotzdem brauchte sie einen weiteren *brennivin*, um das Messer am Fleisch ihrer Kopfhälfte anzusetzen, an der Backe, wie die Männer es auch taten. Jói trank ihr lächelnd zu. Lies schluckte, versuchte zurückzulächeln, trank aus dem Gläschen. Weiter herauszögern ging nun nicht. Wie Jói es ihr vormachte, kratzte sie die braune Haut herunter und schob sie an den Tellerrand, für später. Das Fleisch dahinter sank wie von selber auf die Gabel.

Es gab kein Entkommen mehr. Es lag da auf der Gabel, lächelte ihr zu. *Iss mich. Iss mich doch.* Da wo es vorher gesessen hatte, lugte der helle Schädelknochen hervor, nur wenige Fleischfasern hingen noch fest. Ari hatte den Bogen raus, die Köpfe so zu kochen, dass das Fleisch fast vom Knochen fiel und man nicht unwürdig mit dem Messer schaben musste. So gab es keinen Grund, sich zu zieren und lange herumzumachen – das Fleischstück lag auf der

Gabel und wollte nicht kalt werden, sondern jetzt gegessen werden.

Dunkel und eigentlich ziemlich appetitlich duftend kam es näher, die Gabel zitterte, die Männer schauten erwartungsvoll drein, Elías ließ das Besteck sinken. Atemlose Stille. Lies schloss die Augen und schob sich das Stück in den Mund.

»Na also. Schafft nicht jeder«, grinste Ari mit vollem Mund und voller Anerkennung.

»Nee, nich«, kam es undeutlich vom kauenden Jói, »meiner letzten Freundin ging's schlecht danach …«

Elías schwieg. Gespannt sah er Lies beim Kauen zu, sein Schafskopf lag unberührt auf dem Teller. Als Lies die Augen öffnete und seinem Blick begegnete, erkannte sie, wie wichtig das hier war. Der Schafskopf von Gunnarsstaðir schien wie eine Äquatortaufe zu sein …

Und so konzentrierte sie sich auf das Fleisch und entdeckte von Bissen zu Bissen, wie gut es schmeckte. Aromatisch wie Islands Heidewiesen, wo die Schafe aufwuchsen, mit einer leisen Note vom Feuer des Gasbrenners, kräftig und gleichzeitig zart, weil Ari ein Meisterkoch war und es genau die richtige Zeit im Wasser gelassen hatte. Nein wirklich – das einzig Unschöne an diesem butterweichen Backenfleisch war der Schädel drumherum, der sie immer noch nachdenklich anschaute, wenn sie sich erneut mit Messer und Gabel daran zu schaffen machte.

Nach dem zweiten Bissen war der alte Mann von Gunnarsstaðir beruhigt und konnte sich seiner Kopfhälfte widmen. Er aß im Gegensatz zu den anderen die Haut als Erstes, dann das Auge. Lies blieb der Bissen im Mund stecken, als Elías Zucker auf den Augapfel streute, ihn sich gierig in den Mund stopfte und darauf herumlutschte wie auf einem Sahnebonbon …

»Das Auge ist das Beste«, lachte Ari, »probier's, Mädchen. Probier's – erst danach kannst du sagen, dass es nicht schmeckt.« Da hatte er zwar sicher Recht, aber Lies war der Appetit trotzdem fast vergangen. Etwas hilflos starrte sie den Kopf auf ihrem Teller an, und der Kopf starrte nachdenklich zurück …

»Ach komm, lass sie.« Jói der Lebensretter kam auch diesmal in letzter Minute. Nämlich genau in dem Moment, als Elías den Augenstein auf den Teller spuckte, beugte er sich über Lies' Schafskopf und holte dort das Auge heraus. »Kratz die Backe sauber, mehr esse ich auch nie. Ist schon okay«, murmelte er undeutlich. Lies tat wie ihr geheißen und trank den letzten Schluck *brennivin* aus ihrem Glas, der zuverlässig den Ekel wegätzte.

Ohne Auge war der Kopf nur noch halb so bedrohlich, und es schmeckte ja auch. Und es wurde etwas einfacher, als sie sich vorstellte, ein köstliches Lammfilet von ›Giorgio‹ in der Turmstraße läge auf ihrem Teller … Elías jedoch war immer noch für eine Überraschung gut, der drehte nämlich seinen halben Schafskopf um und machte sich über das Innenleben des Tierschädels her, während die beiden anderen ihr Mahl mit dem Genuss der Zunge beendet hatten.

»Früher ließ man nichts umkommen. So war das früher.« Ari goss allen vom *brennivin* nach und stellte die gefährlich schwarze Flasche nicht zu weit weg, der Abend begann ja grad erst. »Früher nannte man das hier den ›Schwarzen Tod‹.« Er kicherte. Lies schielte nach der Flasche. Schwarzer Tod. Das Etikett mit dem simplen Aufdruck ›*brennivin*‹, dazu die düstere Flasche, die aus einem staubigen Western stammen könnte – das alles wirkte fast bedrohlich. Trotzdem trank sie vom Schwarzen Tod, Ari prostete ihr so nett zu, und es half ja – das Zeug half wirklich …

»Früher aß man alles auf, und aus den Knochen machte man Werkzeug. Früher …« Bedrohlich. Seine Stimme verzerrte sich zunehmend in Lies' Ohren. Wie so ein Radio mit Sendestörung. Störung. Verflucht – wer hatte hier die Sendestörung? Schwarzer Tod. Der Kümmelgeschmack tat inzwischen richtig wohl, sie leckte das Gläschen leer. Sendestörung, ach ja. Der Tisch vor ihr verlor seine eckige Form. Er wurde irgendwie schwabbelig rund. Rund?? Hektisch stürzte sie ein Glas Wasser herunter. Störung.

Jói nahm ihr das Schnapsglas weg. »Essen wir den Braten«, sagte er einfach und räumte die Teller ab. Ein frisches Glas Wasser erschien an ihrem Platz sowie eine Scheibe Brot, dick mit Butter bestrichen. »Iss«, sagte er leise und legte seine Hand auf ihre Schulter. »Iss, so viel du kannst, Lies.«

Lies nickte etwas hilflos – und aß. Der Tisch blieb irgendwie rund. Sie aß – das Brot, die Lammkeule aus dem Ofen, das Rhabarbarmus, die gekochten Möhren, das Kochfleisch, die karamelisierten Kartoffeln, obwohl sie die unglaublich ekelhaft fand. Na ja, heute abend zumindest nicht. Das Omelette, das sie selber am Herd zubereitete, obwohl auch der eine runde Form angenommen hatte, und das sie liebevoll mit Zimt und Zucker bestreute, von dem nur ganz wenig danebenfiel. Den Kirschkuchen mit *skýr*, einer Art Joghurt. Den Kaffee mit viel Zucker, dazu noch einen *brennivin*, diesmal von Ari ins leere Wasserglas eingeschenkt, ohne dass Jói etwas dagegen unternehmen konnte. Der Tisch blieb rund. Das gab ihr Sicherheit – der Tisch *war* doch rund.

Ihre Beine fühlten sich ein bisschen an wie diese Stelzen, auf denen sie als Kind herumgelaufen war. Hölzern, dünn und endlos lang. Dünn – nee, so dünn waren die gar nicht, das dachte sie nur … Vorsichtshalber fühlte sie noch mal nach. Die Beine waren so wie sonst. Natürlich nicht aus Holz. Aber kräftig, unweiblich und kurz. Schade. Sie versuchte nach Jói zu schielen, der lange Beine sicher toll fand. Lange Beine und lange Haare. Ihre hatte sie kürzlich mal abgeschnitten, nun hingen sie genauso gleichgülig herunter wie vorher, aber nur noch bis zum Kinn. Ob seine Freundin … Sie nippte am Glas und schielte zu ihm herüber. Aber Jói starrte das Muster auf der Tischdecke an und pickte mit dem Finger Kuchenkrümel auf, die er dann sorgfältig auf den Teller schnippte. Sicher hatte sie Haare bis zum Po gehabt, die Freundin. Elías wischte den Teller mit seinem Finger aus und leckte die Sauce ab. Und Anna Bryndís – hatte Anna langes Haar gehabt? Lies stützte den Kopf auf die Hand und gab sich einem trägen Blick auf Jói hin.

Er sah hoch. Und lächelte sie versonnen an.

Der Qualm von Aris Pfeife zog durch die Küche. Er rauchte ein ziemlich herbes Kraut, irgendwie passte das zu dem *brennivin*. Alles passte heute Abend zusammen, auf seltsame, wunderbare, runde Weise …

Jói hatte die Stühle nach draußen getragen, und nun saßen sie vor dem Haus und schauten den Sonnenaufgang an. Sonnenaufgang??

»*Jæja*«, sagte Ari und rülpste. Mit dem Traktorschlüssel bohrte er sich hingebungsvoll im Ohr herum. »Jaaaa. Das war ja mal ein gutes Essen.« Er wischte den Schlüssel an der Hose sauber und saugte weiter an der mittlerweile erkalteten Pfeife.

»Jaaaaa«, sagte Elías gedehnt.

»Es gab da mal ein Essen in Seyðisfjöður«, sagte Ari wieder und streckte die Beine von sich. »Da sind alle krank geworden. Alle krank. Sogar der alte Hjörleifur Petursson. Und der war noch nie in seinem Leben krank gewesen. Sie hatten das Fleisch zweimal aufgetaut. Alle waren krank.«

»Ach«, sagte Elías. »Hier wird niemand krank.«

Zumindest nicht vom Essen. Das hatte sie ja gekocht. Lies grinste dümmlich vor sich hin und trank ihren Kaffee, den sie aufgesetzt hatte in der Hoffnung, dass davon der runde Küchentisch wieder eckig werden würde. Schwarz, stark und süüüüß... Der Kaffee war heiß und wirklich stark. Jói hatte ihr den Messlöffel aus der Hand genommen und sie leise gefragt, ob sie sich vergiften wolle. Sie war rot angelaufen und hatte nichts darauf sagen können.

Das weiße Pferd galoppierte über die Weide, die Schafe, die am Haus geblieben waren, stoben erschreckt auseinander und blieben ebenso schnell wieder stehen, um den Feind anzugucken – wie Schafe das halt so machen. Hoch flog seine Mähne, es wieherte schrill und begrüßte den Morgen. Wie ein Wesen aus dem Reich der Träume – lodernder Schweif und schwarze Augen, so schwarz wie kleine Knöpfe... Die faltigen Berge auf der anderen Seite der Jökulsá schimmerten, als die Sonne hinter ihnen emporstieg. Sie war schon eine ganze Weile wach gewesen, hatte aber ein wenig unentschlossen hinter den Bergen gewartet. Oder war das ein Zeichen, dass die Tage kürzer wurden? Lies rieb sich die Augen.

Das Pferd war hinter dem Hügel verschwunden, das Trommeln der Hufe hörte man jedoch immer noch. Sie seufzte. Bunter waren die Berge auch geworden, zum Grün hatten sich andere Farben hinzugesellt. Lila, wo die Heide blühte, und Tiefrot an einigen Hängen. Auf den Wiesen leuchtete es rosa, wo die Schafgarbe wuchs, und blütenweiß reckte sich Fingerkraut zwischen den Felsen hervor. Sie liebte diese Farben, weil sie das Tal so sanft machten. Das Tal selber war nämlich nicht sanft. Die Jökulsá, die das Tal durchschnitt, kam vom Vulkangletscher, und manchmal brummte dort die Gefahr. Die Sommerfarben halfen, das zu vergessen. Heute brummte nichts. Schon seit einigen Tagen brummte nichts mehr, das Tal war still geworden, als ob es auf etwas wartete.

Sörli war zurückgekommen und wieherte langgezogen. Er lauschte, ob von irgendwoher Antwort kam. Ein kurzes, dichtes Fell war ihm in den letzten Tagen gewachsen. Weit war der Herbst nicht mehr weg, der Herbst und die Zeit, wo Lies vielleicht über Aufbruch nachdenken musste, weil ihr der Winter zu viel Angst machte …

»Ein gutes Pferd hast du da, Elías Böðvarsson, ein gutes Pferd.« Weil er betrunken war, beugte Ari sich vor, als könne er Sörli dadurch besser sehen, was natürlich Unfug war.

»Mancher tut so einiges für ein gutes Pferd. Weißt du das, Lämmerhirtin?« Mit glitzernden Augen sah er sie von der Seite an, stocknüchtern. »Ich erzähl dir eine Geschichte, Mädchen, damit du weißt, wie es zugeht in Island.«

»Ach Ari«, brummte Jói. »Keine Pferdegeschichten.« Er

hatte seine Beine ausgestreckt und wippte mit den Fußspitzen.

»Lass den Ari«, unterbrach Elías den Doktor zu Lies' Überraschung. »Er kennt gute Geschichten.«

Der Kaufmann lächelte gönnerhaft. »Sie ist nur kurz – weil ich so viel gegessen habe.« Liebevoll tätschelte er seinen runden Bauch. »Es gab da einen kleinen Jungen, Jón. Jón wurde später Islands berühmtester Bischof. Als Jón klein war, wünschte er sich wie alle kleinen Jungen ein Pferd. Eines Tages kam ein Bauer zu Besuch – der hieß auch Jón, ja. Und der Bauer Jón hatte ein kleines, schönes Pferd bei sich. Und als er sah, dass dem kleinen Jón das Pferd sehr gut gefiel, sagte er zum Spaß, er wolle es ihm schenken, stellte ihm aber eine Aufgabe: ›Sag mir acht Gedichtzeilen zu diesem Pferd, und in jeder zweiten Zeile muss sein Name – Móalingur – vorkommen. Schaffst du diese acht Zeilen, während du mit acht Schritten einmal um das Pferd herumgehst, soll Móalingur dein sein‹.

Und der kleine Jón, der ein großer Dichter war, tat acht Schritte um das Pferd herum und sprach dabei folgende Zeilen:

*›Meine Freud, zum Ritt bereit,*
*um Móaling zu gehn im Ring,*
*zu sprechen dann den guten Mann,*
*der schenkt mir flinken Móaling.*

*Die Welt verlieh mir Reichtum nie,*
*kein kostbar Ding wert Móaling.*
*Ich bitt zum Lohn, dass Bauer Jón*
*als Gabe bring mir Móaling.‹*

»Und hat er das Pferd bekommen?«, fragte Lies gespannt.

»Er hat das Pferd bekommen«, nickte Ari und lehnte sich wieder zurück in den Küchenstuhl.

Sörli hatte sich nicht von der Stelle bewegt. Leise spielte der Wind mit seinen Mähnenhaaren, als wolle er nicht stören. Der stolze Kopf sprach von Würde und Wissen. Lies lief ein Schauer den Rücken herunter. ›*Kein kostbar Ding wert Móaling …*‹

»*Wen kein Bangen mehr beschwert*«, sagte da Elías mit brüchiger Stimme von hinten,

»*wen kein Bangen mehr beschwert,*
*frei von hinnen reitet.*
*Heil führt ihn auf seinem Pferd,*
*Glück den Zügel leitet.*«

Sie schwiegen lange in den Morgen hinein und ließen die Worte nachklingen. Dann drehte Jói sich um. »Der Mann, der das gedichtet hat, war übrigens Bischof und sollte geköpft werden. Seine Flucht auf einem Pferd wurde leider vereitelt«, grinste er. Elías knetete die Lippen gegeneinander, wie er es oft tat, wenn er in Gedanken war.

»Er starb?«, fragte sie unsicher.

»Er starb«, nickte Jói. »Vor – 500 Jahren. Oder so.«

Lies starrte vor sich hin und nahm noch einen Schluck von ihrem starken Kaffee. Kleine Jungs tollten dichtend durch das Gras, es roch nach Weihrauch, und die braunen Berge bekräftigten, dass sie das alles mitangesehen hatten. Was für Geschichten. Sie gähnte.

Immer noch lauschte das Pferd. Antwort jedoch kam keine, denn außer Sörli lebte kein Pferd in diesem Tal. Lies fand das traurig. Jeder brauchte einen Freund zum Kraulen. Elías hatte Ari – naja, natürlich nicht zum Kraulen, sondern zum Trinken. Sie, Lies, hatte auch keinen … hm. Bekümmert schaute sie auf die blendend weiße, einsame Erscheinung, die sich manchmal darüber freute, gekrault zu werden, und gähnte wieder. Es war ganz schön lange her, dass sie um diese Zeit noch wach war – nach der anstrengenden Lämmerzeit hatte sie tagelang fast nur geschlafen und Elías damit zur Weißglut getrieben, weil andere Arbeit liegen geblieben war. Geschimpft hatte er und an ihre Zimmertür gebollert, sie solle aufstehen, es gäbe was zu tun und es sei keine Zeit für Faulenzerei …

Leise Musik erklang. Ari suchte brummelnd nach der schwarzen Flasche unter seinem Stuhl. Die Zeit fürs Geschichtenerzählen war vorüber.

»Ich hab immer ein Bad dort drüben anlegen wollen«, sagte Elías undeutlich. »Immer. Immer wollte ich ein Bad an der Quelle anlegen. Man könnte dort gut ein Bad anlegen, das wollte ich immer. Anna hatte sich ein Bad gewünscht. Siehst du die Quelle dort drüben? Dort wollte ich immer … Ich wollte … Jaaaa.« Er drehte seine Finger umeinander. »Jaja.«

»Warum hast du's nicht gemacht?« Lies fand, dass ihre Stimme normal klang, obwohl Jói ihr einen besorgten Blick zuwarf. Unsinn. Der Küchentisch war immer schon rund gewesen. Ihr ging es gut, ihr Stimme war normal und die Wirkung dieses Teufelszeugs aus der schwarzen Flasche längst verflogen. Immerhin hatte sie danach auch schon zwei Tassen Kaffee getrunken. Und Aris Geschichte vom Pferd Móalingur hatte sie verstanden.

»Warum hast du's nicht gemacht?«

»Jaja, ein guter Platz für ein Bad.« Elías nickte wie einer

dieser Wackelhunde auf der Hutablage im Auto. Offensichtlich war er für konkrete Fragen nicht mehr ansprechbar. »Anna hätte das gut gefunden. Ein guter Platz, Mädchen.« Und er nickte und nickte …

Jói drehte am Radioknopf. Elías runzelte die Stirn, worauf rücksichtsvoll die Musik leiser gedreht wurde. Man war schließlich nicht mehr der Jüngste, und das Radio benutzte man für die *fréttir*, aber doch nicht für Musik. *Fréttir* gab es wohl auf einem Sender, Lies hörte was von Iran und Atombomben. Jói aber war jung und suchte Musik. Der *fréttamaður* mit seinen Atombomben verschwand im Rauschen des Äthers.

Lies grinste in sich hinein. Wo war sie hier nur gelandet. Allein unter Typen – schrägen Typen. Herr Packbier, wenn Sie wüssten … In ihrer Brust wurde es kriegerisch. Dass Packbier ihr ausgerechnet hier in den Sinn kam. Sie war satt, zufrieden, betrunken. Die Sonne räkelte sich – und sie dachte an Packbier. Krass. Egal. Jetzt wollte sie es ihm zeigen. Packbier, in seinem verfluchten Bürohaus. Wenn Sie wüssten. Herr Packbier, Sie altes ***, wenn Sie nur wüssten, wie sehr ich auf Ihre *** Steuergesetze ***e, und auf Ihre *** Formulare und Ihre ***spitze Nase, die alles findet, und Ihre Unbarmherzigkeit, Ihren ***sarkasmus und Ihre Unmenschlichkeit, und Ihr *** – *** …

»Tanzt du?«

Lies schrak hoch. Sie hatte sich grad so schön in Rage gedacht. Hatte Herrn Packbier in Gedanken ausgezogen. Dann geteert, gefedert, mit Honig bestrichen in einen hängenden Käfig gesetzt, damit die Bienen ihn auffraßen, und sie hatte die schlimmsten isländischen Worte, die sie kannte, im Kopf an ihm ausprobiert …

»Tanzt du mit mir?« Der Isländer wollte tanzen. Mein Gott. Tanzen. Hilflos starrte sie ihn an, ihr Herz lag rund und flach und hechelte vor Sehnsucht. Sie hatte keinen Freund zum Kraulen. Jeder brauchte einen Freund zum Kraulen. Gott, war sie betrunken. Er wollte tanzen. Sie hatte sich mit ihm in Lebensgefahr begeben, über den tosenden Wassern der Jökulsá hatte er sie festgehalten… Und jetzt wollte er tanzen!

»Komm.« Sein Lächeln war unwiderstehlich. Lies schielte nach der schwarzen Flasche. Der dritten? Vierten an diesem Abend? Nein, Jói hatte kaum davon getrunken. Stattdessen lächelte er wieder… Und schneller, als sie wollte – schneller, als sie eigentlich konnte, stand sie, ein bisschen schwankend, ziemlich schwankend – mein Gott wie peinlich – wie peinlich…

*I wish a falling star could fall forever*
*And sparkle through the clouds and stormy wheather,*
sangen Pink Martini im isländischen Radio,
*And in the darkness of the night…*

»Gibt es hier eigentlich auch Sterne?«, murmelte Lies, der trotz des langsamen Rumbarhythmus schwummrig wurde. Die Jökulsá hatte ihre Beine erfasst. Acht Verse, acht Schritte, dann ist er dein. Kein kostbar Ding wert Móaling. »Ich hab noch keinen Stern hier gesehen. Es gibt keine Sterne in Island…«

»Doch, gibt es…«

»Jæjaaa«, sagte Ari und setzte die *brennivin*-Flasche an den Mund, weil er das Glas schon lange nicht mehr anfassen konnte. *Brennivin* lief an seinen Mundwinkeln vorbei, weil er gleichzeitig darüber lächeln musste, wie sanft der Doktor die kleine Lämmerhirtin festhielt.

»Ein Bad hab ich bauen wollen. Weißt du noch? Anna. Meine Anna. Anna wollte immer, wollte – immer …« Elías wackelte mit dem Kopf, dann wechselte die schwarze Flasche den Besitzer. Gläser sind was für Stadtmenschen.

»Es gibt Sterne«, sagte Jói leise und verlangsamte seine Schritte, vielleicht weil er merkte, dass Lies selbst zum Tanzen zu betrunken war. Aber wenn man sie gut festhielt, ging es, und es fühlte sich gut an. Verdammt gut fühlte sich das an. Dachte zumindest Lies. Jói tanzte einfach. Er sorgte dafür, dass sie nicht unterging in den tosenden Fluten der Jökulsá.

»Wo sind sie dann?«, murmelte sie. Acht Schritte, acht Verse. Kein kostbar Ding wert Móaling. »Wo sind die Sterne? Immer nur Sonne … Sonne – Scheißsonne …« Ihr Kopf sank an seine Schulter.

*… Earth is a beautiful heaven,*
*Always I hope that we shine like the star*
*And be forever floating above …*

»Ich zeig sie dir«, hörte sie ihn von fern. »Warte noch ein paar Wochen.«

»Jæjaaaa«, sagte Ari. »Krank vom Essen, ich sag's euch. Alle Mann krank.«

Elías rülpste laut.

Die Morgensonne blendete. Es war halb vier.

# 9. Kapitel

Die gekalkte Wand machte den Schafstall gleich viel freundlicher. Lies trat einen Schritt zurück und begutachtete ihr Werk. Sie hatte die Farbe irgendwo in der Ecke gefunden, drei fabrikneue Eimer weißer Wandkalk, und sich sogleich ans Werk gemacht, das Zeug mit einem breiten Pinsel auf die Stirnwand zu schmieren. Im Stall war es warm und friedlich – draußen hingegen bereitete der Herbst (den es laut Jói ja nicht gab) sein Kommen vor und probte seit dem Morgen mit Regen und Sturmböen den Aufstand. Elías hockte schon den ganzen Tag zusammengesunken am Ofen und schwieg. Daher war sie gegangen.

Der Spitz wedelte mit dem Schwanz, er fand, er habe lange genug herumgelegen, auch wenn die verfilzten Schaffelle warm und gemütlich waren. Eigentlich war es Zeit für eine Runde…

»Na, dann komm«, lächelte Lies und wischte sich die Hände am Kittel ab. »Schau'n wir mal, was es draußen so gibt.« Die ersten Schafe waren nämlich gestern von alleine die Hänge heruntergekommen, offenbar hatte es im Hochland angefangen zu schneien. Schafe fand der Spitz klasse, das war schließlich seine Arbeit.

Sörli schrie.

Lies horchte auf. So hatte sie ihn noch nie gehört. Ob was passiert war? Schnell zog sie die dicke Jacke über und öffnete die Stalltür. Eine eisige Windbö nahm ihr den Atem. Am Himmel hingen düstere Wolken, es roch nach Regen. Wieder brummten die Berge – nach einer langen Zeit des Schweigens. Das versetzte Lies am allermeisten in Angst: Die Berge, die so lange still und harmlos in ihrer Farbenpracht gewesen waren, hatten sich zurückgemeldet. Das weiße Pferd stand dicht am Stall, mit schreckgeweiteten Augen und geblähten Nüstern.

»Na, wem bist du denn begegnet, mein Guter…« Zitternd steckte sie die Hand in seine Mähne – und dann folgte sie seinem Blick.

Das Haus brannte.

Lies rannte los. Es ging viel zu langsam, die Strecke war doch sonst nicht so weit! Kläffend sprang der Spitz an ihr hoch und fetzte davon, das Weidetor blieb hinter ihr offen, der Wind fegte sie vorwärts, schneller, schneller…

Nicht das Haus brannte, sondern der Schuppen, wo die Hühner und unbeschreiblich viel Plunder untergebracht waren. Dicke Rauchwolken zogen aus allen Luken, irgendwas schmurgelte da drinnen, es stank nach Plastik – wo war Elías?!? Der Tag an der Jökulsá kam ihr in den Sinn und dass er beinahe gestorben wäre…

»Elías!!«, brüllte sie, »Eliiiias! Um Himmels willen – Elías, wo bist du…?« Keine Antwort. Geistesgegenwärtig riss sie sich Jacke und Malerkittel vom Leib und tauchte den Kittel in das Wasserfass neben dem Eingang. Der Spitz kläffte wie von Sinnen. Wie ein Gummiball sprang er hin und her, hilflos, ängstlich, und seine scharfe Stimme überschlug sich, *Gefahr – Gefahr*. Das nasse Kleidungsstück vor Mund und Nase haltend, stürzte sie sich in den Schuppen, wo man vor lauter Rauch die Hand nicht vor Augen sah.

Man hörte auch nichts, denn die Hühner waren alle tot. Über eines stolperte sie, dann blieb ihr Fuß an etwas Größerem hängen.

»Elías – Elías …«

Tatsächlich, Elías lag auf dem Boden ausgestreckt, so viel konnte sie ertasten. Ihre Augen tränten, der Qualm ätzte in der Lunge, und sie dachte nicht lange nach, sondern holte noch einmal tief durch den nassen Kittel Luft, dann warf sie den Kittel auf Elías' Gesicht, packte seine Arme und schleifte ihn aus dem Schuppen heraus an die frische Luft. Hechelnd stürzte sich der Hund auf seinen Herrn, schleckte das Gesicht ab, winselte verzweifelt, heulte und nervte so sehr, dass Lies ihn wegschieben musste. Der Wind draußen hatte für einen Moment innegehalten. Steil wie aus einem Vulkanschlot stieg die Qualmwolke in die Höhe, trotzdem roch es um den Schuppen herum sehr ungesund nach Kunststoff und nach was immer sich dort drinnen entzündet hatte. Viel zu oft hatte er in seiner Sammmlung herumgeräumt – wer weiß, was ihm heute in den bisweilen wirren Kopf gekommen war –, nun brannte alles. Der Wind drehte, Qualm blies ihr ins Gesicht, und hustend entschied Lies, den Alten noch weiter wegzubringen. Sie packte ihn und schwankte rückwärts auf das Haus zu, begleitet vom Spitz, der kein Stück von ihnen wich. Elías' Augen blieben geschlossen. Atmete er überhaupt? Kurz hielt sie inne, fasste an seine Halsschlagader.

Er lebte.

Und jetzt??

Ratlos richtete sie sich auf. ›Rauchvergiftung‹ schoss ihr im Kopf herum, und was sie dazu vor endlos langen Zeiten im Erste-Hilfe-Kurs gelernt hatte. Gefährlich. Krankenhaus. Viele sterben daran. Rauchvergiftung. Wieder sah sie zu ihm herunter. Blass war er und seine Lippen blau. Sie erinnerte sich daran, dass blaue Lippen kein gutes Zeichen waren. Kein gutes Zeichen. Na, und jetzt???

Elías schlug die Augen auf. »Mädchen«, hauchte er schwach. Dann fielen die Augen wieder zu. Lies sank neben ihm zu Boden. Sie war vollkommen ratlos – ratloser als damals, als sie ihn an der Jökulsá gefunden hatte, denn dort hatte er ihr sagen können, was zu tun war. Jetzt sagte er gar nichts mehr. Er starb – vielleicht starb er, hier vor ihr auf dem Boden. Die Einsamkeit, die sie auf Gunnarsstaðir lange nicht mehr empfunden hatte, überfiel sie nun von hinten und lähmte sie. Einsam – einsam – *einsam.* Bevor die braunen Faltenberge über ihr zusammenklappen konnten, raffte sie sich auf.

»Elías – was mach ich mit dir?«, fragte sie mit bebender Stimme.

»Bett«, murmelte er. »Bett.«

Ins Bett – wohin sonst. Vor allem weg vom Brandherd, denn der stank bis zum Haus und biss in die Schleimhäute – was in aller Welt mochte da wohl brennen?! Bis zum Schlafzimmer war es trotz des Rettungsgriffes ein langer Weg. Lies machte Pausen zwischendurch, in der Diele fiel sie über die Schuhe, über Kisten, über Krempel, verfluchter Krempel, man musste ihn endlich mal aufräumen – aber immerhin war sie schon mal im Haus, denn natürlich hatte es draußen angefangen zu regnen. Elías stöhnte. Sie hatte das Gefühl, dass er in ihren Armen immer schwerer wurde.

»Höskuldstaðir«, flüsterte er, »Höskuldstaðir. Tilli. Telefon …«

Telefon.

Lies starrte die Wand an. Genau das trat nun ein, worauf Jói sie damals vorbereitet hatte, als sie entdeckt hatte, dass es kein Telefon auf diesem verfluchten Hof gab. Nach Höskuldstaðir sollte sie. Hinüberreiten. *Reiten*. Sie konnte nicht reiten, verdammt noch mal. Sie konnte es nicht, und sie wollte auch nicht. Sie wollte zivilisiert in ein Auto steigen und zivilisiert Hilfe holen. Sie wollte überhaupt nicht wegmüssen, sondern hier, von seiner Bettkante aus, Hilfe herbeiholen, sie wollte ihr Handy benutzen, wie das jeder zivilisierte Mensch tat …

Elías lag da wie tot, sein Atem ging schleppend. Entweder fand sie ihn lebend oder tot auf, wenn sie Hilfe holte. Dann aber würde er auch sterben, wenn sie blieb. Die Entscheidung drückte, und gleichzeitig empfand sie unglaubliche Wut über das fehlende Telefon, was für eine Schwachsinnsidee, eine scheißverfluchte Schwachsinnsidee, ein Hof ohne Telefon, was für ein mittelalterliche, verfluchte Schwachsinnsidee …

Der Alte nahm ihre Hand und drückte sie – das erste Mal, seit sie auf Gunnarsstaðir war, dass er sie so anfasste. Ein stumme Bitte – ihr Marschbefehl.

Stark beunruhigt verließ sie das Haus. Eine Dreiviertelstunde bis Höskuldstaðir. Auf dem Pferd. Ihre Hände zitterten. Das konnte doch nicht wahr sein – das konnte einfach nicht wahr sein!

»Ich *kann* nicht reiten!!!«, brüllte sie in den Wind. »Ich *kann's* verflucht noch mal nicht!!!« Den Wind interessierte das wenig, er fuhr in ihr Haar, dass es an den Wurzeln wehtat, und sie hasste ihn dafür, dass er nie still war. Scheißwind, Scheißisland, Scheiß Elías, Scheiß – überhaupt, ach – Lies kickte einen Stein hoch und schluchzte auf. Reiten. *Reiten.*

Sörli stand am Zaun, neben dem offenen Tor, und sah sie aufmerksam an. Mit klopfendem Herzen schloss sie das Tor. Sie sah das Pferd nicht an. Holte einfach den Sattel und das Zaumzeug aus dem Stall. Sortierte das Zeug auf der Wiese, während der Wind sich wieder einmischte und nervte. Sie überlegte, was wie wohin gehörte... Das weiße Pferd schnaubte langgezogen. Drinnen lag der Alte und starb vielleicht. Den Sattel aufgelegt. Festgeschnallt. Zu eng? Zu locker? Keine Ahnung. Egal. Das Kopfstück angezogen, erst verkehrt herum, dann alles verdreht, der Zügel fiel herunter, das Gebiss rutschte unter den Kiefer, ihre Hände zitterten, fast verlor sie die Nerven. Sörli blieb wundersam ruhig. Lies atmete tief durch, dann fand sie endlich die Maulspalte, das Gebiss glitt hinein, und es passte irgendwie. Sörli kaute zufrieden – es kam ihr vor wie Zauberei, dass der sonst so wilde Hengst hier neben ihr stehen blieb, ihren jämmerlichen Versuchen voller Geduld begegnete und sich nicht trollte, wie es ein anderes Tier vielleicht getan hätte. Ob er wusste, was mit Elías geschehen war?

»Sei einfach weiter nett, Pferd. Sei nett, du bekommst auch 'ne Belohnung, wenn wir wiederkommen...« Was gab man einem Pferd als Belohnung? Verstand es sie überhaupt? Gleichmütig stand Sörli da und wartete auf das, was kommen würde. Der Spitz hockte vor der Haustür. Bis zur Weide hörte sie ihn winseln.

Lies versuchte sich daran zu erinnern, was Jói damals

gesagt hatte. Gerade hinsetzen. Beine in die Bügel. Knie an den Sattel. Zügel in die Hände nehmen. *Reite einfach los! – Schau genau da hin, wohin du reiten willst – in die Richtung wird auch das Pferd gehen.*

Und genau so war es. Der Steigbügel war so widerspenstig wie Elías' Trittleiter in der Speisekammer, die sie irgendwann bezwungen hatte. Leichter Schwindel erfasste sie, sie hatte vergessen, wie sehr es da oben schwankte und wie hoch sie saß, obgleich das Pferd vom Boden aus so klein wirkte. Die dichte Mähne tanzte ihr bei jedem Schritt entgegen. Sörli suchte sich den besten Weg zwischen Felsbrocken und Erdklumpen und schien zu spüren, wo Schmelzwasser die Erde unterspült hatte und wo man Gefahr lief, mit einem falschen Tritt ins Erdreich einzubrechen. Er trug seine Reiterin wie eine kostbare Fracht, und nach einigen hundert Metern hatte sie sich tatsächlich an das schwankende Gefühl gewöhnt. Vielleicht zahlte sich ja das jahrelange Judotraining doch aus, wenn auch anders, als sie je gedacht hatte … Sie drehte sich vorsichtig und schaute zurück. Gunnarsstaðir lag in der Senke, und aus dem Schuppen qualmte es weiter. Sie hatte sich nicht getraut, irgendwelche Löschversuche zu tätigen, und hoffte jetzt einfach, dass das Feuer nicht auf das Wohnhaus übergreifen würde. Oder der Schuppen in die Luft flog. Der Spitz kläffte ihr hinterher, doch er blieb vor der Haustür sitzen. Für nichts in der Welt würde er seinen Herrn verlassen.

Das weiße Pferd schnaubte. *Schneller?*

»Wie denn?«, murmelte Lies. »Bin froh, dass ich gut sitze.« *Schneller ist besser.*

Was hatte Jói damals gesagt? ›*Lass das Pferd machen.*‹ –

*›Stell Dir vor, du versinkst in seinem Rücken. Mach dich schwer. Und dann schnalze mit der Zunge.‹*

Ach Jói. Was gäbe sie darum, ihn neben sich zu haben – wie wäre das dann alles leichter hier. Sie schlug den Blick nieder und ließ sich in den Sattel sinken. War nicht eh alles egal? Hauptsache, sie fiel nicht runter, auf den scharfen, spitzen Schotter. Im Moment fühlte es sich nicht nach Runterfallen an, sie saß gut und sicher und kam sich vor wie auf Thomas' Motorrad. Wenn man am Gashebel drückte, zog es an … Der Kopf des Pferdes erhob sich, unter ihrem Hintern veränderte sich etwas. Spannung kam in das Tier, es schien zu warten, nur weil sie gedacht hatte … Es vibrierte, wartete – wartete …

*Komm schon.*

Und Lies öffnete leicht den Mund und schnalzte.

Der Kopf kam noch ein Stück weiter hoch, und dann blies ihr der Wind ins Gesicht, denn das Pferd legte an Tempo zu, und genau wie bei Thomas' Motorrad drückte es sie zurück, so dass sie um ihr Gleichgewicht kämpfen musste. Erschreckt packte sie in die Mähne – es rumpelte unter ihr, sie wurde im Sattel hin und her geworfen, doch es war immer die gleiche Bewegung – hin, her – hin, her – hin, her, ganz gleichmäßig und ruhig, und immer schneller, bis ihr Becken ruhiger wurde, Lies ihre Angst verlor und sich so ins Pferd sinken ließ, wie Jói es ihr damals gesagt hatte …

Das weiße Pferd schnaubte froh. Um sie herum flog die Landschaft dahin – gerochen, gesehen und schon Vergangenheit. Gerochen, gesehen, weg. Endlose Wiesen, Geröllbrocken aus der Urzeit, Sümpfe, stachelige Büsche. Gerochen, gesehen, weg. In der Ferne das Tosen des Gletscherflusses. Nie zuvor war sie bis hier gekommen, wozu auch. Die Berge rechts und links gehörten zu dem Gebirgszug um Gunnarsstaðir herum, doch gewandert war sie höchstens nach Westen, auf den großen Gletscher zu. Die Berge lächelten – *schön, dass du mal schauen kommst.* Hier und da tanzten Sonnenflecken auf den Hängen, auch die Sonne war neugierig geworden und schob sich an manchen Stellen durch die dichten Wolken, die von Regen und Unwetter sprachen. Lies setzte sich ein wenig bequemer im Sattel zurecht. Ihr Becken kreiste auf wundersame Weise von alleine im Gleichklang mit den Bewegungen des Pferdes. Vertrauenerweckend dicht und wollig lag die Mähne unter ihren Händen. Die Zügel hatte sie halb vergessen, doch das weiße Pferd brauchte keine Zügel, denn es wusste, wo es hinlaufen sollte, und es trug seinen unerfahrenen Reiter mit Achtsamkeit, als wüsste es ganz genau, dass er aus der puren Not heraus aufgestiegen war und es unter normalen Umständen niemals getan hätte.

Der Wind legte zu. Sörlis Ohren spitzten sich, hoch peitschte die Mähne, und das Gefühl der Bewegung unter ihr verstärkte sich. Schneller, schneller … Und währenddessen begann trotz der Furcht um Elías ihr Herz zu hüpfen. War es Freude? Konnte man hier Freude empfinden? Man konnte. Trotz der düsteren Wolken, die sich am Horizont türmten. Es roch nach Regen. Lies wischte sich ein paar verlorene Tropfen von der Stirn. Ein Greifvogel kreiste hoch über ihnen, klagende Wildgänse begleiteten ihren Ritt. Sie führten eine Art Zug nach Höskuldstaðir an, als habe es sich bis in die Lüfte herumgesprochen, dass der alte Elías Böðvarsson Hilfe brauchte. Sörli lief schneller –

weil Lies es wollte, weil es so schön war und weil es die Hilfe näher brachte. Fast schämte sie sich für den Genuss, den sie empfand… Als hätte das Pferd ihre Gedanken gehört, legte es noch mal an Tempo zu, obwohl der Wind immer stärker wehte und es ordentlich dagegen anschnaufte. Eine Welle ging durch das ganze Pferd, Lies wurde von ihr mitgenommen und sank in seinen Rücken, genau wie Jói es gesagt hatte. Nicht denken, nur sitzen, den Rest macht Sörli schon…

Sörli machte den Rest.

Er war ein gutes Pferd, um das so mancher Elías Böðvarsson schon beneidet hatte, eins von den Pferden, die der Himmel einem nur einmal im Leben schenkt. ›*Die Welt verlieh mir Reichtum nie / kein kostbar Ding wert Móaling*‹, ging es Lies durch den Kopf, als sie daran dachte, wie Elías sein Pferd an jenem Abend der Heuernte angesehen hatte. Ein gutes Pferd. Als es die Straße erreichte, war es schweißnass von der übergroßen Anstrengung und zitterte an den Flanken. Ängstlich beugte Lies sich nach vorne – man hörte immer, dass Pferde auf der Rennbahn zusammenbrachen… was dann?? Hilfe. Von ferne drang das Rauschen des Meeres an ihr Ohr. Das Meer!? Wo hatte es sie hier hingebracht? Sie versuchte, sich im Kopf die Karte von Island in Erinnerung zu rufen. Wo hatte das weiße Pferd sie hingebracht?

Die Beine schmerzten von der ungewohnten Haltung, der Hintern, der Rücken, alles tat weh, vielleicht weil sie es nicht wagte, sich zu bewegen. Auf dem Asphalt musste das Pferd langsam gehen. Kurze, abgehackte Schritte warfen sie im Sattel herum, die harte Bewegung verunsicherte Lies. Sörlis Kopf sank herab, müde, erschöpft, der ganze Pferdeleib pumpte wie wild …

»Wir schaffen das, mein Freund«, flüsterte sie, mehr zu sich selber, denn das nächste Problem stand am Straßenrand auf der Kreuzung: zwei Schilder. Eins nach rechts, eins nach links, mit Namen, die sie nie gehört hatte … Wohin? Sörli nahm ihr die Entscheidung ab, denn er marschierte einfach nach links, immer auf dem Randstreifen voran, voran, wohin auch immer, immer voran …

Autos rauschten an ihnen vorbei. Wenn Lies mit den Armen wedelte, damit sie anhielten, zuckten die muffigen Gesichter nicht mal mit der Wimper, die anderen winkten fröhlich zurück oder betätigten die Lichthupe. »Verflucht!«, brüllte sie, »versteht mich denn keiner?! Scheiß Island!« Ein Typ im LKW hupte, und Sörli machte einen Satz zur Seite, so dass Lies sich an der Mähne festhalten musste, um nicht aus dem Sattel zu fallen. Und dann hielt ein Auto an, gleich neben ihr, die Autotür klappte auf.

»Das is' doch Elías Böðvarssons Hengst, der da. Wie kommst' an d's Pferd?« Ein finsterer Mann stieg aus und fasste sogleich in den Zügel. »Wie kommst' an d's Pferd?«

»Bist du von Höskuldstaðir?«, stotterte Lies und wäre am liebsten abgestiegen, befürchtete aber, dass ihre Beine ihr den Dienst versagen würden, weil sie Angst hatte, müde war, soooo müde …

»Wer will ds'n wiss'n?« Die schwarzen Augen glichen Schlitzen, sein grimmiges Misstrauen erschlug sie fast …

»Elías – Elías – es brennt auf Gunnarsstaðir – er hat mich geschickt – er hat …« Wo waren bloß all die isländischen Worte, die sie glaubte zu können? Alle weg – weg …

»Brennt? Gunnarsstaðir? Wer b'st'n du?!« Der Mann wurde immer größer und einschüchternder, und Sörli schnaubte leise.

Lies holte tief Luft. Er musste sie jetzt anhören. »Ich arbeite für ihn. Ich arbeite für Elías. Frag Jói. Jói Magnússon. Elías ist verletzt – es brennt...« Sie schloss die Augen. Jói. Warum war der nicht hier? Warum hatte sie nicht ihn getroffen? »Ich brauche Hilfe.« Der Mann sah sie lange an. Dann packte er ihren Arm. »Komm«, und zog sie vom Pferd herunter. Augenblicke später fand Lies sich in dem Auto wieder, einem durchdringend nach altem Hund und feuchter Wolle stinkendem, unglaublich schmutzigem Geländewagen, wo Unrat, Papierverpackungen, Essensreste und Getränkedosen bis zum Knöchel im Fußraum lagerten. Das Radio spielte knarzend isländischen Pop, in der Getränkehalterung schwappte alter Kaffee mit öligen Schlieren. Die Türgriffe waren verschmiert, und durch die vom Spritzwasser milchigen Scheiben konnte man nicht viel sehen – für den Mann von Höskuldstaðir indes schien es zu reichen, und er kannte seine Straße ja auch. Der Kies knirschte, als der Wagen losfuhr, und Sörli lief am langen Zügel nebenher, erst im Schritt, dann schneller, über die Landstraße nach Norden.

Lies war zu müde, um sich zu wundern, dass Isländer ihre Pferde am Auto mitnahmen – hier war so vieles anders, und was hätten sie mit dem Pferd auch sonst machen sollen. Island war wild und offenbar der Ort, wo die Improvisation geboren und aufgewachsen war. Hörte sich makaber an, aber so war die Lage.

Ihr Auto wurde nicht überholt. Hinter ihnen bildete sich eine Schlange von Fahrzeugen, vielleicht wussten die auch alle, dass der Geländewagen nach einem Kilometer links in einen Feldweg abbiegen würde. Hinter der Kurve kam tatsächlich zwischen zwei zerklüfteten Felsen der Hof in Sicht. Lies atmete erleichtert auf.

Von forschem Pedaltritt gebremst, hielt der Wagen an. Ein Hund sprang kläffend an Lies hoch. Sörli bekam einen runden Hals und rollte mit den Augen, als ein zweiter haariger Kläffer auf ihn zusprang.

»Auður! Auður, wo's 's Telefon!«, brüllte der Mann und knallte die Autotür zu. »Mein Handy 's kaputt«, warf er über die Schulter Lies als Erklärung hin. »Scheiß-Handy, fällt einfach aus'nanner. Was macht man hier ohne Handy – Auðuhur!« Wie ein Riese stapfte er vorwärts und ins Haus, wo Türen quietschten, noch ein Hund bellte und ein Kleinkind schrie. Eine keifende Frauenstimme drang aus dem hinteren Teil des Hauses – Familienstreit.

Lies sah sich um. Das weiße Pferd hatte sich auf ein Stück Grün gestürzt. Es fraß, als hätte es seit Tagen nichts mehr bekommen, und trat dabei achtlos in die Zügel … Erschreckt schlich Lies sich an und hakte sie aus, bevor etwas passierte. In einer alten Tonne fand sie Regenwasser, sie schöpfte einen Eimer heraus, und Sörli trank durstig.

»Wir hamn'n Arzt g'rufen. Is' eh inner Nähe, kommt vorbei un' nimmt uns mit.« Der Mann kam aus dem Haus und stellte sich neben sie. »Auður fragt, ob Kaffee.«

Lies nickte. Der Mann vertauschte Sörlis Zaum gegen ein Halfter, zerrte den Sattel herunter und ließ ihn einfach weiter auf der Wiese laufen. »Gut's Pferd. Sehr gut's Pferd. Elías wollte ihn nie verkauf'n.« Anerkennend sah er dem Schimmel hinterher, der sich in eine Schlammkuhle warf und ausgiebig wälzte. »Gut's Pferd …«

Auður hatte Kuchen gebacken. Gestern vielleicht oder vorgestern, der Marmorkuchen schmeckte schon ein wenig trocken, doch das spülte Lies mit dem starken Kaffee herunter, sie hatte nach dem scharfen Ritt Hunger wie ein Bär. Als Auður sah, dass es ihr mundete, holte sie noch mehr Kuchen aus der Vorratskammer. Es gab welchen mit Buttercreme, mit Rhabarbarmarmelade und einen Teller mit riesigen Schokoladenplätzchen, dann war der Küchentisch vollgestellt. Ein Kleinkind heulte im Nebenzimmer vor sich hin, niemand kümmerte sich drum.

»Iss«, sagte sie und setzte sich erwartungsvoll an den Tisch. Sie hatte schlecht gefärbte Haare und ein Lächeln wie eine amerikanische Filmschauspielerin. Der BH unter der Bluse verbarg nur notdürftig ihren großen Busen, Teile davon quollen hervor und bewegten sich jedes Mal, wenn sie Lies ein Stück Kuchen abteilte. Ihr Mann, den sie Tilli nannte, hockte in der Ecke und rührte schweigend in der Kaffeetasse, ohne Zucker hineingetan zu haben. Lies war unruhig. Warum ging es nicht vorwärts – warum fuhren sie nicht los, worauf warteten sie? Und überhaupt war es sehr seltsam, bei wildfremden Menschen, die sie nicht mal nach ihrem Namen gefragt hatten, in der Küche zu sitzen, Kuchen zu essen – und weder zu wissen, wo man war, noch, was nun passierte. Die Leute indes fanden es nicht seltsam. »Noch Kuchen?«, fragte Auður und zauberte aus dem Kühlschrank einen Sahnesprüher hervor. Lies schämte sich, den Mund so voll zu haben, nickte aber – wie lange hatte sie keinen solchen Kuchen mehr gegessen?? Und freudig lud die Hausfrau das nächste Stück auf ihren Teller.

»*Jæja*«, sagte Tilli. Niemand sagte etwas. Lies fiel keine

Frage ein, die sie hätte stellen können, sie wusste ja nicht mal, wie es für Elías nun weitergehen würde. Jetzt, wo sie in Höskuldstaðir hockte, in Kuchen schwelgend…

Das Kleinkind schluchzte. Auður erhob sich und verschwand im Nebenzimmer. Draußen bellte der Hund. Ein Auto fuhr vor, Reifen gruben sich in den Schotter. Autotüren knallten, es hupte drängend. Tilli sprang auf. »Komm!«, sagte er und packte Lies am Arm, »die nehm'n uns mit!« Und noch kauend und sich fast verschluckend, rannte sie Tilli von Höskuldstaðir hinterher, der sich im Laufen eine Jacke überzog und Lies in den hinteren Teil des Rettungswagens stieß. Keinen Moment später schoss die Ambulanz los, Split wirbelte hoch, sie rasten dahin, das Martinshorn ertönte ein paar Mal laut und lästig, damit auf der Ringstraße Platz für das Notfallfahrzeug gemacht wurde, und der aufheulende Motor war das Letzte, was der weiße Hengst aus Gunnarsstaðir hörte.

Er senkte den Kopf und fraß weiter Gras.

Lies verging Hören und Sehen. Noch nie in ihrem Leben war sie in einem Rettungswagen mitgefahren, ohne Sicht auf Straße oder Außenwelt, um sich herum klappernde Schränke, Ampullen, Schläuche, Flaschen, und auch die Liege in der Mitte schaukelte bedrohlich hin und her. Die gleißend weiße Klinikfarbe tat in den Augen weh, doch schließen mochte man sie auch nicht, weil man sich dann noch hilfloser fühlte. Rücksichtslos bog das Auto auf die Piste, die nach Gunnarsstaðir führte und über die Lies vor nicht ganz zwanzig Minuten geritten war. Es rumpelte, Lies flog auf der Bank hin und her, weil sie den Griff zum Festhalten nicht gepackt bekam, da wurde eine Scheibe zur Fahrerkabine aufgeschoben und jemand bellte: »Alles in Ordnung?!«

»Ja!«, brüllte sie gegen den Lärm zurück. Bei diesem Fahrstil wachten ja Tote auf…

Irgendwann gelang es ihr, den Haltegriff zu packen, doch als das Auto eine unerwartete Kurve zu schnell nahm, wurde sie aus der Nische geschleudert und musste sich wohl den Kopf angeschlagen haben, denn sie wusste im ersten Moment nicht, wo sie sich befand. Weiße Liege, weiße Wände. Motorengeheul. Der Rettungswagen. Elías lag in seinem Bett auf Gunnarsstaðir und war vielleicht schon tot, und die Scheune mit den toten Hühnern brannte.

Auðurs Kuchen stieß ihr sauer auf. Sie hatte zu viel auf einmal gegessen, zu schnell heruntergeschlungen; der starke Kaffee, ohne Zucker, weil sie sich nicht getraut hatte, nach welchem zu fragen. Sie ertappte sich dabei, ungeduldig zu werden. Das erste Mal seit… ja, seit fast einem halben Jahr, dass sie weg von Gunnarsstaðir war und es kaum erwarten konnte, zurückzukehren. Nicht nur wegen Elías.

Auch wegen Elías. Aber nicht nur. Und das machte ihr ein bisschen Angst. Der Ort hatte eine Sogwirkung.

Lies sprang auf und versuchte, durch die Luke zum Fahrerhäuschen etwas zu erkennen. Grau und staubig lag die Piste vor ihnen, immer mehr Schneeflocken tanzten durch die Luft – Schnee! Es war August!

»Gleich sin' wir da!«, dröhnte es aus dem Fahrerhäuschen, man hatte sie wohl entdeckt.

Die Scheune war weitgehend heruntergebrannt. Lies verstand jetzt, warum niemand die Feuerwehr gerufen hatte –

wozu? Vielleicht gab es auch gar keine Feuerwehr in Island. Dicke Qualmwolken stiegen in den Himmel, die Flammen waren ohne Nahrung eingeschlafen. Ohne den Brand auch nur eines Blickes zu würdigen, marschierte der Notarzt mit langen Schritten ins Haus. »Im Schlafzimmer«, rief Lies ihm hinterher, doch das wusste er wohl – kranke Leute lagen meistens im Bett. Bangen Herzens folgte sie ihm. Lebte er?

Er lebte. Blass zwar und mit besorgniserregend flacher Atmung, aber er lebte. Der Arzt hörte ihn sorgfältig ab. Dann packte er seinen Notfallkoffer auseinander, legte gewandt einen venösen Zugang in die faltige Altmännerhaut und verklebte ihn mit dickem braunen Pflaster, während der Rettungshelfer einen Infusionsbeutel anstach und den Plastikschlauch an Elías' Venenzugang befestigte. Gespannt sahen sie für einen Moment zu, wie die Infusionsflüssigkeit herabtropfte. Es knackte, eine Ampulle wurde aufgebrochen, die Spritze aufgezogen, und der Arzt spritzte ein Medikament in den Zugang.

Dann stand er auf.

»Was genau ist passiert? Wie lange hat er am Feuer gelegen?«

»Ich – ich weiß nicht«, stotterte Lies und versuchte sich zu erinnern. »Rauch kam aus der Scheune, ich fand ihn drinnen …«

»Was hat er dort gemacht?«

Sie zuckte mit den Schultern und sah voller Angst auf den alten Mann. Da nickte der Arzt und seufzte. »Wir müssen ihn mitnehmen. Rauchvergiftung, verstehst du? Er muss ins Krankenhaus.«

»Ja«, flüsterte Lies. »Ins Krankenhaus.«

Und dann ging alles ganz schnell – die Trage ausgepackt, ins Haus gebracht, Elías aufgeladen. Bis er im Auto auf der Liege lag, sprach er kein Wort. Dann rief er ihren Namen.

Zum ersten Mal, seit sie auf Gunnarsstaðir war, rief er sie bei ihrem Namen.

»Lies! Komm her!« Sie trat näher. »Lies. Hol die Schafe, bevor es schneit. Die Schafe, hol sie aus den Bergen, bevor es schneit, hörst du?«

»Ja.«

Für einen Moment ruhten seine trüben Augen auf ihrem Gesicht. »Gut.« Er nickte. »Gut.« Dann schloss er die Augen – erleichtert.

Die Tür knallte zu, knirschender Schotter, Staubwolken, rote Rücklichter.

Lies blieb allein zurück, und der Schnee tanzte in immer dicker werdenden Flocken um sie herum. »Und jetzt?«, flüsterte sie. Ein Kloß bildete sich in ihrem Hals. Ob er wiederkehrte? Er hatte schlecht ausgesehen, so schlecht wie nie zuvor, blass, schmal, wie ein Licht kurz vorm Verlöschen …

Eins der halbwüchsigen *heimalingar* kam vorbeispaziert – es war das schwarze mit dem weißen Köpfchen, Broðir. Es war so groß geworden … Fragend blieb es bei ihr stehen. »Meinst du, er kommt wieder?«, flüsterte sie. *Lass den Kopf nicht hängen.*

Das Lamm meckerte. Inzwischen klang das schon wie bei den erwachsenen Schafen. Wie schnell sie aufwuchsen! Lies ging in die Hocke und drehte sich in Richtung Haus, während sie das Lamm zu sich zog. Gunnarsstaðir lag verlassen dort. Kein Rauchfähnchen aus dem Schornstein, im

Haus war es sicher eiskalt. Dahinter lugte die Brandruine der Scheune hervor. Ob man sie würde abreißen müssen? Wer würde das tun? Vielleicht blieb sie auch einfach so liegen, die Raben und Möwen würden sich aus den Trümmern herauszupfen, was sie brauchen konnten, und das Wetter würde den Resten den Garaus machen. So lief es doch in Island. Herumliegende Dinge versteinerten oder verschwanden. Und wenn sie liegen blieben, durfte man sie nicht anfassen – wie jene Pferdeknochen.

Es schneite immer kräftiger, bald war der Boden bedeckt, und auch die gegenüberliegende Bergkette konnte man nicht mehr sehen. Sie steckte die Finger tief in das lockige, warme Fell des Tieres. Winter. Dabei war es grade erst Ende August. Trotzdem, bald war der Winter da. Ob Elías wiederkam? Ganz kurz dachte sie an zu Hause. Wo sich jetzt langsam die Blätter färbten und man lauschige Spaziergänge im T-Shirt unternahm und abends aber den dicken Fleece auspackte, weil die Nachtluft langsam kalt wurde, wo man in der Dämmerung leckeren Tee trank und mit Sauvignon und Schokolade selig bei Rosamunde-Pilcher-Schnulzen vor dem Fernsehen versackte. Wo Silke ihre Dias hervorkramte und nachher Doppeldeckerpizza backte. Wo die Eltern regelmäßig dem Renovierungsdrang nachgaben. Wo Packbier das alljährliche Herbstfieber ergriff und schlechte Laune, weil der Sommer schon wieder vorüber war und weil sie ihm beim Anmahnen der säumigen Steuererklärungen zu langsam war. Lies seufzte. Sie schob ›zu Hause‹ von sich. ›Zu Hause‹ war weit weg. Zu weit.

Das Lamm blökte kräftig, stieß ihr aufmunternd den harten Schädel gegen das Bein und marschierte weiter auf der Schotterpiste in Richtung Hochland, der Himmel allein wusste, was dort lockte. *Lass den Kopf nicht hängen.*

Lass den Kopf nicht hängen. Lies schlurfte ins Haus zurück. Obwohl man sonst von Elías nicht viel hörte, gähnte es vor Leere und wirkte kalt. Frierend ging Lies zum Ofen. Natürlich war er ausgegangen. Sie packte die Ölkanne, stemmte sich draußen gegen den Schneewind an der Nordecke des Hauses und füllte am Öltank ein paar Liter Öl in den Vorratsbehälter. Von der Scheune war nur ein stummer Trümmerhaufen übriggeblieben – unheimlich. Hastig ging sie ins Haus zurück und betankte den Ofen mit Brennstoff. Das Feuer flackerte träge und unentschlossen hoch, als ob es sie ärgern wollte. Schließlich brannte es aber doch, und langsam, ganz langsam kehrte Wärme in die ausgekühlte Küche von Gunnarsstaðir zurück.

Von Aris letztem Besuch gab es noch Teebeutel. Manchmal brachte der Kaufmann einfach Dinge mit, die es nicht auf Gunnarsstaðir gab, und manchmal fand Elías sogar Gefallen daran. Auf diese Weise hatte sicher auch die *Draumur*-Schokolade den Weg in die Einsamkeit gefunden. Den Tee hingegen hatte er nicht gemocht und ihn Lies hingeschoben. Und so setzte sie Wasser auf und kochte sich eine Tasse starken, schwarzen Ceylontee, den sie mit Zucker zu einer echten Droge verrührte. Das Klirren des Löffels hatte so etwas Unschuldiges gegenüber dem Lärm, der draußen herrschte: Der Wind nämlich wurde stärker und wehte die Schneeflocken waagerecht am Fenster vorbei. Drüben im Stall standen noch die Türen offen, nachdem sie am Morgen beim Anstreichen gelüftet hatte, damit die Schafe, die bald dort wohnen würden, dem Farbgeruch nicht mehr so ausgesetzt waren. Lies ärgerte sich, dass sie sie eben nicht noch zugemacht hatte, nun würde der gestampfte Lehmboden feucht werden und matschig …

Draußen bellte der Spitz einem Schaf hinterher. Sie spähte aus dem Fenster. Immer mehr von ihnen kamen in den letzten Tagen die Hänge heruntergelaufen. Schnee im August. Im August! Lies fragte sich, wie sie es anstellen sollte, die Schafe aus dem Hochland zurückzuholen. Niemand hatte ihr gesagt, wie. Wie machten das die Leute? Zu Fuß? Mit Motorrädern? Oder gar mit dem Pferd?

Das Pferd. Fröstelnd rieb sie sich die Arme. Das weiße Pferd war auf Höskuldstaðir zurückgeblieben. Sie vermisste seinen wolligen Schopf auf der Wiese und die Renneinlagen, die es allabendlich lieferte, bevor die Sonne unterging. Dann tobte es los, von jetzt auf gleich, rannte bockend über die Grasbuckel, streckte sich, machte sich lang wie ein Panther, dass die Mähne im Wind flatterte und der Schweif wie eine Fahne hinterherschwebte, und lief am Zaun entlang, als freue es sich immer noch, dem düsteren Stall entkommen zu sein und als sei es Teil einer großen Herde, die donnernd und schnaubend wie ein Wesen mit hundert Beinen in die Nacht galoppierte …

Das weiße Pferd fehlte ihr.

Eine sehr stille Woche verging. Das Tal schien sich auf irgendetwas vorzubereiten. Es lag da, schwer atmend und ruhig, selbst der Wind hielt nach den Schneefällen für ein paar Tage inne, wie um auszuruhen, doch für was? Es wurde wieder wärmer, der Schnee schmolz dahin. *War nur*

*Spaß*, sagte das Wetter. *Nur mal gucken, ob's noch funktioniert, das mit dem Schnee. Schließlich ist es erst August.*

Lies wanderte die Wiesen auf und ab. Sie sahen müde und ausgelaugt aus. Müde von einem kurzen Sommer und einem Winterversuch, der abgebrochen worden war – viel mehr als weiße Flecken waren von dem Schnee nicht übriggeblieben. Stirnrunzelnd betrachtete sie die Wollblumen, die als Einzige noch stolz aufrecht standen. Ein paar Mal wagte sie sich an die Klippe heran, um hinunter in die Fluten der Jökulsá zu blicken. Der Fluss wirkte harmlos wie ein Kätzchen und winkte ihr in den letzten Sonnenstrahlen glänzend zu. *Komm doch, steig herab!* Auch der Stein mit dem Kreuz war wieder zu sehen, weil sich die Gischt verringert hatte. Lange saß sie dort und dachte über diese merkwürdige Geschichte mit Elías, Palli und Anna nach. Ob Elías sich schuldig fühlte? Ob er seine Familie vermisste? Wie fühlte sich wohl eine verlorene Liebe nach fünfzig Jahren an? Tat sie immer noch so weh wie am Tag des Verlustes? Und wie betäubte man den Schmerz? Wie lebte man damit? Half die Einsamkeit dabei? Konnte sie helfen? Lebte er all die Jahre hier, weil sie ihm half – oder weil er hoffte, dass sie ihm helfen würde?

An ihrem Bein knabberte etwas – das schwarze Flaschenlamm, Broðir, war ihr gefolgt. Es lief ihr oft hinterher und war noch zutraulicher als das andere zahme Lamm. Sie fragte sich, wie man so ein Tier eines Tages wohl schlachtete. Erst von Hand aufziehen, dann die Pistole laden. Ari hatte das gekonnt. Sie erinnerte sich, wie nett er mit dem kranken Schaf gewesen war, bevor er ihm das Leben genommen hatte. Lies seufzte und wischte sich über die Stirn. Seltsam, was einem hier an dieser Klippe, wo

Leben auf tragische Weise beendet worden war, für Gedanken kamen.

Das Kreuz schimmerte unter Wassertropfen. So hart sie auch auf den Fels prallten, das Kreuz blieb unversehrt, die Geschichte von Palli und Anna gegenwärtig. Zutraulich legte Broðir sich neben Lies ins Gras, knabberte an einem Halm und schaute in die Schlucht hinunter. Und dann meckerte es ganz leise, als spüre es die schwere, bedrückende Erinnerung, die dieser Ort barg.

An einem Morgen schließlich, etwa eine Woche nach dem Vorfall mit Elías, war der Sommer zurückgekehrt, und strahlend blauer Himmel weckte Lies. Schniefend und blinzelnd wankte sie ins Bad, das sie in den letzten Tagen so eingerichtet hatte, wie es ihr gefiel. Ein Stuhl stand darin, Handtücher lagen ordentlich gefaltet im Regal, und ihr Kulturbeutel war endlich auf dem Waschbeckenrand eingezogen. Auf der Fensterbank stand eine Kerze, die sie in einer Schublade in der Speisekammer gefunden hatte – gestern Abend hatte sie sich das erste Mal, seit sie auf Gunnarsstaðir weilte, in die Badewanne gelegt und die brennende Kerze angeschaut. Draußen hatte es zur Abwechslung mal wieder gestürmt, Hagelkörner hatten gegen die Fensterscheibe gebollert, und etwas am Dach hatte unablässig geklappert. Irgendwo hatte sie auch die Raben krächzen gehört.

Trotzdem war es ein friedlicher Abend gewesen, sie hatte ihre Strickarbeit wieder herausgesucht, und während der Wind an einem losen Blechteil rüttelte, einen Strumpf fertig gestellt. Vor dem Zubettgehen hatte sie sich noch einen Schluck *brennivin* eingeschenkt und sich richtig isländisch gefühlt. Noch nachträglich musste sie grinsen, weil natürlich kein Isländer das Zeug im Bett trinkt und schon gar nicht ohne Gesellschaft. Aber Gesellschaft – nun, Gesellschaft konnte man eben nicht herbeizaubern, auch wenn man sie herbeisehnte. Wo Jói wohl steckte …

Die Zahnbürste hatte sie in einen Kaffeebecher gestellt. Von Elías hatte sie keine Zahnbürste entdecken können. Nur einen uralten Rasierer und zwei Tuben Handwaschpaste. Hatte der mit seinem Zuckergenuss keine Karies?? Sie schrubbte weiter die Zähne und dachte darüber nach, ob er ein Gebiss trug. Oder wie viele Zähne ihm fehlten. Seltsam, wie schnell man das vergaß … seltsam.

Sie hatte auch wieder vergessen, welche Farbe Jóis Augen hatten. Wie vom Donner gerührt hielt sie inne und starrte in den kleinen, halbblinden Spiegel, wo ihre eigenen grauen Augen mit dem Grau des Badezimmers verschwammen. Nein. Er hatte blaue Augen. Er machte alles farbig. Erleichtert schrubbte sie weiter.

Nachdem sie das Badezimmer zweimal gründlich geputzt hatte, stank es nicht mehr so nach Urin und gesteigerter Darmtätigkeit. Kein Unrat, keine schmutzigen Klamotten auf dem Wannenrand. Auf der Wäscheleine hing außer ihrem Handtuch nichts, und das Badezimmer wirkte dadurch richtig groß. Durch das geputzte Fensterchen fiel Sonnenlicht auf den alten Webteppich, den sie mit Schmierseife gründlich gereinigt hatte. Auch das Waschbecken war so sauber, wie sie es allabendlich nach dem Durchwischen verlassen hatte. Es gab doch nichts Schöneres als ein sauberes Badezimmer. Trotzdem fehlte etwas, irgendwie.

Gähnend bürstete sie die Haare und band sie zu einem kurzen Stummelzopf, dann cremte sie sich das Gesicht ein.

Ob es heute Nachricht von Elías geben würde? Wie lange sie ihn wohl dabehalten würden? Nachdenklich betrachtete sie das Seifenstück am Beckenrand – der einzige Gegenstand im geputzten Badezimmer, der an Elías erinnerte. Plötzlich war ihr das zu wenig, sie fühlte sich einsam. Komisch. Beinahe hastig zog sie ihre Kleider über und verließ das Bad. Das Kaffeewasser in der Küche kochte noch nicht, und so streifte sie ziellos durch das Haus. Die Speisekammer war aufgeräumt. Bald wurde es Zeit für einen Ari-Besuch, die ersten leeren Stellen gähnten in den Regalen, Marmelade gab es nur noch, wenn man im Glas kratzte, und der Kaffee wurde knapp. Sie ließ den Finger über die Regalkanten gleiten und wunderte sich, wo der Staub herkam. In der Küche glänzten die Schränke, gestern hatte sie in einem Anfall von Putzwut allerhand Dinge umgeräumt. Gläser nach links, Tassen nach rechts, das Besteck in die obere Schublade, so wie es aus Frauensicht sinnvoll schien. Sicher war er nicht böse. Oder er war böse und kramte alles wieder zurück. Lies seufzte. Na wenn schon.

»*Helvíti*«, sang sie leise. »*Heeeeeelvíti. Þetta kemur*, mein Lieber.« Ihre Stimme klang dünn, wie die eines Chormädchens, das zum ersten Mal allein singen muss.

»*Helvíti!!*« Das war schon besser. Sie knallte die Speisekammertür zu, der Spitz winselte in der Diele. Schwanzwedelnd hockte er da zwischen all den Schuhen und sah sie aus verlassenen, traurigen Äuglein an. Sein Fell wirkte stumpf, die Ohren schienen zu hängen.

»Na komm. Komm«, sagte Lies nach einigem Nachdenken. Zögernd kam der Hund auf sie zu – wahrscheinlich hatte er das Haus hinter der Diele noch niemals betreten.

»Na komm – jetzt machen wir's anders.« Und den Spitz dicht am Bein, machte sie sich auf, das Haus zu erkunden, als gäbe es etwas, das sie übersehen hatte. Gab es das? Unruhe trieb sie voran. Das Haus war wie sonst. Das gute Zimmer verdunkelt, abgedeckt. Das Bad aufgeräumt. Der Flur kalt und düster. Elías' Schlafzimmertür unnahbar. Trotzdem öffnete Lies die Tür.

Die Gardine wehte leicht durch den Luftzug. Alles war aufgeräumt, der Kleiderschrank geschlossen, die Truhe, auf der sonst Kleider lagen, war leer. Erst vorgestern hatte sie den Teppich mit dem altmodischen Staubsauger abgesaugt und die Tagesdecke an einem verrutschten Zipfel geradegezogen, weil sie wusste, dass Elías Falten in der Tagesdecke hasste. Alles sah aus wie sonst, wenn der Alte zu Hause war. Sie sah sich um. Die Nachttischschublade wagte sie nicht aufzuziehen, auch diesmal nicht. Sinnend stand sie vor dem kleinen, verkratzten Möbelstück mit den glänzenden Griffen. Es war doch etwas anders als sonst.

Der Ring vom Nachttisch war verschwunden.

# 10. Kapitel

Lies tauchte das Brot in den heißen Kaffee und lutschte darauf herum. Es war hart geworden, gestern hatte sie vergessen, es zu verpacken.

Das Haus war so still. Nicht mal die Balken knackten wie sonst. Seit Tagen schlich sie nun herum, unruhig wie ein Geist, sie konnte nicht schlafen, machte sich Sorgen um den Alten, und der verschwundene Ehering von Elías ging ihr nicht aus dem Sinn. Er musste ihn übergestreift haben, bevor sie ihn ins Krankenhaus gebracht hatten. Wollte er nicht wiederkommen? Todesahnungen? Wieder stieg ein mulmiges Gefühl ihren Rücken hoch. Warum kam niemand, um mit ihr zu reden, ihr Bescheid zu geben? Keine Nachricht, nichts. Warum hatte er den Ehering mitgenommen …

Abrupt stand sie auf und holte das Radio von der Fensterbank. Stimmen würden ihr guttun, egal was sie sprachen, Hauptsache, es gab Stimmen im Ohr. An manchen Tagen hatten ihr Einsamkeit und Stille tatsächlich wieder Angst gemacht, wie zu Anfang, als sie hergekommen war.

Der *fréttamaður* im Radio brachte Nachrichten aus der Region.

Runa Einarsdottir aus Vopnafjöður war 101 Jahre alt geworden. Auf der Ringstraße hatten sie eine Kuh totgefahren, und bei Seyðisfjöður war im Schneegestöber ein

Auto von der Fahrbahn abgekommen. Die Fähre musste wegen Schneesturms im Hafen liegen bleiben, hundertfünfzig Fährgäste hatten unvorhergesehen übernachten müssen. Die Bäckerei von Seyðisfjöður hatte eine Zusatzschicht eingelegt. Am Schluss erwähnte er beiläufig noch den Irak und ein neuerliches Bombenattentat, doch sie verstand Zahlen noch nicht gut genug, um zu erfassen, wie viele Tote es gegeben hatte. Irak. Wie weit das weg war …

Lies seufzte. Normalerweise hielt Elías sich das Radio dicht ans Ohr – das war einfacher, als ein Hörgerät anzuschaffen –, sodass sie nichts von den *fréttir* mitbekam. Sie hätte es doch genießen können, ohne den alten unzufriedenen Kerl Radio zu hören, aber irgendwie klappte das einfach nicht. Nichts konnte sie mehr genießen vor lauter Unruhe, nicht mal der Kaffee schmeckte noch … Was hatte sie bloß die vergangene Woche getrieben? Lies vergrub die Finger in den Haaren und dachte nach. Das Haus war geputzt, die Wäsche gewaschen. Sie hatte ein paar heimgekehrte Schafe am Zaun gefüttert und im Stall herumgekramt. Die Wolle sortiert, Socken fertiggestrickt, und über jeder verlorenen Masche nachgedacht, was das wohl zu bedeuten hatte. Im Haus umhergelaufen, wieder und wieder. Abends Vokabeln gelernt, damit sie Tilli von Höskuldstaðir das nächste Mal eine Antwort ohne Stottern geben konnte. Tilli. Die Erinnerung an Tilli brachte sie auf andere Gedanken, und sie musste lachen. Tilli – lang, dunkel und finster, schweigsam, und wenn er sprach, dann halbe Worte. Tilli wirkte nicht mal so, als könnte er Antworten in ganzen Sätzen geben, und sein Sprechen klang irgendwie improvisiert, dabei war er waschechter Isländer. Ein Wort ohne grammatikalische Endung konnte so falsch nicht sein. Wozu überhaupt diese ganze komplizierte Grammatik, wenn's auch ohne ging? Sie nahm sich vor, bei der nächsten Gelegenheit mit mehr Mut Isländisch zu sprechen – raus mit den Sätzen, egal, wie falsch, die Isländer konnten es ja wohl auch nicht immer.

Lies seufzte und starrte die Küchenuhr an. *Tod-und-Leben-Tod-und-Leben* tickte die. *Tod-und-Leben-Tod-und-Leben …*

Draußen meckerte einer der Schafböcke – der große mit den schwarzen Hörnern und einem schwarzen Fellfleck auf dem Rücken, gestern hatte er auf einmal vor dem Haus gestanden. Der Fleck sah aus wie ein Sattel, und dieser Bock hatte etwas Wildes, Ungestümes an sich, was sie im Stall schon immer gestört hatte. Seine Stimme war unverkennbar – tief und fordernd. Lies hatte die Schafe, die sich auf der Straße herumtrieben, auf die große Weide gesperrt und den ersten Heuballen in der Scheune geöffnet. Ob man das so machte, wusste sie nicht – sie machte einfach. Im Hochland gab es sicher kein Futter mehr, dass sie nun so freiwillig zum Hof zurückkehrten und sich begeistert auf das Heu stürzten, das sie ihnen hinwarf. Wie sie allerdings die anderen Schafe einsammeln sollte, war ihr schleierhaft.

Und so wartete sie darauf, dass etwas passierte, schaute die Berge gegenüber an, wie sie sich von Tag zu Tag veränderten, ihre herbstliche Farbe verloren, grauer und düsterer wurden und sich daranmachten, das Tal für den Winter immer weiter zusammenzuschieben – nur drüben um die warme Quelle herum war es weiterhin grün, und der Schnee hatte keine Chance, dort liegen zu bleiben. Sie erinnerte sich daran, dass es Zeiten gegeben hatte, wo sie die

Berge vor lauter Angst überhaupt nicht hatte anschauen können. Dann waren sie lieblich und hell geworden, ein paar sonnige Sommerwochen lang. Jetzt versuchten sie, ihr düsteres Gesicht wieder aufzusetzen, um Lies einzuschüchtern, doch sie hatte keine Angst mehr vor ihnen. Die Berge gehörten, so hässlich sie waren, zur Familie.

Draußen bellte der Spitz. Komisch. Sie hatte gar kein Auto gehört.

Ein wenig träge drehte sie sich zum Fenster um – und erschrak: Vor der Scheibe blähten sich zwei dunkle Nüstern. Das weiße Pferd stand davor und ließ durch seinen Atem die Scheibe beschlagen. Mit gleißend weißer, aufgewirbelter Mähne und plüschigem Fell stand es da, stolz und stark wie ein Eisprinz. Hinter ihm schnaubte ein dunkleres Exemplar. Jemand beugte sich aus dem Sattel herunter zum Fenster … Klopfte … Lächelte … Winkte … Jói.

»Kommst du mit? Schafe suchen? Es soll heute trocken bleiben.«

Lies wickelte sich die Jacke um den Leib und war unfähig zu sprechen, nicht nur, weil der Wind ihr von vorne ins Gesicht blies. Die Hände hielt sie fest unter die Arme gedrückt, damit sie sich bloß nicht selbstständig machten. Er war gekommen. Endlich. Jói war mit zwei Männern gekommen – Ari ließ das Bein lässig aus seinem Pickup baumeln, auf dem ein staubiges Enduromotorrad festgebunden war, und Tilli saß auf einem schwarzen Pferd mit absurd kurzer Mähne, die ausah, als wäre sie mit angehaltenem Lineal geschnitten worden. Tillis Oberlippe war ordentlich mit Tabak ausgebeult, sicher steckte sein Tagesvorrat dort drin. Zwei Hunde sprangen kläffend durch den Schnee und balgten sich mit dem Spitz, der versuchte, flinker zu sein als die Border Collies, was natürlich nicht der Fall war, weil seine Beine viel kürzer waren als die der beiden eleganten Hütehunde. Doch konnte er als Islandspitz in jedem Fall lauter bellen.

»Na? Kommst du? Wir haben Proviant mitgebracht.« Jóis Stimme lockte. Ach, er hätte sie doch überall hinbekommen, selbst in die Gondel wäre sie sofort noch mal gestiegen, nach dieser einsamen Woche ohne Nachricht von irgendwem ...

»Wie geht es Elías? Wisst ihr, wie es ihm geht?«

Tillis dichte Augenbrauen schossen in die Höhe. Es gab wohl nicht so viele Menschen, die sich um Elías Böðvarssons Wohlergehen sorgten – und dann gleich ein ausländisches Au-pair-Mädchen. Oder was die hier war. Au-pair. Und sie sprach Isländisch. Und gar nicht mal so schlecht. Er mümmelte an seinem Tabak herum. Kniff die Augen zusammen und musterte sie genauer aus seiner erhöhten Position. Spuckte braunen Siff auf den Boden. Was war sie wohl? Für ein Au-pair war sie doch zu alt.

»Elías geht es gut – sie bringen ihn morgen nach Hause.« Jói beendete das Starke-Männer-Spiel und stieg ab, Tilli blieb sitzen und spie weiter Tabakstücke in den Schnee.

»Geht's dir gut?« Jóis Augen leuchteten, oder war das der nachtschwarze Overall, der ihre Farbe verstärkte? Er trat noch einen Schritt auf sie zu, und sie glaubte, in seiner Nähe das Gleichgewicht zu verlieren. Krampfhaft hielt sie sich an ihren Jackenzipfeln fest und fühlte sich albern. »Ich hab gehört, du bist tapfer auf einem Pferd geritten. Man hat dich gesehen, unten auf der Straße.«

»Ich …« Lies schluckte hilflos. »Ja, ich – er – es ging, irgendwie, es …« Wenn sie so weitermachte, würde die Jacke reißen unter ihren Händen.

Er lächelte. »Siehste – das geht, wenn's muss. Klar geht das. Elías' Hengst ist ein gutes Pferd, das bringt jeden, der ihn gut behandelt, nach Hause. Und du behandelst ihn gut, Lies Odenthal.«

»Wollt ihr – wollt ihr Kaffee? Ich kann – ich kann Kaffee kochen«, stotterte Lies. Himmel noch mal, dieser Doktor brachte sie um den Verstand, sie benahm sich ja wie ein brünstiger Teenager. Zum Thema Pferd äußerte sie sich nicht weiter, er musste schließlich nicht wissen, wie schrecklich sie unter Muskelkater gelitten hatte und dass sie sich fast drei Tage kaum hatte rühren können, weil die Oberschenkel und der Hintern so geschmerzt hatten, und zwischen den Beinen, Herrgott – und der Rücken, und die Arme, einfach alles … So schnell würde sie sich nicht mehr auf ein Pferd setzen.

»*Kaffipása?*«, fragte Jói die Männer. Brummelnd nickten sie, eine Pause war immer gut, schließlich war es noch früh am Morgen, und sie waren in der Dämmerung losgeritten, um nicht zu spät anzukommen. Die Tage wurden ja erheblich kürzer. Aufatmend machte Lies sich auf den Weg in die Küche, um Wasser aufzusetzen. Isländische Männer waren so unergiebig als Gesprächspartner.

Die *kaffipása* war denn auch schweigsam – Zucker schaufeln, schlürfen, Nase hochziehen.

»*Jæja.*« Die Küchenuhr tickte geschwätzig, fragte nach Elías. Niemand gab Antwort. Draußen heulte der Wind vor sich hin, spielte mit Heubüscheln und wirbelte trockenen alten Schnee auf. Ein Hund bellte. Die Pferde standen angebunden vor der Tür und fraßen Heu, was Jói ihnen von der Schafweide herübergeholt hatte.

»Sind schon einige Schafe hier unten, nicht wahr?« Er sah aus dem Fenster. »Hast du 'ne Idee, wie viele?« Lies schüttelte den Kopf, goss Kaffee nach.

Ari pulte mit dem Löffel im Ohr herum. »Die alten Muttertiere. Die kommen zuerst. So war es letztes Jahr. Und das Jahr davor.«

Tilli nickte brummend. »So war es.« Gedankenverloren stopfte er sich neue Tabakbrösel unter die Oberlippe. Die Krümel, die herabfielen, blieben zwischen verschüttetem Zucker liegen.

»*Jæja.*«

»Jaaa.«

Lies kam sich vor wie ein Eskimo auf dem Pferd. Ein ›Nein‹ hatte es nicht gegeben – »Wer Schafe hütet, muss sie auch aus den Bergen holen«, hatte Ari gesagt, und Jói hatte sie im Flur mit allerhand Klamotten ausgestattet – das war offenbar üblich in Island: Man nahm, was man gerade fand, egal, wem es gehörte. Nach seiner Anweisung hatte sie sich also in sämtliche verfügbaren Schals gewickelt und unter die Wetterjacke gestopft und über wollene Unterhose und Jeans eine uralte Gummihose von Elías gezogen – die fühlte sich zwar steif an, ließ aber den Wind nicht durch. Seine gefütterten Gummistiefel waren zu groß, doch mit drei Paar dicken Wollsocken hielten sie einigermaßen am Fuß.

»Kleiderkugel!«, lachte Jói und musterte sie amüsiert. »Ja, so siehst du wirklich aus.«

»So kann ich doch nicht gehen!« Entrüstet sah sie an sich herab. Von reiten mal ganz zu schweigen. Es störte sie, dass er lachte.

»Wetten, dass du das in einer Stunde vergessen hast?« Das konnte Lies sich nun gar nicht vorstellen, es gelang ihr ja nicht mal, den Kopf zu drehen. Neidisch betrachtete sie von der Seite seinen gefütterten Overall, mit dem er aussah wie ein kleiner Junge, und der sicher unglaublich warm war.

Natürlich bemerkte er den Blick. »Willst du den lieber anziehen? Wir können tauschen, wenn dir das lieber ist.« Heftig schüttelte Lies den Kopf. War schon schlimm genug, dass er ihr aufs Pferd helfen musste und dabei lachte, wie ungeschickt sie sich anstellte, und Lies schämte sich für ihren roten Kopf. Mit den Fäustlingen an den Händen spürte sie die Zügel kaum, und sie war froh, dass das weiße Pferd offenbar wusste, wo es hintrat und in welche Richtung man am besten ging, denn sie als Kleiderkugel konnte ihm da nicht viel helfen. Sörli hingegen schien auch ohne ihre Hilfe seine Arbeit gut zu kennen. Er marschierte froh neben Jóis dunklem Tier, schnaubte und nickte mit dem Kopf, dass die üppige Mähne tanzte.

Ari knatterte auf seinem geländegängigen Motorrad hinter ihnen her. Lies fand, dass dem Kaufmann eine Enduro gut stand – auf einem Pferd hätte er sicher lächerlich gewirkt mit seinem dicken Bauch und den langen Beinen. Er erreichte als Erster das Ende auf der Schotterpiste und ließ sein Motorrad wie einen wildgewordenen Mustang rechts den Berg hinaufbrausen, wo man erst auf den zweiten Blick einen Trampelpfad erkennen konnte. Erdklumpen und Steine spritzten hoch, er verschwand in der Wolke.

Tilli folgte ihm im Galopp, die Hunde sprangen kläffend hinterher.

»Bleib immer dicht bei mir«, rief Jói ihr zu, gleich darauf befanden auch sie sich am Berg. Mit einem Gefühl, gleich hinten aus dem Sattel herunterzurutschen, zog das weiße Pferd das Tempo an, sodass Lies Hören und Sehen verging und sie unwillkürlich an die Achterbahn auf der Kirmes denken musste – dann dachte sie lieber an gar nichts mehr … stattdessen klammerte sie sich an der dicken Mähne fest, beugte sich, in die Steigbügel gestützt, vor und entdeckte, dass es in dieser Haltung leichter wurde und ihr Gewicht das Pferd weniger beim Erklimmen des Hangs störte. Über Stock und über Stein ging es, immer bergan, ohne dass die Tiere ermüdeten und ohne dass Lies ein konkretes Ziel erkennen konnte. Ari in seiner Staubwolke gab die Richtung vor, höher und höher …

Sie hüpften über Gräben und Rinnsale, die Männer mit kraftvollen Sätzen, während Lies beim ersten Mal fast abgestürzt wäre. Schreiend kämpfte sie um ihr Gleichgewicht, Sörli riss alarmiert den Kopf hoch, blieb aber ruhig. Von oben kreischte ein Raubvogel seinen Spott auf sie herab. Jói erteilte ihr für den nächsten Sprung Anweisungen, und da sie es nicht ertrug, in seinen Augen als unfähig dazustehen, gab sie sich Mühe, alles so zu machen, wie er erklärte: vorbeugen, leicht aus dem Sattel heben, mitgehen, Graben nach Graben und Bachlauf nach Bachlauf, vorbeugen, mitgehen …

»Und?«, fragte er kurz vor der Anhöhe, als er auf sie warten musste. »Magst du es?«

»Was?«, keuchte sie und wischte sich Schweiß aus dem Gesicht. Ihre Knie zitterten, und ihr war ein wenig übel.

»Das Reiten. Mit dem Pferd unterwegs sein.« Er lächelte.

Zweifelnd sah sie ihn an. Dann schüttelte sie den Kopf. »Fahrrad fahren ist – leichter.« Sein Lächeln erlosch, wie wenn man eine Kerze ausbläst. Lies ohrfeigte sich innerlich. Dumme Kuh. Er wandte sich seinem Braunen zu und trieb ihn zu schnellerem Laufen, zwei, drei Galoppsprünge, dann war die Ebene erreicht, wo er im flotten Tölt Ari und Tilli hinterhereilte, ohne sich weiter um Lies zu kümmern. So kerzengerade und unbewegt, wie er auf dem Pferd saß, sprach sogar sein Rücken Bände von Enttäuschung und Ärger.

»Frau Odenthal, das haben Sie ganz wunderbar hingekriegt.« Lies spuckte auf den Boden. Der Ärger über sich selber saß wie eine Faust im Magen. Sörli legte die Ohren an und schnaubte warnend. »Na, das war doch nicht gegen dich, mein Guter.« Liebevoll fuhr sie durch seine Mähne. »Ich fahr nur lieber Fahrrad, verstehst …«

Im Schritt erklommen sie den Hügel, und dann machte der Weiße sich daran, die anderen einzuholen. Er fragte Lies nicht, was ihr angenehm war, er lief einfach los. Vielleicht hatte er ihr wie Jói die Bemerkung mit dem Fahrrad übel genommen, oder vielleicht gefiel es ihm auch, ihr zu beweisen, dass das Reisen zu Pferd doch ganz angenehm sein konnte, denn er transportierte sie wie einen Karton Eier, der nicht geschüttelt werden darf. Immer weicher und runder wurden die Bewegungen, als sie den rechten Sitz gefunden hatte, und Sörlis Rücken saugte sie förmlich auf, sodass sie ihre Beine vergaß und ihr Herz fliegen lernte, vorwärts, auf den Himmel zu, die weiße Mähne zwischen den Fingern …

Die Männer empfingen sie schweigend, dann fing Ari an zu grinsen.

»Schauschau, sie kann ja doch lachen, wenn sie auf dem Pferd sitzt. Was erzählst du für Sachen, Jói Magnússon – sie lacht doch. Guck, wie sie lacht.« Jóis grimmiges Gesicht glättete sich etwas. Er schenkte ihr einen langen Blick, und Lies begriff, dass ihr Ritt wichtig gewesen war. Ari sah gierig von einem zum anderen. Dann legte er seine Hand auf ihren Arm.

»Lies. Das Pferd – das ist unser Fahrrad. Verstehst du?« Ärgerlich runzelte sie die Stirn über Jóis Indiskretion. Die Hand zupfte an ihrem Ärmel. »Es gibt da einen Vers, von einem klugen Dichter, Lies. Guðmundur Ingi Kristjanson hieß der, und er hat über das Fahrrad der Isländer geschrieben.« Das Gesicht des Kaufmanns wurde mild und sehr freundlich, und sie konnte sehen, wie sehr er seine Gedichte liebte.

»*Gleiches Schicksal widerfährt / Mann und Ross im Lande / es knüpfen Isländer und Pferd / glückdurchwirkte Bande.*« Er zwinkerte ihr zu. »So ist das mit dem Fahrrad hier in Island, Lies.«

Sie nickte, durch seine Worte still geworden. Ihre Hand war auf die Mähne des weißen Pferdes gesunken, und sie spürte jedes seiner Haare unter den Fingern. Kein kostbar Ding wert Móaling. Glückdurchwirkte Bande. Ob was dran war? Ob es wirklich so einfach war? Glück hatte sie doch eben auch ganz kurz gespürt. Glück …

»Also los, hopphopp, an die Arbeit!« Der Kaufmann ließ den Motor seiner Maschine aufheulen. Das Hochland war nicht wirklich ein Ort für Gedichte, und so jagten die

Hunde los, denn Gunnarsstaðirs Schafe waren am Horizont in Sichtweite gekommen. Hier oben lag mehr Schnee als unten im Tal, auch wenn es heute nicht mehr geschneit hatte. Doch die Schafe hoben sich deutlich mit ihrem schmutzig grauen Fell vom weißen Boden ab. Wie schwarze Punkte flogen die Hunde davon. Spannung lag in der Luft.

Danach hatte Lies keine Zeit mehr zu denken. In raschem Tempo ging es vorwärts, den Hunden nach, die geschickt von drei Seiten die Schafe einkreisten – sonst ohne Unterlass kläffend, geschah das nun stumm und fast geheimnisvoll. Sie flitzten voran, der eine erklomm die letzten Hügel, um verstreute Schafe von dort herunterzutreiben, und die Männer galoppierten hinterher, wobei sie immer wieder monoton »*Hæ*! *Hæ*! *Hæ*!« riefen und den Hunden so gut halfen, wie sie konnten. Jói setzte einem kleinen Pulk Schafe hinterher, welcher sich von der Gruppe absetzte und in Richtung Norden rannte – wuselnde Fellberge mit wild tanzenden langen Haaren, die sich merkwürdig hoppelnd vorwärts bewegten, man mochte gar nicht glauben, dass so dünne Beinchen so schnell über harten Geröllboden laufen konnten! Zwei aus der Gruppe scherten aus und rannten in eine andere Richtung, Tilli galoppierte hinterher und trieb sie zu den anderen Schafen. Die Luft war erfüllt vom Pfeifen des Windes und dem Blöken der Schafe, die sich noch orientierungslos in der Mitte der Ebene sammelten, wo drei aufmerksame Hunde wie Wölfe geduckt über den Boden schlichen, auf sie aufpassten und jeden vermeintlichen Ausbrecher sofort wieder in den wimmelnden Pulk zurückscheuchten. Lies versuchte zu erkennen, ob ihr irgendeins der Tiere bekannt vorkam. Nein. Oder doch? Die alte Graue da hinten? Das schwarze Schaf – war das das Schaf, welches neben der Tür gehaust hatte? Das braune da hinten – war das Hurly-Burly? Keines davon hatte etwas von der süßen Unschuld der Lämmer behalten, die Lämmerlocken waren gegen das langhaarige, tanzende Wollkleid des erwachsenen Schafs getauscht worden. Keines von ihnen sah noch knuddelig oder zum Liebhaben aus. Stubsnasige Köpfe mit runden Nasen hatten sich ins Erwachsensein gestreckt, hölzern und halslos drehten sich die Köpfe aus einem unwahrscheinlich dichten Filz, kalt und grün schauten die Augen, und den seltsamen Wesen waren Hörner gewachsen. Einige von ihnen würden von hier aus zum Schlachter gehen, wie das in Island üblich war. Lies schluckte. So war das eben. Sie hatte Mühe, das zu akzeptieren.

Jói galoppierte den Hang hoch. Kraftvoll zog sein Pferd sich über die Felsen, während er geduckt in den Bügeln stand, um ihm die Arbeit zu erleichtern. Die Schafe flohen immer weiter hoch. Lies dachte, ›er bekommt sie doch nie, wie will er das anstellen …?‹ Dann war Jói hinter den Felsen verschwunden. Das Motorrad röhrte über die Ebene und trieb aus der anderen Richtung fünf Tiere herbei, und Tilli war an den See geritten, wo einige Schafe im Uferschlamm standen. Vorsichtig pirschte er sich heran, immerhin hatte er keinen Hund dabei, hielt das Pferd noch zurück; dann ließ er die Zügel los, und der Schwarze töltete los, stolz erhoben mit lustig wippender Mähne, wehendem Schweif und hochfliegenden Beinen, und Tilli hetzte die Schafe »*Hæ*! *Hæ*! *Hæ*!« vorwärts, mit beiden Armen wedelnd, dass Lies lachen musste, weil es wirklich drollig aussah, wie dieser große Mann wie ein Don Quichotte auf dem kurzbeinigen wilden Pony voranflitzte, ohne dass die Hufe den Boden berührten.

Am Hang tat sich etwas. Oben auf der Kuppe war Jói erschienen und brüllte. Lies verstand irgendwas mit »Hund« und »hoch«. Keiner der Männer war abkömmlich, alle waren sie mit Schafen zugange – nur sie hatte keine Arbeit. Jetzt hatte sie welche.

Sie pfiff nach dem Spitz – der auf ihren Pfiff hin stets zur Stelle war, weil sie ihm immer das Futter brachte – und trieb ihr Pferd an, wie man es ihr gezeigt hatte. Es sollte wohl so sein: In rasendem Tempo ging es in Richtung Hügel, der Spitz rannte kläffend und schnell wie ein rötlicher Wollblitz nebenher, sprang über Heidebüschel und Felsblöcke, als bereite ihm nichts davon wirkliche Mühe. Um sie herum begann es zu singen, ganz leise, doch der sanfte Ton war in ihrem Ohr. Ein feines Klingen … Und langsam, ganz langsam, stahl sich Freude in Lies' Herz, über den Wind in ihren Haaren, über das Pieken der wenigen Regentropfen in ihrem Gesicht, über die Luft, die sich so machtvoll in ihre Lunge drückte wie sonst nie, weil sie sonst nie so herrlich schnell unterwegs war, über die Lauflust des weißmähnigen Tieres und über ihren Bauch, der das Kreiseln so unglaublich angenehm fand …

Sie umrundeten die riesige Schafgemeinschaft, und das Pferd wusste trotzdem, wo es hinlaufen sollte. Lies ließ es einfach rennen. Sie schloss die Augen und ließ die Zügel los, die Hände lagen auf den Oberschenkeln.

Dahinfliegen.

Fliegen.

Glück?

Mehr. Es war mehr, und es gab in ihrer Sprache kein Wort dafür.

Am Fuß des Hügels hielt Sörli schnaufend an. »Lauf hoch«, trug Lies dem Spitz auf, »hörst du, lauf hoch – da hoch, hörst du?« Hechelnd sah der Hund zu ihr hoch, dann blaffte er einmal und hetzte begeistert den schmalen Pfad entlang, den Jóis Brauner vorhin in die Erde getreten hatte.

»Daaanke!«, kam es von oben.

»Soll ich auch kommen?«, schrie Lies zurück. Jói wedelte verneinend mit dem Arm. Er drehte sein Pferd. Der Spitz hatte die Hügelkappe erreicht. Wie ein Spuk verschwand er zwischen den Steinen, und Lies hörte nur noch sein hektisches Kläffen. Jói war mit seinem Pferd zu einem Standbild festgefroren, nicht einmal der heftige Wind auf der Anhöhe brachte die beiden zum Wanken. Er stieß ein oder zwei laute Rufe aus. Lange hörte man nichts, dann erschien die Schafherde auf der Kuppe. Der Spitz hatte noch mehr dort oben gefunden. Lauter dunkle Wollknäuel, die sich gegen den grauen Himmel abhoben. Klagend blökten sie, riefen sich ihren Protest vom Leib, der Spitz kläffte genau einmal, und der ganze Verein stürzte sich den Abhang herunter, sodass Lies ganz nervös wurde! Hoppelnd und hüpfend und mit traumwandlerischer Sicherheit tippelten sie zwischen den Felsen herum, rechts herum, links herum, eins versuchte auszubrechen, doch der Spitz war schneller, flog förmlich hinterher und brachte es dazu, umzudrehen, und weiter tippelte die Gruppe, blökend, meckernd, blökend …

Jói war vom Pferd gestiegen. Der Braune hatte ganze Arbeit geleistet und wusste, dass er sich für den Abstieg

Zeit nehmen durfte. Vorsichtig setzte er einen Fuß vor den anderen, stolperte kein einziges Mal, und kurz darauf standen beide wohlbehalten neben ihr, während der Spitz die Ausreißerschafe auf die Gruppe zutrieb. Es hatte angefangen zu nieseln. Jói schwang sich in den Sattel.

»Ich hab dich gesehen auf dem Pferd.« Sein Blick war dunkel. »Du findest es doch nicht so schlecht. Ich hab's gesehen.«

Lies lachte verlegen.

Er ließ nicht locker. »Ich hab dich gesehen, Lies. Warum sagst du so was wie das mit dem Fahrrad?« Unverwandt sah er ihr in die Augen. »Niemand fährt Fahrrad in Island.«

»Hmhm.« Lies wurde verlegen. Sie spürte, dass er noch mehr sagen wollte, es aber nicht herausbrachte. Ari erlöste sie mit einem Brüllen, dass er weiter hinten noch mehr Schafe entdeckt hatte. Es gab nun keine Entschuldigung mehr. Sörli lief hinter dem Braunen her, flott, flotter, dann galoppierten sie an der großen Herde vorbei, den Schafen hinterher. Einer der Collies flog langgestreckt wie ein schwarzer Pfeil neben ihnen her. Der Wind umarmte Lies, und Lies umarmte den Wind, die Beine eng am Pferd, die Arme ausgebreitet, und ganz still innerlich – still.

*Wen kein Bangen mehr beherrscht, frei von hinnen reitet. Heil führt ihn auf seinem Pferd, Glück den Zügel leitet.*

Am späten Nachmittag setzte Regen ein. Die Hunde hatten großartige Arbeit geleistet und trieben die ganze Herde vor sich her. Der Spitz blieb zurück und suchte nach Nachzüglern. Lies war totmüde. Krampfhaft hielt sie sich in der

Mähne fest, heimlich hoffend, dass das Pferd keinen unerwarteten Hüpfer machen würde, weil sie sich dann nicht mehr würde halten können. Zum Glück hatten die Männer wenigstens etwas zu essen mitgebracht! Mit klammen Fingern steckte Lies das Sandwichpapier wieder in die Tasche und wischte sich einen Mayonnaiserest aus dem Mundwinkel. Die Männer riefen sich Scherze zu. Ari ließ sein Motorrad wie ein Halbwüchsiger aufheulen und zog das Vorderrad hoch. Erdreich spritzte auf, dann fuhr er winkend den Berg hinunter, um vor den anderen am Stall zu sein, damit die Schafe nicht daran vorbeiliefen. Tilli folgte den Hunden.

Es wurde ruhig auf dem Hochplateau – nicht weil die Geräusche fehlten, sondern die Bewegung. Nichts bewegte sich. Die wenigen Grashalme, die die Schafe vom Sommer übriggelassen hatten, waren zu schwach, die Last der dünnen Schneeschicht hochzudrücken, und ergaben sich ihrem Schicksal. Es gab nichts, was der Wind aufwirbeln konnte. Die Steine lagen wie eisgraue Tote herum, stumm, unbewegt durch alle Zeiten, und mehr als diese Steine gab es nicht. Wind und Wetter zogen an ihnen vorüber. Eiszeit, Unwetter, Gluthitze – nichts davon hatte sie je dazu gebracht, sich vom Fleck zu bewegen. Sie, Lies, war das einzige Lebewesen in dieser öden Wüstenei …

Na ja, nicht ganz. Der Braune kam auf Lies zugetrabt, Jói hielt die Zügel locker in einer Hand, die andere lag ruhig auf dem Bein, und die Hochlandwüste begann wieder zu leben – nein, zu strahlen. Lies schluckte andächtig und schalt sich gleich darauf für ihre alberne Mädchenschwärmerei.

»Na? Müde?« Sie nickte. Er lenkte sein Pferd neben ihres und folgte ihrem Blick.

»Das hier ist also das Hochland. Die Touristen sind ganz versessen darauf, hier herumzureisen, obwohl es wirklich schönere Gegenden in Island gibt. Aber vielleicht ist es die Einsamkeit und die Stille, die sie herlockt.« Lächelnd beschrieb er einen Bogen mit seinem Arm. »Jeder einzelne Winkel hier trägt seinen eigenen Namen und jeder Name seine Geschichte. Wenn du lange genug hier wärst, würdest Du bald alle Geschichten kennen …« Er sah sie an – und schnell wieder weg. Schon wieder erwähnte er ihren Aufenthalt, und ihr wurde erneut bewusst, dass der eines nicht allzu fernen Tages beendet sein würde. Ein Jahr war ein Jahr – und inzwischen halb herum. Nicht einmal sie selber hatte sich erlaubt, darüber nachzudenken.

Lies zog die Nase hoch. »Was liegt dort hinten? Wo die Steinhaufen sind?«

Wieder sah er sie an, ernst, beunruhigend. Ihr Herz klopfte – Herrgott, wie albern! Sie mutierte hier zur dummen Schülerin mit roten Bäckchen und zerkauten Nägeln …

»Da hinten kommt das große Nichts«, sprach er weiter und zeigte nach Norden, wo es keinen grünen Flecken mehr gab, wo nur noch Steine lagen, Steine in allen Formen – Steine und Geröll, schreckliche Eintönigkeit, graue Einsamkeit. Lies mochte gar nicht mehr hinsehen, weil es sie nach Luft ringen ließ und ihr Angst machte …

»Eine riesige Steinwüste, durchschnitten von diesem See, der sich über einen halben Kilometer weit um den Berg zieht. Und dort …« Er deutete auf die Hügelkette, die hinter dem See karstig und hart in den grauen Himmel ragte. »Dort leben die Elfen.«

»Elfen.« Sie sah ihn von der Seite an.

»Elfen. Die Leute in diesem Tal erzählen schon immer von Elfen. Dass man sie nicht verärgern soll. Sie leben hier, ehrlich. Wenn ich's doch sag ...« Er hob die Brauen. »Diese bizarren, gelbleuchtenden Felsen da hinten, das ist die Elfenburg. Da leben sie, und sie möchten nicht gestört werden. Die Leute erzählen ...«

»Du willst mich verkohlen«, grinste Lies und griff nach dem *brennivin*-Flachmann, den er aus der Tasche zog. Es war verflucht kühl geworden, wenn man so ruhig dastand und das Herz nicht genug pulsierte, um die Füße zu wärmen. Es pochte halt so vor sich hin, nur wenn sie ihn ansah, schlug es schneller und wollte schier platzen... Albern, oder... Lies nahm einen kräftigen Schluck von dem Flaschengift und genoss den Schmerz in ihrer Kehle. Er lenkte zumindest ab.

»Man erzählt sich, dass ein Reisender hier verschwunden ist.« Jói nahm die Flasche entgegen und trank. Beruhigt stellte sie fest, dass auch ihn das Zeug verbrannte, denn er zog die Lippen über zusammengebissenen Zähnen auseinander, wie man es aus Filmen kannte, bevor er zufrieden aufseufzte. »Er hatte sich vorgenomen, von hier aus nach Norden zu reisen, was ganz schön gefährlich ist, niemand macht so was. Vielleicht, vielleicht suchte er auch etwas. Oder er floh vor jemandem. Vielleicht war er ein *niðingr*, wie die Menschen früher die Ausgestoßenen nannten ...« Er zuckte mit den Schultern. »Jedenfalls rastete er gleich neben der Elfenburg – da hinten, dieser große Felsen, siehst du den? Als sie kamen, um ihn zu suchen, fanden sie nur sein Gepäck. Und Fußspuren.«

»Fußspuren«, sagte Lies ungläubig. Kalt wanderte es ihren Rücken herauf. »Was für Fußspuren ...?«

»Die Fußspuren führten um den Felsen herum – dann verschwanden sie. Es gab keine weiteren Fußspuren in irgendeine Richtung. Sie hörten einfach auf.« Seine Augen waren blau und tief wie ein Brunnen, und unter der Haut seines Kiefers sah man, wie die Muskeln spielten ...

»Sie hörten auf ...«

»Sie hörten auf, ja.« Seine dunkle Stimme übertönte gerade noch so den Wind. »Die Elfen wohnen in den Felsen, und dorthin haben sie auch den Reisenden gelockt.«

»Wie lockt man jemanden in einen Felsen?«, flüsterte sie.

Jói reichte ihr die Flasche und beugte sich vor. »Niemand weiß das. Das wissen ja nur die, die dem Lockruf gefolgt sind, Lies ...«

Dem Lockruf gefolgt. Andächtig trank sie, einen Schluck, noch einen. Wohliges Kribbeln wanderte von den Füßen an ihr hoch ... ›Die Elfen kitzeln mich, ist das ein Lockruf‹, dachte sie glucksend und zwang sich, vernünftig zu sein und die *brennivin*-Flasche zuzuschrauben. Die Steinwüste wirkte schon weniger bedrohlich. Vielleicht weil sie nun wusste, dass Elfen hier wohnten und dass sie doch nicht allein war. Es kribbelte überall. Sie sah Jói an. Es kribbelte, nicht nur in den Füßen. Elfen. Ein hübsches Wort. Elfen klang nach Kindern und nach Kuchen. Nach Tante Tines putzig gedecktem Kaffeetisch im Schrebergarten mit den vielen bunten Sommerblumen ...

In der Ferne donnerte es. Die Elfen zerstoben, der Kuchen verschwand, und Jói schaute besorgt drein. Lies rieb sich die Augen. Er hatte wohl Recht, falls es ein Gewitter gab, würden sie sich langsam beeilen müssen, bei Gewitter saß auch ein Isländer lieber daheim auf der Ofenbank. Ofenbank – Wärme – ein heißer Kaffee – Lies schluckte. Gott, war sie müde und hungrig und überhaupt…

Ein letztes Mal sah Jói ihr in die Augen. »Alles okay?«

»Hmhm…« Sie ließ die Flasche in die Jackentasche plumpsen. Genug getrunken, ihr war schon ganz warm. Fahrig sortierte sie irgendwelchen Zügelkram, um seinem Blick auszuweichen, und das weiße Pferd seufzte über so viel Dummheit, *brennivin* zu sich zu nehmen, obwohl man ihn nicht vertrug, und mit Männern allein zu sein, die man auch nicht vertrug.

Jói runzelte die Stirn, als er um sich schaute. »Zum Glück sind alle Schafe unten. Lass uns aufbrechen, Lies. Gewitter gibt es hier oben im Hochland ganz selten, aber wenn, kann es gefährlich werden…«

»Jaaa – was… was ist das? Das dort? Ich meine…« Lies schirmte die Augen ab, erwachte. Hatte sie tatsächlich zu viel von dem scharfen Zeug getrunken? Verflucht. Die Steine tanzten. Die Steine? Nein. Da war etwas anderes… Auf der anderen Seite des endlos langen Sees glaubte sie jetzt etwas zu erkennen, etwas Tanzendes – Unsinn, nein – etwas Umherlaufendes. Kein Stein. Das war kein Stein. Ein Schaf. Das war doch ein Schaf. »Schau mal – da…«

Jói drehte sich um, folgte ihrem Blick. Der Wind zauste aufdringlich an seinen Haaren und zog den Schal aus dem Jackenkragen. Von Minute zu Minute verdüsterte sich der Himmel mehr, und das Donnergrollen kam näher. Das Hochland war und blieb ein wilder Ort, und der Mensch hatte sich stets bewusst zu sein, dass er nur geduldeter Gast hier oben war. Jederzeit konnte es der Natur gefallen, ihm einen Tritt zu verpassen. Jetzt gerade drohte ein Tritt, das verriet der immer stärker werdende Wind.

»Wir müssen ins Tal reiten, wir haben keine Zeit mehr …«

»Aber Jói, da ist noch ein Schaf! Siehst du nicht – dahinten!« Sie fummelte das kleine Fernglas aus der Jackentasche und drehte hektisch an dem Rädchen zum Scharfstellen. Ein Schaf. Ein braunes Schaf. Laut blökend rannte es am Ufer entlang, zu einfältig, um den langen Weg um den See herum zu finden, jetzt wo alle anderen Schafe verschwunden waren. Es war das braungefleckte Lamm, dem sie ganz zu Anfang auf die Welt geholfen hatte. Ihr erstes Lamm. Solveig. Beinahe wäre ihr der Name nicht eingefallen. Solveig.

Jói hatte sich schon in Bewegung gesetzt und den Abstieg begonnen. Der Wind schubste sein Pferd vorwärts, als spiele er den Rausschmeißer vom Hochland, und umsichtig trippelte der Braune den steilen Hang hinunter. Lies sah sich um. Man sah den Wind hier oben nicht, weil sich nichts bewegte. Es gab ja nur Steine in dieser Einöde, und selbst die wenige Erde war zu schwer, um aufgewirbelt zu werden. Man hörte ihn nur. Man hörte ihn, und man fühlte seine geballte Kraft, die gegen den Rücken drückte, und die mehr versprach – *viel mehr …*

Sörli lief auf den See zu. Lies war sich nicht mehr sicher, ob tatsächlich sie ihn dazu angetrieben hatte. Sie wusste nur, dass der See nicht tief aussah und dass Jói mal erzählt hatte, wie sie trotz der Eiseskälte *brennivin*trunken manchmal hier oben gebadet hatten … Flach wie eine Scheibe lag er vor ihr. Noch wurde die Oberfläche nur vom Wind gekräuselt, am Ufer schwappten kleine Wellen. Den See selber schien der Wind nicht zu berühren. Er wirkte sogar weit weniger bedrohlich als die regungslose Steinwüste. Lies biss sich auf die Lippen. Einfach hindurchreiten. Wieso nicht. Starr sah sie geradeaus, und Sörli lief in die Richtung. Als das Wasser auf sie zukam, bekam sie es mit der Angst zu tun. Wer hatte behauptet, das hier sei eine Pfütze? Sie klammerte sich an die Mähne, zog am Zügel, doch das weiße Pferd ließ sich nicht mehr aufhalten, im Gegenteil, sein Hals wuchs in die Breite und in die Höhe, und es schnaubte vor Entschlossenheit, den See zu erobern – oder bildete sie sich das ein? Wer von ihnen beiden wollte in den See?? Vorwärts ging es, Schritt für Schritt über das feste Ufer. Sie hätte noch aus dem Sattel rutschen können, doch sie tat es nicht …

»Bist du sicher …«, flüsterte sie und duckte sich auf Sörlis Rücken. Es waren doch nur dreißig Meter … Dreißig Meter? Oder fünfzig? Wasser spritzte auf, mit stampfenden Hufen marschierte Sörli in den See hinein, einfach Lies' Blick hinterher und geradewegs auf das andere Ufer zu, wo das Lamm immer noch orientierungslos hin und her rannte. Obwohl es auf die vermeintlich kurze Entfernung deutlich zu erkennen war, verschwamm es vor ihren Augen – der verfluchte *brennivin*, was hatte sie auch so viel davon getrunken …?!

»Lies!!!! Bist du wahnsinnig!?!«, brüllte es da hinter ihr, und der Wind lachte und ließ die Stimme wegkippen. Lies konnte sich nicht mal umdrehen, denn das Pferd versank mit einem Mal unter ihr im Wasser, schnaubend, prustend, und zog Lies mit sich in die Tiefe, dass sie einen Schrei ausstieß – der See war lange nicht so flach, wie er ausgesehen hatte! Sörli strampelte heftig mit den Beinen. Ihr Herz klopfte wild – untergehen, sie würden ersaufen, alle beide – war sie denn wahnsinnig geworden?

»Verdammter Sprit!«, jammerte sie, »nie wieder trink ich davon, nie wieder …« Hektisch tastete sie nach der Mähne und bemerkte, wie trotz ihrer Angst unter ihr seltsame Ruhe einkehrte. Das Pferd blieb auf derselben Höhe und bewegte sich kaum noch – oder doch? Es lag ruhig im Wasser, und nur die Beine bewegten sich. Lies hatte nicht gewusst, dass Pferde so gut schwimmen können, trotzdem hatte sie das Gefühl, mit dem Schimmel unterzugehen, er sank und sank … Nein, er sank nicht, er schwamm, Zug um Zug um Zug vorwärts, schnaubend, vorwärts. Sie versuchte, den Pferdeleib zu umklammern, und wurde vom Wasser aus dem Sattel gehoben, ihre Beine schwammen wie zwei Flossen neben dem Pferd, und krampfhaft hielt sie sich an Sattel und Mähne fest, damit sie Sörli nicht verlor. Sie fühlte, wie durch die Ritzen der Gummihose allmählich das Wasser in die Stiefel drang, eiskaltes Wasser, das am Bein entlangkroch, die Skiunterwäsche durchtränkte, Beine, Hintern, alles nass machte und tödlich kalt werden ließ … Kraftvoll paddelte das Pferd vorwärts, brachte Meter um Meter hinter sich, schnaufte und konnte den Kopf so gerade über Wasser halten, und doch war es so voller Energie und souverän, als täte es das nicht zum ersten Mal. Lies liefen Tränen durchs Gesicht – oder Wasserspritzer –, sie bekam kaum Luft vor Angst, das Pferd könnte unter ihr verschwinden, absaufen, von einem unterirdischen Vulkan aufgesaugt werden, und so hielt sie sich an ihm fest, machte sich leicht und schwamm im Geiste mit – und zieh – und zieh – und zieh – und zieh …

Hinter ihr brüllte Jói gegen den Wind an. Es begann ärgerlich zu regnen. Immer dickere Tropfen klatschten auf sie nieder. Der Wind riss ihr grinsend die Mütze vom Kopf, gleich darauf wusch er sie mit einem Schwall Wasser – *willkommen in Island*! Hustend und spuckend duckte Lies sich hinter Sörlis Mähne und suchte das Schaf am Ufer.

Es hatte innegehalten, erschöpft und resigniert, weil sich kein Artgenosse meldete. Unverwandt starrte es auf die Neuankömmlinge, die sich auf das Ufer zukämpften und mit letzter Kraft an Land krabbelten. Heftig atmend blieb Sörli stehen, seine Flanken pumpten wie Blasebälge. Lies rutschte aus dem Sattel. Das Schaf flitzte los und hoppelte im Zickzack um die Felsen herum. Lies wischte sich durchs Gesicht und machte sich an die Verfolgung. Lämmer fangen, das hatte sie gelernt. Daher kam Solveig nicht weit, und mit einem beherzten Griff an die kurzen Hörner packte sie es und schleifte es zum Pferd zurück, wo sie nach kurzem Überlegen mit der linken Hand den Steigbügelriemen abfriemelte und dem Tier um den Bauch schlang, damit es nicht wieder abhaute. »Wenigstens sind wir nicht umsonst geschwommen«, knurrte sie. Über ihnen zuckte der erste Blitz. Es krachte ohrenbetäubend, und am anderen Ufer rannte Jói völlig aufgelöst hin und her, doch seine Stimme war durch den Sturm, der von einem Moment auf den anderen um sie herum losbrach, kaum noch zu hören.

»Scheiße!«, schrie Lies auf. Der Himmel glich einer schwarzen Wand, die den Tag verschlang, obwohl es noch lange nicht Abend war. Rasend schnell zogen Wolken dicht über ihren Kopf, eine tiefer als die andere, oder war das hier eine *brennivin*-Vision, weil sie von dem Scheißzeug zu viel getrunken hatte?

Das Pferd wieherte schrill und langgezogen, deutlich spürte sie, wie es den Laut aus seinem Körper herauspresste. Es brachte sie zurück auf den Boden der Tatsachen: Sie standen am Ufer der Elfenstadt – beide nass bis auf die Knochen und halb erfroren –, und der Wind fuhr durch sie hindurch und schickte sich an, sie endgültig zu Eisblöcken erstarren zu lassen. Der Regen wurde dichter und stärker, immer mehr durchsetzt von Schnee- und Hagelkörnern, die der Donner vom Himmel schickte, die Hochlanderde zu strafen – doch wofür? Für die Leichtigkeit eines kurzen, unbeschwerten Sommers, für Tage im T-Shirt, für durchlachte Nächte …? Lies starrte auf die Tropfen. Sie klatschten erbarmungslos auf den See, peitschten das Wasser hoch. Vorbei die friedliche Stimmung von Elfengeschichten. Eine Nebelwand zog auf, verschlang das andere Ufer, und Jói, der hilflos mit den Armen gestikulierte, brüllte verzweifelt nach ihr, dann verschlang die Nebelwand auch ihn.

Lies drängte sich dichter an das Pferd. Es pumpte immer noch heftig. Müde senkte es den Kopf, und seine Nüstern blähten sich um Luft – *Luft* …

»Armer Kerl.« Lies kniete neben ihm nieder, vergaß Regen und Sturm und in welcher Gefahr sie schwebten. »Was für 'ne bescheuerte Idee …« Sie strich über seinen dichten Schopf. »Was machen wir denn jetzt bloß …?« Hilflos wischte sie sich den Regen aus dem Gesicht, was dumm war, weil gleich Regen hinterherkam und überhaupt ja alles nass war, von innen wie von außen. Solveig zerrte an ihrer Fessel. Lies stieß einen sehr unanständigen Fluch aus. Es gab tatsächlich immer noch Momente, wo sie sich nach dem Mief ihres Büros sehnte und nach Mittagspausen zwischen Aktendeckeln, mit Ketchup auf Servietten und drei Tage altem Trockenkuchen zu lauwarmem Kaffee …

Solveig blökte leise. Eine Windbö scheuchte Lies aus den nutzlosen Gedanken hoch und machte das Schaf munter – mit Gewalt warf es sich gegen die Fessel und riss Lies fast um. »He! He, was wird das, du dummes Schaf?!« Sie fiel hin, ihr Arm wurde länger, nur nicht den Riemen loslassen, dann wäre es weg. Verfluchtes Schaf, was waren diese Viecher doch dumm, und am schlauesten in der Tat auf dem Teller, mit Thymian und Knoblauch gebraten …

Ihr Kopf knallte zuerst gegen den Felsen. Der Donner begleitete ihre Hände, wie sie an dem Felsen entlangglitten, suchten, tasteten – und einen trockenen Platz fanden, einen Platz, wo der stoffartig dichte Regen wie abgeschnitten wirkte – ein Unterstand! Lies griff sich mit der freien Hand Sörlis herabhängende Zügel und zog ihn mit sich, rutschte über einen Fels, hörte seine Hufe neben sich – und saß im Trockenen.

Es war die Elfenburg, die ihnen da Schutz vor dem Unwetter bot. Ein Felsblock mit breiter Öffnung und einem Dach. Keuchend kauerte Lies sich in den Schutz der Felswand und hielt das Lamm an Nackenfell und Riemen fest, weil es gespannt war wie eine Feder – Solveig zwar, aber wild und ungezähmt. Mit beiden Armen presste sie es schließlich an sich. Der Hengst steckte den Kopf unter das Felsdach. Das Hinterteil noch draußen im Regen, knickte er mit der Hinterhand ein und döste einfach weg, wie nur ein Pferd das kann. Lies schniefte. Das Unwetter tobte über der Hochebene, als sei es wütend, dass sie diesen Platz gefunden und sich vor ihm in Sicherheit gebracht hatte. Jói und den See konnte sie schon lange nicht mehr erkennen. Es hatte alles Licht verschlungen und brachte eisige Kälte und Nässe vorbei – der Regen wechselte sich ab mit Hagelkörnern und Schneegriesel –, um auf alle erdenkliche Art und Weise Lies und ihre Schutzbefohlenen zu traktieren. Doch es gelang ihm nicht, auch nur einen Tropfen unter den Felsen zu bringen, dafür sorgte wohl der Oberelf, in dessen Haus sie sich geflüchtet hatte.

»Scheiß Island«, murmelte sie und zog die *brennivin*-Flasche aus der Tasche, ohne Solveig loszulassen. Das metallische Klirren des Flaschenverschlusses klang sehr deplaziert. Der Hengst schnaubte warnend. »Ach, komm. Wer weiß, wie lange wir hier hocken müssen.«

In langen, grauen Streifen rauschte der Regen auf das Land nieder, prügelte sich zwischen die Steine und sprang wild tanzend wieder hoch, um dem Donner zu drohen, der von oben lachte. Schwer lag die Nässe auf der Lunge, und Lies spürte, wie sie durch die nassen Klamotten von innen langsam auskühlte. »Scheiß Island.«

Island aber hatte sie gepackt, Scheiß hin oder her. Sie saß hier, hoch oben über der Zivilisation, weit weg von Pesto, Kino und Konto, ein Schaf und ein Pferd neben sich, um sich herum nackter Fels, der seit Urzeiten hier lag und allen Unwettern trotzte. Das sanfte Lied, das sie vorhin gehört hatte und das nun aus der Luft auf sie herabregnete. Hohe Töne, fein wie ein Seidengespinst, die irgendwie nicht hierherpassten und doch hierhergehörten. Und sie begriff, dass ihr Leben daheim sie nicht mehr interessierte. Ihr verdammter Job nicht, die Eltern nicht und auch Thomas nicht mehr. Silke nicht, das Kino, Café, der Judoverein nicht. Fernsehen, Zeitung, Bücher, CDs nicht.

Island hatte sie gepackt. Tränen kullerten über ihre Wangen, und sie drückte das Gesicht in Solveigs dichtes, fettiges Fell. Island hatte sie gepackt, der Geruch dieses Schaffelles, die weiche Schmiere, die es auf der Haut hinterließ, die kühlen grünen Augen des Tieres, das nur zwischen Futter und Nicht-Futter zu unterscheiden wusste und trotzdem so freundlich wirkte, der stechende Geruch seiner Köttel, die es überall hinfallen ließ, und der kräftige Geschmack vom Fleisch seiner Artgenossen. Das herbe Aroma der Schafsmilch und das Gefühl, daraus gewonnenen Käse mit dem Finger über eine Scheibe Brot zu streichen. Der klebrige Pelz auf den Zähnen, wenn man hineinbiss. Der unvergleichliche Duft von selbstgeräuchertem *hángikjöt*, Geruch von glimmendem Schafsdung. Selbstgebackenes Brot. Wildgänseeier. Moos unter nackten Füßen. Wollgras zwischen den Fingern. Nadelstiche im Gesicht vom Regen, und Wind in den Haaren, immer und immer und zu jeder Tageszeit. Licht – Licht, den ganzen Tag lang. Das Lied aus der Atmospäre mit Tönen wie Seidengespinst, fein und lieblich und stark genug, den Regen zu übertönen. Fliegen auf vier Beinen, eine dichte Mähne vor sich flattern sehen. Glück, oder was es war.

Island hatte sie gepackt.

Lies wurde ruhig.

Der Regen war nicht mehr wichtig, und Jói würde sich wohl selbst geholfen haben. Sie zog den einen Mundwinkel hoch und versuchte zu lachen. Und wurde gleich wieder ernst. Jói. *Er* gehörte dazu, er hatte sie gepackt. Er wartete am anderen Ufer … Lies seufzte und genoss das Gefühl, das dieser Satz in ihr auslöste.

Er wartete auf sie.

Die Elfen, die sich herangeschlichen hatten, um sie zu sich einzuladen, drehten um und verschwanden wieder – etwas enttäuscht, aber so war es nun mal. Nicht jeder war es wert, abgeholt zu werden. Diese hier hatte einen anderen Weg vor sich, und so blieb die Elfentüre zu.

Lies sah sie davonziehen und mit dem Sprühnebel des Regens eins werden. Sie lehnte den Kopf gegen die Felswand. Das Kribbeln war wieder da, wenn sie an das Festmahl dachte. Feines Schaffleisch, Kirschkuchen, eine Rumba mit Jói. Versonnen starrte sie den grauen Himmel an, die Arme eng um sich geschlungen. Eine Rumba mit Jói. Das feingesponnene Hochlandlied. Wozu irgendwo anders hingehen?

»Liiiies!« Wie um sie zu foppen, ließ der Wind Jóis Stimme über den See dringen. Sie schreckte hoch. Wie lange hockte sie hier schon, träumend, über Träumen hinwegfrierend …? Es war verflucht kalt geworden. Der Regen hatte etwas nachgelassen. Das Gewitter war vorerst abgezogen, und Sörli hob den Kopf. *Wollen wir?*

»Wollen wir?«, fragte Lies zurück. Der Wind lachte pfeifend, dass sie es nicht schafften, dass sie die Orientierung verlieren würden. Ertrinken würden. Kämpferisch sah sie auf den See. Wild sah der aus, schwarz wie ein Meer aus Tinte, aufgewühlt – doch nach wie vor nur dreißig Meter. Oder fünfzig. Man konnte es schaffen. Sie hatten es vorhin geschafft – sie würden es wieder schaffen. Hatte sie überhaupt eine Wahl?

Es war ausgesprochen ekelhaft, sich in nassen Klamotten vorwärtsbewegen zu müssen. Alles klebte, fühlte sich hart und eisig auf der Haut an, und sie fror wie ein Schneider. Es war soooo kalt – wie konnte sie da noch mal in das Wasser gehen?! Sie konnte nicht, aber sie musste. Ein letzter, großer Schluck aus Jóis Flasche, um das innere Feuer am Brennen zu halten, obwohl sie wusste, dass das gefährlich war, dann rappelte sie sich auf. Am Sattel hing ein Strick – den schlang sie Solveig zusätzlich um den Leib, als doppelte Sicherung zum Riemen, an dem es bereits gefesselt hing, und damit sie es besser hinter sich herziehen konnte, denn Solveig fand die Idee, auf das Wasser zuzugehen, alles andere als einladend und sträubte sich. Mit sehr müden Beinen erklomm sie das Pferd, sortierte die Zügel. Der Wind hielt inne und ließ den Regen ausnahmsweise mal senkrecht herunterrauschen. So fiel er ihr in den Kragen, rann kichernd und neckend und eisig kalt ihren Rücken hinunter.

»Los!«, munterte sie das Pferd und sich selber auf, und Sörli zog los, ihrem Blick hinterher, immer geradeaus, auf das Wasser zu, das den schwarzen Himmel spiegelte und warnte – *betritt mich nicht – lass es bleiben – geh zu den Elfen…*

»Los!« Am anderen Ufer war Jói zu erkennen. Er hatte die ganze Zeit dort gewartet. Jói war das Ziel.

Ein letztes Mal das Gaspedal gedrückt und die Beine an den Pferdeleib gelegt. Wasser spritzte hoch, als das Pferd in den See töltete, das Schaf blökte entsetzt auf, weil der Strick es einfach mitriss – es strampelte, das spürte Lies deutlich, der Strick schnitt durch den Handschuh hindurch in ihre Hand ein, traktierte die Finger, trotzdem ließ sie nicht los, sondern zerrte vielmehr an dem Strick.

Und dann sanken sie dahin, rauschten scheinbar in die Tiefe hinab, das Wasser schwappte an ihren Beinen hoch, der Sattel, ihr Hintern, alles hing im See – Lies kreischte auf, sie hatte ganz vergessen, wie widerlich sich das anfühlte, die Kälte, die hochsteigende Nässe und das Gefühl, im flüssigen Eis gleich zu ertrinken … Doch wie auch vorhin fing sich das Pferd. Es begann zu paddeln, schnaubend und prustend, und zog sich energisch vorwärts. Das Schaf lag neben ihnen im Wasser, erst stumm vor Entsetzen, dann panisch strampelnd. Mit eisernem Griff hielt Lies es am Strick und bei den Hörnern, trotzdem riss sein Gewicht ihr beinahe den Arm aus dem Gelenk. Mit den Knien versuchte sie gegen den Strom am Pferd zu bleiben und arbeitete gleichzeitig daran, das Schaf näher zu sich an den Sattel zu ziehen, ohne von ihm verletzt zu werden, während Sörli unbeirrt strampelnd weiterschwamm und dem Regen trotzte, der wieder auffrischte und, vom Wind geschickt, von vorne auf sie einprasselte, als habe er den Auftrag erhalten, sie am Fortkommen zu hindern. Angst schlich sich in Lies' Herz – was, wenn sie es nicht schafften? Wenn sie zu schwer war, dazu das Schaf und seine Erschöpfung! Sie selber fühlte sich immer schwächer, die Kälte hatte ihre Knochen ergriffen und biss wie ein wilder Hund, sie spürte Schmerzen, solche Schmerzen! Noch nicht einmal die Mitte des Sees war erreicht, und ihr kam es vor, als erlahmten auch die Bewegungen des Hengstes, als würde sein Keuchen lauter, als käme das Wasser näher, weil sie sanken – doch sie sanken …!

»Bring uns heim!« Sie beugte sich über ihn und fasste mit der Linken in seine Mähne. »Ich lass dich frei…«

Vielleicht war es das Versprechen von Freiheit. Oder die Dringlichkeit in ihrer Stimme – jedenfalls schöpfte der Hengst neue Kraft, sich und seine schwere Last vorwärtszuziehen, er pflügte durch die Wellen, die der Wind ihnen hinterhältig von der Seite schickte, Zug um Zug um Zug. Lies wurde eins mit seinem Atem, wenn er keuchte, tat sie es auch, sie vergaß Nässe und Kälte und verschmolz stattdessen mit dem Körper unter ihr, konzentrierte sich auf die Bewegungen, vorwärts. Vorwärts, halt durch – halt durch…

Dann ruckte es unter ihr, so dass sie fast vom Pferd kippte – er hatte Boden unter den Hufen. Unsanft wurde sie in den Sattel gepresst, schaffte es gerade noch, das Schaf nicht loszulassen und mit der Linken die Mähne zu fassen, weil Sörli sich mit letzter Kraft gegen die Wassermassen aufs Ufer stemmte. Vor ihnen platschte es, Schritte im Schlamm, wo Sörlis Hufe immer tiefer hineinversanken, dann zwei Hände, die sie packten, vom Pferd zogen. Keuchend blieben sie im Uferschlamm hocken – Jói, der gezogen hatte, und Lies, die gerutscht war. Der Hengst turnte die letzten Schritte alleine vorwärts, bis er trockenen Boden unter den Hufen hatte, und blieb schwer atmend und mit zitternden Flanken zwischen zwei Felsbrocken stehen.

Regen rauschte herab, vermischt mit immer mehr Schneeflocken. Der Wind heulte über die Ebene. Wie ein Gespenst umkreiste er die beiden und zupfte an der Kleidung, um sie daran zu erinnern, dass sie hier nichts verloren hatten.

»Das – das war unglaublich gefährlich – weißt du das?«, polterte Jói urplötzlich los, und sein Gesicht sah überhaupt nicht mehr nett aus. »Das war so 'ne richtige verdammte Touristenaktion – mit Sandalen auf den Gletscher steigen, mit Keksen durch *Sprengisandur* –, du schwimmst mit einem Pferd, was du nicht kennst, durch einen See, den du nicht kennst, obwohl ich dir gesagt habe …«

»Lass gut sein«, unterbrach Lies ihn müde und stand auf. Sein Zorn verfolgte sie mit jedem Schritt, den sie auf das Ufer zuging. Ihr Kopf war taub und leer. Sie fühlte, wie sie durch die Nässe immer weiter auskühlte – und fühlte es auch wieder nicht, weil es egal war. Die Kälte hatte aufgehört zu beißen – es war egal. Alles war egal. So egal. ›Frau Odenthal, was hab ich Ihnen gesagt‹, kam Packbiers Stimme vorbeigenäselt, ›was sage ich Ihnen seit Monaten – Sie sind unfähig, unfähig auch nur einen Bleistift anzuspitzen!‹

Was hatte Packbier hier in der Hochebene zu suchen? Hatte er sie gefunden?

Lies stützte sich auf Sörlis Sattel, bettete den Kopf darauf und schloss die Augen. Das Pferd stand da und duldete es.

Sie schrak zusammen, als sich von hinten zwei Arme um sie legten und Jói sich, mit durch alle dicken Jacken hindurch donnerndem Herzen, an ihren Rücken drückte. »Verflucht, du hättest dabei draufgehen können …« Sie spürte seine Wange an ihrem Haar und dass er kaum in der Lage war zu sprechen. Herrn Packbier vom Finanzamt wusch der Regen fort. Unvermindert prasselte er herab und drang in jede Ritze der Kleidung hinein. Ihr Denken war angehalten worden. Sie blieb stehen, auf den Sattel gelehnt, am ganzen Körper zitternd, stumm und atemlos wie der Hengst und nicht in der Lage, sich umzudrehen und die Initiative zu ergreifen, obwohl ihr Herz wie wild pochte, aber nicht mehr wegen der Anstrengung, sondern wegen Jói.

Er tat nichts, er stand einfach nur da und hielt sie fest.

»Ich hab die Elfen gesehen«, murmelte sie irgendwann. »Sie waren dort …«

Sein Griff verstärkte sich. »Du hast sie gesehen?« Lies nickte. »Nein – nicht gesehen. Sie waren dort. Wir durften unter ihren Stein …«

Jói zögerte. »Haben sie dich eingeladen? Mitzukommen?«

»Ja. Haben sie.« Langsam drehte Lies sich um. Seine Nase war rot wie eine Hagebutte und die Augen waren fast schwarz. »Ich bin nicht mitgegangen.« Mutig suchte sie seinen Blick. Er hatte sie nicht ganz losgelassen, nur ein bisschen den Griff gelockert, aber sie las in seinen Augen, dass er keinen Mut mehr hatte für einen weiteren Schritt. Obwohl er so souverän mit Spritzen hantierte, Schafe erschoss und ritt wie der Teufel.

»Normalerweise fragen sie nicht, Lies.«

»Doch. Mich haben sie gefragt.«

Ungläubig lachte er auf. »Was hast du gesagt?«

»Dass ich woandershin muss. Dass ich wieder zurückreiten muss, auf die andere Seite des Sees.« Sie holte tief Luft und lächelte ihn an. *Þetta kemur*. Es würde schon werden, irgendwann. Was war eine Spritze gegen einen Kuss. »Da haben sie mich laufen lassen.«

»Ein Glück«, sagte er mühsam. »Welch ein verdammtes Glück …«

Dem war nichts hinzuzufügen – und bevor Lies etwas Dummes tun konnte und damit den zaudernden Doktor verschreckte, stahl sie sich lieber aus der losen Festung seiner Arme und kramte stattdessen an Sörlis Zügeln, obwohl sie ihre Finger kaum noch spürte. »Mir ist kalt.« Sie trat vorsichtshalber noch einen Schritt zurück, weil seine warme Jacke so lockte. »Wollen wir? Lass uns gehen, Jói, mir ist so kalt …«

»Du kannst mein Pferd nehmen, der Hengst ist erschöpft.« Fast klang er froh, dass sie die Situation entschärft hatte. Lies deutete ein Lächeln an und schüttelte den Kopf. »Ich laufe. Mir ist sooo kalt …« Kalt war gar kein Ausdruck, es fühlte sich an, als ob das gesamte Eis des Vatnajökull sich in ihren Gummianzug geschlichen hätte. Energisch stapfte sie vorwärts, um gegen dieses Zittern anzulaufen, ihren klappernden Kiefer zum Schweigen zu bringen, Schritt für Schritt …

Irgendwann aber saß sie dann doch auf seinem braunen Pferd, weil sie nämlich auf der Hälfte des Weges über einen versteckten Bach gestürzt war, den der Hengst trotz bleierner Müdigkeit wahrgenommen hatte und sie nicht. Sie hatte sich mit Händen und Füßen gewehrt, den Braunen zu besteigen, sie kannte ihn doch nicht, konnte doch nicht reiten, kleine Pause, dann würde das schon wieder gehen – doch diesmal ließ der Doktor nicht mit sich diskutieren, ignorierte ihr Gerede und verfrachtete sie kurzerhand in den Sattel des Braunen, wo sie stumm hocken blieb, vollauf damit beschäftigt, bergab nicht vom Pferd zu rutschen, und ergeben in ihre zunehmende körperliche Schwäche. Es machte immer mehr Mühe, auch nur eine Gliedmaße zu bewegen. Sie fror von innen schier an den

Kleidern fest, und ihre nassen Haarsträhnen gefroren eine nach der anderen zu Eiszapfen, die leise klirrend um ihren Kopf schaukelten. Der Regen ging endgültig in Schnee über. Nasedrehend hatte der Himmel die Wolken abgehängt und das Land in milchigen Schneedunst getaucht – ab jetzt war Herbst und Schluss mit Sommer. Lies schloss die Augen. Jóis Hand stahl sich an ihren Rücken und stützte sie, damit sie nicht aus dem Sattel kippte.

Das Schaf, das schuld an allem war, rannte unablässig blökend vor ihnen her und führte sie nach Gunnarsstaðir, ob es den Weg tatsächlich kannte oder aus purem Zufall richtig lief – Lies jedenfalls hätte im Leben nicht mehr zurückgefunden.

Als sie endlich auf der Schotterpiste standen und den rauchenden Kamin von Gunnarsstaðir am Horizont sehen konnten, brachte Jói die Pferde zum Stehen und drehte sich zu ihr um.

»Die Elfen ärgern sich jetzt bestimmt«, sagte er mit einem schiefen Lächeln.

# 11. Kapitel

Als sie den Hof erreichten, klapperten Lies' Zähne heftig. In den Füßen hatte sie schon lange kein Gefühl mehr, und die Hände waren so steif wie zwei Holzstücke. Sie taten so weh, als hätte jemand mit einem Hammer darauf herumgehauen. Eisern riss sie sich zusammen und kämpfte gegen die zunehmende Dumpfheit in ihrem Kopf an, diesen Nebel, der sich dort ausbreitete.

»... sind sicher nicht alle beisammen ...« Irgendwas erzählte Jói da von Schafen. »... morgen holen ... zählen ... hörst du mich?«

Jemand rüttelte an ihrem Arm. »Hörst du mich? Lies? Lies, hörst du mich?« Sie nickte ... Herrgott, sie nickte doch, sah er etwa nicht, dass sie nickte ...

Männerstimmen. Jemand klaubte sie vom Pferd. Das tat auch weh, weil ihr Fuß im Steigbügel hängen blieb. »... durch den See ... verlorenes Schaf ...«

Lies schwebte. Was für ein seltsames Gefühl, getragen zu werden. Dumpf war es in ihrem Kopf und schwindelig. Hilfesuchend tastete sie umher, griff ins Leere. »... viel zu lange ... in der Kälte ... schnell ...« Türenschlagen. Energische Schritte auf Linoleum, niemand zog die Schuhe aus. Der Spitz hechelte. Pfoten auf Linoleum, der Spitz folgte ihnen. Ein Bett, vertrauter Geruch. Ihr Bett. Jemand riss an der Jacke, ein anderer an der Hose. Die zogen ihr die Hose aus! Sie kam sich so hilflos vor, weil sie sich nicht wehren konnte, dass Männer an ihren Klamotten rissen, und sie fing an zu weinen.

»Lies.« Jóis Stimme war ganz dicht an ihrem Ohr, sie fühlte seinen Arm, seinen warmen Atem, die Hand an ihrer Wange, zwei Finger reichten bis an ihren Hals, umfassten den Hals, und sie roch seinen Wollpullover, die Flusen kitzelten ihr Gesicht. »Lies, du bist unterkühlt. Hörst du mich. Sprich mit mir.« Sie schluchzte, weil sie nichts bewegen konnte, weil alles wehtat, alles – alles …

Er presste sie kurz an sich, strich über ihr Haar. »Lies …« Immer wieder drückten sich seine Finger in ihr Handgelenk, wo er nach ihrem Puls suchte. Dann schabten die vereisten Klamotten weiter an ihren Gliedmaßen entlang, sodass sie vor Schmerz keuchte – was waren sie so ungeschickt, so ruppig mit ihr. Ihre Haut war aus Glas, sie würde zerspringen! Weinen schüttelte sie, als jemand sie am ganzen Körper mit feuchtwarmen Tüchern abrieb und nackt, wie sie war, in eine kratzige Decke wickelte. Ihre Augenlider waren so schwer, es gelang ihr kaum, sie zu öffnen, und durch die Schlitze konnte sie Jóis besorgtes Gesicht erkennen. Immer wieder sprach er sie an, kniff sie in die Wange, sagte ihren Namen. Und sie begriff, dass es wichtig war, ihm zu antworten. »Mir geht es … gut«, flüsterte sie mühsam. Jói hielt inne. Ein halbes Lächeln erschien auf seinem Gesicht, und er setzte sich kurz neben sie.

»Du lügst«, raunte er, sichtlich froh über das Lebenszeichen. Lies schüttelte den Kopf, ganz langsam, weil der Hals so steif war, aber es gelang. »*Þetta kemur*«, murmelte sie, »*þetta kemur allt saman.*« Und Island, das sie noch mit Eis umschloss, lachte und nickte, *Recht hast du*. Jói drückte ihren Arm. »*Þetta kemur*«, flüsterte er, und vielleicht meinte er auch etwas ganz anderes damit.

Danach gab es weitere Decken aus Wolle, Wärmflaschen, erhitzte Steine an den Füßen. Ari fluchte, weil er sich die Hände verbrannt hatte. Die Steine wurden im Bett hin und her geschoben, Decken auf- und zugedeckt, dies und jenes diskutiert.

Tee. *Brennivin.* Doch Tee. »Kaffee«, schlug Tilli vor. »Tee«, beharrte Jói, »sie bekommt Tee.« Und: »Muss ich etwa selber ...?«

Die Tränen versiegten langsam, die Lider indes blieben schwer. Wohlige Wärme breitete sich in ihr aus. Die Finger an ihrem Handgelenk wurden sanfter, der Puls normalisierte sich wohl. Ein Schluck heißer Tee, grauenvoll unappetitlich süß. »Trink, Lies.« Folgsam schluckte sie. Wer hatte den bloß gekocht. Jóis Arm unter ihrem Kopf, damit sie, gegen seine Schulter gelehnt, trinken konnte. Er saß in ihrem Bett, ganz dicht bei ihr. Warum saß er in ihrem Bett? Lies' Herz klopfte heftig. Jói saß in ihrem Bett. Völlig eingenommen von diesem wunderbaren Gedanken, schlummerte sie weg. Jói saß in ihrem Bett. Sie träumte von ihm, von Schafen, von Felsen, Schnee und von Decken. Weiche, kratzige, alte Decken. Neue, weiche, satinschimmernde aus dem Supermarkt. Sie liebte Decken. Decken auf dem Bett, auf dem Sofa, im Lesesessel. Daheim hatte sie überall Decken herumliegen. Ihre Hände fuhren über den Stoff.

Noch eine Decke – sie roch nach Elías. Faulig, schmuddelig. Lies wachte auf.

»Was – was macht ihr hier?« Angeekelt verzog sie das Gesicht und schob die widerliche Decke ein Stück von ihrem Gesicht weg.

»Jetzt ist sie wach.« Auch die Stimme gehörte Elías, der auf einem Hocker neben ihrem Bett saß, und sonst war niemand im Raum. Blass und schmal, mit Augen so schwarz wie Knöpfe, saß er da und bewachte ihre Rückkehr ins Leben. Sie hatten ihm den Bart abrasiert, und die untere Hälfte seines Gesichtes sah weiß und sehr verletzlich aus. »Jetzt ist sie wach.« Das klang erleichtert. Er stand auf und zog fürsorglich die Decke wieder gerade. »Jetzt ist sie endlich wach.« In seinen Augen las sie stille Freude. Ungewohnt. Sehr ungewohnt. Sie wusste gar nicht, wie sie darauf reagieren sollte.

»Seit wann bist du zu Hause?«, fragte sie, mit noch etwas steifem Mundwerk, und überhaupt, ihr Gesicht fühlte sich an wie aus Papier und juckte furchtbar. Sie zwang sich, nicht zu kratzen. »Seit wann bist du wieder daheim, Elías?«, wiederholte sie ihre Frage, diesmal grammatisch korrekt, doch daran lag es nicht, dass er nicht antwortete.

»Man trinkt bei der Arbeit im Hochland keinen Alkohol, Mädchen.« Der Alte beugte sich über sie. »Niemals tut man das. Nicht bei Schnee, nicht bei Regen, nicht im Sommer.« So deutlich artikuliert hatte er in all den Monaten noch kein Mal zu ihr gesprochen, und er drang damit so auf sie ein, dass ihr nicht mal sein Mundgeruch aufstieß. »Niemals – Alkohol kann einen im Hochland umbringen. Verstehst du das?«

Lies nickte. »Aber Jói hat…«

»Man trinkt bei der Arbeit im Hochland keinen Alkohol.«

Er lehnte sich zurück. Damit war das Gespräch beendet. Rechtfertigungen interessierten ihn nicht, und was Jói tat, auch nicht. Auch kein Wort über das gerettete Schaf und ihr verrücktes Bad im Gletschersee, kein Wort über die Extratour oder über das Feuer, seinen Unfall, die Tage in der Klinik – nichts. Er lehnte sich gegen die Wand und starrte aus dem Fenster. Die Freude in seinen Augen, die sie ganz sicher eben gesehen hatte, war erloschen. Er saß einfach nur da, wie er sonst immer in der Küche gesessen hatte – stumm, unbewegt. Zwischen seinen arthritischen Fingern hielt er eine Tasse dampfenden Tee. Lies rollte sich zur Seite und angelte nach der Tasse, die vermutlich für sie bestimmt war. »Danke.«

Nichts. Er ließ nur die Tasse los. Sie war für sie bestimmt.

Schluck für Schluck trank sie von dem Tee, spürte, wie das heiße Getränk in jede Körperfalte drang und die schlafenden Muskeln weckte. Der Wind säuselte ums Haus herum, ein wenig Blau blitzte schüchtern durch das Fenster. Das Wetter hatte sich beruhigt, so schnell, wie das nur in Island ging. Jetzt war die Sonne dran. Sie schob sich zwischen den Wolken hervor und ließ den Schnee, der in dünner Schicht das Land bedeckte, prachtvoll glitzern. Lies reckte den Hals, um mehr davon zu sehen. Ein paar Möwen schwangen sich kühn in die Luft, der Sonne entgegen. Der Spitz heulte draußen. Lies wunderte sich, wieso.

Und dann bebte die Erde. Ganz langsam begann der Boden zu zittern. Das Bett, die Decken, Lies fühlte es an den Beinen, die locker auf der Matratze lagen. Sie zitterten – alles zitterte! Und der Schrank wackelte auf seinen ungleichen Füßen, düster grummelnd, dann sah sie ihn schwanken, sanft gegen die Wand kippen, und ein unheimliches Brummen drang in ihren Kopf – panisch griff sie um sich. Das Zittern hatte Besitz von ihr, vom Mobiliar genommen, es war hier drinnen, es war in ihr drin, ganz fein und in höchstem Maße bedrohlich …

»Elías. Elías, was ist das?«

Der Alte wandte den Kopf und sah aus dem Fenster. Sein strähniges, schütteres Haar zitterte. »Der Schneeberg spricht.«

»Der Schneeberg?« Aufgeregt setzte sie sich hin. »Welcher Schneeberg?«

»Der Vatnajökull. Er sitzt auf Vulkanen, Mädchen. Und manchmal spricht er.« Ein leises Lächeln glitt über Elías' Gesicht, als kenne er den Berg und das Gespräch, was der bisweilen mit sich selbst führte. Auch Lies hatte hier in der Einsamkeit gelernt, der Natur zuzuhören – doch diese tiefe Stimme hatte sie noch nie gehört. In einer Mischung aus Furcht und Faszination starrte sie auf den Hocker, der Millimeter für Millimeter über den Boden schnarrte und schließlich stehen blieb. Das Zittern hatte aufgehört, die Welt schwieg erleichtert. Nichts geschah weiter, kein Lärm, keine Bewegung, kein Weltuntergang. Alles war wie vorher – fast alles.

In der Küche hörte man die Männer sich unterhalten. Geschirr klapperte, Tassen knallten auf dem Tisch, jemand hobelte am hart gewordenen Brot herum. Ari kicherte. Tillis raue Stimme, Jóis dunkle Stimme. Lies nahm einen tiefen Schluck von ihrem Tee und sank zurück in die Kissen. Jóis Stimme, die ihr Gänsehaut verursachte und sie von außen wärmte wie der Tee von innen … Mit ihr im Ohr schlief sie behütet ein.

Obwohl sich der Kaffee in der Thermoskanne befand, drang der Duft an ihre Nase. Lies öffnete die Augen. Sie fühlte sich, als ob sie 100 Jahre alt wäre. Mindestens. Jeder Knochen tat einzeln weh. Jede Bewegung kostete unendliche Mühe, und die Decken kratzten so unsäglich auf der Haut. Aber dieser Kaffeeduft…

Das Tablett stand lockend auf dem Nachttisch. Kaffee in der Kanne, eine Tasse, die Zuckerdose. Eine schüchterne Wollblume versteckte sich hinter der Zuckerdose. Ein von Männerhand geschmiertes Brot mit an den Seiten überhängender Marmelade, die begann herunterzutropfen. Ein Riegel *Draumur* – wo sie den wohl noch gefunden hatten, ihre *Draumur*-Vorräte waren nämlich längst erschöpft. Hunger verspürte sie keinen, aber dem Kaffee konnte sie nicht widerstehen, und überhaupt, mit wachem Kopf ließ sich besser denken. Andächtig ließ sie das heiße Getränk in die Tasse gluckern und rührte Zucker hinein. Der Löffel klirrte schüchtern gegen den Tassenrand. Das war aber auch das einzige Geräusch im Haus – seltsam. Niemand da?

Eine leise Erinnerung an das Erdbrummen stieg hoch. Doch alles sah aus wie sonst, und auch draußen hatte sich nichts verändert. Vielleicht hatte sie es auch nur geträumt? Mühsam pulte sie sich aus den Decken. Ihre Haut war überall gereizt und rot, aber aufgewärmt, Erfrierungen fand sie keine an ihren Füßen. Glück gehabt. Vielleicht waren diese kratzigen Socken aus Islandwolle, die sie so furchtbar auf der Haut fand, doch nicht so übel. Nachdem ja sämtliche Socken von daheim, gute wie billige, hintereinander ihren Dienst quittiert hatten, war sie ganz auf die selbstgestrickten von Elías umgestiegen – das war für ihre

Füße die Rettung gewesen. Sie zog sich Kleider aus dem Schrank und machte sich auf die Suche nach ihren Mitbewohnern.

Die Küche war verwaist. Sie sah aus, als hätte der Berg vor allem in der Küche gebrummt und ein Erdbeben verursacht – dabei hatten dort nur drei Männer gegessen. Lies wunderte sich, dass Elías solche Unordnung akzeptierte – wo steckte der eigentlich? Sie packte sich einen Kanten Brot in die Tasche und nahm ein Stück kaltes Fleisch aus der Schüssel, bevor sie sich auf den Weg nach draußen machte, wo über Nacht eine dicke Schicht Schnee gefallen war. Die Straße war darunter verschwunden, die Wiesen und das Dach des Stalles. Nur das Blechdach von Gunnarsstaðir reckte sich trotzig und rot hervor und erzählte jedem, wie schlecht es isoliert war und wie viel Energie man hier zum Fenster hinauswarf. Lies seufzte. Darüber musste sie mit Elías reden, es war viel zu kalt in dem Haus, wie sollte das bloß im Winter gehen, nur mit diesem Ölofen? Wollte er etwa in der Küche schlafen? Sein Bett herüberschleppen? Zuzutrauen wäre es ihm …

Weit und breit war kein Mensch in Sicht. Das Motorrad fort, die Pferde nicht zu sehen, sicher trieben die Männer Schafsnachzügler zusammen. Sie hatte da vage von gestern Abend etwas in Erinnerung, dass etwa fünfzehn Tiere fehlten, eine ganze kleine Herde. Sie war heilfroh, dass man sie nicht geweckt hatte, es reichte erst mal mit Reiten, so langsam machte sich ihr Hintern unangenehm bemerkbar. Der Sattel schien immer noch zwischen ihren Schenkeln zu kleben, sie kam sich vor wie ein o-beiniger Fußballer. Lies seufzte. Obwohl … das Gefühl von unbändiger Freiheit, das sie da verspürt hatte … Also – das – das war so gewesen wie nichts, was sie jemals zuvor verspürt hatte. Nicht mal im Bett mit Thomas. Nicht mal mit ihm. Und Thomas war schon ziemlich gut gewesen. Sie konnte sich nicht erinnern, vor Freude jemals so tief und vollständig Luft geholt zu haben wie hier.

Ein bisschen schämte sie sich, eingestehen zu müssen, dass der Ritt auf diesem Pferd besser gewesen war. Wie albern. Durfte echt keiner hören. »Pffft.« Stimmte aber nun mal. Verlegen kickte sie Schnee durch die Gegend, dass es staubte, und knabberte an dem Brotkanten herum. Thomas. Wer war noch mal Thomas gewesen? Mein Gott, lag das alles weit zurück. Viertausend Kilometer und sechs Monate. Erst sechs Monate?? Sinnend starrte sie vor sich hin. Ein Jahr war locker verabredet gewesen, wobei man ihr offen gelassen hatte, ob sie vor dem Winter abreisen wollte oder ob sie bleiben würde. Der Winter war gekommen. Der Gedanke, Gunnarsstaðir verlassen zu sollen, widerstrebte ihr irgendwie …

Die Schafe hinter der Umzäunung scharrten blökend und mümmelnd im Schnee herum und suchten nach Gras. Eine kleine Weile ergötzte sie sich an dem riesigen Haufen hin und her wuselnder brauner und heller Leiber, flockige Wollberge, soweit das Auge reichte. Manchen war der geschorene Pelz schon so weit heruntergewachsen, dass er wieder wie ein viereckiger Schrank auf vier Beinen aussah und lustig auf und ab hüpfte, wenn sein Träger sich schneller bewegte. Kein Schaf, das sie je daheim in Deutschland gesehen hatte, sah aus wie diese urigen Tiere. Und keins war so wie diese Tiere, auf eine merkwürdige Weise schlau, naiv und – anders. Sie hatten etwas von Fabelwesen, diese isländischen Schafe mit ihren langgezogenen Köpfen, den wassergrünen Augen, die durch alles hindurchblicken konnten, und den bildschönen gekringelten Hörnern.

Sie hatte in Erinnerung, dass man Pferche aufbaute und die Schafe dann nach Zucht- und Schlachttieren trennte. Auch Elías verkaufte jedes Jahr eine Anzahl Tiere an den Schlachthof. Der Gedanke stimmte sie traurig, doch war es ihr andererseits immer noch kaum möglich, die heimgekehrten Schafe zu unterscheiden. Die Alten sahen alle gleich aus, und die Kleinen waren so gewachsen, dass nichts mehr an die putzigen Lämmer vom Mai erinnerte. Das half ein wenig. Gierig sog sie den Schafgeruch ein und zupfte einen Wollflaum, den wohl ein Ausbrecher hinterlassen haben musste, aus dem Zaun. Sie liebte das Gefühl dieser fettigen Wolle an den Fingern, obwohl sie so stark nach Schaf stank und man sich kaum vorstellen konnte, dass man sie eines Tages als Socke oder Pullover trug… Komisch.

»Komisch, oder?«, fragte sie die Schafe, die am Zaun standen. Unverwandt starrten sie sie an, eisig grüne Blicke, Köpfe wie aus Holz, dumm und aber trotzdem irgendwie…

»Ihr seid schon klasse, ihr«, grinste Lies. »Keine Ahnung, wieso – aber ihr seid klasse.«

Fußspuren führten vom Hof weg.

Neugierig folgte Lies den Spuren. Ein Verdacht keimte in ihr auf. Elías war, frisch aus der Klinik entlassen, wohl kaum mit den Männern ins Hochland geritten. Einen Weg jedoch hatte er immer geschafft, egal wie schwach er war. Dafür hatten seine Kräfte immer gereicht. Lies wanderte den Fußspuren nach. An der Schotterpiste vorbei. An dem seltsamen Felsbrocken, wo sie den Schneefuchs beobachtet hatte. An den Heidebüschen, wo die Schneehühner sich so gut versteckten, dass man sie kaum vor die Flinte bekam.

Das Rauschen der Jökulsá kam näher. Sie fühlte den Wind, den dieser Fluss verursachte, an ihrer Gesichtshaut – ganz dezent nur, aber man hätte sie blind hier herführen können, und sie hätte gewusst, wie weit es noch zur Klippe war … Am gegenüberliegenden Ufer hingen bereits mächtige Eiszapfen an den Felsvorsprüngen herab. Möwen hockten stumm in den Spalten und dösten in den Tag hinein. Kraft war kostbar, musste gespart werden. Leise sirrte die Atmosphäre einen Abgesang auf den isländischen Sommer.

Verzaubert blickte Lies auf das Eisreich. Es schimmerte auch ohne die Sonne geheimnisvoll und verwandelte die raue Schlucht in ein Märchen von Hans Christian Andersen. Die Schneekönigin. War da nicht etwas von einem Eissplitter gewesen, den der Junge im Herzen trug und der sein Leben vergiftete? Sie hockte sich auf einen Stein und starrte die Zapfen an.

Ob Elías einen Eissplitter im Herzen trug …?

Ein Raubvogel kreiste über ihr. Die schrillen Schreie schmerzten im Ohr. Lies sehnte sich nach der warmen Küche und einem starken Kaffee, die Strapazen des gestrigen Tages saßen ihr noch tief in den Knochen. Damit sie nicht festfror, verließ sie lieber ihren Stein und den Anblick des Schneeköniginnenpalastes und suchte weiter nach den Fußspuren im übriggebliebenen Pulverschnee, die der Wind zu verwehen drohte. Sie umrundete den letzten sanften Hügel, dann lag der Ort vor ihr, wo sie Elías immer wieder gefunden hatte – und wo er auch jetzt saß. Das weiße Pferd stand neben ihm, aufmerksam in die Schlucht herabblickend, und seine prächtige Mähne wehte leise im Wind. Lies seufzte erleichtert auf.

Zusammengesunken saß der Alte da, noch kleiner und schmaler, als sie ihn in Erinnerung hatte. Die Tage im Krankenhaus hatten an ihm gezehrt, und sicher hatte sein Herz bei dem Unfall gelitten. Sie wusste nicht so recht, wie sie sich bemerkbar machen sollte. Das Pferd nahm ihr den Dienst ab, denn es drehte den Kopf und brummelte leise. Lies trat näher. Sie konnte nicht anders, als ihre Hand in die dichte Mähne zu graben, und anstatt zu weichen, blieb Sörli stehen und duldete die Berührung. Doch Lies spürte deutlich, dass das Pferd nicht bei ihr stehen blieb, sondern bei Elías …

»Sie ist heute ganz friedlich«, sagte Elías da unvermittelt.

Zuerst verstand Lis nicht, wen er meinte, doch er deutete mit einer Kopfbewegung auf den Fluss. »Sie ist ganz friedlich heute.« Und die Jökulsá gab sein in Stein gemeißeltes Kreuz preis, das man nur an wenigen Tagen im Jahr sehen konnte. Ergriffen trat Lies näher.

»Heute tut sie keiner Seele was zuleide. Heute ist sie friedlich.« Seine Stimme klang brüchig, und auch die Luft war ihm knapp. Lies bemerkte eine blaue Färbung auf den faltigen Lippen. »Heute ist sie friedlich.«

Die Wolkendecke brach auf. Neckisch lugte die Sonne hervor und schaute, was es Neues gab. Sie fand den Fluss und färbte eilig die Gischt in Regenbogenfarben, damit mehr Farbe über das weiße Land käme. Sanft wölbte sich die Jökulsá über der Schlucht und über Anna Bryndís'

Grabstein. Wasser spülte schäumend auf den Fels und netzte das Kreuz, und wie ein gleißendes Tuch fiel es herab und regnete in den Fluss zurück.

»Siehst du, wie friedlich sie heute ist?«, murmelte Elías da. »Sie kann so ärgerlich werden. Sie kann so schreien, dass das Haus wackelt. Dann geht man besser in die Berge. Aber heute ist sie friedlich. Ganz friedlich …«

Anna Bryndís konnte schreien, dass das Haus wackelt. Lies sah ihn von der Seite an. Hatte der brummende Berg ihn verwirrt? Sein Gesicht war bleich, und er sah die Schatten der Vergangenheit durch die Gischt hervorblitzen, er hörte Anna Bryndís schreien – Lies hörte sie auch, die Frauenstimme, die so hingebungsvoll gurren konnte, wenn sie einen Wunsch erfüllt haben wollte, und die aber wild wie die Jökulsá keifte und schrie, wenn etwas nicht nach ihrem Willen ging. Sie sah Anna Bryndís mit ihrem schwarzen langen Haar, den dichten Brauen, dem weißen Arm mit langen, gemeinen Fingernägeln, Nägeln, die für das Spinnrad, aber nicht für die harte Landarbeit gemacht waren …

Lies schüttelte energisch den Kopf und Anna verschwand. Der Alte zog sie hinein in seine Fantasien, so ein Unsinn! Sörli schnaubte leise. Sein glitzerndes schwarzes Auge verriet, dass er Anna Bryndís auch gehört hatte.

»Er ist heute Morgen dreimal über den Zaun gesprungen.« Elías drehte den Kopf und sah Lies an. Was waren die Wangen so eingefallen … »Einfach gesprungen, das hat er noch nie gemacht. Hast du ihm was versprochen? Mädchen?«

Lies wurde knallrot im Gesicht. Der Schneeberg hatte gebrummt und sie alle verrückt gemacht. »N-n-nein. Nnein, was denn?« Elías' Augen wurden schmal. Sie sah, dass er ihr nicht glaubte. Sie hatte dem Hengst in einem furchtsamen Augenblick die Freiheit versprochen, dumm wie sie war. Und da sprang das Tier über den Zaun?

»Elías, das ist doch Unsinn.« Ihr wurde noch nachträglich unheimlich, und sie bekam wieder Angst vor diesem Land, das so unberechenbar war und sich in einem Moment von der Katze zur Raubkatze verwandeln konnte. Schafe mit Elfenaugen, Flüsse mit Frauenstimmen und Hengste, die die Freiheit suchten. Fröstelnd legte sie die Arme um den Leib und nagte an der Unterlippe. Das Pferd stand unbewegt neben ihr und schien zu warten.

Elías ließ die Augen nicht von ihrem Gesicht. Grau und tief, und unsäglich alt waren sie, voller Geschichten, die ein Ende finden wollten, Trauer, die ein Ende finden wollte, eine müde Seele, die schlafen wollte und nicht konnte ...

»Das ist schon richtig«, sagte er müde. »Er ist ein gutes Pferd. Ein gutes Pferd, das wirst du sehen.« Seine Daumen bewegten sich umeinander, wie Altmännerdaumen das gerne tun, sie drehten und drehten ... »Der Pastor hatte Recht. Er hatte Recht.«

»Welcher Pastor?« Sprach er wirr? Lies wurde immer besorgter, weil sie mit diesem Gerede nichts anfangen konnte – warum meckerte er nicht, wie sie es gewohnt war – damit konnte sie wenigstens umgehen ...

»Komm her. Setz dich zu mir.« Ihr Herz klopfte, als er an ihrem Ärmel zupfte.

»Der Pastor, Gunnar Arnason, hat mal ein Gedicht geschrieben. Er hat es über mein Pferd geschrieben.«

»Welcher Pastor?«

»Oh, er ist lange tot, bald hundert Jahre ist er tot. Aber

über mein Pferd hat er ein Gedicht verfasst, verstehst du?« Etwas steif stützte er die Ellbogen auf die Knie und starrte herunter in die Schlucht.

»›*Sörli trägt mich daunenweich*‹«, begann er mit leiser Stimme, und Lies musste sich vorbeugen, um ihn zu verstehen. »›*Sörli trägt mich daunenweich, / lässt an Frühling denken. / Was dem Traum, dem Liede gleich, / seine Gänge schenken. / Nehme Abschied ich von hier, / muss die Todesfurt durchreiten, / schicke, Herr, dann Sörli mir, / er soll mich nach Haus begleiten.*‹«

Lange war es still. Nur die Jökulsá rauschte vor sich hin, als kenne auch sie die wehmütigen Gedichtzeilen, die Lies Tränen in die Augen trieben, seit sie sie das erste Mal in einer alten Zeitung gelesen hatte. Auch der Wind verhielt, um nicht zu stören. Sörlis schwarzes Auge ruhte sanft auf seinem Herrn, der ihn für endlos lange Wintermonate eingesperrt gehalten hatte und der auch sonst sicher nicht zimperlich gewesen war. Lies stockte das Herz bei diesem Blick. Sörli trug ihm nichts nach. Gar nichts. Es war gut so gewesen. Alles. Sein Herr war der Herr, und alles war gut.

»Der Fluss,« begann Elías aufs Neue und wechselte abrupt das Thema. »Der Fluss teilt gestern von heute. Er fließt anders, siehst du das?«

Lies beugte sich vor. Das Wasser floss so dahin, wie sie es kannte. Es stolperte über den Stein, stob hoch, zersprang schillernd in der Luft und fiel nieder, um zum Meer zu fließen. Sie konnte nichts anderes daran entdecken.

»Der Fluss fließt anders«, beharrte Elías. »Gestern ist gestern, und heute – heute ist eine neue Zeit. Ich glaube, Anna hat dich geschickt …«

»Elías …« Lies legte die Hand auf seinen Arm, ihr wurde bange zumute. Was redete er da für ein Zeug zusammen? »Elías, lass uns zurückgehen. Es ist kalt.«

»Anna Bryndís hat dich geschickt, Mädchen.« Die faltige Haut um seine grauen Augen zuckte, weil sie dem Wind nicht mehr gewachsen war, der hier oben auf den Klippen wehte. »Anna hat dich geschickt. Sie hat mir verziehen. Anna hat mir verziehen.« Anna. Mit der Nennung ihres Namens wurden seine Gesichtszüge so weich. Er ließ den Blick zurück auf den Stein in der Jökulsá wandern, wo über dem Kreuz Fontanen von Gletscherwasser sprühten und wo immer noch der Regenbogen wie ein Gruß hing – Anna Bryndís' Gruß.

Lies verstand.

Elías stützte sich schwer auf ihren Arm, trotzdem wirkte er erleichtert, als sie den Platz auf der Klippe verließen. Sie fand, dass er schmal geworden war. Hatten sie ihm in der Klinik nicht genug Essen gegeben? Sie erinnerte sich an seinen grandiosen Appetit und was er für Fleischstücke verdrücken konnte … das allerdings lag schon eine Weile zurück.

»Was machen wir mit dem abgebrannten Schuppen, Elías?«, versuchte sie, ein Gespräch anzuknüpfen. »Willst du ihn abreißen? Wir könnten im Frühjahr einen neuen bauen.«

Elías reagierte nicht. Ein leises Lächeln lag auf seinem Gesicht, und Anna strich ihm übers schüttere Haar. Der Klippenwind wagte nicht, hineinzufahren und sang stattdessen vom Hochland und wie es dort im Sommer gewesen war. Und Lies wagte nicht weiter, ihn aus seinen Gedanken zu holen. So führte sie ihn Schritt für Schritt durch das verharschte Heidekraut zurück nach Gunnarsstaðir, wo die Herbstsonne sich auf dem freigeschmolzenen Dach räkelte und wohin die Gischt der Jökulsá ihnen nicht folgen konnte. Trotzdem spürte sie den feinen Sprühnebel immer noch in ihrem Gesicht…

Der weiße Hengst blieb auf den Klippen zurück, mit stolz erhobenem Kopf und mit geblähten Nüstern erschnupperte er, was der Wind erzählte, und sah ihnen nach. Lies drehte sich noch einmal nach ihm um. Es fühlte sich an, als schaue er ihr ins Herz. Sie schluckte. Schnee wirbelte auf, die Büsche wiegten sich, Heide blitzte lila auf und sandte einen letzten Sommergruß. Dinge ändern sich. Sie hatte dem Hengst die Freiheit versprochen – mochte er gehen, wohin er wollte, mochte er am Hof bleiben und Heu fressen, sie würde es ihm gerne weiterhin bringen und ihm des Abends beim Rennen zuschauen. Sie wünschte sich von Herzen, dass Sörli am Hof blieb. Für Elías hingegen schien es keine Rolle zu spielen. Oder es schien in Ordnung zu sein, denn er hatte, als sie die Klippe verließen, einmal kurz seine Hand auf die üppige Mähne des Pferdes gelegt.

In der Küche angekommen, sank Elías auf die Bank und zog das Hosenbein hoch. Seine Socken rochen wie gewohnt – ungewaschen und nach Schweiß, aber Lies hatte das tatsächlich vermisst. Flink räumte sie den Tisch ab und die Anrichte leer, bevor er etwas zu meckern finden würde, doch es kam kein Wort von ihm. Verwundert drehte sie sich um und sah zu ihrem Entsetzen, wie er die Verbände von seinem Bein abwickelte.

»Was tust du da??«

»Es zwängt. Sie haben mich wie eine Mumie eingewickelt«, keuchte er aus der gebückten Haltung heraus, »es zwängt mich ein, es zwängt…« Ungeschickt wickelte er die Mulllagen ab und verstreute sie auf dem Küchenboden. Lies schluckte. Was waren alte Leute doch ekelhaft.

»Willst du das nicht lieber dranlassen?«, fragte sie und drehte sich von dem Anblick weg. »Die Ärzte wissen schon, was sie da tun, und du machst es alles wieder ab, wie soll das denn heilen…«

»Es zwängt«, murmelte er, »es zwängt mich…« Das Hosenbein fiel herab, Elías atmete auf. Sorgfältig legte er die Binden zusammen. Unter dem Tisch stand ein Pappkarton, wo sie ihren Platz fanden. Er trank einen Schluck kalten Kaffee aus einer Tasse, die Lies vergessen hatte abzuräumen, dann stemmte er sich am Tisch hoch. Ohne noch eine Bemerkung über die Unordnung in der Küche zu machen, schwankte er zur Tür, wo er sich noch mal umdrehte und sie ansah.

»Danke, Mädchen«, sagte er. Und: »Ich lege mich ein bisschen hin.« Lies nickte und kramte weiter mit Geschirr und Plastikdosen. Im Topf kochte das Wasser zum Spülen. Der Ölofen bullerte vor sich hin, während sich draußen Windböen am Haus versuchten. In der Ferne ertönte wieder ein tiefes Brummen, jedoch ohne dass der Boden zitterte. Lies öffnete das Fenster. Das Brummen verwandelte sich in ein Rauschen, so laut, als ob die Jökulsá bei ihr vorbeischauen wollte, aber das war natürlich Unsinn. Trotzdem lauschte sie, während es ihr kalt über den Rücken lief… Was, wenn der Fluss doch einmal über die Ufer trat? Anschwoll, die Klippen erklomm? Würde er das können? Da gab es doch die Geschichte von Ásbyrgi, einem Tal im Norden, welches von einem Fluss geformt worden war. Es sah aus wie ein riesiges Hufeisen und beherbergte eine außergewöhnliche Fauna zwischen seinen Wänden. Sie hatte Fotos von dem Tal in der Zeitung gesehen und trotz der schönen Bilder Angst vor der Macht des Wassers bekommen. Die Jökulsá war sicher auch nicht so harmlos, wie sie aussah. Konnte sie über die Ufer treten? So weit?? Ach, Unsinn. Wer weiß, wo das Geräusch herkam. Sie verdrängte Angst und Unruhe und schloss das Fenster wieder. Ansonsten war es draußen nämlich friedlich – für hiesige Verhältnisse. Der Wind legte sich, pulveriger Schnee wehte tanzend am Fenster vorbei, und am Horizont zeigte sich die Sonne, die das spätsommerliche Schneetreiben hoffentlich beenden würde, denn Anfang September war eben doch erst Herbst und kein Winter.

Eine Tür quietschte, die Klospülung ging. Wieder quietschte die Tür. Der Spitz in der Diele winselte. Dann gab es nur noch Geschirrklappern und das Rauschen des Kaltwasserhahns.

»Gibt's hier was zu essen? Was denn – nichts zu essen?«

Lies schrak hoch. War sie doch tatsächlich auf der Bank eingeschlafen! Mit steifem Kreuz räkelte sie sich hoch und blickte in die lachenden Augen des Kaufmanns. Sein vom Wind gerötetes Gesicht wirkte wie eine frische Brise in dieser Küche, wo es immer noch nach Abwasch und kaltem, fettigem Essen roch. Der Ofen war ausgegangen. Sie stand auf, um Öl nachzufüllen. Die Anzündepfanne hatte sich abgekühlt, trotzdem verbrannte sie sich beim Anzünden die Finger an der Ofentür. Leise fluchend drückte sie die Tür ausnahmsweise mit dem Fuß zu. Die Ölkanne tropfte, und prompt stank es wieder nach Öl. Sie hasste diesen Geruch. Es war der Geruch der Ungeschicklichkeit, und er hielt sich tagelang.

In der Diele raschelten Jacken, Gummihosen und Schuhe, jemand rief etwas von Pferden und Heu und dass der Stall nur zugemacht werden müsse. Einer zog die Nase hoch, Tilli lachte unanständig. Lies rieb sich den verbrannten Finger. Das Lachen ging in Wiehern über, wie man es von Tilli kannte, dann war die Küche voller Leben.

»Ahhh, diesmal hättest du was lernen können, Mädchen«, grinste Ari und ließ sich auf die Bank fallen. »Diesmal war es ein richtiges Schaftreiben, so richtig wie man es kennt, diese Burschen waren so schlau ...«

»War'n all's Klugschafe«, bestätigte Tilli. Beiläufig spuckte er seinen Tabak ins Spülbecken und rotzte gleich noch mal hinterher, ohne nachzuspülen. Lies sah einfach weg. Irgendwer würde heute schon noch den Wasserhahn betätigen. Sie goss frischen Kaffee auf und konzentrierte sich auf das Tröpfeln unter dem Filter. Der verbrannte Finger war knallrot geworden. Eine Blase bildete sich. Ihr wollte nicht einfallen, was man gegen Verbrennungen unternahm.

»Klugschafe wiss'n, wo sie hinlauf'n.« Tilli fiel neben Ari auf die Bank, die ärgerlich unter seinem Gewicht knarzte.

»Klugschafe sind die braunen«, erklärte Ari grinsend. »Wir nennen sie so, weil Elías mal gesagt hat, die seien schlauer als die weißen Schafe. Wir haben noch nie ein Klugschaf im Hochland verloren. Die finden immer nach Hause – aber die lassen sich auch bitten.« Er strich sich das Haar aus der Stirn, und deutlich sah man die Spuren, die die Mütze auf der Haut hinterlassen hatte. In seinem Bart hingen Eisklumpen. »War ein weiter Weg diesmal, an dem See vorbei in Richtung Norden, dann noch mal den Berg hoch – ich kann dir sagen ...«

»Weiter Weg«, bestätigte Tilli mit weit aufgerissenen, abwesenden Augen, als wäre er geistig noch dort oben unterwegs.

»Warum lassen die sich bitten?«, fragte Lies, die sich nicht traute, nach Jói zu fragen und wo er bitteschön blieb. Draußen war nichts zu hören. Sie hatten ihn doch wieder mitgebracht??

»Hm – die sind halt schlau. Die wissen, dass es für ein paar Monate in den Winterstall geht. Vielleicht waren sie auch noch ein bisschen mit dem Bock zugange. Hehehe.« Er lachte albern und nahm den dampfenden Kaffee entgegen. Lies hatte derweil Pfannkuchen gebacken und die Kartoffeln und das Fleisch in kleinen Stücken angebraten. Tillis Magen knurrte laut vor Hunger, er fing schon mal an mit einem Riesenlöffel Ahornsirup, der ihm seitlich an den Mundwinkeln heruntertropfte. Lies fragte sich, wo Jói steckte, warum er nicht kam ...

»Jói v'sorgt d' Pferde«, brachte Ari zwischen zwei breiten Bissen hervor. »Die sag'n heut au' nich mehr viel ...«

»Ah«, sagte Lies. Ari brachte so was wie ein wissendes Lächeln hervor, und Lies wurde rot. Er schwieg jedoch, kaute stattdessen und kaute und würgte den Pfannkuchen hinunter und nahm sich den nächsten.

»Dann sind wir endlos hinter den Viechern hergaloppiert«, führte er die Erlebnisse des Tages grinsend aus. »Hinauf die Hügel, die Felsen rauf und runter galoppiert – da hättest du was gelernt, Mädchen!«

»Hätt'st«, nickte Tilli ähnlich grinsend. Ob sich das auf Schafe oder den Galopp bezog, blieb offen.

»Es fing an zu schneien – so was von heftig, dass wir kaum was sehen konnten. Die Hunde fanden schließlich den Weg. Die Schafe – die sind einfach stehen geblieben. Dicht beisammen – und stehen geblieben. Wie ein großer Wollberg ineinandergekrochen. Die wissen, wie man das macht. Hier gibt es jedes Jahr wirklich wilde Schneestürme, musst du wissen. Auch im Herbst schon, wo sie in Reykjavik noch Eis essen und sich am Meer verbrannte Nasen holen. Aber hier ist es dann schon Winter, musst du wissen. Im Osten kommt der Winter schon mal etwas früher. Und meine Nase ...«, er fasste sich an den rotgefärbten Zinken, der seine Farbe nicht verlieren wollte, »meine Nase wär über diesen Winter fast abgefallen. Zum Glück hatte ich sie eingefettet.«

»Eingefettet.« Lies runzelte die Stirn, ein Ohr stets in Richtung Tür.

»Ja. Irgendein Fett. Tierfett. Creme – Fett halt. Das schützt die Haut.«

»Od'r nich waschen«, grinste Tilli. »Nich wasch'n fettet auch. Das fettet noch viel besser.« Sie lachten.

Butter knackte warnend in der Pfanne, schleunigst drehte Lies das Feuer herunter. Es zischte, als der Pfannkuchenteig in den Fettsee floss, und saftig schmatzend verwandelte der Teig sich in einen festen, duftenden Kuchen. Die Haustür quietschte, Wind fuhr herein. In der Diele kam Bewegung auf, und Lies' Herz machte einen Satz. Es roch nach feuchten Kleidern, nach Ölzeug, verschwitzten Socken. Jackenrascheln, Schuhpoltern, Hecheln, ein wedelnder Hundeschwanz, dann Schritte auf Holzbohlen.

»Na, alles klar hier?« Mit der Linken strich Jói sich die verschwitzten, schwarzen Haare aus der Stirn und trat in die Küche. Unter spritzendem Wasserstrahl wusch er sich erst die Hände, bevor er sich an den Tisch setzte. Lies starrte ihn an. Starrte dumm – Gott, wie dumm –, und er lachte.

»Na? Wieder aufgetaut?«, fragte er zwinkernd.

»Hmhmhm ...« Er hatte ihr die Klamotten ausgezogen. Alle. Sie wurde knallrot. Er hatte ihr alle Kleider ausgezogen, bis auf die Unterhose. Er hatte sie nackt gesehen. Und er hatte in ihrem Bett gesessen. Er hatte ihr eine Blume aufs Tablett gelegt. Sie starrte ihn an wie ein Kaninchen die Schlange, und er lachte wieder.

»Ob ich wohl auch was zu essen bekomme?« Verlegen beeilte sie sich, Tasse und Teller aus dem Schrank zu holen, ohne dass ihr das Herz aus dem Mund herausfiel. Wild genug dafür sprang es in der Brust herum. Ari sah mit gierig glitzernden Augen von einem zum anderen.

»Jaja«, sagte er schließlich bedächtig. »Bei so einem Schafabtrieb passieren so allerhand Sachen. So allerhand ...«

»So allerhand«, kam es auch von Tilli, der an einem übergroßen Fleischstück arbeitete. Jói aß hungrig von den Pfannkuchen und ignorierte ihr Gefeixe.

»Es gab eine Flutwelle«, sagte er mit vollem Mund. »Ich hab es eben im Autoradio gehört.« Sie starrten ihn alle an. Der Kaufmann sagte etwas in sehr schnellem Isländisch. Jói nickte. »Ein Vulkan, oben am Gletscher«, erklärte er für Lies, die seinem Blick kaum standhalten konnte. »Ein kleiner nur. Aber das Eis schmolz und floss die Jökulsá herunter. Das wurde dann zu einer Flutwelle.«

Lies nickte langsam. »Das hab ich gehört«, sagte sie leise. »Ich hab das Wasser gehört.«

»Das's Island«, mümmelte Tilli ernsthaft. »Heut so, morg'n so. Nie gleich.«

»Bricht der Vulkan aus?«, fragte sie beunruhigt.

»Er ist ausgebrochen. Er ist fertig damit, sie rechnen nicht mit weiteren Ausbrüchen. Das Eis, musst du wissen …«, er warf ihr einen langen Blick zu, »das Eis sitzt wie eine Haube auf dem Vulkan, und wenn er spuckt, schmilzt das Eis, und es fließt hinab ins Tal. So ist das hier.« Damit aß er weiter. Sie riss den Blick von ihm los.

»Jaaaau, das ist Island.« Der Kaufmann nickte. »Es schneit im Sommer, ein Vulkan erzählt heiße Geschichten und weint hinterher, ein Schaf geht in die Elfenstadt, und unsere Lies schwimmt durch einen See. Das ist Island. Und im nächsten Jahr …« Ari beugte sich vor und sah zu ihr hoch, »im nächsten Jahr bist du wieder dabei. Auf dem weißen Pferd. Ohne zu erfrieren.«

Lies rührte grimmig in der Teigschüssel, das beruhigte. Ein Vulkan. Eine Flutwelle. Im nächsten Jahr. Wer konnte schon wissen, was im nächsten Jahr war …

»Wo ist Elías?« Jói hielt inne.

»Er hat sich hingelegt.« Sie betrachtete sein feuchtes Haar, wie es sich in Locken an den Kopf legte und wie sich seine Augenbrauen beim Essen bewegten. Wie die Muskeln seines Kiefers tanzten und wie die dichten schwarzen Wimpern flatterten. Betrachtete die Falte auf der Stirn, die steiler wurde, wenn er nachdachte …

»Hmhm.« Er aß schweigend weiter, während die Männer Geschichten erzählten, spannende Geschichten, gefährliche Geschichten, erlogene und wahre und längst vergangene Geschichten, von Schafen auf Anhöhen und von Pferden, die in Felsspalten stürzten, von tapferen Männern, die auszogen, sie zu suchen, von wilden Reitern, von Wassermassen, die Höfe wegschwemmten, und von aussichtslosen Unternehmungen, die die Elfen vereitelten …

»… und das Fohlen wurde niemals gefunden. Es war ein gutes Fohlen, sag ich dir. Teufel auch. Sie suchten alle Felsspalten ab. Hjalmar sagte später, er wüsste sicher, dass die Elfen es geholt hätten. Es ist nämlich bei der Geburt ein blaues Fohlen gewesen.«

»Blaue Fohl'n hol'n die Elfe'n«, nickte Tilli, »hol'n die Elf'n, jaja.«

»Die Elfen.« Lies grinste. »Doch eher der Wolf, oder?«

»Lies – es gibt keine Wölfe auf Island«, sagte Ari ernst.

»Aber – gibt es blaue Fohlen?«

»'s gibt blaue Fohl'n, jaja. Bei der Geburt sin' s' blau.«

»Blaue Fohlen.« Kopfschüttelnd trocknete sie den Teller ab. Was für ein Unsinn. Trotzdem setzte sie sich wieder an den Tisch und versuchte, den Geschichten um blaue Fohlen und wilde Reiter zu folgen.

Jói schob den Stuhl zurück und stand auf. Brummelte irgendwas von »Elías« und »kann doch nicht sein« und verließ die Küche. Der Spitz winselte vor der Türschwelle, doch niemand bat ihn in die Küche. Türen quietschten, Ari lachte über einen Nachbarn. Tilli stopfte Tabak hinter die Lippe. Dann war es ganz still für einen Moment. Lies' Hand mit dem Brotstück sank auf den Tisch.

Die Küchenuhr war stehen geblieben.

»Lies.« Seine Stimme, obwohl nicht laut, drang durchs ganze Haus. »Lies. Komm.«

Der Stuhl kippte und fing sich wieder, das Brotstück fiel auf den Teller. Ari goss sich Kaffee ein.

Jói stand in der Tür zu Elías' Schlafzimmer. Als er sie kommen hörte, streckte er die Hand nach ihr aus und packte sie fest. Sie drängte sich neben ihn in den Türrahmen, ihr Herz klopfte wild, weil sie doch wusste, was sie sehen würde. Elías lag auf seinem Bett, lang ausgestreckt und in den Kleidern, in denen sie ihn auf der Klippe gefunden hatte. Er hatte die Hände auf der Brust gefaltet, und er atmete nicht mehr. Jói nahm ihre Hand. Lange standen sie dort in der Tür, dicht nebeneinander, schweigend. Ohne ein Wort zu verlieren, war er gegangen ...

Nein, das stimmte nicht. »Er hat sich bedankt«, sagte Lies da leise, »er hat sich bei mir bedankt.« Tränen rannen über ihr Gesicht, die Nase lief, und als sie zum Abwischen den Ärmel benutzte, ließ Jói ihre Hand los und nahm sie in die Arme, ganz locker nur, um sie nicht zu bedrängen, und es tat gut – so gut.

Stille umgab sie. Nicht mal die Balken knackten wie sonst, und auch der Wind, der an dieser Hausecke immer so laut heulte, hielt sich rücksichtsvoll zurück. Elías Böðvarssons Schlafzimmer wurde zu einer Welt in einer Blase. Es gab keine Verbindung mehr nach draußen. Vom Türrahmen aus konnten sie hineinsehen, und sie sahen das Ende einer langen, tragischen Geschichte. Lies' Kopf sank gegen Jóis Schulter. Der Pullover roch nach Pferd und nach Mann. Sie spürte, wie sein regelmäßiger Atem ihren Kopf hob und senkte. Ihre Tränen tropften auf seinen Ärmel, eine nach der anderen. Durch die Vorhänge schimmerte die hinwegdämmernde Sonne und hauchte friedliches Licht über das Bett. Die Zeit hatte angehalten, zusammen mit der Küchenuhr – gestern, heute, ewig – es spielte keine Rolle mehr.

Die Zeit hatte angehalten auf Gunnarsstaðir.

Jói ließ sie los und betrat den Raum. Er setzte sich neben Elías auf die Bettkante und legte seine Hand auf den Arm des Alten. »Jetzt ist es gut«, sagte er leise. »Jetzt ist alles gut. Es hat lange gedauert, mein Freund. Aber jetzt ist alles wieder gut.«

Die Züge des alten Mannes hatten sich geglättet, er lag dort, als schliefe er. Lies trat näher. Elías' Hände, sonst so arthritisch steif, dass er kaum mehr einen Knopf schließen konnte, waren beinahe mühelos ineinander gefaltet, und an seinem kleinen Finger steckte der goldglänzende Ehering von Anna Bryndís.

Er hatte sie wieder.

Lies kniete auf dem alten Flickenteppich nieder. Die Stimmen der Männer aus der Küche drangen nur undeutlich zu ihnen, sie verschloss sich dem Lärm. War es Trauer, was sie fühlte? Bedauern? Oder wieder Einsamkeit, weil hier ein Abschnitt zu Ende gegangen war, der auch sie betraf, der ihr Leben komplett verändern würde? Es kostete sie Mühe, den alten Mann anzuschauen. Seine fahlen Wangen, die Augen, die nun in tiefen, umschatteten Höhlen ruhten, das schmale Gesicht, das der struppige Bart stets verborgen hatte, sein Mund, der – sonst verkniffen aufeinandergepresst – ganz entspannt geschlossen war und der alle Geheimnisse mit sich genommen hatte. War es Zufall gewesen, dass gestern die Erde gebebt hatte? Dass der Vulkan Wasser geschickt hatte? Gab es Zufälle an diesem merkwürdigen Ort?

Nein, gab es nicht, entschied sie. Es gab keine Zufälle,

und alles war für etwas gut. Gunnarsstaðir war wie ein Puzzle, alles passte am Ende zusammen. Starb ein Mutterschaf, gab es eine Amme für das Waisenlamm, ging ein Lamm dahin, nahm ein anderes seinen Platz ein. Die Wiesen gaben das Heu, das Heu ließ das Lamm wachsen, als Schaf machte es mit seinem Fleisch den Teller voll und mit seiner Wolle die Füße warm. Lies schluckte. Welches Puzzleteilchen war ihr in diesem Gefüge zugedacht?

Elías schien auf die Frage zu lächeln. An manchen Tagen, wenn er milde gestimmt gewesen war, hatte er so sanft dreingeblickt. Die Erinnerung trieb ihr wieder Tränen in die Augen, und sie barg das Gesicht in den Händen, damit die Tränen nicht achtlos herabfielen. Sie wusste bis heute nicht, wer Elías Böðvarsson eigentlich gewesen war. Aber weil er für eine kurze Zeit ihr Gefährte in schlechten wie in guten Tagen gewesen war, zog sie sich den Hocker ans Bett und hielt zusammen mit Jói die Totenwache. Sie erinnerte sich an Moossuppe, Karamellkartoffeln und widerlichen Ahornsirup und dass er mit bärbeißigem Gesicht Lämmer ganz liebevoll streichelte, weil allein sie noch sein versteinertes Herz rühren konnten. Und sie weinte, weil er sich von ihr verabschiedet hatte, bevor er gegangen war.

Ari und Tilli merkten irgendwann, dass der Tod ins Haus gekommen war. Betreten schoben sie sich in Elías' enges Schlafzimmer.

»War'n guter Mann«, sagte Tilli leise und lehnte sich gegen den Schrank. Ari setzte sich auf die andere Bettkante und nahm die schlaffe Hand seines Freundes.

»Du wolltest deinen letzten *brennivin* mit mir zusammen trinken, Elías Böðvarsson«, murmelte er, »hast du den vergessen?«

»Das hat er doch getan«, sagte Jói. »Gestern Abend hat er es getan, hast *du* das vergessen?«

Sie schwiegen, und Ari mit seinem faltigen Gesicht weinte, dass die Tränen in den Barthaaren hängen blieben. Dort glitzerten sie eine Weile, dann tropften sie auf die Bettdecke. Nichts anderes störte die Stille. Vergangenheit, Gegenwart und Zukunft saßen vor der Tür und webten an etwas, das niemanden mehr interessierte.

»Er wollte keinen Sarg«, sagte Ari irgendwann und rieb sich die Augen. »Er wollte nie in so eine Kiste. Geht das überhaupt? Ohne Sarg?«

Tilli zog die Nase hoch und wechselte das Standbein. »Er wollt's Geld f' die Kiste spar'n. Kennst'n doch.« Er grinste schief über den geschmacklosen Witz.

Jói holte tief Luft. Seine Finger, die Lies' Hand schon lange bargen, zuckten unwillig – dann ließen sie los, und er stand genauso widerwillig von ihrer Seite auf und zog die Nachttischschublade auf. Lies schluckte. Es schickte sich nicht, in den Sachen eines Verstorbenen herumzukramen. Nicht, wenn er zusehen konnte. Sie sah Ampullen in der Schublade, fein säuberlich nebeneinander – und unversehrt. Tabletten, Spritzen, Kanülen, nichts davon war geöffnet oder benutzt. Der Diabetes hatte freien Zutritt zu Elías' Körper gehabt und mit *Draumur* und Ahornsirup ein melancholisches Fest des Siechtums gefeiert.

Auf der Spritzensammlung lag ein amtlich aussehender Brief.

Lies war so heftig gerannt, dass ihr trotz der kurzen Strecke zwischen Haus und Stall der Schweiß ausbrach. Schafe drängten um sie herum, verstellten ihr den Weg. Niemand hatte an die Schafe gedacht. Man hätte sie füttern müssen, längst schon. Schweiß im Gesicht mischte sich mit Tränen, Haare klebten auf der Haut. Sie packte die Heugabel und stach in den Heuballen, als könne der dafür, als trage der Schuld, als empfange der verdient die Strafe – wofür? Wofür? Wieder und wieder stach sie zu, hackte in das Heu, riss es heraus, fegte es wild durch die Gegend. Der Heuballen nahm die Strafe seufzend auf sich, und die Schafe blökten, dass sie Recht hatte. *Reeecht-Reeecht* ... Weinend stürzte sie sich in den losgerissenen Heuberg, raffte ihn an sich und stolperte blind vorwärts, verlor unterwegs die Hälfte, trat gegen Schafbeine – ach, es war doch egal, die meisten von ihnen landeten ja doch beim Schlachter ...

»Da, fresst, ihr Viecher ...«, heulte sie, warf das Futter auf den Futterplatz und stapfte zurück, gegen den Wind gestemmt, der sich alle Mühe gab, ihr möglichst harte Schneekörner ins Gesicht zu schlagen – »Ich hasse dich!«, schrie sie ihm entgegen und stürzte sich in der Scheune erneut auf das Heu, weil es guttat, zuzuschlagen, Gewalt zu tun, und sei es nur an einem verfluchten Heuballen ...

»Lies. Lies, hör ...«

Jói war gekommen. Mit einem langen Schritt war er bei ihr, holte ihr die Heugabel aus der Hand, und als sie sich wehren wollte, nahm er sie in die Arme, und diesmal tat er es weniger rücksichtsvoll. Sie wehrte sich für einen Moment, dann sank sie zusammen und ließ ihren Tränen, die so vieles beweinten – nicht nur Elías' Tod, richtig freien Lauf, und es tat so gut, sie ausgerechnet an dieser Schulter loszuwerden ...

Der Heuballen seufzte, als irgendwann, viele Minuten

später, Last auf ihn fiel, und er machte sich bereit für das, was im Heu normalerweise passiert, wenn Gefühle zweier Menschen überhand nehmen – doch er wurde enttäuscht. Lies heulte immer noch. Der Grund war ein bisschen anders geworden, chaotischer, unklarer. Er hatte immer noch mit Elías zu tun – aber auch mit Jói und mit ihrem Herzen und mit ihrem Bauch, wo Flammen hochschlugen… Durch Tränen und Trauer hindurch zwang sie sich, ihre Hände im Zaum zu halten, schließlich lag Elías da drinnen, tot, eben erst gestorben – gleichzeitig hörte sie Jói dicht neben sich heftig atmen, und das sicher nicht, weil er im Heu so wenig Luft bekam. Das mit der Luft und dem Heu im Gesicht und in der Nase und den Tränen dazwischen war dann auch egal – unglaublich egal…

Jói richtete sich auf. Mit der Linken wischte er sich durchs Gesicht, wo ebenfalls Tränen ihre Spuren hinterlassen hatten. Jói hatte vielleicht mehr verloren als sie, und die Trauer in seinem Blick rührte sie zutiefst. Für einen Moment hielten sie stumme Zwiesprache – er verstand, was sie wusste. Sie sah, wie er verstand, so vieles verstand. Ihr Herz machte einen Satz – aber war es ein guter? Die Lippen brannten, alles brannte, wo er sie eben geküsst – endlich geküsst, berührt, angefasst hatte…

»Lies. Ich muss dir was sagen.« Seine Stimme klang brüchig, und er strich über ihre Wange. Etwas in ihr erstarb. Was hatte er zu sagen? Eine Freundin? Ehefrau, drei kleine Kinder? Oder war er schwul? Ein Mönch? Mein Gott, was ging ihr hier bloß für ein Schwachsinn durch den Kopf, sie war völlig durcheinander. Elías – Jói – die Schafe draußen – der Wind, der um den Stall heulte…

*Heute ist heute*, jaulte der Wind. Jóis Augen schimmerten, und er suchte nach Worten. Was zum Teufel gab es zu reden … Sie entschuldigte sich bei Elías, der drinnen tot auf seinem Bett lag, und angelte mit beiden Armen nach dem zurückhaltenden Tierarzt, weil sie es ohne ihn nicht aushielt, zumal der Wind sie entdeckt und mutwillig die Richtung gedreht hatte.

»Nicht reden …«

»Doch, Lies.« Er hielt ihre suchende Hand fest. Seine Augen waren so dunkel wie Samtknöpfe, und gerührt blickte er auf sie herab. »Lies … ich … Du musst was wissen.«

»Ja?« Herrjee, was konnte wohl jetzt so wichtig sein …

Mit beiden Händen umfasste er ihr Gesicht. »Lies – Elías hat dir seinen Hof vermacht.«

Auch Lies Odenthal bekam Atembeklemmungen, vom Heu oder von der Nachricht oder von Jói … Nein. Was hatte er gesagt?? Ihre Arme sanken herab, schlaff lag sie im Heu und starrte ihn an.

»Woher weißt du das?«, flüsterte sie nach einer Weile. Er hatte sich nicht bewegt. Lag dicht neben ihr und sah sie an, die Hände an ihrem Gesicht. »Woher weißt du das?«, wiederholte sie kaum hörbar.

Zögernd bewegte er sich nun doch, nestelte in seiner Brusttasche und zog den Brief heraus. »Er hat es im Krankenhaus geschrieben. Letztens. Sein Testament. Nach dem Feuer hat er sein Testament geschrieben, Lies. Nach dem Feuer.« Sein Blick brannte auf ihrem Gesicht – er sagte mehr als seine Worte.

»Aber …« Ihr fiel nichts weiter dazu ein. Kreuz und quer ging es durch ihren Kopf, unvollständige Sätze, Zahlen,

Schwachsinn. Wirrwarr. Gunnarsstaðir. Feuer. Schwachsinn.

Sanft wischte er die Haare aus ihrem Gesicht. »Er schreibt, dass du Gunnarsstaðir übernehmen sollst. Es gibt keine weiteren Erben für den Hof. Du sollst Elías' Erbe sein, Lies.«

Sie richtete sich auf. Kerzengerade.

»Was«, flüsterte sie heiser. »Ich verstehe nicht …«

»Doch«, sagte er leise. »Du verstehst, Lies Odenthal. Es ist Elías' Wille. Lies. Wirst du hierbleiben? Wirst du auf Gunnarsstaðir bleiben?«

Sie stand auf, ihr schwindelte. Jói griff nach ihrer Hand. Der Wind stob zum Tor herein, traf ihr Gesicht. *Komm*, rief er, *ich helf dir denken*. Jóis Griff wurde fester – so fest, dass es wehtat.

»Bitte bleib. Lies.« Dann ließ er los und ließ sie gehen. Sie sah ihn an, und das, was der Wind mit ihren Haaren veranstaltete, ähnelte dem, was in ihrem Kopf vorging. Wildes Durcheinander, die Haarwurzeln schmerzten, und sie konnte kaum klar denken. Der Mann vor ihr war mit daran schuld, obwohl er erst so kurz in ihrem Leben stand, nur einen Fuß hineingesetzt hatte, und sie kannte ihn ja kaum … aber das war nicht mehr wichtig. Er kannte sie, und sein Blick war abwartend. Und sie verstand, dass er sie jetzt nicht stören würde.

Lies stapfte hinaus, riss sich im Vorbeigehen eine alte Pferdedecke vom Haken und verließ die Scheune. Der Wind triumphierte, sie endlich hervorgelockt zu haben, und trieb sein Spiel mit ihr. Energisch stemmte sie sich gegen die Böen, vorwärts, vorwärts, vom Hof weg, weg vom Hof, weg …

Es trieb sie, wie wohl jeden Bewohner von Gunnarsstaðir, zu den Klippen. Das begriff sie, als sie den Pfad entlangmarschierte. Harscher Schnee türmte sich zu beiden Seiten, als ob ihn jemand extra für sie geräumt hätte.

Sie wischte den Schnee beiseite und kauerte sich auf den Felsblock, der Elías stets als Sitzgelegenheit gedient hatte, und vor ihm vielleicht Anna Bryndís oder Palli oder deren Vätern. Eine Kuhle im Stein flüsterte, dass Generationen hier gesessen hatten, gegrübelt, gedichtet, geweint, gelacht hatten. Doch das spielte jetzt keine Rolle mehr.

»Warum nicht?«, flüsterte Lies. Der Stein schwieg dazu.

Dämmerung fiel über das Land wie ein schwerfälliger grauer Vorhang, und das Wetter beruhigte sich. Wolken zogen hin und her, gaben nach einigem Zögern den Himmel frei, damit die Sterne später gucken konnten, was es Neues auf Erden gab. Und da gab es so einiges.

Lies polsterte sich den Po mit der Pferdedecke und starrte vor sich hin. Ihr Kopf war vollkommen leer. Selbst der Wind hatte von ihr abgelassen, und die Jökulsá murmelte nur vor sich hin. Elías war fort. Der Sturm hatte ihn am Morgen weggetragen und eine seltsame Ruhe hinterlassen. Lies beugte sich vor, um in die Schlucht hinabzublicken, die ihr so viele Male Angst eingejagt hatte. Das vergehende Tageslicht gab sich alle Mühe, ihr die Einzelheiten noch einmal deutlich zu zeigen, bevor es dahinging. Ihr Blick kletterte an Eiszapfen und Felsvorsprüngen herunter, grüßte frierende Möwen und verharrte vor Spalten, wo sich im Sommer Nester befunden hatten. Niemand wohnte mehr darin, frühwinterliche Ruhe war auch hier eingekehrt. Das Rauschen des Flusses kam näher. Sie spürte die Gischt auf den Wangen und wollte den breiten Felsblock besteigen … er war fort.

Lies beugte sich weit vor und starrte in die Tiefe.

Es war zwar dämmrig, doch das Licht reichte aus: Der Felsbrocken mit dem schwarzen Kreuz, von Elías' schuldbewusster Hand vor vielen Jahren in den Stein gehämmert, war fort. Schmutzig graues Gletscherwasser gurgelte vor sich hin, Reste der Flutwelle, die Erdreich und Steine mit sich gerissen hatte …

Anna Bryndís' düsterer Grabstein war fort.

*Jæja*, plätscherte die Jökulsá, *jæja*.

»Wo ist er hin?«, flüsterte Lies. *Fort*, rauschte der Fluss, *fort*. Dort, wo er gelegen hatte, floss das Wasser nun glatt und flüssig vorwärts, durch nichts mehr gestört oder aufgehalten, einfach geradeweg. Der Wind kam kalt und ernst vom Gletscher herunter, und er brachte Klänge mit. Lies horchte auf. Die Luft war klar wie Glas, und erste Sterne erschienen am Himmel. Ja, es gab Sterne in Island. Ein Klingen lag in der Luft, wie vorgestern, als sie im Elfenhaus gesessen hatte – ein Klingen, eine leise, fremdartige Melodie aus hohen Tönen, die ihren Kopf umgab und sie verzauberte, und sie musste lauschen, lauschen – lauschen …

Und dann stand sie auf. Atmete tief durch und legte die Jacke ab. Der Wind blies sanft durch ihren Pullover. Sie streifte ihn ab. Das Klingen wurde stärker. Es kroch ihre nackten Arme hoch – sie zog das T-Shirt aus. Der Wind hielt erstaunt inne, als sie auch die Hose auszog, ihre Kleider an sich raffte und einen Schritt auf die Klippe zu machte. *Komm nur*, murmelte die Jökulsá, *gib's mir, ich nehm alles. Alles nehm ich mit dahin, und du machst es neu. So war es schon immer.* Die Kleider dem Fluss zu übergeben war nicht schwer. Versonnen sah sie ihnen nach, sah sie in den Wogen verschwinden, Richtung Meer.

Es war kalt und auch wieder nicht. Sie fror und auch wieder nicht. Elías' Geist saß auf dem Stein und nickte. *Gestern ist gestern, und heute ist eine neue Zeit.* Dann flog er davon, zu Anna und Palli und zu Ísak. Seine lebenslange Bußzeit war endgültig vorüber. Anna hatte ihm verziehen, und die Jökulsá würde nur noch alte Geschichten erzählen, wenn man genau hinhörte. Ihre Geheimnisse hatte sie alle preisgegeben. Leer und stumm zog sie ihrer Wege, brachte Wasser vom Gletscher zum Meer, wie man es von einem Fluss erwartete. Der Stein mit dem Kreuz, der erst am Morgen ein letztes Rendezvous mit dem Regenbogen gehabt hatte, war Vergangenheit, lag vielleicht schon in den Tiefen des Nordmeeres, und niemand würde mehr nach ihm suchen. Lies konnte sich kaum noch an ihn erinnern.

Sie ließ sich vom Wind sanft umspülen und gab sich wiegend dem Hochlandlied hin, das in ihren Kopf drang und Gedanken und Trauer auslöschte. *Gestern ist gestern, und heute ist eine neue Zeit.* Irgendwo lachte eine glockenklare Frauenstimme. *Genau!* Weil es dann doch zu kalt wurde, hüllte sie sich in die Pferdedecke und drehte sich einmal um sich selbst. Heute ist eine neue Zeit.

Auf den Hügeln stand eine Gestalt. Still stand sie da, bange abwartend, und der Wind zupfte nur schüchtern an ihren Kleidern. Lies lächelte befreit.

Es gab viele Gründe, auf Gunnarsstaðir zu bleiben. Einer davon stand dort auf dem Hügel.

# Dank

Die zitierten Gedichte entstammen dem Band »Sörli – Geschichten und Gedichte um Rasse, Reiter und Ritte auf Island« von Úlfur Friðriksson.

Herzlichen Dank an Birgt Zimmermann für die Hilfe bei den isländischen Übersetzungen.

Mein besonderer Dank und Gruß geht nach Island an Sonja Valeska Krebs und Bragi Björgvinsson für ihre Gastfreundschaft und fachliche Beratung in Sachen ›Schaf‹. Ihr Hof ist ein Ort der Magie. www.eiriksstadir.com